KRÜGER

ELEANOR RAY

Hier sind wir zusammen

Roman

Aus dem Englischen
von Maria Andreas

KRÜGER

Der S. Fischer Verlag hat sich zu einer nachhaltigen Buchproduktion verpflichtet. Gemeinsam mit unseren Partnern und Lieferanten setzen wir uns für eine klimaneutrale Buchproduktion ein, die den Erwerb von Klimazertifikaten zur Kompensation des CO_2-Ausstoßes einschließt. Weitere Informationen finden Sie unter *www.klimaneutralerverlag.de*

MIX
Papier | Fördert gute Waldnutzung
FSC® C014496

Erschienen bei FISCHER Krüger

Die englische Originalausgabe erschien 2024 unter dem Titel »The Art of Belonging« bei Piatkus, London.

Satz: Pinkuin Satz und Datentechnik, Berlin
Druck und Bindung: GGP Media GmbH, Pößneck
ISBN 978-3-8105-3077-6

Für Roger, den besten Ehemann,
und Teddy, Violet und Clementine,
die besten Kinder

1

Grace Sayers saß auf der Parkbank und hielt ihren Pappbecher unters Kinn, um sich zu wärmen. Sie verfolgte das Geschehen bei dem kleinen Coffee-Van gegenüber, freute sich an den wilden Dampfwolken, die die Kaffeemaschine ausspuckte, an dem glatten Klicken von Stahl auf Stahl, mit dem der Filter einrastete, an dem dumpferen Aufprall von Stahl auf Holz, wenn der Barista den Kaffeesatz losklopfte.

Eine Frau etwa im Alter ihrer Tochter plauderte mit dem Mann, während er ihren Kaffee zubereitete. Beide lachten, als sie Schokoflöckchen auf ihre Tasse streuen wollte und der Wind sie auf die Theke wehte. Zu Füßen der Frau schob ein kleiner Junge eine Spielzeuglok auf dem Asphalt herum und trank dabei Saft aus einem Tetrapak. Grace beobachtete, wie er den Strohhalm aus dem Mund nahm, laut *tschsch tschsch tschsch* machte und dann weiternuckelte. Bäckchen und Tetrapak wölbten sich nach innen.

Ach, wie vertraut Grace dieses Tschsch-tschsch-tschsch war. Es versetzte ihr einen Stich, als bohre sich der Strohhalm in ihre Rippen. Ihr musste ein unwillkürlicher Schmerzenslaut entfahren sein, denn die Frau drehte sich zu ihr um.

Grace wollte nicht als schrullige Alte dastehen und überspielte den Moment mit einem Husten. »Ich habe mich verschluckt«, erklärte sie und klopfte sich theatralisch gegen die Brust. Ihre Worte verwehten wohl im Wind, denn die Frau wandte sich wieder der Theke, den Schokoflöckchen und dem Barista zu, und Grace stürzte in neue Verlegenheit, weil sie Selbstgespräche führte.

Die Frau hatte braunes Haar, das sie zu einem ähnlichen Knoten geschlungen trug wie früher Grace' Tochter, bevor sie die langen Haare satt bekommen und einfach abgeschnitten hatte. Nie würde Grace den Moment vergessen, als sie ins Zimmer ihrer pubertären Tochter trat und die Haare auf dem Schreibtisch liegen sah wie ein kleines Kaninchen, nie den trotzigen Blick, mit dem Amelia ihr entgegenstarrte, die Schere noch in der Hand. Die Haare, die Grace jahrelang gebürstet hatte, aus denen sie Nester entwirrt hatte, alles mit einem Schlag weg, abgeschnitten und das nicht einmal gerade. Grace hätte am liebsten geweint vor Trauer um die seidigen Locken, aber Jonathan hatte sie beschwichtigt, entspann dich, hatte er gesagt, es sind *ihre* Haare, lass sie damit machen, was sie will. Und wenn es das Falsche ist, wachsen sie ja wieder nach. Es gibt Schlimmeres.

Er hatte natürlich recht gehabt. Grace wollte ihrer Tochter doch nicht die Frisur vorschreiben! Du lieber Himmel, in den Siebzigern war sie Feministin gewesen oder hatte sich zumindest dafür gehalten.

Noch heute legte Grace großen Wert darauf, ihrer Tochter jedes Mal, wenn sie sie sah, ein Kompliment zu ihrem immer noch kurzen Haar zu machen. Leider sah Grace sie nicht oft genug.

Der Drang, Amelia anzurufen, stieg in ihr hoch wie kleine Milchschaumbläschen. Sie unterdrückte den Wunsch und fasste sich an ihr eigenes Haar, das sonst immer akkurat frisiert, heute aber vom Wind zerzaust war. Sie musste bei Amelia vorsichtig sein. Schon als Baby war sie schnell in Wut geraten, hatte zornig das Gesichtchen verzogen, wenn der Schnuller heruntergefiel oder die Windel zu stramm saß. Und nach allem, was später passiert war, war ihr Umgang miteinander noch heikler geworden.

Aber diese Gedanken wollte Grace jetzt nicht vertiefen. Vorsichtig nippte sie am Kaffee, damit sie sich nicht verschluckte. Amelia wollte tagsüber nicht gestört werden, nicht bei der Arbeit. *Ich ruf dich zurück, wenn ich Zeit habe,* hatte sie bei Grace' letztem Anruf gereizt gesagt.

Das war vor fünf Tagen gewesen, Grace wusste es genau, obwohl sie sich vorgenommen hatte, die Tage nicht zu zählen. Amelia war eben sehr beschäftigt. Grace zog ihr Handy heraus. Keine Anrufe. Sie verstaute es wieder. Aber sie wusste ja, wie es war, wenn man viel zu tun hatte, im Job, mit den Kindern, mit dem Alltag. Vor Jahren war sie selbst beruflich enorm eingespannt gewesen und hatte sich dabei gestresst und gehetzt, aber auch wichtig und in Topform gefühlt, alles gleichzeitig.

So viel hatte sie gearbeitet, dass sie Dinge nicht mitbekam, die sich direkt vor ihrer Nase abspielten.

Grace biss sich auf die Lippe und wandte ihre Aufmerksamkeit wieder dem Jungen zu. Sein Tetrapak war jetzt ganz platt, er hatte alles an Luft und Saft herausgesogen und zupfte seine Mutter an der Jacke. »Wenn der Karton leer ist, dann wirf ihn in den Mülleimer«, sagte die Frau, ohne ihn weiter zu beachten.

In dem Park gab es natürlich keine Autos, dafür vorbeirasende Fahrräder, Roller und ab und zu auch große Hunde. Grace beobachtete nervös, wie der Junge ohne jeden Blick nach links und rechts über den Weg zu dem Mülleimer rannte, der neben ihrer Bank stand. Sofort hatte sie Bilder von aufgeschürften Knien, blutigen Nasen, Schnittwunden am Ellbogen vor Augen.

Banale Verletzungen, die sich mit Jodsalbe, Pflastern und Küssen heilen lassen.

Grace lächelte den Jungen an und versuchte, seinen Blick auf sich zu lenken, aber er streckte, ganz in seine Aufgabe vertieft, die Arme zum Eimerrand hinauf, in der einen Hand den Karton, in der anderen seine Lok. Der Eimer war zu hoch für ihn, er musste sich auf die Zehenspitzen stellen. Er hielt den Arm wie einen Kran darüber und ließ den Karton hineinplumpsen.

»Eine schöne Lok hast du da«, sprach Grace ihn behutsam an. Er war ein süßer kleiner Kerl, drei vielleicht, an seinem Kinn klebten noch ein paar Reste vom Frühstück, Ei oder getrockneter Joghurt, wer weiß. Grace wünschte sich, sie hätte eine Serviette dabei und könnte ihn gründlich abwischen, aber das ging natürlich nicht, selbst wenn sie eine Serviette dabei gehabt hätte. Sie war nur eine Fremde im Park.

»Die Lok fährt ganz schnell«, erklärte der Junge mit großem Ernst. »Die Räder drehen sich und drehen sich und drehen sich.«

»Die haben bestimmt einen Aufzieh-Mechanismus«, sagte Grace. »Drinnen im Gehäuse.«

Bei dieser Information runzelte der Junge die Stirn, dann zog er die Lok rückwärts über den asphaltierten Weg, mehrmals und ziemlich heftig. Dann ließ er sie los. Sie rollte ein paar schlappe Zentimeter und kam dann kläglich zum Stehen.

»Kaputt!«, rief er. Grace sah ihn an, dann die Lok. Er war den Tränen nahe. Sie zögerte. Die Sache ging sie im Grunde gar nichts an. Andererseits ...

Sie streckte die Hand aus. »Gib mal her«, sagte sie. »Darf ich sie mir kurz anschauen?« Der Junge sah sie voller Misstrauen an. »Wahrscheinlich ist die Feder drinnen festgeklemmt. Ich such mal meine Pinzette ...« Grace fand sie in ihrer Handtasche und hielt sie dem Kleinen zur Begutachtung hin.

Die Pinzette sprach offensichtlich für Grace' Qualifikation und der Junge überließ ihr die Lok.

»Da haben wir's«, sagte Grace. »Schau mal, hier ist das Gehäuse ungünstig geformt. Keine gute Konstruktion. Wenn ich die Lok gebaut hätte, hätte ich ein besseres Federwerk genommen. Jetzt ziehe ich das hier mal raus ... Das war's, bitte sehr.«

Sie gab dem Jungen seine Lok zurück. Er riss sie an sich und drückte sie an die Lippen.

»Ups, jetzt ist mir die Pinzette runtergefallen«, sagte Grace und suchte mit zusammengekniffenen Augen den Asphalt ab. »Kannst du sie mir bitte aufheben?«

Aber der Kleine hatte nur noch Augen für seine Lok. Er zog sie auf, kreischte vor Freude, wenn sie den Weg entlangsauste, und jagte ihr hinterher wie ein Hund dem Ball.

Grace seufzte und ließ sich ächzend zu ihrer Pinzette nieder. Die war ihr Lieblingswerkzeug, genau das Richtige, um Gleislaschen auszurichten. Grace blieb noch ein Weilchen hocken, um Kräfte fürs Aufstehen zu sammeln. Seit sie die Siebzig überschritten hatte, schien sich die Schwerkraft verdoppelt zu haben. Grace stützte sich ab, um das Gleichgewicht zu halten, und sah erst dann, dass ihr Mantelsaum in einer Pfütze hing und sich mit schmutzigem Wasser vollsog.

»Mist«, fluchte sie. Das kam etwas lauter heraus als beabsichtigt.

»Ach du meine Güte, Sie Arme.« Grace blickte auf, ins Gesicht der jungen Mutter, die sich zu ihr niederbeugte. »Sie sind gestürzt.« Sie legte die Arme um Grace' Schultern. »Stefan, kannst du mir helfen?«

»Nein, wirklich, ich bin durchaus in der Lage ...«, protestierte Grace. Die Situation war ihr hochpeinlich.

»Muss ein furchtbarer Schock sein«, sagte die Frau. Und

schon spürte Grace zu ihrer Bestürzung die Hände des Barista unter ihren Achseln. Er hievte sie mit einem unnötig lauten Ächzen in die Höhe.

Grace brauchte kurz, um ihr Gleichgewicht wiederzufinden, dann dämmerte ihr langsam das volle, entsetzliche Ausmaß der Demütigung. »Danke«, sagte sie höflich zu Stefan, der den Anstand besaß, nur leicht zu nicken und sich zu seinem Coffee-Van zurückzuziehen.

»Bitteschön«, sagte die Frau. Sie lächelte Grace an. »Vielleicht sollten Sie sich lieber setzen.«

»Mir geht es ausgezeichnet«, beteuerte Grace.

»Natürlich«, sagte die Frau. »Zum Glück war ich ja da.«

»Nötig war's nicht«, sagte Grace, noch immer betreten, weil man Hand an sie gelegt hatte. »Ich bin gar nicht gestürzt.«

»Ach du liebes bisschen«, sagte die Frau. »Sie sind über Felix' Lok gestolpert, stimmt's? Ich habe ihm gesagt, dass er nicht so wild damit herumfahren darf, dass der Zug zu einer Gefahr für ältere Leute werden kann, aber Felix macht einfach, was er will. Wie Jungs eben sind, nicht wahr?«

»Ich glaube kaum, dass das etwas mit dem Geschlecht zu tun hat«, widersprach Grace. »Ein Mädchen könnte genauso gut …«

»Ich kaufe bei Stefan einen Muffin für Sie«, unterbrach sie die Frau. »Als kleine Wiedergutmachung.«

»Nein, das ist wirklich …«

»Du meine Güte, die Zeit rast mir davon. Felix, wir kommen zu spät zum Mutter-Kind-Yoga. Jetzt aber schnell.« Sie drückte Grace eine Münze in die Hand. »Für Ihren Muffin.«

»Ich kann mir selbst einen leisten«, rief Grace.

»Natürlich, aber die momentanen Heizkosten sind schon eine Riesenbelastung.« Sie lächelte Grace mildtätig an. »Man weiß nie, mit welchen Problemen die Leute sich herumschlagen, nicht wahr?«

»Nein«, stimmte Grace ihr zu, denn wo sie recht hatte, hatte sie recht. Das konnte keiner wissen.

Die Frau eilte davon, Felix im Schlepptau. Er warf einen Blick zu Grace zurück, und sie bildete sich ein, dass seine Lippen das Wort *danke* formten. Dann drehte er sich wieder um, rannte seiner Mutter nach und ließ die Lok am ausgestreckten Arm durch die Luft fliegen.

»Dir hat also eine Fremde ein Pfund für einen Muffin gespendet?« Avas laute Stimme schallte durch das Spielzeugmuseum, und mehrere Mitglieder des Merringtoner Modellbauclubs blickten von ihren winzigen Berghütten-Bausätzen hoch und unterbrachen ihren Pinselstrich. »Ich wette, das hat gar nicht gereicht, nicht bei Stefans Coffee-Van.«

»Nein«, bestätigte Grace. »Damit hätte ich nicht mal einen dieser veganen Riegel kaufen können, die aus unerfindlichen Gründen nach Leder schmecken.«

»Die sind hervorragend für die Verdauung«, sagte Ava. Sie hielt inne. »Hat die dich vielleicht für eine Obdachlose gehalten?«

»Was? Nein!«, gab Grace schnell zurück und bedauerte schon, dass sie die Ereignisse des Vormittags nicht für sich behalten hatte. »Natürlich nicht.« Sie schwieg kurz. »Die Frau dachte, ich wäre über die Spielzeuglok ihres Sohns gestürzt.«

»Und da hat sie dir ein Pfund gegeben?«, fragte Samir ungläubig.

»Das ist ja lächerlich als Entschädigung«, schnaubte Ava. »Du hättest sie verklagen können.«

»Aber ich bin doch gar nicht hingefallen«, beharrte Grace. »Ich habe nur meine Pinzette aufgehoben.«

»Sind das die Klamotten, die du anhattest?«, fragte Ava. »Du solltest mal mit mir shoppen gehen.« Kritisch musterte sie die bequeme Hose mit Gummibund und die warme Strickjacke, die Grace über der Bluse trug. Grace selbst fand, dass sie sogar mit dem Schmutz am Mantelsaum und der windzerzausten Frisur keineswegs nach Sozialfall aussah. Du lieber Himmel, die Strickjacke war aus Kaschmir! Aber wenn sie den Hosenanzug ihrer Freundin damit verglich, der farblich kühner, weniger bequem und von Ava selbst mit Pailletten aufgepeppt war, fühlte sie sich in der Tat wie eine graue Maus. Manchen Leuten mochte es gelingen, auch noch in den Siebzigern mit Glamour zu blenden, aber zu denen gehörte sie definitiv nicht.

»Du wirkst überhaupt nicht wie eine Obdachlose«, schaltete sich Tony ein. »Sondern sehr adrett.«

Ava schüttelte spöttisch den Kopf. »Das sieht dir ähnlich, dass du dich stark für sie machst«, sagte sie. »Du mit deiner Cordhose.«

Toby blickte zu seiner Cordhose hinunter, als hätte er sie noch nie gesehen. Dann wandte er sich wieder der Berghütte zu, die er dekorativ zu bemalen versuchte. »Ich finde deine Schneemischung super, Grace«, sagte er. »Bei mir stimmt die Konsistenz nicht ganz.«

Grace musterte seine Arbeit. »Dein Schnee ist ein bisschen zu dünn«, erwiderte sie. »Du musst mehr Gipsspäne reinrühren. Und wenn die Masse zu grobkörnig wird, mischst du mehr Talkumpuder drunter. Mit einer Paste aus zwei Teilen Klebstoff und einem Teil Wasser sollte das Ganze zusammenhalten.«

»Wenn ich daran denke, dass ich jahrelang Fertigschnee im

Internet gekauft habe ...«, sagte Samir. »Kein Vergleich zu deinem.«

»Du solltest diesen Schnee kommerziell produzieren«, schlug Toby vor. »Ich würde ihn ins Sortiment aufnehmen.«

»Der ist doch nichts Besonderes«, wiegelte Grace ab, trotzdem errötete sie vor Freude. »Du brauchst nur die richtigen Zutaten in den richtigen Mengen. Wie beim Kuchenbacken. Oder bei Metalllegierungen.«

Grace wandte sich wieder ihrer momentanen Aufgabe zu. Sie war dem Club vor fast vier Jahren beigetreten, als sie wieder allein war, und die Treffen wurden für sie bald zum Highlight der Woche. Das Spielzeugmuseum schloss an diesem Tag früher, die Kinder wurden hinausgescheucht, dafür kam ein bunter Haufen Leute im Rentenalter herein, die sie nun um sich herumsitzen sah. Toby war der Gründer und Leiter des Clubs und lieferte Bausätze aus seinem Laden, und die anderen wechselten sich beim Teekochen und Keksekaufen ab. Das Museum stellte gegen eine geringe Gebühr den Saal zur Verfügung, und sie spendeten dafür einige ihrer besten Stücke für die Ausstellung.

Manche Mitglieder wie sie selbst und Toby waren echte Modellbaunarren, die zu Hause eine funktionstüchtige Modelleisenbahn stehen hatten. Wenn Grace die schiefen Bauwerke manch anderer ansah, hatte sie den Verdacht, dass sie nur kamen, um der Langeweile oder der Einsamkeit zu entfliehen. Ava kam, weil sie entschlossen war, einen Mann zu finden, der ihr den Lebensabend versüßen sollte. Aber bislang waren ihre Bemühungen enttäuschend verlaufen, wie sie Grace gleich am ersten Abend bei Tee und Marmeladenkeksen zugeflüstert hatte – viel zu laut.

»Ich habe mir gedacht«, begann Toby, »ich könnte in meinem Gebirge einen Skilift bauen.« Er sah Grace um Zustimmung heischend an.

»Dieselbe Idee hatte ich auch schon«, sagte sie.

Er lächelte sie an. »Ich habe für den Laden einen recht reizvollen Bausatz bestellt«, sagte Toby. »Vielleicht magst du ihn dir ansehen kommen? So etwas könnte auch bei dir gut reinpassen.« Er hielt kurz inne. »Ich könnte dir sogar beim Aufbau helfen, wenn du magst? Ich würde gern mal deine Eisenbahn sehen.«

»Ach, so nennt man das heute?« Ava feixte; sie ließ nie eine Gelegenheit für Anzüglichkeiten aus, selbst wenn die Vorlage von einem siebzigjährigen Rentner kam, der Ellbogenflicken auf dem Sakko und Kekskrümel im ergrauten Bart hatte.

»Ich glaube, ich werde den Lift selbst konstruieren«, erwiderte Grace. Sie tat, als hätte sie Ava überhört. »Der Antrieb sollte konstruktionstechnisch nicht allzu schwierig sein, und die Liftbügel könnte ich aus Drahtschlaufen machen.«

»Das klingt ehrgeizig«, meinte Toby.

Ava unterdrückte ein Gähnen. »Ja, ja, Grace ist ein Genie. Aber ich bin viel zu jung für so ein Treppenliftgeschwätz. Wie geht es deiner reizenden Enkelin?«, fragte sie. »Hat ihr das Outfit gefallen, das ich für sie gemacht habe?«

»Sie war ganz begeistert«, antwortete Grace, obwohl von ihrer Enkelin keine Reaktion gekommen war. Grace hatte Charlotte nie Glitzer tragen sehen, war aber gerührt, dass Ava sich ihretwegen so viel Mühe gemacht hatte, und so hatte sie das Päckchen losgeschickt und gehofft, Charlotte hätte Freude daran.

Ihr war nicht wohl bei dieser Lüge und sie warf verstohlene Blicke durch das Museum. Sie bemerkte, dass Hektor sie anstarrte. Der große, sehr alte Teddybär saß in einer der Glasvitrinen des Museums und hielt sein verbliebenes Auge missbilligend auf Grace gerichtet. Sie stellte sich vor, welches Grauen er den armen Kindern, die das Museum besuchten, einjagen musste. Da wandte sie sich lieber ihrem Schnee zu. Er war fein und weiß und weckte in ihr die Sehnsucht nach Weihnachten, obwohl es letztes Jahr ziemlich einsam gewesen war. Wenn sie mehr Kleber untermischte, brächte sie vielleicht noch einen winzigen Schneemann zustande?

Sie hatte für letztes Weihnachten ihre Modelleisenbahn sehr hübsch dekoriert, sich aber nicht dazu aufgerafft, auch das Haus zu schmücken. Es wäre ja nur für sie allein gewesen, da Amelia mit ihrer Familie in Skiurlaub gefahren war. »Das macht dir doch nichts aus, Mum?«, hatte ihre Tochter gefragt, eindeutig die Antwort »nein, nein, überhaupt nicht« erwartend. »Mit Toms Geschäft, meinem Job und Charlottes Schule ist das die einzige Zeit, in der wir fahren können.«

»Aber es ist doch Weihnachten«, hatte Grace eingewandt. Sie war sich vorgekommen wie ein bockiges Kind.

»Das ist doch nur ein Tag wie jeder andere«, hatte Amelia wegwerfend gesagt. »Wir feiern zusammen, wenn wir zurück sind. Du weißt ja, auf wie viele Reisen wir in der Pandemie verzichten mussten.«

»Na dann.« Grace hatte sich gebeugt. Aber nicht nur Reisen waren der Pandemie zum Opfer gefallen, auch die gemeinsame Zeit mit ihrer Tochter und Enkelin. Grace wusste, dass ihre Familie monatelang wegbleiben musste, um sie nicht zu gefährden, doch danach fanden die Besuche nie mehr so regelmäßig statt wie früher. Keine große Sache im Vergleich zu allem anderen, was passiert war, und Grace hatte sich jede Bemerkung verkniffen. »Macht, was für euch das Beste ist«, hatte sie eingelenkt. »Natürlich braucht ihr euren Urlaub.«

»Wie gesagt feiern wir richtig, wenn wir zurück sind«, hatte Amelia wiederholt, ein Zugeständnis an Grace' hörbare Traurigkeit. »Das ist sogar noch besser. Dann kannst du die Geschenke im Schlussverkauf besorgen.«

Doch nach der Rückkehr waren sie wieder zu beschäftigt, ein Monat verging, und schließlich hatte Grace die Geschenke eingepackt und mit der Post geschickt. Im nächsten Jahr würde sie Amelia vielleicht Anfang Dezember oder sogar schon im November einladen, bevor wieder die Arbeit dazwischenkäme. Ab wann man wohl frischen Truthahn kaufen konnte ...?

Grace bremste sich. Es war erst Februar und sie plante schon für Weihnachten! Wann war das Leben so eintönig geworden, ohne Glanzlichter, auf die sie sich freuen konnte? Vielleicht sollte sie selbst einen Urlaub buchen. Bilder von sonnigen Cafés und Strandspaziergängen stiegen in ihr auf, doch dann setzten praktische Bedenken ein, was sie alles mitnehmen müsste, wie es wäre, allein zu reisen, und ob sie ihren Koffer allein heben könnte, und sie seufzte schon jetzt vor Erschöpfung.

»Mein Schnee!«, rief Ava, als Grace' Seufzer eine Wolke Talkumpuder von ihrer Berghütte wehte. »Ich hatte noch keinen Kleber untergemischt. Jetzt hast du den Schnee überall rumgeblasen! Seufz gefälligst auf deine eigene Hütte!«

»Tut mir leid«, entschuldigte sich Grace. Sie fing Tobys Blick auf, und sie schmunzelten gemeinsam in sich hinein. Ava war in weißen Puder gehüllt.

»Das sieht ja aus wie Schuppen«, empörte sie sich und klopfte sich angewidert ab. Sie grinste. »Soll ich was davon auf Samirs Schultern streuen?«

»Bloß nicht!« Grace sah zu dem armen Samir hinüber, der seine verbliebenen, unnatürlich schwarzen Haare sorgfältig über den Schädel gekämmt und mit Spray fixiert hatte. Er starrte stirnrunzelnd durch die Brille auf die Skiläuferin, die er zu bemalen versuchte.

»Spielverderberin!« Ava lachte, stellte ihre Berghütte beiseite und räkelte sich. »Ich bin für heute fertig. Wer hat Lust auf das Happy-Hour-Angebot von Luigi? Und wenn ihr Luigi nett anlächelt, dann gibt er ein Glas Rotwein aus.«

»Ich bin nicht so sicher, dass er auch mir einen ausgeben würde«, sagte Toby, »aber ich komme gern mit.«

»Grace?«

»Vielleicht nächstes Mal.«

»Das sagst du immer.« Ava stand auf. »Was ist mit dir, Samir?« Er reagierte nicht, und sie ging zu seinem guten Ohr hinüber und wedelte vor seinem Gesicht. »Zu Luigi?«, rief sie.

»Ja«, rief Samir zurück. »Und du brauchst nicht zu schreien. Ich bin nicht taub.«

Ava bewegte die Lippen, als würde sie mit ihm sprechen, und er legte die Stirn in Falten und drückte an seinem Hörgerät herum.

»Du bist gemein«, tadelte Grace. Aber sie musste sich sehr bemühen, ernst zu bleiben.

»Ach, er mag es doch, wenn er ein bisschen Aufmerksamkeit kriegt.« Ava lächelte. »Und denk daran, was ich zum Thema Shoppen gesagt habe. Ich stehe dir jederzeit als Stylistin zur Verfügung. Es wäre mir ein Vergnügen, dir den Pennerlook auszutreiben. Bist du sicher, dass du nicht mitkommen willst?«

»Ich muss nach Hause«, sagte Grace. »Amelia ruft vielleicht an.«

2

Mülleimer waren Charlotte heute zum Verhängnis geworden. Sie sah zu, wie ihre Mutter in der Bratpfanne ein Würstchen aufspießte und damit in ihre Richtung wedelte. »Tut mir leid, aber die veganen waren in dem kleinen Tesco schon aus«, sagte Amelia. »Da musste ich welche aus Schweinefleisch nehmen.«

»Aber du hast gelogen«, schmetterte Charlotte ihr ins Gesicht und hielt die leere Verpackung hoch, die sie im Mülleimer gefunden hatte. »Du hast gesagt, die wären auf pflanzlicher Basis.«

»Tut mir leid.« Ihre Mutter setzte sich neben sie. »Das war nicht richtig von mir, vor allem nicht, da du seit drei Tagen Vegetarierin bist.«

»Seit vier«, korrigierte Charlotte.

»Ach ja, entschuldige.« Ihre Mutter lächelte sie an. »Der vierte Tag macht den entscheidenden Unterschied. Aber unter Berücksichtigung der Tatsache, dass dein Dad inzwischen hier sein und das Abendessen fertig haben sollte, damit ich meinen Arbeitsrückstand aufholen kann, könntest du das bitte diesmal noch essen?« An ihrem flehenden Unterton erahnte Charlotte die Verzweiflung ihrer Mutter. »Das Schwein wird nicht wieder lebendig, vielleicht könntest du nur dieses eine Mal deinen Prinzipien untreu werden, mir zuliebe?«

Charlotte ließ sich das Würstchen auf den Teller geben, aber als aus den Löchern, wo ihre Mutter es aufgespießt hatte, Saft austrat, wurde ihr schlecht. Vielleicht könnte sie den Kartoffelbrei und die Erbsen essen, ohne das Würstchen anzuschauen, und es dann später in den Mülleimer schmuggeln.

Der Mülleimer. Dort hätte sie auch diesen Zettel lassen sollen.

Aber nein.

Sie hatte ihn herausgefischt, als sie, von einem berechtigten Verdacht umgetrieben, nach der Würstchenverpackung suchte. Danach hatte sie den Zettel achtlos auf der Arbeitsplatte liegen lassen, wo ihre Mutter ihn fand. Charlotte hatte er nichts gesagt, irgendwas Offizielles von der Bank, nur Zahlen auf einem Blatt. Aber als ihre Mutter ihn sah, war sie weißer geworden als das Papier.

Amelias Handy klingelte. Sie schaute aufs Display und seufzte. »Deine Großmutter«, sagte sie. »Ich habe ihr gesagt, ich würde sie anrufen, sobald ich Zeit habe. Das hat mir gerade noch gefehlt.« Sie sah Charlotte an. »Möchtest du mit ihr reden?« Charlotte schüttelte den Kopf. Sie saßen beide da und starrten mit wachsenden Schuldgefühlen auf das Handy, das beharrlich weiterklingelte.

Sie hörten vertraute Geräusche an der Tür, Schlüsselgeklirr. Zum Glück verstummte das Handy. »Dad ist da«, sagte Charlotte. Manchmal sorgte Dads Rückkehr bei ihrer Mutter für gute Laune. Aber heute war kein solcher Tag.

»Wird auch Zeit«, sagte ihre Mutter mit einem Blick auf die Küchenuhr, als er zur Tür hereinkam. Ihre Stimme war viel spröder als sonst, wenn sie ihn begrüßte.

Charlotte streckte die Arme aus, um ihn an sich zu drücken und seine Bartstoppeln auf der Wange zu spüren. Er roch nicht mehr ganz taufrisch und dazu auch nach Bier, und sie machte sich schon auf einen Streit zwischen den Eltern gefasst.

»Wie war dein Tag, Kleine?«

»Sie ist elf«, sagte Amelia und sah ihn finster an. »Das ist nicht mehr klein. Und wo warst du die ganze Zeit?«

»Sie wird immer meine Prinzessin bleiben, stimmt's, Sweetie?« Er ignorierte die Frage einfach.

Charlotte nickte und hoffte, ihr Dad würde ihrer Mutter nicht zu nahe kommen.

Aber ihre Mutter schnupperte schon. »Hast du …?«

»Nur ein Bier«, fiel Dad ihr ins Wort. »Du kannst kein Geschäft aufbauen, ohne mit den Lieferanten mal ein Bier zu trinken.«

»Aber du warst mit dem Abendessen dran«, sagte Amelia. »Das haben wir heute früh ausgemacht, erinnerst du dich? Ich muss bis morgen diesen Fundraising-Plan fertig haben.«

»Tut mir leid«, sagte ihr Dad. »Das habe ich vergessen.«

»Hast du sonst noch was vergessen?« Charlotte sah die Hand ihrer Mutter über dem Zettel schweben, den sie aus dem Müll gezogen hatte.

»Falls es sonst noch was gibt, habe ich es tatsächlich vergessen«, antwortete er und zwinkerte Charlotte zu.

Charlotte wandte sich ihrem Essen zu und versuchte auszublenden, was nun kommen musste. Sie schaufelte Kartoffelbrei auf die Gabel und schob ihn in den Mund. Dann spießte sie Erbsen auf, dabei kullerten ein paar auf den Tisch, eine rollte direkt neben die Hand ihrer Mutter. Zum Glück für die Erbse merkte Mum nichts davon.

»Wenn du fertig gegessen hast, kannst du in dein Zimmer gehen, Charley«, sagte Amelia. »Es gibt ein paar Dinge, die ich mit deinem Vater besprechen muss.«

Ihr Dad lachte auf. »Das lässt ja Schlimmes befürchten.« Sein scherzhafter Ton verriet, dass er den Ernst der Situation verkannte. Charlotte schloss die Augen und wappnete sich gegen das Gewitter, das sie am Horizont aufziehen spürte.

Charlottes Mutter ließ die Hand mit einem dumpfen Schlag auf den Tisch fallen. Charlotte machte die Augen wieder auf und beobachtete, wie die Erbse in die Höhe sprang und nach ihrer Landung auf die Tischkante zurollte, wo sie wie unentschlossen verharrte und sich dann in den Abgrund stürzte.

Amelia schwieg, alle blickten von einem zum anderen. Charlotte hörte das Ticken der Küchenuhr.

»Deine Mutter hat mir offensichtlich etwas zu sagen.« Dads Stimme klang immer noch leicht, aber an den Rändern schon etwas angestrengt, wie ausfransendes Gewebe. »Wenn du dein Würstchen nicht isst, Prinzessin, gehst du vielleicht lieber Hausaufgaben machen.«

»Sie wird ihr Würstchen essen.«

»Nein, werd ich nicht«, widersprach Charlotte. »Ich bin Vegetarierin.« Sie lehnte sich zurück und sah ihre Mutter an.

»Na schön«, erwiderte Amelia. »Dann esse eben ich das verdammte Würstchen.« Sie rammte ihre Gabel hinein und biss aggressiv ein Stück ab. Charlotte nutzte die Gelegenheit, brummte etwas von einem Aufsatz und flüchtete in ihr Zimmer.

Grace saß am Küchentisch und starrte auf ihr Handy.

Immer noch kein Anruf von Amelia.

Sie sah auf die Uhr. Halb acht. Das war doch bestimmt eine gute Zeit für einen Anruf. Oder waren sie gerade beim Essen?

Grace stellte sich eine Familienmahlzeit vor; ihre Tochter, ihr Schwiegersohn und ihre Enkelin säßen um den Tisch herum und erzählten von ihrem Tag. Da würde ein Anruf doch nicht stören? Grace spürte ein freudiges Kribbeln und wählte Amelias Nummer.

Wählen.

Auch nicht mehr das, was es einmal war. Man drehte nicht mehr mit dem Zeigefinger eine Wählscheibe herum. Das kam einem damals einfach vor, aber sie erinnerte sich noch an ihre Begeisterung, als sie das erste Telefon mit den neuen Drucktasten gekauft hatte. Doch diesen Tasten war nur ein relativ kurzes Leben beschieden. Grace vermisste sie, denn sie fand das kurze, kräftige Drücken, womöglich noch begleitet von einem satten Klickgeräusch, sehr befriedigend. Heute tippte man nur lautlos aufs Display und das Handy wusste, was man von ihm wollte.

Das war einfacher. Schneller. Ein Fortschritt.

Sie blickte konzentriert auf den kleinen Bildschirm und lauschte dem hoffnungsvollen Klingelton, mit dem sich das Handy bei ihrer Familie bemerkbar machte. Vielleicht würden sie den Lautsprecher einschalten, vielleicht sogar die Videofunktion und Grace an die Pfeffermühle lehnen wie an ihrem Geburtstag im Lockdown. Damals war es für sie fast, als würden sie alle gemeinsam essen.

Ihre Hoffnungen schwanden, je länger es klingelte. Sie beobachtete ihr Handy eine Weile, falls ihre Tochter gleich zurückrufen würde. Vielleicht war sie gerade dabei, etwas Aufwendiges zu kochen. Nein, das sah ihr nicht ähnlich. Eher war sie noch am Arbeiten oder versuchte Würstchen zu braten und gleichzeitig an einer Videokonferenz teilzunehmen. Stolz stieg in Grace hoch wie so oft, wenn sie an ihre Tochter dachte. PR-Chefin einer bedeutenden Stiftung für Krebsforschung. Natürlich war sie beschäftigt. Ihre Arbeit hatte Gewicht.

Der Rückruf blieb aus.

Grace bemühte sich, nicht enttäuscht zu sein. Sie brauchte jetzt selbst etwas zu essen. Sie öffnete den Kühlschrank und sah hinein. Ein halbes Stück Käse, zwei Eier und ein Päckchen bereits ergrauender Schinken blickten zurück.

Ihr Interesse am Kochen war ein Zwischenspiel in ihren späteren Lebensjahren gewesen. Nach Rentenbeginn hatte sie ihren Sachverstand dazu genutzt, um für sich und Jonathan leckere Mahlzeiten zuzubereiten, und war überrascht gewesen, wie viel Spaß ihr das machte. Zutaten zu kombinieren und der Hitze auszusetzen, zu beobachten, wie sich Texturen verändern und Aromen entfalten war für sie eine sehr befriedigende Beschäftigung. Jonathan mochte bei all seiner Aufgeschlossenheit die traditionelle Küche am liebsten, und Grace hatte ihn mit Pies und Kartoffeln in allen Varianten verwöhnt.

Aber als es dem Ende zuging, konnte Jonathan nicht mehr viel essen. Sie hatte ihm milde Suppen gekocht und lauwarm eingelöffelt.

Als er nicht mehr war, empfand sie es als Zeitverschwendung, nur für sich allein zu kochen und abzuspülen, und ihr Repertoire schrumpfte schließlich auf Sandwiches zusammen, zu denen sie gelegentlich ein Stück Obst aß. Suppe war ihr immer noch ein Gräuel.

Essen hatte in ihrem Leben immer wieder einen anderen Stellenwert gehabt. Grace dachte an die Siebzigerjahre zurück, wenn sie in der Concorde-Kantine hastig das Mittagsgericht hinunterschlang, damit sie an ihren Motoren weiterarbeiten konnte. Einige der Männer ließen sich viel Zeit, redeten über Fußball oder Mädchen oder was immer sie gerade beschäftigte. Grace nahm selten an diesen Gesprächen teil; die Männer fanden sie in der damaligen Zeit reichlich skurril. Eine Frau, die keine Familie gründen wollte. Grace erinnerte sich. »Für dich ist es doch sinnlos, so hart zu arbeiten«, hatte einer von ihnen gesagt. »Du musst den Job sowieso aufgeben, wenn du Kinder hast.«

»Auf keinen Fall«, hatte sie zur allgemeinen Erheiterung erwidert.

Dazu meinte er nur: »Dein Mann tut mir jetzt schon leid.«

Grace hoffte, dass Amelia sich nie solche blöden Bemerkungen anhören musste. Das würde sich ihre Tochter auch nicht gefallen lassen, dachte sie stolz.

Der Stolz wurde bald vom Hunger gedämpft. Schinken-Sandwich, Käse-Sandwich oder Ei-Sandwich? Grace ließ sich die jeweiligen Vorzüge durch den Kopf gehen, ging zur Brotdose und musste feststellen, dass sich auf dem Laib blasse blaugrüne Pünktchen angesiedelt hatten. Sie hatte Mühe, selbst den kleinsten Laib innerhalb einer Woche aufzuessen; ihr Appetit hatte stark nachgelassen. Sie überlegte kurz, ob die Enten im Park das Brot noch fressen würden, dann fielen ihr die Schilder mit den neuen Fütterungsvorschriften ein. Erlaubt waren nur noch Hafer und halbierte Trauben. Anscheinend waren jetzt sogar die Enten dem Gesundheitswahn verfallen. Sie warf den Laib in den Komposteimer und bückte sich, um eine Pfanne aus dem Schrank zu holen. Dann eben Schinken-Käse-Omelette.

Grace saß am Tisch und aß das Omelette. Es machte ihr nicht viel aus, allein zu leben, mit den Spaziergängen im Park, dem Modellbauclub und natürlich ihrem Schuppen. Neuerdings ließ sie sich von Ava sogar zum Yoga mitschleppen, Yoga sechzig plus. So verging ihre Zeit, sinnvoll und befriedigend, wie sie fand.

Nur alleine zu essen machte keinen Spaß. Jahrelang hatte sie sich abgehetzt, damit sie rechtzeitig nach Hause kam, um mit der Familie zu essen – oft hatte es nicht geklappt. Bei den Mahlzeiten vermisste sie ihre Lieben am meisten. Sie hätte doch mit ihren Freunden zum Italiener mitgehen sollen. Vielleicht nächstes Mal.

Aber so schaltete sie, um Gesellschaft zu haben, den Fernseher ein. Doch bei dieser schrecklichen Teens-Sendung mit ihrem verdummenden Einfluss auf die heutige Jugend schaltete sie wieder aus. Ob diese Serie Charlotte gefiel? Sie war immer ein introvertiertes Mädchen gewesen, sehr eigen. Nicht wie ihre Mutter. Mehr wie ...

Grace brach den Gedanken ab, aß das Omelette auf und ertappte sich beim Gähnen. Sie vermisste nicht alles aus ihren jüngeren Jahren, aber sie vermisste den tiefen Schlaf mit Zwanzig. Jetzt konnte sie von Glück reden, wenn sie ein paar Stunden am Stück durchschlafen konnte. Und ihr Schlaf war immer nur leicht, was am nächsten Tag zu Müdigkeit und häufigen Nickerchen zu den unpassendsten Momenten führte. Vor ihrer Ehe hatte sie sich abends in ihrem schmalen Bett noch einmal die Probleme des Tages durch den Kopf gehen lassen, den optimalen Winkel für eine Turbine, die Drehgeschwindigkeit eines Rotorblatts. Und nicht, ob sie ihre Tochter genervt oder den Schnee auf ihrer Berghütte gut hinbekommen hatte.

Ihre Berghütte.

Grace stellte das Geschirr in die Spüle. Vorsichtig hob sie das kleine Bauwerk hoch, das sie heute angefertigt hatte, verließ mit ihm die Küche und ging durch den Garten zum Schuppen. Aus dem Nachbargarten kam Hundegebell, vom Wind hin und her geweht wie ein Ahornsamen. Sie steckte den Schlüssel ins Schloss.

Die Tür ging auf, und sofort vergaß Grace ihr einsames Mahl. Jetzt war sie zu Hause.

Charlotte saß in ihrem Zimmer und fragte sich, was sie tun sollte. Um sich gegen den Streit in der Küche abzuschotten, der bis zu ihr hochdrang, hätte sie sogar freiwillig noch mehr Hausaufgaben gemacht. Aber sie konnte das 14er Einmaleins bereits perfekt rauf und runter schnurren, hatte eine Kurzgeschichte über Elefanten verfasst und ihre Schultasche für Montag gepackt. Sie hatte die zweite Hälfte von *Love Shack* eingeschaltet, denn sie wusste, dass alle ihre Freundinnen über die Sendung reden würden, aber sie fand sie doof und konnte sich nicht dazu bringen, konzentriert zu folgen. Sie ließ sie im Hintergrund weiterlaufen, holte sich *Fünf Freunde erforschen die Schatzinsel*, ein Buch mit vielen Eselsohren, von dem sie selbst behauptete, sie sei zu groß dafür geworden, und schlug es bei ihrem Lieblingskapitel über Timmy den Hund auf. Aber den Streit hörte sie trotzdem, und der dämpfende Boden ließ ihrer Fantasie viel Spielraum, sich die leiseren Worte auszumalen.

Es war in letzter Zeit immer öfter passiert, dass sie den Abend in ihrem Zimmer verbrachte, damit ihre Eltern sich ungeniert anschreien konnten. Vor sechs Monaten hatte ihre Mum eine Beförderung angenommen, und ihre Eltern hatten sich mit ihr hingesetzt und erklärt, dass Mum nun sehr beschäftigt sei, aber immer noch Zeit für sie finden werde, und zum Ausgleich werde ihr Dad öfter früher nach Hause kommen.

Aber er war nicht früher nach Hause gekommen. Er hatte genauso viel in seinem Geschäft gearbeitet wie zuvor, und Charlotte hatte zugesehen, wie die Augenringe ihrer Mutter immer dunkler wurden und ihre Stimmung auch.

Und was immer auf diesem Zettel stand, goss weiteres Öl ins Feuer. Charlotte wünschte sich wieder, sie hätte ihn in den Müll zurückgeworfen, wo er hingehörte.

Eigentlich wäre es unter diesen Umständen ihr gutes Recht, wieder um einen Hund zu bitten, der jetzt noch wichtiger für sie wäre, weil sie so oft allein war, aber ob ihre Eltern das auch so sahen?

Ganz allein war sie ja nicht, fiel ihr ein. Sie legte das Buch beiseite, um in das Terrarium auf ihrem Schreibtisch zu gucken. Eine der beiden Stabheuschrecken guckte zurück. Die andere ignorierte sie und kaute gelassen an einem welken Ligusterblatt.

Der Streit ihrer Eltern erreichte seinen Höhepunkt und Charlotte konnte mehr verstehen.

Unverzeihlich.

Und das von ihrer Mutter, die ihr gesagt hatte, sie solle anderen immer verzeihen, wenn sie sich nett entschuldigten.

Dann ein ganzer Satz von ihrem Vater, schrill und panisch hervorgestoßen. *Nicht alle halten mich für einen Versager.*

Bist du aber. Wieder ihre Mutter.

Nur die zählen wirklich, die dich nicht fallen lassen, wenn du Fehler gemacht hast.

Und du? Du hast mich angelogen! Und weiß Gott was sonst noch alles ...

Charlotte machte das Fenster auf und beugte sich hinaus. Tief atmete sie die frische Abendluft ein und genoss die Kühle in ihren Lungen. Sie hörte das Lied einer Amsel. Dann schlug die Haustür zu. Das ganze Haus erzitterte.

Das war neu. Sie hatte noch nicht erlebt, dass einer von ihnen tatsächlich das Haus verließ. In der Regel stritten sie, knallten mit Schranktüren und vielleicht gab es ein paar Tränen, aber beide blieben zu Hause. Jetzt herrschte Stille, und Charlotte fragte sich, wer von den beiden wohl gegangen war. Falls ihre Mum fort war, könnte sie sich hinauswagen und den Becher Schokomousse mitgehen lassen, den sie im Kühlschrank gesehen hatte. Aber wenn sie noch da war? Dieses Risiko wollte Charlotte nicht eingehen, nicht, nachdem sie das Würstchen verweigert hatte.

Sie schloss das Fenster und betrachtete wieder ihre Stabheuschrecken. Eine schwenkte ihr schlankes Bein wie in einem Tanz. Die andere kletterte entschlossen an der Glaswand bis ganz nach oben, vielleicht auf der Suche nach den frischesten Blättern. Morgen würde Charlotte neuen Liguster für sie pflücken.

Charlotte kam zu dem Schluss, dass es keinen Grund zur Sorge gab, und wandte sich wieder ihrem Buch zu. Ihre Eltern würden sich schon wieder versöhnen. Das taten sie doch immer.

3

Amelia saß am Küchentisch. Mehrere Tage waren verstrichen, die neue Enthüllungen, neues Geflüster gebracht hatten. Sie konnte immer noch nicht ganz glauben, was er ihnen angetan hatte. Tom doch nicht. Er war immer so offen gewesen, bereit, über alles zu reden. Das war sehr wohltuend, genau, was sie nach den Jahren mit ihrer Mutter brauchte. Und anfangs der Grund, warum sie sich in ihn verliebt hatte. Nun ja, das und seine Augen, tief und blau wie das Meer, wie die ihres Vaters.

Ihr Aufstieg auf der Karriereleiter bedeutete für ihn eine größere Belastung, klar. Aber er hatte super reagiert. Sie hatte ihm von ihren Schuldgefühlen erzählt, dass sie sich egoistisch vorkam, weil sie ihre Karriere an erste Stelle setzte, obwohl Charlotte noch zur Schule ging. Er hatte gelacht und erwidert, ihm fiele kein Mensch ein, der ein schlechtes Gewissen hat, weil er dem Zusammentrommeln von Spendengeldern für die Krebsforschung mehr Zeit widmen will.

»Ich will nicht wie meine Mutter sein«, hatte sie gesagt. »Nur die Karriere im Kopf und keine Zeit für meine Tochter. Ich kann es nicht ertragen, dass Charlotte sich vernachlässigt fühlt.« Die eigene Kindheit stand ihr wieder vor Augen. Charlotte sollte es anders haben.

»Du bist ganz anders als deine Mutter«, hatte er sie beruhigt, Worte, die sie immer gern hörte. »Außerdem hast du mich zur Unterstützung. Das ist Partnerschaft.«

Es fühlte sich schon längst nicht mehr nach Partnerschaft an. Es waren hohle Worte gewesen, er kam so oft spät nach Hause und begründete das mit seiner hohen Arbeitslast. Jetzt wurde ihr klar, dass es am unaufhaltsamen Niedergang seines Geschäfts lag. Aber er hätte doch mit ihr reden können. Sie wusste, dass sie manchmal ein bisschen schroff und er ein bisschen feig sein konnte, dass sie zum Streiten neigten, wenn sie müde waren. Und sie waren oft müde. Aber sie waren Tom und Amelia. Amelia und Tom. Sie liebten sich doch.

Oder zumindest hatten sie sich immer geliebt.

»Willst du das wirklich?«, fragte er sie.

Bei dieser Frage kochte Wut in Amelia hoch. Als wäre sie an dieser Situation, dieser Entscheidung schuld. »Nein«, sagte sie. »Das will ich nicht. Ich wollte das alles nicht. Aber ich wurde ja nicht gefragt, oder?«

Er nickte. »Ich weiß«, sagte er. »Tut mir leid.«

Als Amelia ihm in die Augen sah, wurde sie weich und wünschte sich einen Moment lang, sie könnte ihm einfach verzeihen. Aber diesmal konnte sie es nicht. Es lag nicht in erster Linie am Geld, das er von ihren gemeinsamen Konten abgehoben hatte. An den Schulden, die er auch auf ihren Namen gemacht hatte. Oder an der neuen Hypothek, die er auf ihr abbezahltes Haus aufgenommen hatte, was bedeutete, dass sie nun ihr Zuhause verloren. Es lag an den Lügen. An der Täuschung. Anscheinend hatte er schon jahrelang seine Verluste vertuscht, um sein Geschäft zu retten.

Und er hatte sich ihr nicht anvertraut. Kein einziges Mal. Sie kam sich so dumm vor, weil sie nichts gemerkt hatte. Vielleicht war er deshalb so scharf darauf gewesen, dass sie die Beförderung annahm? Nicht, weil ihm an ihrem Wohl lag, sondern weil er das zusätzliche Geld brauchte.

Bei dem Gedanken wurde ihr übel, sie schob ihn weg und bemühte sich um einen sachlichen Ton.

»Wir müssen das Haus verkaufen«, erklärte sie. »Nicht ich sage das, sondern die Bank.« Sie hielt kurz inne. »Ich kann dir nicht vertrauen. Nicht mehr. Es ist das Beste, wenn wir getrennt wohnen. Zumindest für einige Zeit, bis wir einen Plan haben, wie es weitergeht.«

»Ja, aber ich …« Er sprach nicht weiter. Amelia fragte sich, ob er ihr sagen wollte, dass er sie liebte. Das hatte er schon lange nicht mehr gesagt. »Okay«, sagte er stattdessen.

»Okay«, wiederholte Amelia und schluckte ihre Enttäuschung hinunter. »Charlotte ist nach der Schule zu einer Freundin gegangen, aber sie wird jede Minute nach Hause kommen. Dann müssen wir es ihr sagen.« Sie schwieg eine Weile und wünschte, sie könnte ihrer Tochter die schmerzhaften Tatsachen ersparen. Aber sie musste ehrlich sein. Sie schuldete Charlotte die Wahrheit.

»Wie viel willst du ihr sagen?«, fragte er.

Amelia sah ihm an, wie besorgt er war. »Genug, damit sie versteht«, sagte sie und versuchte Tom anzulächeln, aber sein Gesicht verriet ihr, dass es ihr nicht ganz gelang. »Du bist ihr Vater«, fuhr sie fort. »Sie muss wissen, dass du einen Fehler gemacht hast, aber dass du sie immer noch liebst.«

»Natürlich tue ich das«, sagte er. Amelia sah ihn wieder an, wieder wartete sie darauf, dass er hinzusetzte: *Und dich liebe ich auch.*

Doch das tat er nicht.

Amelia rührte die Tomatensauce in die Sojaschnetzel, die sie anbriet. Sie machten ein befriedigendes Brutzelgeräusch, blieben aber unappetitlich grau, und Amelia befürchtete, dass sie etwas falsch machte.

Sie machte tatsächlich etwas falsch: Sie schob das Gespräch auf, das sie unbedingt führen mussten. Genug damit.

»Charlotte, Tom, kommt bitte in die Küche«, sagte sie.

»Nur noch eine Minute, ich bin fast fertig mit den Hausaufgaben«, rief Charlotte. Liebe für ihre gewissenhafte Tochter stieg in Amelia hoch.

»Okay«, rief Amelia zurück. Tom kam herein und nahm sich aus dem Kühlschrank ein Bier. Amelia warf ihm einen schneidenden Blick zu, verkniff sich aber jeden Kommentar. Sie könnte jetzt selbst einen Drink gebrauchen.

Charlotte tauchte auf und schielte in die Bratpfanne. »Ohne Fleisch«, triumphierte Amelia und hielt zum Beweis die Verpackung hoch.

»Danke.« Charlottes Blick wanderte zwischen ihren Eltern hin und her. »Ihr seid beide früh nach Hause gekommen«, sagte sie misstrauisch. »Und du machst mein Lieblingsessen.«

»Bitte setz dich«, sagte Amelia. »Wir haben dir etwas zu sagen.« Sie holte tief Luft und sah Tom an. Er studierte die Bierdose, als wäre nichts so faszinierend wie die Liste der Inhaltsstoffe.

»Worum geht's denn?«, fragte Charlotte. »Um einen Hund?«

Amelia spürte, wie der Knacks in ihrem Herzen noch ein bisschen größer wurde. »Nein«, sagte sie. »Es geht um deinen Vater und mich. Und dich. Und was wir als nächstes tun müssen.«

»Komm, wir rufen Grandma an.«

Charlotte sah ihre Mutter überrascht an, so etwas schlug sie selten vor. Aber nun saßen sie in ihrem fast leeren Haus und fragten sich, was sie ohne Fernseher machen sollten. Seit Charlotte den Bankbrief gefunden hatte, waren nicht einmal drei Wochen vergangen, aber ihr Leben stand inzwischen Kopf oder war in Kisten weggepackt. Manches wurde eingelagert, aber die Fernseher und Computer waren von einem stämmigen Mann mit Tattoos abtransportiert worden. Als er kam, hatte ihre Mutter sie in ihr Zimmer geschickt. Sie und die Stabheuschrecken hatten zugehört, wie der Mann pfeifend ihre Besitztümer einkassierte. Charlottes Welt bröckelte, während die Insekten an Ligusterblättern knabberten.

»Wieso darfst du dein Handy behalten?«, fragte Charlotte. »Und ich nicht?«

»Wir bauen Extras ab und dein Vertrag ist ausgelaufen«, antwortete ihre Mutter. »Wie ich dir bereits erklärt habe. Meins brauche ich für die Arbeit. Ohne geht's nicht.«

»Ich brauche meins auch«, sagte Charlotte. »Für meine Freundinnen ...«

»Die kannst du trotzdem treffen«, sagte ihre Mutter. »Wir ziehen nicht weit weg.«

»Warum kann ich dann nicht an der Schule bleiben?«

Amelia seufzte. »Wegen der Schulgebühren«, sagte sie. »Dein Dad hat ... einen Fehler gemacht. Wir haben das alles schon durchgekaut.«

»Aber ich verstehe es nicht.« Charlotte sah sich im Haus um. Es wirkte größer und staubiger, seit es leer war, und hatte helle Flecken, wo Bilder an den Wänden gehangen hatten. Helle Rechtecke auf den Teppichen zeigten an, wo die Möbel gestanden hatten. Charlotte war dieses Haus vertraut, und der Gedanke, es zu verlassen, trieb ihr Tränen in die Augen.

Amelia legte den Arm um Charlotte. »Ich weiß, es ist hart«, sagte sie. »Aber du musst tapfer sein.«

»Tapfer sein wäre leichter, wenn ich ein Handy hätte.«

»Ich hatte in deinem Alter überhaupt kein eigenes Telefon.« Amelia drückte Charlotte noch enger an sich. »Und habe trotzdem überlebt.«

»Dad fehlt mir«, sagte Charlotte. Ihr Vater hätte ihr erlaubt, das Handy zu behalten, da war sie ganz sicher. »Wann kann ich ihn sehen?«

»Ich hab's dir doch gesagt«, sagte ihre Mutter. »Er hat einen Riesenberg Arbeit, deshalb lebt er eine Weile woanders.«

»Liebst du ihn nicht mehr?« Das alles ging über ihren Verstand. Ihr Dad hatte mit den Finanzen Mist gebaut, und ihre Mutter war böse. Auch sie ärgerte sich, sie wollte ihr Haus nicht verlassen und schon gar nicht ihre Schule und ihre Mitschüler, von denen sie viele schon ihr Leben lang kannte. Aber sie liebte ihren Dad. Egal, wo sie hingingen, er sollte mit.

»Es ist kompliziert«, sagte ihre Mutter. »Wir brauchen Abstand.«

»Wie lange?« Charlotte strich mit dem Finger an der Wand entlang, wo Mums und Dads Hochzeitsfoto gehangen hatte, auf dem sie über etwas lachten, was sie Charlotte nie hatten erklären können. »Kann er mir immer noch bei den Mathe-Hausaufgaben helfen?«

»In Mathe bin ich besser als dein Dad«, sagte Amelia. »Ich werde dir helfen.«

»Ich weiß, aber ...«

»Schluss jetzt«, sagte ihre Mutter und nahm das Handy heraus. »Rufen wir Grandma an.«

»Ich will nicht. Sie riecht komisch.«

»Du kannst sie durchs Handy ja nicht riechen. Außerdem haben wir sonst nichts zu tun.« Ihre Mum lächelte, ein amüsiertes Funkeln in den Augen. »Und du musst ihr für diese absolut bezaubernden Klamotten danken, die sie dir geschickt hat. Ehrlich gesagt kann ich es kaum glauben, dass der Tattoo-Mann sie verschmäht hat.«

Charlotte und ihre Mum mussten unwillkürlich kichern, und die Spannung löste sich ein wenig. Die Kleider hatten beide überrascht, verwirrt und dann erheitert, ein paillettenglänzender Berg von Scheußlichkeiten. »Sprich du zuerst mit Grandma«, sagte ihre Mutter. »Dann löse ich dich mit meinen Neuigkeiten ab. Höchste Zeit, dass wir es ihr erzählen.« Sie zuckte mit den Achseln. »Grandma hat deinen Vater nie gemocht. Wahrscheinlich sagt sie, *ich hab's dir doch gleich gesagt.*«

»Er hat's ja nicht mit Absicht gemacht«, sagte Charlotte, die immer noch auf eine Versöhnung hoffte.

Ihre Mutter biss die Zähne zusammen, ihre Kiefer malmten gefährlich.

»Nun ja. Gut. Jetzt kommt für Grandma der Moment, die Millionen rauszurücken.«

»Millionen?«

»Hoffen kann man immer.«

Grace schlug die Augen auf und blinzelte. Sie brauchte kurz, bis sie das Geräusch erkannte. Sie hatte nicht zu schlafen beabsichtigt, war aber offensichtlich eingedöst, das halb gegessene Sandwich in der Hand, und der Sessel hatte einen Speichelfleck. Wann war sie so alt geworden?

Sie hatte keine Zeit, darüber nachzudenken.

Das Handy klingelte.

Grace stieß sich aus dem Sessel hoch, hastete zu ihrer Handtasche und wäre fast am Esstisch hängen geblieben. Sie rappelte sich hoch, knurrte wen auch immer an, besser aufzupassen, und wühlte in der Tasche. Sie fand das Handy sofort, da das Display leuchtete, doch es schlüpfte ihr immer wieder aus den Fingern. Endlich bekam sie es zu fassen und nahm den Anruf an.

Ihre Enkelin.

Da lächelte Grace so breit, dass sie kaum sprechen konnte, was Charlotte wiederum nicht wissen konnte, und so holperte das Gespräch dahin, bis es versiegte. Grace' Lächeln verblasste, sie fragte nach den Kleidern und meinte ein kleines Schnauben mitten in Charlottes Dankesbeteuerungen zu hören, die ebenfalls wieder in Schweigen endeten. Grace hörte sich drauflosplappern, sie sei fast über den Tisch gefallen, und wie sehr man mit zweiundsiebzig aufpassen müsse, denn im Nu sei die Hüfte gebrochen, weil die Knochendichte so abnehme, und mit gebrochener Hüfte käme man ins Heim und das sei oft der Anfang vom Ende, deshalb wolle man sein Zuhause erst verlassen, wenn man in einer Kiste liegt.

Endlich kriegte Grace die Kurve und stellte ihr Gefasel ein; sie schüttelte den Kopf. Welche Elfjährige wollte so was hören? Nicht einmal Grace selbst wollte so etwas hören. Und Ava hätte sie spätestens beim Worte »Hüfte« abgewürgt.

Schweigen.

Noch längeres Schweigen.

»Mum will mit dir reden«, sagte Charlotte schließlich, und Grace empfand unendliches Bedauern, in das sich Erleichterung schlich, weil nun die Tortur des Smalltalks ein Ende hatte. Amelia übernahm das Handy und forderte Grace mit ernster Stimme auf zu warten, bis sie in ein anderes Zimmer gegangen sei, wo sie ungestört reden könnten. Ob Grace ein Problem mit Charlotte habe?

Nein.

Grace heftete den Blick auf Amelias und Toms Hochzeitsfoto, das auf ihrem Kaminsims stand. Sie hatte sich immer gefragt, worüber die beiden auf diesem Foto lachten, aber im Moment war niemandem nach Lachen zumute. Grace hörte ungläubig zu. Amelia hatte an ihrem Hochzeitstag umwerfend ausgesehen, in ihrem Vintage-Blumenkleid, was immer das heißen mochte, ganz Seide und Spitze. Grace erinnerte sich an die Qual beim Kauf ihres Brautmutter-Outfits. Damals wäre Ava hilfreich gewesen, aber Amelia hatte die Beratung an sich gerissen. In der Mittagspause kam sie schnell aus dem Büro, um Grace' Auswahl zu begutachten, und telefonierte dabei die ganze Zeit. Schließlich einigten sie sich auf ein himmelblaues Leinenkleid mit passender Jacke, die die schlaffe Haut auf ihren Armen verbarg. Das Ensemble knitterte, sobald Grace sich setzte, und sie wünschte sich den ganzen Tag nichts anderes als ein Bügeleisen, aber Jonathan fand sie wunderschön.

»Dein ganzes Geld?«, wiederholte Grace. Sie war nicht sicher, ob sie richtig verstanden hatte.

»Anscheinend hat er das Haus als Sicherheit für ein Bankdarlehen eingesetzt, um sein Geschäft zu retten«, sagte Amelia in ihrer nüchternen Art. »Er hatte schon länger Verluste gemacht«, fuhr sie fort, »und hat alles vertuscht, indem er unsere Konten abgeräumt und zu horrenden Zinsen Geld geliehen hat. Und dann hat er auch noch gelogen.«

Grace hatte den Mann, den ihre Tochter gewählt hatte, nie gemocht, die überteuerten Blumen und die schnellen Autos, in denen ihr flau im Magen wurde, und die galanten Küsschen auf ihre Wange, die nach extravagantem Aftershave rochen. Jonathan hatte nie das Bedürfnis gehabt, seinen natürlichen Körpergeruch zu überdecken, und hatte seinen Fahrstil der kostbaren Fracht des Familienvolvos angepasst.

Grace presste die Lippen zusammen, damit ihr ja nichts entschlüpfte wie »ich hab's dir doch gleich gesagt«. Das war das Letzte, was ihre Tochter brauchte.

Aber was war das Erste?

Grace versuchte die unterschwellige Botschaft aus Amelias Bericht herauszuhören.

Geld.

Sie brauchte Geld.

»Ich habe ein paar Ersparnisse«, sagte sie. »Die kannst du gerne haben.«

»Das ist sehr großzügig von dir«, entgegnete ihre Tochter. »Aber die würden nicht reichen.«

»Wir könnten eine neue Hypothek auf mein Haus aufnehmen?«

»Darum kann ich dich nicht bitten.«

Du könntest mich um alles bitten und ich würde es dir geben, dachte Grace. Aber das klang ziemlich theatralisch und sentimental, deshalb sagte sie es nicht.

Sie wandte sich wieder lebenspraktischeren Dingen zu. »Wo werdet ihr denn alle wohnen?«, fragte sie.

»Tom ist schon ausgezogen«, sagte Amelia. »Ich weiß nicht, wo er unterkommt, jedenfalls wird er nicht mit uns zusammen wohnen, nicht im Moment. Ich werde mir ein Airbnb suchen.« Grace stand vor einem Rätsel.

»Natürlich«, sagte sie. »Ein Airbnb.« Das klang wie ein schwebendes Hotel, aber das konnte es wohl nicht sein. Ihr Blick kehrte zu dem Hochzeitsfoto zurück. Sie biss sich auf die Lippen. Es gibt kaum Schlimmeres, als den Partner zu verlieren. Tom war nicht tot, aber trotzdem. Es musste traumatisch für Amelia sein. »Tut mir leid für dich«, sagte Grace und fand ihre Worte selbst qualvoll unzulänglich.

Es musste doch eine Möglichkeit geben, ihrer Tochter zu helfen.

Sie dachte kurz nach. Amelia musste Geld sparen. Und sie musste sich nun allein um Charlotte kümmern.

Eine Idee nahm in Grace Gestalt an.

Amelia brauchte ein Dach über dem Kopf.

Und hier war Grace. Sie hatte Wohnraum zur Genüge.

Amelia konnte von überall aus arbeiten, das hatte die Pandemie bewiesen. Und London war von hier aus immer noch erreichbar, falls nötig, gerade noch. Die nette kleine Schule, in die Amelia gegangen war, existierte noch, es war nur ein kurzer Fußweg bis dorthin. Grace hatte zwei Zimmer, die niemand nutzte, und da waren ihre Enkelin und ihre Tochter, die von Luft-Hotels und Schuldenbergen redete.

»Komm nach Hause«, sagte sie.

Amelia gab ein verärgertes Geräusch von sich. »Davon rede ich doch die ganze Zeit. Das Haus wird verkauft. Wir haben kein Zuhause mehr.« Ihre Tochter sprach nun lauter und langsamer, als begänne sie daran zu zweifeln, ob Grace noch ganz bei Verstand war.

»Ich meine mein Haus«, sagte Grace mit mehr Überzeugungskraft, denn die Idee hatte sich gefestigt. »Unser Haus. Du und Charlotte, ihr könnt doch bei mir wohnen.« Sie unterbrach sich und hörte fast das Entsetzen, das ihr aus dem Handy ans Ohr schwappte. »Nur so lange, bist du wieder auf die Füße gekommen bist«, sagte sie hastig, um ihrer Tochter die Sache schmackhafter zu machen. »Miete zahlen ist rausgeworfenes Geld«, fügte sie hinzu. Das hätte Jonathan gesagt, Jonathan, der sich mit ihrer Tochter immer viel besser verstanden hatte als sie. Wieder schwieg sie. »Bitte.« Nein, das war falsch, das klang verzweifelt, als liefe sie ihrer Tochter hinterher und bettle um ihre Aufmerksamkeit. »Nur so eine Idee«, fügte sie hinzu und versuchte, nonchalant zu klingen. »Ich bin sowieso kaum zu Hause«, log sie. »Als Rentnerin ist man dauernd unterwegs. Ich hätte fast deinen Anruf verpasst.«

Es entstand eine Pause.

»Gar keine so schlechte Idee«, sagte Amelia.

Nein?, dachte Grace.

Nein. Es war keine schlechte Idee.

Da legte Grace los und redete über praktische Dinge, über Schulen und Zimmer und Handtücher und Mahlzeiten, aber sie wusste bereits, dass sie gewonnen hatte.

Ihre Tochter würde nach Hause kommen, ihre Enkelin auch, und allem Anschein nach ohne ihren Schwiegersohn.

Sie würden zusammen essen, das Haus teilen und einander neu kennenlernen.

Dann hörte Grace auf zu reden und sank in ihren Sessel. Denn langsam dämmerte ihr, welches Katastrophenpotenzial in dem Unterfangen steckte.

In was hatte sie sich da bloß reingeritten?

4

»Leidet deine Tochter an krankhafter Schweißabsonderung?«, erkundigte sich Ava. Mit ihrem Glitzerkleid war sie fürs Kaufhaus, Abteilung Badtextilien, ein wenig overdressed. Sie sah Grace stirnrunzelnd an.

»Nein«, erwiderte Grace. Sie wünschte, sie hätte Ava nicht dabei, wenn sie sich zwischen ägyptischer und ultrasofter Baumwolle entscheiden musste. »Natürlich nicht.«

»Das heißt, sie wird nicht viermal am Tag duschen?«

»Nein.«

»Wozu dann die ganzen Handtücher?«

Grace betrachtete die Handtuchberge vor sich und entschied sich für ägyptische Baumwolle. »Es ist schön, viele frische Handtücher zu haben, findest du nicht? Und ich dachte, jede von uns bekommt ihre eigene Farbe. Ich nehme die alten Grünen. Amelias Lieblingsfarbe ist Blau.« Grace erinnerte sich lebhaft an den Sommer, als Amelia jedes nicht blaue Nahrungsmittel verweigerte. In jenen Monaten hatte Jonathan ein inniges Verhältnis zu Lebensmittelfarbe entwickelt. Grace lächelte vor sich hin und nahm sich vor, entsprechende Vorräte anzulegen, vielleicht ein blaues Essen zu kochen. Würde sich Amelia erinnern, oder würde sie glauben, ihre Mutter sei endgültig übergeschnappt?

»Nur du kannst ein Handtuch auf diese Art anstrahlen«, sagte Ava. »Dabei sind wir noch gar nicht bei den Klobürsten ...«

»Was meinst du, welche Farbe Charlotte für ihr Handtuch gefallen könnte?« Grace griff zu einem gelben Handtuch, das sie an Butter erinnerte, und legte es wieder zurück. Vielleicht doch lieber etwas Neutraleres. Damit wäre sie auf der sicheren Seite.

»Wahrscheinlich hätte sie lieber Make-up«, entgegnete Ava. »Komm, wir gehen in die Kosmetikabteilung.«

»Sie ist zu jung für Make-up«, wehrte Grace ab.

»Niemand ist zu jung für Make-up«, widersprach Ava. »Und die Mädchen heutzutage. Die sind viel älter, als wir in dem Alter waren.«

»Das ergibt logisch keinen Sinn«, sagte Grace, obwohl sie genau wusste, was ihre Freundin meinte. Ob Charlotte schon einen Freund hatte? Bestimmt nicht!

Sie könnte aber ein paar schöne Pflegeprodukte kaufen. Den größten Teil ihres Talkumpuders hatte sie zu Schnee verarbeitet. Sie ahnte vage, dass Puder sowieso überholt war. Sie würde für ihre Gäste ein paar Dosen Feuchtigkeitscreme kaufen, in verschiedenen Düften, damit sie etwas zum Aussuchen hätten. Vielleicht auch ein paar hübsche Seifen, geformt wie Früchte.

»Seife in Fruchtform mag doch jeder, oder?«, fragte sie.

»Jetzt drehst du aber langsam durch«, mahnte Ava freundlich. »Heute benutzt doch jeder Duschgel. Gehen wir lieber zur Damenmode rüber. Du wirst ein paar neue Sachen brauchen, damit du deiner coolen Enkelin nicht peinlich bist.«

Grace legte die Handtücher beiseite. Daran hatte sie gar nicht gedacht. Bei ihren Plänen hatte sie sich auf Bettwäsche, Handtücher und Seife konzentriert, nicht auf die Frage, ob sie vielleicht selbst peinlich altmodisch sein könnte.

Aber das war sie wohl.

Natürlich war sie das.

Charlotte würde nicht wollen, dass ihre Freunde ihre altbackene Großmutter sahen, die sich nicht einmal entscheiden konnte, welche Handtücher sie kaufen sollte. Du lieber Himmel, eine Fremde hatte ihr Geld für einen Muffin geschenkt! Sie blickte an ihrem Mantel hinunter, und die Schmutzränder, die noch von der Pfütze stammten, starrten ihr anklagend entgegen. Sie hatte den Mantel immer noch nicht zur Reinigung gebracht.

»Oje, so habe ich das nicht gemeint«, sagte Ava betroffen. »Das war doch nur ein Witz. Tut mir leid. Du siehst wunderbar aus.«

Grace griff wieder zu einem Handtuch. »Mir gefällt violett«, sagte sie mit etwas zittriger Stimme.

»Super Wahl«, lobte Ava. »Erinnert mich an den Papst.«

»Was weißt du denn schon vom Papst?«, zog Grace sie auf. Auch sie versuchte wieder zu der unbeschwerten Stimmung zurückzufinden, in der ihr Ausflug begonnen hatte.

»Ich weiß jedenfalls, dass er Violett mag.« Ava gab Grace einen liebevollen Stups. »Und keine Sorge«, sagte sie. »Ich kann jederzeit als coole Ersatztante einspringen, wenn du eine brauchst.«

»Großtante«, korrigierte Grace. Doch sie war gerührt.

»Tante«, beharrte Ava energisch. »Und jetzt zur Kosmetik?«

»Zu den Haushaltswaren«, sagte Grace. »Ich brauche neue Teller. Und Töpfe. Und einen großen Bräter.« Sie lächelte. »Zur Ankunft der beiden werde ich einen Sonntagsbraten machen«, sagte sie, »mit allem Drum und Dran. Den traditionellen Beilagen.« Früher hatte sie sonntags immer einen Braten auf den Tisch gebracht. Als Jonathan noch lebte, waren Amelia, Charlotte und Tom oft zu Besuch gekommen und hatten kräftig zugelangt. Aber nach Jonathans Tod wollte Amelia nicht mehr, dass ihre Mutter sich so viel Mühe machte. Dann hatte die Pandemie den Besuchen ein Ende gesetzt. Grace freute sich schon auf den herzerwärmenden Duft von Brathähnchen, der nun wieder durch ihre Küche ziehen würde.

»Du bist wirklich ein Dinosaurier«, sagte Ava. »Was hast du gegen Foodora?«

Grace sah sie verwirrt an. »Gegen was für ein Ding?«

»Ach, egal.« Ava kicherte. »Und meiner Meinung nach brauchst du dir auch keine Sorgen zu machen, dass Charlotte supercool ist«, fügte sie hinzu und stupste Grace noch einmal sanft in die Rippen, um klarzustellen, dass sie es nicht böse meinte. »Sie hat deine Gene. Sie ist bestimmt eine Streberin und linkisch im Auftreten. Und fantastisch.«

Charlotte wusste, dass die Stabheuschrecken es nicht mochten, wenn ihr Terrarium bewegt wurde. Sie hob es so behutsam wie möglich hoch, trotzdem wurde die Welt der Tiere auf eine Weise erschüttert, die sie nicht verstehen konnten. In der Wildnis würden auch die Bäume, auf denen sie lebten, im Wind schwanken, und sie müssten in ihrer indischen Heimat auch Monsune überstehen. Aber nichts war so verheerend wie das. Nichts.

»Charlotte, jetzt komm schon«, rief ihre Mum nach oben.

Charlotte drückte das Terrarium fest an ihre Brust, drehte sich noch einmal um und warf einen letzten Blick auf ihr Zimmer. Es sah nicht mehr aus wie ihr Zimmer, die Poster – fast alles Tiere aus dem Regenwald, damit die Insekten sich heimisch fühlten – waren abgehängt, die Klebemasse hatte kleine Schattengeister hinterlassen. Ihr Bett stand nicht mehr da, die Bücher waren eingepackt. Es blieb nur der vertraute Blick aus dem Fenster, auf den noch kahlen Kirschbaum, der in wenigen Wochen mit dicken Knospen übersät wäre, aus denen dann die Blüten explodieren würden. Im Frühling waren die Blütenblätter durch ihr offenes Fenster hereingeschwebt wie Konfetti.

Aber es war nicht mehr ihr Fenster.

»Charlotte, wir müssen jetzt los.«

»Okay.« Sie sah Pickle zu, der von seinem Blatt gefallen war und nun zaghaft die Glaswand hochkletterte. »Du musst jetzt ganz tapfer sein«, schärfte sie ihm ein.

Ihre Mutter stand schon in der Haustür, die Autoschlüssel für den kleinen Van, den sie für diesen Tag gemietet hatte, in der Hand. Sie brauchten keinen Umzugslaster, weil vieles, was sie nicht mitnahmen, eingelagert wurde. »Steig ein«, forderte sie Charlotte auf. »Ich schließe ab.«

Charlotte stieg nicht ein. Sie stand da, hielt das Terrarium umklammert und sah zu, wie ihre Mutter zum letzten Mal den Schlüssel im Schloss drehte. »Wie ist es dort?«, fragte sie. »Bei Grandma?«

»Du bist doch schon oft dort gewesen.«

»Aber nie länger. Nie über Nacht.«

»Es ist gemütlich«, sagte Amelia. »Und du weißt, dass deine Gran hervorragend kocht.«

»Was kann man da so machen?«

»Nicht viel«, gab ihre Mutter zu. »Aber wir bleiben ja auch nicht lange.«

»Warum muss ich dann dort zur Schule gehen?«

»Es gibt Gesetze«, sagte Amelia. Dann wurde ihre Stimme sanfter. »Alles wird gut«, versprach sie. »Du wirst bald neue Freundinnen haben.«

»Ich will keine neuen Freundinnen. Ich will meine alten.«

»Ich weiß.« Amelia nahm Charlotte in den Arm. »Aber wir

haben keine Wahl.« Sie schwieg kurz. »Schau mal, ich habe auf dem Rücksitz eine schöne große Lücke für die Stabheuschrecken gelassen.«

»Die nehme ich auf den Schoß.« Charlotte drückte das Terrarium noch fester an sich. »Hugo und Pickle bekommen sonst vielleicht Angst.«

Grace sah sich noch einmal in ihrem Wohnzimmer um und überlegte, was sie vergessen haben könnte. Sie hatte Rosen aus dem Vorgarten geschnitten, in deren Blüten Amelia als Kind so gern die Nase hineingesteckt hatte. Dann hatte sie behauptet, da sei Honig drin. Das Hähnchen bräunte langsam im Ofen, erfüllte das Haus mit dem Duft von Familienmahlzeiten und weckte Erinnerungen an Jonathan.

Sie lebte immer noch in dem Haus, das sie über vierzig Jahre miteinander geteilt hatten, und einiges war so stark mit ihm verbunden, dass die Erinnerung sie buchstäblich überwältigte. Brathähnchen zum Beispiel. Oder sein Sessel. Den hatte sie schließlich weggeben müssen, nachdem sie ihn Tag für Tag leer hatte dastehen sehen, noch mit Jonathans Abdruck. Damit wurde sie nicht fertig. Sie hatte dort einen Ficusbaum hingestellt, aber wenn sie die Augen schloss, stieg immer noch das Bild des Sessels vor ihr auf, und Jonathan saß darin und lächelte sie an.

Grace blinzelte die Erinnerungen weg und fuhr mit den Vorbereitungen fort. Sie stellte Knabbereien auf den Tisch, Käsegebäck-Fischchen, die Amelia geliebt hatte, ein paar Karottensticks, gut für die Augen, und eine große Schale mit sündteuren Geleebohnen als besondere Leckerei.

Sie hatte die neuen Handtücher gewaschen, im Trockner getrocknet und gebügelt. Sorgfältig zusammengelegt warteten sie auf den mit neuer, ebenfalls gewaschener und gebügelter Bettwäsche bezogenen Betten. Sie hatte Amelia in ihr altes Kinderzimmer einquartiert und nach kurzem Zögern das Gästezimmer für Charlotte hergerichtet. Schon vor Jahren hatte sie das Zimmer ausgeräumt und die Wände neu gestrichen, dennoch hatte sie einen Moment darin verweilt und ihren Erinnerungen nachgehangen.

Nur einen kurzen Moment, denn es war noch so viel zu tun.

Zum Beispiel musste sie den Schuppen dicht machen. Sie hatte innen an den Fenstern Rollläden montiert und heruntergelassen, nun sperrte sie die Tür zu und kontrollierte, ob das Schloss funktionierte. Im Prinzip hatte sie nichts dagegen, wenn die beiden hineinschauten, sagte sich Grace. Sie hatte nichts zu verbergen. Aber vielleicht wäre es besser, wenn Amelia dachte, es stünden dort nur ein Rasenmäher und ein paar alte Farbeimer. Das würde das Leben einfacher machen, jedenfalls für den Moment.

Grace holte tief Luft und atmete noch einmal den Brathähnchenduft ein. Langsam spürte sie die Rastlosigkeit der letzten Woche in den Knochen. Früher hatte sie grenzenlose Energie gehabt, zumindest aus Jonathans Sicht. Offenbar einer der Gründe, warum er sich in sie verliebt hatte. Bei ihrer ersten Begegnung stand sie auf einer Leiter und überprüfte eine Turbine, die nicht mehr lief. Sie beugte sich hinein und versuchte, ein Blatt herauszuziehen, das sich in der Mechanik verfangen hatte. Die Leiter kam kurz ins Wanken, stabilisierte sich aber gleich wieder. Unten ertönte ein Schrei. Grace erblickte am Boden einen Mann, der zu ihr hochstarrte, ein Klemmbrett in der Hand. Er war ungefähr so alt wie sie, seine blonden Strubbelhaare hingen ihm in die Stirn.

»Ich bin Luftfahrtingenieurin«, rief sie zu ihm hinunter, weil sie als einzige Frau im Team oft für die Sekretärin gehalten wurde. »Alles gut hier oben.«

»Ich bin der Sicherheitsinspektor«, rief er zu ihr hinauf. »Von wegen alles gut. Da bin ich komplett anderer Meinung.«

Sie kletterte die Leiter hinunter und sprang von der vorletzten Stufe. Er streckte die Arme aus, um sie aufzufangen, und ließ dabei sein Klemmbrett fallen. Aber sie landete in perfektem Gleichgewicht.

»Ich war überrascht, Sie dort oben zu sehen.« Er hob sein Klemmbrett auf und wischte den Staub ab.

»Ich klettere hier genauso gut rauf und runter wie jeder Mann«, erwiderte sie pikiert.

»Daran will ich gar nicht zweifeln«, sagte er. »Aber steht auf diesem Schild nicht *Gefahr, nicht hinaufsteigen?*«

Grace warf einen Blick auf das Schild – tatsächlich. »Das ist nur eine Empfehlung«, tat sie den Warnhinweis ab. »Ich war keinen Augenblick lang in Gefahr.«

»Weil ich da war.«

»Ist das nicht die Aufgabe eines Sicherheitsinspektors?«, fragte sie.

»Ich stelle die Schilder auf«, sagte er. »Und bilde mir gern ein, dass sogar Luftfahrtingenieure sie lesen.«

Sie lächelte ihn an, bemerkte seine tiefblauen Augen und die Besorgnis in seinem Gesicht, die gerunzelte Stirn. Wenn er lächeln würde, wäre er ausgesprochen attraktiv, vermutete sie. Und bekam große Lust, ihre Vermutung auf die Probe zu stellen.

»Ich lese lieber Speisekarten«, entgegnete sie spitzbübisch und fand sich sehr gewitzt. »Das führe ich Ihnen gerne vor, wenn Sie mal abends mit mir essen gehen?«

Sie sah ihn heftig erröten, und ihr Lächeln wurde noch breiter. »Ich glaube, das lässt sich machen«, antwortete er. »Solange Sie dabei keine wackligen Leitern hochklettern.«

»Das mache ich prinzipiell erst nach dem Essen«, konterte Grace. Der Rest war Geschichte.

Grace blinzelte ein paarmal, um in die Gegenwart zurückzufinden, und sah auf die kleine alte Standuhr auf dem frisch abgestaubten Kaminsims. Die beiden würden erst in einer Stunde kommen, und ihre Tochter verspätete sich oft. Es blieb genug Zeit, um sich hinzusetzen, einen Moment die Augen zu schließen und sich auf die Gäste einzustellen. Meditieren, so nannte das die Yogalehrerin. Sich mental vorbereiten.

Da kehrte in ihr die Zeit zurück, als Amelia noch ein Kind war. Amelia war immer ein Kind, wenn Grace die Augen schloss. Selbst gebackene Kekse, klebrige Finger, Brettspiele, Bilderbücher, Trotzanfälle. Grace lächelte unwillkürlich. Sie hatte nie gut schlafen können, wenn ihre Tochter woanders übernachtete, hatte sich immer Sorgen gemacht, ob es ihr gut ging. Ihre Tochter war vor vierundzwanzig Jahren ausgezogen, und Grace spürte jedes Jahr einzeln. Manchmal dachte sie, dass sie besser geschlafen hatte, als Amelia ein Neugeborenes war.

Aber jetzt würde es anders werden. Ihre Tochter kam wieder nach Hause.

Grace riss die Augen auf. Ein Geräusch. Nicht ihr Handy.

Die Türklingel.

Sie waren da.

Grace fühlte sich benommen wie oft, wenn sie nach einem Nickerchen aufwachte. Sie betastete ihr Kinn, richtig, es war feucht. Sie wischte mit dem Ärmel darüber und erhob sich ein wenig mühsam aus dem Sessel, als es ein zweites Mal klingelte.

»Alles in Ordnung mit dir, Mum?«

Die Stimme ihrer Tochter. Wahrscheinlich dachte sie, Grace sei gestürzt und liege entkräftet auf den Badfliesen.

»Könnte nicht besser sein«, rief Grace, eilte zur Tür, um den Wahrheitsgehalt der Aussage zu unterstreichen, und öffnete sie schwungvoll.

»Hi, Gran«, begrüßte Charlotte sie. Sie war viel größer als letztes Mal.

Grace drückte sie fest an sich. »Du bist aber gewachsen!«, sagte sie. Darauf hatte Charlotte verständlicherweise nichts zu erwidern, sie zuckte nur zustimmend mit den Schultern, als Grace sie aus ihrer Umarmung entließ.

»Hey, Mum!« Amelia gab ihr ein kurzes Küsschen auf die Wange.

Grace sah ihre Tochter an und es zerriss ihr das Herz. Amelia war blass und hatte dunkle Ringe unter den Augen, man sah ihr an, was sie jetzt durchmachte. Was würde ihr gut tun? Grace suchte fieberhaft nach Worten, wusste nicht recht, was sie sagen sollte. Sollte sie ansprechen, was passiert war? Trost, Mitgefühl anbieten?

Nein, lieber nicht. Amelia wollte womöglich gar nicht darüber reden.

»Ihr kennt euch ja aus hier«, hörte sie sich stattdessen sagen und kam sich bescheuert vor. Amelia war in diesem Haus aufgewachsen. Natürlich kannte sie sich aus. »Ich habe ein bisschen Knabberzeug für uns alle hingestellt.« Grace deutete auf den Tisch. »Bedient euch.«

Charlotte schnappte sich gleich eine Handvoll Geleebohnen und stopfte sie in den Mund, bevor ihre Mutter die Schale wegnehmen und in die Küche tragen konnte. »Du kennst die Regel, nichts Süßes vor dem Essen«, sagte Amelia. »Und ich wette, die sind nicht vegan.«

»Vegan?«, hakte Grace nach, die sofort an das Hähnchen dachte.

»Vegetarisch«, korrigierte Charlotte, noch aus vollem Munde kauend. »Geleebohnen werden normalerweise nicht mit Gelatine gemacht.«

Grace wandte sich zu ihrer Tochter. »Das hast du mir nicht gesagt.«

»Ich hatte andere Dinge im Kopf«, brauste Amelia auf. Sie sah, wie ihre Mutter sich mit Panik im Blick in Richtung Küche drehte. »Tut mir leid«, schob sie nach. »Ich hab vergessen, dir Bescheid zu sagen.« Sie biss in ein Käsefischchen. »Die hab ich seit Jahren nicht mehr gegessen.«

Grace freute sich. »Früher war das dein Lieblingssnack.«

Dann dachte sie wieder ans Essen und ihr wurde himmelangst. Sie holte tief Luft und versuchte, ruhig und entspannt zu bleiben. Gechillt, nannten das, laut Ava, die jungen Leute. »Na, zum Glück habe ich viel Gemüse gemacht!«, sagte Grace, wie sie hoffte, fröhlich und *gechillt*. Sie war ziemlich enttäuscht von der Wirkung.

Amelia und Charlotte hatten nichts dazu zu sagen. Zu dritt standen sie schweigend herum. Es lief nicht gut, so viel war schon mal klar. Amelia blickte das neue Ficusbäumchen finster an, und Charlotte sah unglücklich aus, jedenfalls soweit eine Person, die gerade eine Handvoll Geleebohnen verdrückt hatte, überhaupt unglücklich aussehen konnte.

Was gab es sonst für Themen? Schließlich brachte Grace

eine weitere Bemerkung zustande: »Dein Haar sieht gut aus, Amelia.« Ihre Tochter nahm sich ein weiteres Käsefischchen. Grace wandte sich an Charlotte. »Du bist so hübsch geworden«, sagte sie. »Du hast Grandpas blonde Haare.« Sie strich Charlotte über den Kopf.

Charlotte zuckte unter der Berührung zusammen. »Die Haare habe ich von meinem Dad.« Dann fragte sie: »Hat dein Nachbar immer noch dieses Hundebaby?«

»Das ist kein Hundebaby mehr«, antwortete Grace. »Seit eurem letzten Besuch hat es sich zu einem richtigen Hund ausgewachsen.«

Amelia ging in Abwehr. »Tut mir leid, dass wir so lange nicht da waren. Wir hatten einfach so viel um die Ohren ...«

»Ich wollte damit auch gar nicht sagen ...«, setzte Grace an. Sie spürte, wie sich immer mehr Spannung im Raum aufbaute, und wollte den Arm liebevoll um ihre Tochter legen, aber da hatte sich Amelia schon umgedreht und war hinausgegangen, um eine Ladung der Sachen hereinzubringen, die im Vorgarten standen.

»Fühl dich ganz zu Hause«, sagte Grace zu Charlotte.

Charlotte sah sie an und Grace spürte, dass sie das Falsche gesagt hatte. »Wir werden nicht lange bleiben«, verkündete Charlotte ein wenig zu laut, als wollte sie sich selbst davon überzeugen. »Hat Mum gesagt. Es ist nur eine Verschnaufpause. Dann gehe ich wieder an meine alte Schule zurück.«

»Gut so, Herzchen«, sagte Grace und biss sich sofort auf die Zunge. Wie gönnerhaft, wie absolut omahaft das klang. *Herzchen*? Sie war zweiundsiebzig, nicht neunzig. Sie lebten nicht in den fünfziger Jahren. Einen Moment lang überlegte sie, wie sie den Schnitzer ausbügeln könnte. Kannte sie irgendwelche coolen Ausdrücke, mit denen sie ihrer Enkelin zeigen konnte, dass sie keine alte Schrulle war? Kaum. Vielleicht *gechillt*? Aber wie könnte sie das einfließen lassen? Vielleicht sollte sie einfach mal kräftig fluchen.

Grace sah nervös zur Haustür, ihre Tochter würde jeden Augenblick hereinkommen. Fluchte Amelia vor Charlotte? Vor Grace hatte sie sich jedenfalls kein Blatt vor den Mund genommen. Zumindest früher. Amelia hatte als Teen mit den unflätigsten Ausdrücken um sich geworfen.

Unflätig. O Gott – aus welchem Jahrhundert stammte das denn? Als nächstes würde Grace noch drohen, beim nächsten Fluch der Übeltäterin den Mund mit Seife auszuwaschen ...

Am besten hielt sie einfach die Klappe.

Dann fragte sie Charlotte: »Möchtest du dein Zimmer sehen?«

Charlotte antwortete mit einer Gegenfrage: »Hast du eine Ligusterhecke?« Grace blinzelte, sie konnte keinen Zusammenhang herstellen.

»Nicht ... nicht in deinem Zimmer«, sagte sie dann.

Charlotte sah sie nur an.

»Ich fürchte ... das ist eher eine Gartenpflanze, oder?«

»Wahrscheinlich hat einer deiner Nachbarn so was. Ich werde schon Liguster finden«, sagte Charlotte.

»Ich habe aber frische Blumen in die Vase gestellt. Rosen, die Lieblingsrosen deiner Mutter. Die duften wunderbar.«

»Pickle und Hugo fressen keine Rosen«, sagte Charlotte. »Von Rosen würden sie Bauchweh bekommen.« Grace war endgültig verwirrt. »Ich helfe Mum mal die Koffer reinbringen«, murmelte Charlotte und war schon halb zur Tür hinaus. Grace versuchte immer noch, hinter den Sinn des Wortwechsels zu kommen, und fragte sich, ob eine von ihnen nicht mehr ganz richtig im Kopf war. Bestimmt die Zweiundsiebzigjährige. »Wir haben eine Menge Zeug dabei, aber nicht, weil wir so lange bleiben wollen.«

Bleiben. Das Wort drückte eine Dauerhaftigkeit aus, die Grace gefiel; sie versuchte zu verdrängen, dass Charlotte im negativen Sinn gesprochen hatte.

Jonathan war nicht geblieben, nicht für immer. *Bis der Tod uns scheidet*. Er hatte sie geschieden. Jonathan traf keine Schuld, sie konnte es ihm nicht wirklich vorwerfen.

Sterben und gehen waren zwei ganz verschiedene Dinge, aber wenn Grace danach allein zurückblieb, war das Ergebnis dasselbe.

Nein. Wenn Menschen gingen, konnten sie zurückkehren. Wie Amelia jetzt. Amelia und Charlotte. Jonathan würde nicht mehr nach Hause zurückkehren, sie würde im Bett ihre eiskalten Zehen nicht mehr an seinen Beinen wärmen können. Nie wieder.

An ihren Verlust zu denken überstieg Grace' Kräfte, sie wackelte mit den Zehen. Denen ging es doch gut. Sie trug jetzt einfach Socken im Bett.

Sei pragmatisch.

Das war die Antwort.

Es gibt eine begrenzte Menge Tränen, die ein Mensch weinen kann, bis er schließlich merkt, dass ihm das nicht weiterhilft. Grace hatte sich einfach von den Badfliesen hochrappeln und hinausgehen müssen, sich um den Garten kümmern, die Rosen zurückschneiden.

Sie ging in die Küche und sah nach den Kartoffeln. Dem alles andere als vegetarischen Brathähnchen warf sie einen bösen Blick zu. »Blöder Vogel«, knurrte sie. Aber nun, mit ihrer Tochter im Haus, würde sie mit den Selbstgesprächen aufhören müssen.

Dann lächelte sie.

Das Brathähnchen war doch gar nicht wichtig.

Sie hatte ihre Familie bei sich im Haus!

Amelia hätte nie gedacht, dass sie jemals wieder in dem schmalen Bett schlafen würde. Sie setzte sich darauf und betrachtete den Stapel hellblauer Handtücher, die ihre Mutter säuberlich für sie zusammengelegt hatte. Sie sahen verdächtig platt aus, wie gebügelt. Das Bett war klein. Der ganze Raum kam ihr vor wie geschrumpft, die Decke niedriger, die Regale tiefer angebracht. Sie konnte hören, wie ihre Mutter sich unten an dem Hähnchen zu schaffen machte, das schuldbeladen im Ofen garte, und wie ihre stets hilfsbereite Tochter beim Tischdecken mit dem Besteck klapperte.

Beim Duft von Brathähnchen musste sie jedes Mal an ihren Vater denken. Seit seinem Tod hatte sie es selten gegessen. Er hatte Braten geliebt, und sie hatten die gemeinsamen Sonntage geliebt. Ihr Vater hatte immer dafür gesorgt, dass Tom sich wohlfühlte, und hatte liebenswürdig mit ihm über Sport geplaudert. Wenn Amelia hörte, welche Mühe er sich gab, um sich für die Geschäftsunternehmungen seines Schwiegersohns zu interessieren, ging ihr das Herz auf vor Liebe. Ihrer Mutter dagegen war es kaum gelungen, ihre Abneigung gegenüber Tom zu verschleiern, wenn sie in das Fleisch stach und die Sauce anrührte. Als Charlotte zur Welt kam, war ihr Vater überglücklich gewesen. Er hatte seine Enkelin auf seinen Knien hopsen lassen, was in Amelia Erinnerungen weckte, von denen sie gar nicht wusste, dass sie in ihr vergraben waren. Die Besuche bei ihren Eltern waren himmlisch gewesen, das Schönste an der ganzen Woche.

Als ihr Vater starb, konnte sie sich nicht mehr dazu überwinden, an den Sonntagen zu ihrem Elternhaus zu fahren. Nicht um eines Bratens willen. Wenn sie im Büro oder im eigenen Haus war, konnte sie manchmal so tun, als lebe ihr Vater noch. Als werkle er im Haus herum, buddle im Garten oder sitze zufrieden in seinem Sessel. Wenn sie allerdings ihr Elternhaus besuchte, war seine Abwesenheit allzu offensichtlich, sein Sessel zu leer, ihre Mutter zu einsam. Sie hatte versucht, für Grace da zu sein, aber dann war die Pandemie ausgebrochen, und sie hatte so wahnsinnig viel zu tun gehabt ...

Und jetzt das.

Amelia klappte ihren Koffer auf. Ihre Sachen waren zerknittert, die Falten in ihrem Business-Anzug passten zu dem Chaos in ihrem Leben.

»Essen ist fertig«, rief ihre Mutter. Obwohl Amelia hungrig war, gab es ihr bei diesen Worten einen Stich. Sie bestimmte nicht einmal mehr über die Essenszeiten ihrer Familie.

»Komme!«, rief sie hinunter und hatte das Gefühl, damit ihre Erwachsenenrechte aufzugeben. Sie beschloss, nicht sofort zu erscheinen, sondern noch ein paar Kleidungsstücke auszupacken, kam sich aber bei dieser engherzigen Rebellion lächerlich vor und lief die Treppe hinunter. Trotzdem musste sie gegen den Drang ankämpfen, wie ein Teenager mit dem Fuß aufzustampfen.

Stattdessen sagte sie charmant: »Das sieht aber köstlich aus«, und hoffte, das Lächeln würde bei ihrer Mutter und ihrer Tochter als freundlich ankommen.

Grace strahlte sie an. »Es ist eine solche Freude für mich, euch bei mir zu haben«, sagte sie. »Schön, wenn Menschen da sind, um die ich mich kümmern kann.«

»Ich hoffe, wir machen dir nicht zu viel Mühe«, erwiderte

Amelia und schnitt ihre Ofenkartoffel in Scheiben. Perfekt gegart, wie immer. Ihre Mutter war viel häuslicher geworden, nachdem Amelia ausgezogen war. Als Amelia in Charlottes Alter war, kam ihre Mutter oft zu spät für ein gemeinsames Abendessen nach Hause. Sie hatte selten gekocht und solche Dinge lieber Amelias Vater überlassen. Natürlich war es anders gewesen, als Amelia noch kleiner war. Ihre Mutter hatte mehr Grund, zu Hause zu sein, bevor ...

Amelia lenkte ihre Gedanken abrupt in eine andere Richtung und widmete sich ihrer Kartoffel. Sie selbst hatte manchmal nicht die Geduld, Kartoffeln langsam im Ofen zu garen. Dann steckte sie sie im verzweifelten Versuch, etwas Essbares auf den Tisch zu bringen, in die Mikrowelle.

»Es ist mir ein Vergnügen«, sagte ihre Mutter.

Jedes Vergnügen lag Amelia so fern, dass ihr keine Bemerkung dazu einfiel. Eine Weile aßen sie schweigend, und es war nur das Geklapper von Besteck auf Porzellan zu hören.

Grace nahm einen neuen Anlauf. »Es ist so schön, als Familie zu essen«, sagte sie. »Ganz wie früher.«

So war es früher doch gar nicht gewesen, dachte Amelia. Überhaupt nicht. Früher war ihr Dad da gewesen und ihre Mutter mit großer Wahrscheinlichkeit nicht. Sie blickte zu seinem Platz hinüber, und sah die vielen Ringe auf der Tischplatte, wo er sein Bierglas abgestellt hatte. Er vergaß immer, einen Bierdeckel zu benutzen, egal wie oft ihre Mutter ihn darauf hinwies. Die Kreise erinnerten sie an Charlottes alte Spirographien. Sie sah ihre Mutter an, die auf einen anderen leeren Platz am Sechsertisch starrte. Amelia wusste, an wen sie dachte.

»Du hast Dads Sessel weggegeben«, sagte Amelia mit einem Blick auf die große Zimmerpflanze, die jetzt Dads Lieblingsecke einnahm.

Ihre Mutter kaute weiter und schluckte dann sorgfältig. »Ja«, sagte sie.

»Dad hat diesen Sessel geliebt.« Amelia versuchte, den Vorwurf in ihrer Stimme abzumildern.

»Das hat er«, stimmte Grace zu. »Ich dachte, eine Pflanze würde diese Ecke beleben. Sie sieht gut aus, findest du nicht?«, fügte sie eine Spur zu munter hinzu.

»Sie scheint sich dort wohlzufühlen«, bestätigte Amelia, schnitt eine Möhre in zwei Teile und steckte sich einen davon in den Mund, damit sie nichts mehr sagen musste.

»Diese Kartoffeln sind so lecker«, sagte Charlotte. Sie aß mehr, als Amelia sie seit Toms Auszug hatte essen sehen. »Ich mag es, wenn die Schale so knusprig ist.«

»Ich hoffe, ihr habt genug zu essen?«, fragte Grace. »Es gibt noch mehr Ofenkartoffeln und Möhren in der Küche, wenn ihr welche wollt. Wenn ich gewusst hätte, dass du jetzt Vegetarierin bist, hätte ich einen Nussbraten gemacht. Ich glaube, ich habe irgendwo ein Rezept. Nüsse haben viel Eiweiß, und …«

Amelia schaltete ab, die Ausführungen ihrer Mutter wurden ihr zu weitschweifig. Sie fragte sich, was Tom jetzt wohl machte. Er hatte sie informiert, dass er bei Freunden wohnen würde. Wahrscheinlich genoss er das Junggesellenleben, Pizza aus dem Karton, mit einem eiskalten Bier hinuntergespült. Amelia stocherte in ihrem köstlichen Hähnchen herum, fühlte sich elend und hatte überhaupt keinen Appetit mehr.

»Ist das Hähnchen in Ordnung?«, fragte Grace.

Amelia blickte hoch und wurde sich erst jetzt bewusst, dass sie ihr Hähnchenstück die letzten paar Minuten nur auf dem Teller hin und her geschoben hatte. Und ihre Mutter hatte es bemerkt.

»Es schmeckt fantastisch.« Angestrengt unterdrückte Amelia

den Ärger in ihrer Stimme. »Wirklich sehr gut. Ein Genuss.« Sie versuchte sich an einem Lächeln, war aber ziemlich sicher, dass es schief ausfiel. Da schob sie sich ein Stück Hähnchenfleisch in den Mund und kaute, dankbar für einen Grund, verstummen zu dürfen.

5

Charlotte saß im Schulhof auf einer Bank. Sie bemühte sich angestrengt, so auszusehen, als warte sie auf jemanden und als wäre ihr nicht kalt und die Finger nicht schon ganz taub. In Wahrheit graute ihr nun vor der Mittagspause, die früher das Beste am ganzen Schultag gewesen war. Sie war nur die paar Monate seit September auf ihrem alten Gymnasium gewesen, aber der Einstieg dort war gelaufen wie geschmiert. Die meisten ihrer Freundinnen aus der Grundschule hatten zusammen mit ihr dorthin gewechselt, und jeder in der Klasse war beim Schulstart neu.

Hier war nur sie die Neue. Nur sie hatte keine Freundinnen und aß alleine.

In der Klasse konnte sie unauffällig dasitzen und den Lehrern zuhören. Mr. Brown, ihr Klassenlehrer, kam ihr sehr nett vor. In den Vormittags- und Nachmittagspausen hing sie möglichst lange im Klassenzimmer herum, während die anderen hinausgingen, schlenderte dann mit viel Getrödel aufs Klo und wieder zurück und schlug so die Zeit bis zum Klingeln tot.

Leider musste sie mittags etwas essen. Sie brachte nicht genügend Selbstvertrauen auf, um auf eine Gruppe zuzugehen und zu fragen, ob sie sich dazusetzen dürfe; allein schon vor dem Gedanken graute ihr so, dass sie eine Gänsehaut bekam. Genauso wenig konnte sie sich dazu durchringen, sich allein an einen der leeren Tische zu setzen. Das hatte sie am Montag versucht, hatte sich so darauf konzentrieren müssen, nicht wie die totale Loserin auszusehen, dass sie vergaß, wie Kauen geht, und beinahe an einem Bissen erstickt war. Mr. Brown musste ihr auf den Rücken klopfen und alle hatten gelacht, als ihr die Sandwichbrösel aus dem Mund flogen und sich über den Tisch verteilten.

Jetzt aß sie draußen, zusammengekauert vor Kälte, und hoffte, wie ein Chamäleon mit der Bank, auf der sie saß, zu verschmelzen, bis sie nicht mehr zu erkennen wäre. Sie würden nicht ewig bei Grandma wohnen, hatte ihre Mutter versprochen, das sei keine Option. Sie würden nur so lange bleiben, bis genug Geld für eine Mietkaution zusammengespart wäre, und dann zurück nach London in eine Mietwohnung ziehen. Ihr Dad war in London geblieben, an einem Ort, den er vor ihrer Mutter geheim hielt; dort führte er seine »Arbeit« weiter. Wann immer ihre Mutter die »Arbeit« ihres Vaters erwähnte, machte sie mit den Fingern komische kleine Anführungszeichen und zog ein finsteres Gesicht.

Wenigstens regnete es nicht. Ihr Schlechtwetterplan war, entweder das Essen ganz ausfallen zu lassen und sich in den Gängen herumzudrücken, oder sich auf dem Klo einzuschließen und schnell ein Sandwich hinunterzuschlingen.

Weder Plan A noch Plan B war wirklich verlockend.

Eine ängstliche Taube trippelte auf sie zu, weg von dem ruppigen Fußballspiel, das den größten Teil des Pausenhofs beanspruchte. Charlotte brach ein Stück Brot ab und ließ es auf den Boden fallen. Die Taube beäugte misstrauisch erst das Brot und dann Charlotte. Charlotte strengte sich noch mehr an, wie ein Teil der Bank auszusehen, und hielt die Luft an, um es auch mit der Geräuschlosigkeit der Bank aufnehmen zu können. Das brachte ihr Pluspunkte in der Risikoeinschätzung des Vogels ein; die Taube näherte sich, pickte das Brotstückchen auf, schleuderte es in die Luft und hastete ihm nach. Charlotte spendete noch ein Brotstück, und weitere Tauben flatterten herbei, um an der Party teilzunehmen. Charlotte beobachtete sie beim Picken; wo erst nur sie gewesen war, herrschte nun quirliges Treiben.

»Kartoffelringe mögen sie am liebsten.«

Charlotte blickte auf und erkannte einen Jungen aus ihrer Klasse. Er stand vor ihr und sah den Vögeln zu, eine rote Tüte mit Kartoffelringen in der Hand. Er holte einen heraus und warf ihn auf den Boden. Er prallte vom Asphalt ab und hüpfte in die Luft, dann rollte er auf die Tauben zu, immer schneller.

Die Vögel flippten aus, pickten wild auf den Kartoffelring, dann aufeinander ein. Der Junge setzte sich ans andere Ende der Bank.

»Ich bin Sammy«, sagte er und hielt ihr die Tüte hin. Charlotte bemerkte, dass er sich Kartoffelringe an die schlanken Finger gesteckt hatte, als wäre er der Kartoffelkönig.

Charlotte nahm einen Ring aus der Tüte und wartete kurz, bevor sie ihn in den Mund schob. Er knirschte beim Kauen, sie spürte dem leckeren Salzgeschmack auf der Zunge nach. »Ich bin Charlotte, aber meine Freunde nennen mich Charley«, sagte sie. Es gab ihr einen Stich, wenn sie daran dachte, dass seit ihrem Umzug niemand sie Charley genannt hatte.

»Hi Charley«, sagte Sammy.

»Ich bin neu an der Schule«, erklärte sie.

»Ich weiß.« Er grinste sie an. »Magst du Fußball?«, fragte er.

»Nein«, sagte sie mit einem flüchtigen Blick zu den Fußballern. »Und du?«

»Fußball find ich blöd. Mir sind Züge lieber«, erklärte er. »Und ich kenne einen tollen Platz, wo man sie beobachten kann. Hast du nach der Schule Zeit?«

Charlotte sah ihn kurz an. Er war anders als die gickelnde, lästernde Mädchenclique, zu der sie in ihrer alten Schule gehört hatte, war klein und schmächtig, und seine Stimme hatte etwas leicht Keuchendes. Aber er war hier, und er war freundlich zu ihr.

»Ja«, sagte Charlotte und brachte seit dem Schulbeginn letzte Woche das erste echte Lächeln zustande. »Ja, ich habe Zeit.«

Amelia saß an dem kleinen Schreibtisch in ihrem Zimmer. Sie hatte sich in ein Zoom-Meeting eingeloggt, aber die Leute von der Agentur stellten viel zu weitschweifig einen Forschungsbericht vor, den sie bereits kannte. Ihr kam der Verdacht, dass sie Zeit schinden wollten, weil sie mit dem Konzept für die neue Fundraising-Kampagne, die Amelia in Auftrag gegeben hatte, noch nicht fertig waren. Sie schaltete ihr Mikrofon und die Kamera aus und schaute aus dem Fenster. Der Anblick erinnerte sie an ihre Kindheit, die Bäume waren ein Stück größer geworden und in der Ferne standen mehrere Neubauten, aber im Grunde hatte sich in dreißig Jahren wenig verändert. Sie sah das Dach des Schuppens, der einen großen Teil des Gartens einnahm, und dachte kurz an die Zeit, die sie einmal alle gemeinsam im Schuppen verbracht hatten.

Anscheinend war sie doch länger abgeschweift, denn als sie ihre Aufmerksamkeit wieder auf den Bildschirm richtete, war Zoom verschwunden und der Bildschirmschoner aufgeploppt. Er war irgendwie in eine Einstellung gerutscht, in der er alle ihre Fotos durchwechselte, und hatte heute ein Urlaubsfoto ausgesucht, das sie, Charlotte und Tom in Kreta am Strand zeigte. Beim Betrachten des Fotos spürte sie den fast angenehmen Schmerz von Toms Arm, der auf ihrer sonnenverbrannten Schulter lag, heiße Haut auf heißer Haut. Die vierjährige Charlotte merkte nichts von diesen Vorgängen, denn für sie gab es gerade nur ihr Eis; ein großer Teil ihres Gesichts war bereits damit verschmiert.

Amelia griff rasch zur Maus, klickte das Foto weg und holte die gelangweilten Gesichter ihrer Kollegen wieder auf den Schirm. Sie war den Tränen näher, als für ein Meeting gut war, selbst bei abgeschalteter Kamera. Die emotionale Übergriffigkeit des Laptops ging über ihre Kräfte; sie musste unbedingt die Bildschirmschoner-Einstellung ändern.

Und ins Büro zurückkehren. Die Arbeit im Homeoffice war ihr schon im eigenen Haus schwer genug gefallen. Und jetzt hockte sie auch noch in ihrem alten Kinderzimmer. Natürlich sollte sie froh sein, dass sie überhaupt irgendwo hocken konnte, dass ihre Mutter sie und Charlotte so bereitwillig aufgenommen hatte. Aber mit zweiundvierzig bei der eigenen Mutter wohnen? So war das nicht geplant! Mit Tom war auch nicht immer alles glatt gelaufen, aber wenigstens hatte sie ihre Unabhängigkeit, ihren eigenen Bereich gehabt.

Sie würde die lange Fahrt ins Büro gern in Kauf nehmen, um der ständigen Erinnerung an ihr eigenes Versagen zu entkommen.

Es klopfte an der Tür. »Soll ich dir was zu Mittag machen?«, fragte ihre Mutter.

»Ich bin mitten in einem Meeting!« Sie hoffte, das würde genügen, damit man sie in Ruhe ließ. Amelia hatte keine Lust zu reden. Nicht mit ihrer Mutter. Nicht jetzt.

Doch der Hinweis prallte an Grace ab. »Weil ich gleich anfangen werde, im Garten zu arbeiten«, fuhr sie fort. »Wenn du was willst, sag's am besten gleich.«

Amelia seufzte und öffnete die Tür einen Spalt. »Danke,

Mum, aber ich kann mir später selbst was holen. Mach dir keine Mühe.«

»Das ist keine Mühe.« Grace klang verletzt.

Amelia bekam Schuldgefühle. Ihre Mutter hatte nichts weiter getan, als ihr freundlich etwas zu essen anzubieten, und sie blaffte sie an wie ein schlecht gelaunter Teenager. »Tut mir leid«, entschuldigte sie sich. »Aber ich habe gerade wahnsinnig viel zu tun.«

»Alles gut«, sagte Grace, aber Amelia glaubte ihr kein Wort.

Damit konnte sie nicht umgehen. Nicht mit den Empfindlichkeiten einer weiteren Person zusätzlich zu ihren eigenen, vor allem, wenn sie die Schuldige war. »Ich muss weiterzoomen«, sagte sie und deutete auf ihren Bildschirm, der in lauter Rechtecke mit Gesichtern unterteilt war. »Ich habe mich stumm geschaltet, aber es geht um eine enorm wichtige Sache. Ich muss der Agentur Dampf machen, damit sie die perfekte Kampagne liefert. Sorry.«

»Alles gut«, wiederholte Grace. Sie schloss die Tür hinter sich.

Grace ging die Treppe hinunter, die Arbeit ihrer Tochter war ihr ein Rätsel. Ihre Stelle als Public-Relations-Chefin einer Hilfsorganisation schien zu beinhalten, sich über das Breitband zu beklagen, sich mit Leuten am Bildschirm zu unterhalten und ab und zu heimlich eine zu rauchen – verstohlen aus dem Fenster gelehnt wie ein Teenager.

Amelia aß nicht mit ihr, aber sie war da. Grace erlaubte sich ein breites Lächeln. Ihre Tochter war zurückgekehrt und wohnte mit ihr unter einem Dach. Und wie erhofft bekam Charlotte einen Platz an der Schule des Orts. Das verlieh dem Ganzen ein gewisses Gefühl von Dauer, wozu Grace gleich noch mehr beitragen würde.

Sie beschloss, auf ein einsames Sandwich zu verzichten und lieber ihr nächstes Vorhaben anzupacken. Heute Vormittag war sie im Gartencenter gewesen, und als sie jetzt aus dem Haus trat, betrachtete sie hocherfreut ihre Neuerwerbung. Sie verscheuchte die Ringeltaube, die in der Erde der frisch gekauften Pflanze pickte. Dann nahm sie die Schaufel und machte sich an die Arbeit.

Der Boden war immer noch kalt und sie musste ein tiefes Loch ausheben. Die Ringeltaube beobachtete sie aus respektvoller Entfernung, aber ein Rotkehlchen, kleiner und trotzdem kühner, ließ sich auf einem nahen Ast nieder und flog dann blitzschnell herunter, um sich aus den ausgehobenen Erdklumpen einen Regenwurm zu schnappen.

»Na, dann guten Appetit«, murmelte Grace dem Vogel zu, was sie daran erinnerte, dass sie ihr vegetarisches Repertoire erweitern musste. Amelia hatte ihr versichert, die vegetarische Ernährung sei bei ihrer Tochter bestimmt nur eine Phase, doch Charlotte hatte in der letzten Woche keinerlei Anzeichen gezeigt, wieder davon abzukommen. Grace hatte Pastagerichte und diverse Ofengemüse zubereitet. Vielleicht könnte sie ein Rezept für einen gefüllten Butternut-Kürbis oder einen Pie mit Pilzen finden. Ein Pie ohne Fleisch? Jonathan würde sich im Grab umdrehen, dachte Grace beim Weitergraben.

Vielleicht sollte auch sie Vegetarierin werden. Aus Solidarität. Oder wäre das nur ein billiger Trick, um sich bei ihrer Enkelin einzuschmeicheln? Das wäre Amelias erster Gedanke, Grace sah sie schon mit den Augen rollen. Aber davon konnte keine Rede sein. Grace hatte Fleisch nie gemocht und das Verspeisen toter Tiere immer abartig gefunden. Als sie jünger war, hatte sich der Vegetarismus noch nicht durchgesetzt, sondern galt eher als etwas für Hippies, Buddhisten und Leute, die sich keine Würstchen leisten konnten.

Grace richtete sich auf und bewunderte das Loch, das sie gegraben hatte. Das Rotkehlchen legte das Köpfchen schief, ebenfalls beeindruckt, und schnappte sich einen zweiten Regenwurm. Die Ringeltaube blieb abseits, genauso interessiert, aber zu scheu, um am Festmahl teilzunehmen.

»Na, dann komm mal her«, sagte Grace zu der neuen Pflanze und drehte sie auf den Kopf, um sie aus dem Topf zu lösen. »Es geht doch nicht, dass Charlotte auf der Suche nach der richtigen Hecke durch die Gegend streunen muss.« Sie steckte den Ligusterbusch in das Loch und schaufelte die Erde zurück. Die Bewohner von Charlottes Terrarium blieben ihr ein Rätsel und sahen für sie aus wie Aliens, aber wenn Liguster sie glücklich machte und sie ihrerseits Charlotte glücklich machten, dann war doch alles prima. Grace trat einen Schritt zurück, um ihre Pflanzung zu begutachten, und wischte sich über die Stirn – mit einer Hand voller Erde, wie sie zu spät merkte.

»Ich fahre ins Büro.« Grace drehte sich um und sah Amelia mit finsterem Gesicht vor sich stehen. »Die neue Agentur hat das Briefing noch nicht kapiert, da braucht es ein persönliches Gespräch. Ich komme spät zurück, kannst du ein Auge auf Charlotte haben? Sie kennt den Heimweg von der Schule, du brauchst sie nicht abzuholen.«

»Selbstverständlich.« Grace freute sich, dass Amelia ihr genügend vertraute, um ihr Verantwortung zu übertragen.

»Pass auf, dass sie ihre Hausaufgaben macht«, setzte Amelia noch hinzu. »Sie muss morgen eine Erdkundearbeit abgeben.«

»Alles klar«, versprach Grace und überlegte gleichzeitig, wie sie sich mit ihrer Enkelin einen schönen Abend machen könnte. Vielleicht könnten sie vegetarische Würstchen im Teig backen. Sobald sie den Liguster gegossen hätte, würde sie die Zutaten dafür einkaufen. »Die Hausaufgaben kannst du schon mal abhaken.«

Charlotte zog sich am Zaun hoch und landete mit einem knisternden Plumps auf der dicken Schicht trockener Blätter, die noch vom Herbst herumlagen. Sammy kletterte ihr nach. Sie sah zu, wie er oben herumwankte und sich dann fallen ließ; unbeholfen kam er auf allen Vieren auf. Er rappelte sich hoch, wischte sich den Schmutz von den Händen und sah sie an. »Schön, was?« Er deutete in die Runde.

Vor ihnen lag eine Wildnis. Die kahlen Winterbäume bekamen schon dicke Knospen, pralle kleine Blätterpäckchen, die sich dafür bereit machten, ein dichtes Laubdach zu entfalten. Sammy bückte sich, hob einen braunen Ahornsamen auf und warf ihn in die Luft. Die beiden sahen zu, wie er in einer Abwärtsspirale nach unten trudelte, wie ein Hund, der seinem Schwanz nachjagt. »Was ist das hier?«, fragte Charlotte.

»Das ist das Brachland bei den Bahngleisen«, erklärte Sammy mit einem Anflug von Stolz. »Ich bin der Einzige, der hierher kommt.« Er lächelte sie an. »Und jetzt auch du. Komm mit, ich weiß, wo es noch Kastanien gibt. Mir nach.«

Charlotte folgte ihrem neuen Freund. Ein neuer Freund. Charlotte spürte schon, wie der Druck in der Brust nachließ, und stellte sich vor, wie sie morgen Mittag mit Sammy im warmen Speisesaal sitzen würde. Vielleicht würde er sie mit seinen Freunden bekannt machen, und vielleicht wären auch Mädchen dabei, die irgendwann Charlottes heftig vermisste Freundinnen ersetzen könnten.

»Mit wem hängst du denn so rum?«, fragte sie unterwegs. »In der Schule?«

»Meistens allein«, antwortete Sammy fröhlich.

»Ach so.« Charlottes Träume zerplatzten. Sie versuchte trotzdem, optimistisch zu bleiben. »Bist du auch neu an der Schule?«

»Ich bin seit der Grundschule hier«, sagte Sammy. »Meine Brüder sind auch an der Schule.« Er sah sie an, und Charlotte fühlte sich durchschaut. »Wir sind drei Jungs zu Hause«, erklärte er. »Da finde ich es sehr angenehm, in der Schule Zeit für mich selber zu haben. Die meisten Jungs haben sowieso nur Fußball im Kopf. Ist nicht so mein Ding.«

Charlotte nickte. Auch sie war froh, dass sie sich nicht mehr die Serien ansehen musste, die sie früher immer geguckt hatte, nur um Gesprächsstoff zu haben. Sich nicht verbiegen zu müssen, um wie die anderen zu sein, kam Charlotte verlockend vor, aber sie zweifelte an ihrem Mut. »Ich hoffe, ich störe dich jetzt nicht«, sagte sie vorsichtig.

»Du bist voll okay«, erwiderte Sammy. »Das hab ich gleich gemerkt. Komm mit.« Sie folgte ihm einen schmalen Pfad entlang, den er zielstrebig eingeschlagen hatte.

Plötzlich hustete er auf eine merkwürdige Art, blieb stehen und wühlte in seinem Rucksack. Schließlich zog er ein Plastikrohr heraus und inhalierte tief. »Kleiner Anflug von Asthma«, erklärte er und beugte sich nach vorn. »Krieg ich manchmal, wenn ich mich in der Kälte zu schnell bewege.«

»Setz dich sofort hin«, drängte Charlotte beunruhigt.

»Passt schon«, sagte er und inhalierte ein zweites Mal. Dann blickte er auf die Uhr. »Die Kastanien müssen warten. Es ist Zeit für den 15:56-Uhr-Zug nach Rochester. Da kommt er schon, superpünktlich. Hilf mir hoch, auf den Baum«, forderte er sie auf. »Dann zieh ich dich rauf.« Charlotte verschränkte die Hände und hielt sie Sammy hin, damit er seinen Fuß hineinstellen konnte, dann gab sie ihm einen Schubs, damit er leichter auf den Ast kam. Sie selbst hätte seine ausgestreckte Hand nicht gebraucht, denn sie war mindestens einen halben Kopf größer als er. Doch aus Höflichkeit griff sie zu, obwohl es das Klettern erschwerte.

Der mächtige Kastanienast gab einen überraschend bequemen Sitzplatz für sie beide ab, und sie richteten den Blick auf die Gleise. »Psst!«, machte Sammy, obwohl sie keinen Laut von sich gegeben hatte. »Gleich hörst du ihn.«

Charlotte hörte überhaupt nichts. Bis er kam. Das klang wie Pferdehufe, die in der Ferne einen wilden Galopp hinlegten.

»Der hat noch die alte Lackierung der Southern Rail!«, rief Sammy. »Den sieht man nicht mehr oft, wir haben Glück.« Der Zug kam in Sicht und donnerte in einem Höllentempo über die Gleise. »Ich wünschte, wir könnten ihn in einen Tunnel einfahren sehen, aber hier gibt es keinen«, sagte Sammy bedauernd. »Der nächste Tunnel liegt in den North Downs.«

Sammy war wie hypnotisiert. Ein Trainspotter, dachte Charlotte, und ihr plumpste das Herz nach unten wie eine herabfallende Kastanie. Ihr erster Freund, und ausgerechnet der musste so ein skurriles Hobby haben. Das durften die Mädchen zu Hause nie erfahren. Charlotte würde vom Baum klettern, sich höflich verabschieden, und das wär's dann gewesen.

Eine Assel, die auf ihren Finger gekrabbelt war, lenkte sie ab. Sie hob die Assel näher ans Gesicht und sah ihr zu, wie sie über ihre Handfläche wuselte. Sammy hustete, und die Assel rollte sich zu einer winzigen Kugel zusammen. Charlotte lächelte das Tierchen an, das sich so krümmte, um seinen empfindlichen Bauch zu schützen.

»Die ist ja cool!« Sammy spähte auf ihre Hand.

»Das ist eine Rollassel«, sagte Charlotte. »Kellerasseln sehen ähnlich aus, können sich aber nicht zusammenrollen.«

»Woher weißt du denn das?«

Charlotte wurde rot. »Hab ich in einem Buch gelesen«, sagte sie. »Ich lese gern Bücher über Tiere.«

»Du bist aber auch nicht wie die große Masse, oder?« Sammy sah sie scharf an.

So durchschaut zu werden war das Letzte, was Charlotte brauchte. Sie hatte ihr Interesse an Tieren vor ihren früheren Freundinnen erfolgreich geheim gehalten und immer so getan, als hätte sie genauso viel Angst vor Spinnen wie die anderen Mädchen, aber wenn es niemand sah, rettete Charlotte sie aus den Ecken des Klassenzimmers. Sie hörte schon den Spott und Hohn im Pausenhof, wenn Sammy die Sache herumerzählte, hätte womöglich gleich den Spitznamen »Assel-Charlie« weg.

»Passt schon«, sagte Sammy. »Ich bin ja auch nicht so ganz der Durchschnitt.« Er lächelte. »Ich werd's nicht weitersagen.«

Erleichterung durchrieselte Charlotte. Vielleicht war ein Trainspotter als Freund gar nicht so schlimm. Sie saßen eine Weile schweigend da und sahen zu, wie die Bäume im Wind schwankten. Die Assel kam zu dem Schluss, dass keine Gefahr drohte, streckte sich vorsichtig wieder aus und marschierte weiter über Charlottes Hand. »Die meisten Leute halten Asseln für Insekten«, sagte sie und sorgte behutsam dafür, dass das Tierchen wieder auf den Ast hinunterkrabbelte, wo es in einem Borkenspalt verschwand. »Dabei sind sie näher mit den Krebsen verwandt.«

»Du bist ganz schön schlau«, sagte Sammy. »Und weißt viel über Tiere. Du solltest Tierärztin werden.«

Charlotte strahlte ihn an. »Die Nachfrage nach Assel-Ärztinnen ist nicht sehr groß«, tat sie das Kompliment ab, aber ihr wurde ganz warm ums Herz. »Und meine Mum erlaubt mir nicht, einen Hund zu haben.« Sie hielt inne und fragte sich, ob sie vielleicht ihre Großmutter überzeugen könnte. »Willst du was mit Zügen machen, wenn du erwachsen bist?«, fragte sie dann.

»Ich werde natürlich Lokführer.« Sammy grinste breit. »Sollen wir jetzt Kastanien suchen?«

»Ich muss nach Hause«, sagte Charlotte. »Ich bin schon spät dran.« Sie zögerte und nahm allen Mut zusammen. Dabei stellte sie sich den Zug vor, der voller Zuversicht die Gleise entlangbrauste. Ihre alten Freundinnen waren nicht da. Aber Sammy war da. Und sie konnte sich durchaus vorstellen, dass sie ihn sehr gernhaben könnte. »Vielleicht können wir morgen zusammen mittagessen?«

»Klar.« Sammy lächelte. »Klingt gut.«

Charlotte war noch nicht zu Hause.

Grace sah zum Kaminsims hinüber, auf die Uhr. Sollte sie ihre Tochter anrufen? Sie wollte Charlotte nicht in Schwierigkeiten bringen, aber wenn ihr nun etwas passiert war?

Ach, Blödsinn. Charlotte war erst ein paar Minuten in Verzug. Grace spielte in Gedanken das Gespräch mit ihrer Tochter durch. Sollte sie etwa sagen, Charlotte sei verschwunden? Das stimmte so nicht. Noch nicht. Charlotte war nur noch nicht da. Aber wie viel müsste sie sich verspäten, bis sie als verschwunden gelten könnte? Grace sollte sich um Charlotte kümmern, und prompt war sie weg.

Nein, nicht weg.

Nur noch nicht da.

Wieder blickte Grace auf die Uhr. Zehn Minuten. Noch zehn Minuten dazu, dann wäre es Zeit, Alarm zu schlagen. Oder? Grace sah Amelia schon die Augen verdrehen, irgendwie schien das Telefonkabel ihre Mimik im Voraus zu übertragen.

Was heißt da Telefonkabel, so was gab es längst nicht mehr. Die Signale wanderten jetzt durch die Luft, schwebten auf einer Brise dahin wie Löwenzahnschirmchen. Oder?

Nein. Sie würde Amelia nicht anrufen, beschloss sie. Noch nicht. Ihrer Enkelin ging es gut. Sie würde sich lieber einen Tee machen, nach dem Motto »Abwarten und Tee trinken.« Aber das Motto schien hier nicht ganz zu passen, schien einen leichten Stich zu haben wie Milch, die am Umkippen ist.

Grace schüttelte den Kopf, als könnte sie ihre festgefahrenen Gedanken in neue Bahnen rütteln. In ihrer Jugend hatte sie sich einen Sport daraus gemacht, zu spät zu kommen. Auch zu ihren Dates mit Jonathan war sie oft zu spät gekommen. Um zu zeigen, wie beschäftigt, wie gefragt sie war. Zum Beispiel damals im Restaurant.

»Tut mir so leid«, sprudelte sie los, als sie zu Jonathans Tisch angerauscht kam. Er saß vor einem leeren Bierglas, an dem noch der Schaum klebte wie eine Spitzenborte. »Irgendwo war ein Leck, und wir haben ewig gebraucht, bis wir es gefunden und repariert hatten.«

»Alles gut.« Jonathan stand auf, um sie auf die Lippen zu küssen, die sie ihm entgegenhielt. Er roch nach Hefe, und als Grace sich setzte, brachte die Bedienung noch ein Bier und stellte es lächelnd vor Jonathan hin. »Danke, Brenda«, sagte er.

»Ein Glas Lambrusco«, bestellte Grace und versuchte die Intimität zwischen Jonathan und der Bedienung, die er beim Vornamen genannt hatte, zu verscheuchen. »Schön kalt.« Sie lächelte süß, zum Ausgleich für ihren etwas brüsken Ton. Brenda bestätigte die Bestellung mit einem Nicken.

»Tut mir trotzdem leid«, sagte Grace. »Soll nicht wieder vorkommen.«

»Ist schon in Ordnung, Grace«, erwiderte Jonathan. »Deine Arbeit ist dir wichtig. Das weiß ich.«

»Aber es ist unhöflich«, beharrte Grace. »Meine Mutter hat mir eingebläut: Pünktlichkeit ist die Höflichkeit der Könige.«

»Du bist jedes Warten wert.« Er blickte ihr so tief in die Augen, dass die kitschigen Worte bedeutungsschwer klangen und ganz neu. Grace überkam ein Gefühl, als beginne in ihrer Brust ein winziger Vogel rasend schnell mit den Flügeln zu flattern.

Sie nahm die Speisekarte und lenkte das Gespräch auf Krabbencocktails, aber seine Worte blieben in der Luft hängen, bis Brenda kam und den Zauber brach, als sie ein großes Glas eiskalten Lambrusco vor Grace hinstellte.

Schlüsselgeräusche an der Haustür holten Grace in die Gegenwart zurück. Gott sei Dank. Das musste Charlotte sein. Grace ging zur Diele, um sich zu vergewissern, überlegte es sich aber im letzten Moment anders und eilte ins Wohnzimmer zurück. Wenn ihre Enkelin nach Hause kam, wollte sie nicht an der Tür stehen wie ein ergebener Hund, der auf sein Frauchen wartete.

»Ah, da bist du ja«, sagte sie und ließ sich auf ihrem Sessel nieder, als hätte sie schon die ganze Zeit dort geruht. Nein, das klang, als hätte sie sich Sorgen gemacht. Aber Charlotte lächelte, Grace war ungestraft davongekommen. »Deine Mum musste ins Büro«, sagte sie, »deshalb sind wir heute Abend nur zu zweit.«

Charlotte nickte, und Grace war erleichtert, dass das Mädchen von der Aussicht nicht weiter schockiert schien. »Ich war mit Sammy unterwegs«, erzählte sie. »Meinem neuen Freund.«

Grace lächelte. »Ich freue mich, dass du dich einlebst.« Sofort überlegte sie, ob sie das Falsche gesagt hatte. Charlotte hatte ja so hartnäckig betont, dass sie nicht lange bleiben würden. »Ich dachte, wir könnten zusammen Würstchen im Teig machen«, schob Grace schnell hinterher, um von ihrem potenziellen Patzer abzulenken.

Charlotte sah sie stirnrunzelnd an.

»Vegetarische natürlich«, beruhigte Grace ihre Enkelin.

»Oh, super!« Charlotte lächelte. »Danke. Ich muss noch ein paar Hausaufgaben machen ...«

»Die Würstchen brauchen nicht lang. Ich habe alle Zutaten hier, wir müssen sie nur noch zusammenmischen und den Teig ausrollen. Hausaufgaben nach dem Essen?«

»Okay.«

In der Küche fühlte sich Grace sicherer, hier konnte sie mit den Backblechen und dem Teig herumhantieren und dabei plaudern. »Würstchen im Teig würde ich echt vermissen, wenn ich Vegetarierin wäre«, vertraute sie ihrer Enkelin an. »Ich weiß nicht, wie sie mit diesem Fleischersatz werden, aber ich dachte, wir versuchen es mal. Ich habe zusätzlich noch Käse gerieben, damit die Sache nicht zu trocken wird, und ein bisschen Petersilie gehackt, das gibt einen guten Geschmack.«

Charlotte sah sie an. »Das ist aber nett von dir«, sagte sie.

Grace unterbrach ihre Arbeit, von dem Kompliment überrascht.

»Mum tut so, als ob sie es vergisst«, sagte Charlotte. »Aber ich glaube, sie hofft einfach, dass es bei mir nur eine Phase ist, die bald wieder aufhört. Wird sie aber nicht.«

Grace wollte Amelia nicht in den Rücken fallen. »Deine Mutter hat viel um die Ohren«, sagte sie. »Ich bin ja in Rente.« Sie lächelte, streckte zaghaft die Hand aus und legte sie Charlotte auf die Schulter. »Es ist so schön für mich, dich bei mir haben. Ich bekoche dich gern. Euch beide.«

Charlotte biss sich auf die Lippe, die Berührung der Hand mit der papierdünnen Haut war ihr unangenehm. Sie konnte die Sehnen sehen, den Schmutz unter den Fingernägeln. »Ist es einsam, allein zu leben, ohne Grandpa?«, erkundigte sie sich.

Grace war von dieser Frage ein wenig überrascht. »Ist es wohl«, sagte sie. »Aber ich habe Freunde.« Plötzlich wünschte sie sich, sie könnte den Eindruck erwecken, ihr Leben sei interessant, lustig und unabhängig. »Wir gehen manchmal essen«, sagte sie. »Nach unserem wöchentlichen Clubtreffen.«

»Find ich gut«, sagte Charlotte. Sie überlegte, ob sie ihrer Großmutter mehr von ihrem neuen Freund erzählen solle. Zu früh, entschied sie dann. »Freunde sind wichtig«, sagte sie unverbindlich.

»Und die Familie«, ergänzte Grace, fragte sich aber gleich, warum sie solche Plattheiten austauschten. Als nächstes würde sie zu ihrer Enkelin sagen, dass Kinder die Zukunft seien oder solchen Blödsinn. »Ich habe im Garten Liguster gepflanzt«, berichtete sie stattdessen. »Ich dachte, Hugo und Pickle freuen sich vielleicht darüber. Du kannst für sie so viele Blätter abpflücken, wie du willst, Liguster ist ein robuster Strauch, dem macht das nichts aus.«

Charlotte verschlug es die Sprache, Tränen prickelten ihr in den Augen. Sie wusste nicht, wie sie reagieren sollte, dann schlang sie einfach die Arme um ihre Großmutter und legte den Kopf an ihre Schulter. Ihre Großmutter roch nach Erde und Teig und Talkumpuder.

So kam Grace zu einer Umarmung, die nach Baumrinde, Kastanien und dem fruchtigen Duschgel roch, das sie im Kaufhaus ausgesucht hatte. Sie drückte ihre Enkelin an sich und war überrascht, wie warm sich das Mädchen anfühlte. »Ich finde es auch schön, mich um Hugo und Pickle zu kümmern«, erklärte sie, nur um etwas zu sagen, das den Augenblick in die Länge zog. »Auch wenn sie wie Aliens aussehen.«

6

»Du bist ja schon früh auf.« Amelia lächelte ihre Tochter an, die bereits ihre Schuluniform angezogen hatte und mit einem roten Filzstift am Küchentisch saß. »Was zeichnest du denn da?«

»Nichts«, sagte Charlotte. »Wie war dein Meeting?«

»Gut«, antwortete Amelia. »Ist das ein Vulkan?«

»Ja.«

Grace kam herein, noch im Morgenmantel. »Guten Morgen, ihr zwei«, sagte sie. »Ich setz den Wasserkessel auf. Wer möchte Rührei auf Toast?«

»Nein danke, Grandma. Ich muss das fertig kriegen.«

»Vielleicht Porridge?«

»Was fertig kriegen?«, hakte Amelia ein.

»Meine Erdkundearbeit.«

»Wieso hast du das nicht schon gestern Abend erledigt?«, fragte sie. »Das sieht dir gar nicht ähnlich.«

»Oje, das ist meine Schuld«, schaltete Grace sich ein. »Weißt du, wir haben uns entschlossen, diese Würstchen im Teig zu machen ...«

»Würstchen?«

»Vegetarische«, erläuterte Grace nervös. »Und die sind auch ziemlich gut geworden, wenn ich es mir so überlege, aber beim nächsten Mal füge ich vielleicht noch mehr ...«

Amelia hörte nicht zu. Sie blickte auf Charlotte, die sich konzentriert über ihre Arbeit beugte. »Mum, können wir im Garten ein paar Takte reden?« Sie machte die Küchentür auf und Grace stieg mit ihren Hausschuhen auf die Terrasse.

Amelia zog die Tür hinter sich zu. »Ich bin dir dankbar, dass du dich gestern Abend um Charlotte gekümmert hast«, begann sie. Die Verantwortung einer alleinerziehenden Mutter lastete schwer auf ihr. Sie hätte gedacht, dass gerade ihre Mutter die Wichtigkeit von Bildung begriffen habe.

»Es war mir ein Vergnügen«, sagte Grace, stieg auf eine lose Fliese und kippelte darauf hin und her. Amelia beobachtete sie. Als Kind hatte sie es geliebt, auf diese Fliese zu springen. »Charlotte ist wunderbar.«

»Das ist sie«, stimmte Amelia zu. »Aber ich habe dich auch gebeten, dafür zu sorgen, dass sie ihre Hausaufgaben erledigt.«

»Ich weiß«, sagte Grace. »Aber wie gesagt haben wir die Würstchen im Teig gemacht, haben ein paar frische Ligusterblätter gepflückt und so nett geplaudert, dass es Zeit fürs Bad wurde, und ich dachte ...«

»Sie hat in der neuen Schule gerade erst angefangen und wird so nervös, wenn sie ihre Arbeiten nicht rechtzeitig fertig bekommt.«

»Tut mir leid«, sagte Grace. »Ich bin das alles nicht gewohnt, und ...«

Die Tür ging auf. »Redet ihr über meine Hausaufgaben?«, fragte Charlotte. »Das war nicht Grandmas Schuld. Hast du gewusst, dass sie für Hugo und Pickle einen Ligusterstrauch gepflanzt hat?«

Amelia sah, wie ihre Mutter und ihre Tochter einander zulächelten. Sie fühlte sich irgendwie ausgeschlossen. Draußen vor.

»Ich bin ja gerade dabei, meine Hausaufgaben zu machen«, fügte Charlotte hinzu. »Und schon fast fertig.«

»Gut«, sagte Amelia. »Dann mach nur weiter. Frühstücken kannst du unterwegs, da reicht auch mal ein Riegel.«

»Tut mir leid«, wiederholte Grace. »Ich weiß auch nicht, was in mich gefahren ist. Mit ihr zu backen statt sie ihre Hausaufgaben machen zu lassen! Ich komme mir vor, als hätte ich den Feminismus zwanzig Jahre zurückgedreht.«

Eher siebzig Jahre, dachte Amelia. Aber sie ritt nicht weiter darauf herum.

»Du hast mich ja nicht zum Backen gezwungen, Grandma«, legte Charlotte noch einmal nach. »Und du hast mir beigebracht, welche chemischen Reaktionen im Teig unter Hitze ablaufen.« Wieder lächelten beide bei der Erinnerung.

»Es ist kalt hier draußen«, sagte Amelia mit einem Blick auf die beiden. Sie hatte keine solchen Erlebnisse mit ihrer Mutter gehabt; sie hatten selten zusammen gebacken, geschweige denn sich über Chemie unterhalten. »Gehen wir wieder rein.«

»Wer kann mir sagen, was Delfine und Fledermäuse gemeinsam haben?«, fragte Mr. Brown die Klasse. Die Schülerinnern und Schüler rutschten unbehaglich auf den Hockern im Chemielabor herum, wo der eigenartige Geruch von Bunsenbrennern in der Luft hing.

»Sie können beide fliegen«, schlug Marlon vor.

»Delfine können nicht fliegen«, widersprach Nia und warf die Haare zurück. »Sie schwimmen.«

»Sie springen in die Luft«, verteidigte sich Marlon.

»Das stimmt«, sagte Mr. Brown. »Sie können richtig aus dem Wasser herausspringen, aber fliegen können sie nicht. Das ist nicht die Antwort, die ich suche. Hat noch jemand eine Idee?«

Charlotte biss sich auf die Lippe. Sie hatte den ganzen Vormittag unter Starkstrom gestanden, weil sie sich mit ihrer Erdkundearbeit so hatte beeilen müssen, aber jetzt machte ihr der Unterricht richtig Spaß. Und sie kannte die Antwort, wollte aber nicht als Streberin dastehen.

»Ich gebe euch einen Tipp«, sagte Mr. Brown. »Iiiii!«, kreischte er. Seine Schüler hielten sich die Ohren zu und lachten. »Iiii«, kreischte Mr. Brown weiter. »Ich höre erst auf, bis jemand die richtige Antwort sagt.«

»Die sind beide nervig«, rief Kaval.

»Iiiii!«

»Aufhören!«, forderte Nia.

Charlotte hob zögernd die Hand. »Charlotte?«, rief Mr. Brown sie auf. »Kannst du die Ohren deiner Mitschüler retten?«

»Beide benutzen Schallwellen«, sagte sie schüchtern.

»Bravo. Charlotte hat euch rausgehauen«, erklärte Mr. Brown der Klasse. Charlotte wurde rot, sah aber, wie sich Erica, die neben Nia saß, zu ihr umdrehte und sie anlächelte. »Delfine und Fledermäuse können Schallwellen ausstoßen und das Echo auffangen, wenn diese Wellen an Objekten abprallen. Das ist wie eine besondere Art des Sehens, die für die Fledermäuse im Dunkeln nützlich ist und für die Delfine unter Wasser. Wale machen es genauso. Das nennt man Echoortung.« Nach einer Pause fuhr er fort: »So, und jetzt zu der Übung, die ich mir für euch zur Echoortung ausgedacht habe. Stellt euch zu Paaren zusammen, und ich verteile diese Augenbinden und Blockflöten.« Er unterbrach sich. »Hoffen wir mal, dass im Klassenzimmer nebenan niemand ist. Es kann laut werden.«

Mr. Brown hatte recht. Es wurde laut. Aber Charlotte konnte sich nicht erinnern, dass ihr jemals eine Unterrichtsstunde so viel Spaß gemacht hatte. Nun saßen sie wieder auf ihren Hockern und brachten ihre Erkenntnisse zu Papier, nachdem die Blockflöten wieder im Musikraum verstaut waren. Charlotte war so ins Schreiben vertieft, dass sie beim ersten Mal, als Sammy sie anstupste, nicht reagierte, deshalb piekte er sie mit seinem Bleistift. Sie blickte vom Heft auf und sah ihn auf etwas deuten. Ein Marienkäfer krabbelte an der Fensterscheibe hoch; dass der Untergrund durchsichtig war, schien ihn nicht zu stören. Im Sommer würden sich die Fliegen wie wild gegen das Glas werfen, wie Charlotte wusste, aber dieser Marienkäfer genoss die Wärme der ersten Frühlingstage und kam gut mit seiner Unterlage zurecht.

Als Charlotte den Marienkäfer beobachtete, spürte sie ein Gefühl in sich aufsteigen.

Glück.

Genau das war es. Sie staunte, was ein einziger Freund ausmachte. Als sie sich zu Paaren zusammenfinden sollten, war ihr die übliche ängstliche Nervosität erspart geblieben, weil Sammy sofort mit erwartungsvollem Blick vor ihr gestanden hatte. Sie hatte immer geglaubt, sie brauche viele Freundinnen, da habe man mehr Sicherheit und immer jemanden in Reserve. Aber dieser eine Junge hatte ihr Leben so viel erträglicher gemacht.

Und ihre Grandma. Charlotte sah zu ihrer Essensdose hinunter, die bis zum Rand vollgepackt war mit vegetarischen Würstchen, mit kernlosen blauen Trauben, ihrer Lieblingssorte, und mit selbst gebackenen Rosinenkeksen.

»In der Pause bringen wir den Marienkäfer raus«, flüsterte sie Sammy zu. Er zeichnete eifrig das kleine Wesen ab, und mit einem kühnen Bleistiftstrich brachte er die glänzende Halbkugel des Rückens zu Papier. »Auf dem Schulhof gefällt's ihm bestimmt besser.«

»Gut getroffen, Sammy.« Beide Kinder sahen überrascht auf, sie hatten nicht bemerkt, dass Mr. Brown hinter ihnen stand. Er beugte sich zur Seite und machte das Fenster auf. Der Marienkäfer hob die Deckflügel, unter denen die hauchzarten Flügel zum Vorschein kamen. Er breitete sie aus, wartete kurz und flog dann hinaus. »Aber Marienkäfer gehören leider nicht zu den Tieren, die die Echoortung einsetzen«, fügte er hinzu und schloss das Fenster wieder.

»Entschuldigung, Sir«, murmelte Sammy.

»Wie kommst du voran, Charley?« Mr. Brown beugte den Kopf über ihr Heft. »Ausgezeichnet. Und du hast absolut recht, Unterwasserschall ist nur eine der vielen Möglichkeiten, wie Delfine kommunizieren. Sehr gute Arbeit.«

Charlotte lächelte zu ihm hoch. Zum ersten Mal wurde sie von einem Lehrer an ihrer neuen Schule gelobt, ihr wurde innerlich ganz warm.

»Mrs. Varga möchte mit Ihnen sprechen, Sir.« Nia wedelte eindringlich in Richtung Tür. Tatsächlich war im Türfenster das hübsche Gesicht von Mrs. Varga aufgetaucht. Sie blickte herein.

»Macht alle weiter«, sagte Mr. Brown und eilte zur Tür. »Ich bin gleich wieder da.« Kaum hatte sich die Tür hinter ihm geschlossen, brach in der Klasse die Hölle los. Sammy und Charlotte waren die einzigen, die nicht vom Stuhl aufsprangen. Sammy stellte seine Skizze fertig, und Charlotte, noch ganz im Wohlgefühl des Lobs, schrieb weiter.

Nach zehn Minuten war Mr. Brown immer noch nicht zurück. Charlotte schloss ihre Arbeit ab und legte den Stift weg. Marlon gab vorn vor der Klasse den Gorilla, Nia flocht Anne-Maries Haar zum Krönchen, und Sammy zeichnete einen Eisenbahntunnel.

»Möchtest du zum Lunch was von meinen Würstchen im Teig?«, fragte sie ihn. »Die hab ich selbst gebacken.«

Sammy zog eine Grimasse. »Ich muss zum Arzt.«

»Alles okay mit dir?« fragte Charlotte beklommen.

»Nur mein üblicher Kontrolltermin«, beruhigte er sie. »Zum Nachmittagsunterricht bin ich wieder da.«

Auf Amelias Monitor blieb das Bild stehen und das Gesicht ihrer Kollegin Sarah erstarrte in einem unfreiwillig komischen Ausdruck, mit weit offenem Mund, die Augen nach oben gerichtet. Amelia erlaubte sich ein kindisches Grinsen, schaltete dann ihre Kamera aus und entschuldigte sich mit einer kurzen Notiz für ihre schlechte Verbindung. Ihre neue Rolle war auch ohne die Tücken der Technik schwierig genug.

Sie erhob sich vom Schreibtisch in der Ecke ihres Zimmers und reckte sich. Stumm dankte sie dem Erfinder neutraler Zoom-Hintergründe. Dass ihr Team ihr Zimmer sah, ging nun wirklich gar nicht, auch wenn ihre Mutter das Bett gemacht hatte – sie war hereingeschlichen, während Amelia geduscht hatte, und hatte auch ihre Wäsche mitgenommen. Einerseits hilfreich, andererseits zum Wahnsinnigwerden.

Ihr Handy klingelte.

Tom.

Amelia sah aufs Display und fragte sich, ob sie den Anruf annehmen sollte. Den ersten nach einer Ewigkeit. Sie wollte nicht mit ihm reden.

Oder vielleicht doch?

Aber er wusste, dass sie während der Arbeitszeit nicht gestört werden wollte. Jetzt, wo sie so viel zu tun hatte. Sie erinnerte sich an die Zeit ihrer ersten Verliebtheit, die Zeit vor

Charlotte; da war er mittags öfter mit einem Blumenstrauß in ihrem Büro aufgetaucht und wollte mit ihr essen gehen, allein aus dem Grund, weil er sie seit dem Frühstück nicht gesehen hatte. Sie hatte immer getan, als wäre ihr das peinlich, hatte sich aber riesig gefreut.

»Amelia Sayers«, meldete sie sich. Es war eine gute Entscheidung gewesen, ihren Namen bei der Eheschließung nicht zu ändern.

»Hi, Amelia.«

Seine Stimme klang wie immer. Wenn er angerufen hatte, um ihr zu sagen, dass er auf dem Heimweg ihre Sachen aus der Reinigung geholt hatte. Dass er einen neuen Kunden für sein Geschäft akquiriert hatte. Dass er sie liebte.

Darum ging es jetzt natürlich nicht. Sie lebten schließlich in einer Beziehungspause. »Was gibt's?«, fragte sie.

»Ich glaube, ein Paar Schuhe von mir ist in deine Lagerkartons gerutscht«, sagte er. »Die brauche ich für ein Meeting.«

»Von mir aus kannst du barfuß hingehen«, brach es aus ihr heraus, bevor sie überhaupt merkte, wie wütend sie war. Zum ersten Mal seit Wochen rief er sie an, und dann redete er von Schuhen! Er war doch derjenige, der alles verbockt hatte, verdammt nochmal. Er sollte sich entschuldigen!

»Ach, wie erwachsen«, erwiderte er.

Toll. Der Punkt ging an ihn. Wann war ihre Beziehung zum Machtkampf ausgeartet? Amelia hörte ihre Mutter unten herumwerkeln. »Du hast doch Zugang.« Sie bemühte sich, leise zu reden. »Hol sie dir doch.«

»Ich weiß nicht, wie du die Kartons geordnet hast.«

Du lieber Himmel. Warum hatte sie diesen Mann vermisst? »Dann musst du eben suchen.« Sie hielt kurz inne und dachte an ihre Tochter. Ihre gemeinsame Tochter. »Du willst sicher

Charlotte sehen.« Sie presste sich die Worte regelrecht ab. »Soll ich sie zu dir bringen, oder möchtest du sie hier besuchen?«

Er nuschelte etwas in der Art, er sei mit seiner Arbeit gerade in einer kritischen Phase und drauf und dran, das Blatt zu wenden. Er habe jetzt wirklich keine Zeit.

»Wo wohnst du überhaupt?«, unterbrach sie ihn.

»In einer Wohnung«, antwortete er. »In der Stadt.«

»Geht's noch ein bisschen genauer?«

»Du erinnerst dich doch an Steve«, fragte er. »Bei dem kann ich unterkommen.« Amelia erinnerte sich. Steve und seine Frau hatten sich vor vier Jahren getrennt und Tom war ein paarmal mit ihm auf ein Bier gegangen, um ihn in seinem Kummer zu trösten. Zu Hause hatte er sie dann immer sehr zärtlich umarmt und gesagt, er wünsche sich nur, dass ihnen so was nie passiert.

Wie sich die Dinge gewandelt hatten. »Ich muss jetzt weitermachen«, beendete sie das Gespräch, bevor er ihr den Schmerz anhören konnte.

Amelia ließ sich aufs Bett fallen. Warum hatte ihr das Gespräch so weh getan? Sie hatte mit Tom oft gestritten, sie hatten sich angeschrien. Aber jetzt hatte sie das Gefühl, dass ihm nichts mehr an ihr lag. Nicht das Geringste. An seinen Schuhen lag ihm mehr.

Sie rief sich ins Gedächtnis, dass sie diejenige gewesen war, die eine Trennungszeit vorgeschlagen hatte. Aus guten Gründen. Jedenfalls würde sie jetzt nicht anfangen zu heulen.

Sie würde ins Büro fahren. Das war es, was sie brauchte. Sie wollte sich auf andere Dinge konzentrieren, Dinge, die wirklich zählten und nichts mit den Schuhen ihres Mannes zu tun hatten. Es wäre viel besser, wenn die Agentur ihre Präsentation in Präsenz vorstellen könnte statt über Zoom. Sie würde Grace bitten, sich wieder um Charlotte zu kümmern, damit sie länger im Büro bleiben könnte. Vielleicht wäre dann ihre Mutter nach dem Rüffel wegen der Hausaufgaben wieder versöhnt.

Amelia seufzte und suchte nach weniger schlabbrigen, bürogeeigneten Kleidungsstücken. Sie wollte ihre Mutter nicht verstimmen, aber die war einfach überempfindlich.

War das das Problem, oder war sie selbst das Problem? So genau wusste es Amelia selber nicht und wollte auch nicht darüber nachdenken.

Arbeit. Das war die Lösung.

Mittags trat Charlotte in den Pausenhof hinaus und holte tief Luft. Sammys Mum hatte ihn für seinen Arzttermin abgeholt, und ohne ihn an der Seite fühlte sich Charlotte plötzlich wieder befangen. Sie hätte die anderen Mädchen an einem Tag ansprechen sollen, als sie mit Sammy unterwegs war, dann hätte sie auch ohne ihn jemanden zum Reden. Aber jetzt schaffte sie es nicht, nicht ganz allein.

Sammy würde nicht lange wegbleiben, tröstete sie sich, er wäre bald wieder da. Sie müsste sich jetzt nur ein ruhiges Plätzchen suchen, schnell essen und könnte dann vielleicht wieder hineingehen. Im Klassenzimmer rumhängen und so tun, als interessiere sie sich für die Aushänge und Plakate an den Wänden.

Wenigstens schien die Sonne, und so ging sie zu ihrer Lieblingsbank hinüber, die ein wenig überwachsen und vom Rest des Pausenhofs abgeschirmt war. Beim Gehen zog sie schon die Brotdose aus ihrer Tasche, das ersparte ihr jeden Blickkontakt. »Oh«, stieß sie hervor, als sie merkte, dass sie sich fast auf Mr. Brown gesetzt hätte. Er saß da, den Kopf in die Hände gestützt. »Entschuldigung.«

Er sprang auf. »Ich entschuldige mich«, sagte er, anscheinend leicht aus der Fassung. Er versuchte zu lächeln, aber sein Gesicht sah verquollen aus. »Ich habe heute Aufsicht im Pausenhof«, sagte er. »Wollte nur kurz meine Beine ausstrecken. Setz dich ruhig.«

»Danke.« Charlotte setzte sich. Ihr Lehrer stand verlegen da, trat von einem Bein aufs andere, als wisse er nicht recht wohin. »Auf der Bank ist viel Platz«, ermunterte sie ihn, »falls Sie sich wieder hinsetzen möchten?«

Er ließ sich auf die Bank sinken, als versagten ihm die Beine ihren Dienst. »Ich bin gleich wieder weg«, sagte er. »Ich muss nur kurz meine Gedanken sortieren.« Er sah zu seinen Schuhen hinunter, als wären seine Gedanken dort versammelt.

Charlotte biss von ihrem Würstchen im Teig ab und fragte sich, was mit ihrem Lehrer los war. »Die Stunde bei Ihnen hat mir heute gut gefallen«, sagte sie, aber schon beim Aussprechen waren ihr die Worte peinlich.

»Wie?«, fragte Mr. Brown und sah sie an, als könne er sie nicht richtig erkennen. »Ach so«, fügte er dann hinzu. »Danke.« Und nach einer Pause: »Gute Arbeit.«

Charlotte lächelte ihn an. Sie zögerte kurz. Niemand beobachtete sie, und sie hatte mehr zu essen dabei, als sie schaffen konnte. »Würstchen im Teig?«, bot sie ihm an. Er sah so blass aus.

»Nein danke«, sagte er. Charlotte schämte sich zutiefst. Einem Lehrer Essen anzubieten – wie blöd war das denn? Natürlich musste er ablehnen.

»Ich bin Vegetarier«, erklärte er, als hätte er ihre Verlegenheit gespürt.

»Die Würstchen sind vegetarisch«, sagte Charlotte erfreut. »Und ich bin auch Vegetarierin.« Sie lächelte wieder. »Schon seit fast sechs Wochen«, fügte sie hinzu. Ihr wurde klar, dass sie das letzte Mal Fleisch gegessen hatte, als sie noch in ihrem alten Haus wohnten und ihr Dad noch da gewesen war. Sie spürte einen heftigen Stich und wünschte sich, es wäre ihr Vater, der da neben ihr saß.

»Wirklich?«, fragte Mr. Brown. Er streckte die Hand aus und nahm sich ein Würstchen. »Danke.« Er biss hinein. »Die sind wirklich sehr gut«, sagte er; Teigkrümel fielen auf seinen Pulli. »Und es ist schön, eine verwandte Seele zu finden«, fuhr er fort. »Es gibt nicht genug junge Menschen, denen das Wohl der Tiere wichtig ist. Hier jedenfalls. Es geht immer nur um Fußball und Reality Shows.« Beim Essen schien er sich wieder ein wenig zu erholen.

»Ich hätte so gern einen Hund«, sagte Charlotte. »Aber meine Mum erlaubt es mir nicht, deshalb habe ich Stabheuschrecken«, erzählte sie. »Hugo und Pickle.«

»Gute Namen«, sagte Mr. Brown. Er stand auf und wirkte nun ein bisschen fröhlicher. »Ich sollte jetzt zurück zu meinen Pflichten.« Er wischte sich die Brösel ab. Eine Taube watschelte daher und pickte die Teigflocken auf. »Danke, Charlotte. Es war nett, mit dir zu plaudern.«

»Finde ich auch«, erwiderte Charlotte, aber da war er schon weg. Sie biss noch einmal von ihrem Würstchen ab, dann brach sie ein Stück ab und warf es der Taube hin. Weitere Vögel kamen angeflattert, um mitzufuttern, und als Charlotte ihnen zusah, fühlte sie sich weniger allein.

»Hervorragend«, kommentierte Amelia. Die Agenturleute wirkten erleichtert. Sie hatten ihr Konzept zielgenau auf die Bedürfnisse von Amelias Organisation zugeschnitten, und

Amelia war begeistert. So begeistert war sie schon lange nicht mehr gewesen. Sie beendete das Meeting. »Denken Sie an die Termine. Ich möchte Montagfrüh einen Zeitplan sehen.«

»Einige von uns gehen ins Crown«, sagte ihre Kollegin Paula, als Amelia aus dem Konferenzraum kam. »Komm doch mit, du bist schon ewig nicht mehr mit dem Team im Pub gewesen.«

»Ich glaube, die haben mehr Spaß ohne mich«, winkte Amelia ab. »Die Chefin dabei zu haben verkrampft doch nur.«

»Dann gehen eben wir zwei auf einen Drink«, schlug Paula vor. »In diese ruhige, muffige Weinbar? Da kriegen wir wenigstens einen Platz.«

Amelia willigte ein. Paula arbeitete hier als Event-Managerin und war die Einzige im Team, mit der sie entspannen konnte. »Aber nur auf einen, dann kannst du mit den anderen feiern. Ich möchte heimkommen, bevor Charlotte im Bett ist.«

»Klar.«

Amelia packte ihren Laptop und einen Stapel Papiere in die schwere Tasche, die sie mit sich herumschleppte, und sie gingen zwei Straßen weiter zur besagten Weinbar. Die Pubs in Whitechapel quollen über von Angestellten, die in Gruppen auf den Straßen standen und den Stress des Tages mit Rauchen, Trinken und Lachen von sich abschüttelten. Pflanztröge mit Narzissen und Tulpen begrenzten die Insel auf dem Zebrastreifen und Amelia sah, wie Paula innehielt und die Blumen bewunderte.

Sie stiegen die Treppe in den dunklen, unbeliebten Weinkeller hinunter. Amelia versuchte den Geruch einzuordnen, er lag irgendwo zwischen Schimmel und Desinfektionsmittel. Nach einer Weile gewöhnte man sich daran, und der Wein war nicht schlecht, wenn auch unverschämt teuer. Sie bestellte zwei Glas Sauvignon Blanc und stieß mit Paula an.

»Na, wie ist das Zusammenleben mit deiner Mutter?«

Amelia wand sich stöhnend. »Sie meint es gut, glaub ich«, sagte sie. »Mum steigt voll auf Charleys neueste Vegetarierphase ein und verbringt die ganze Zeit damit, Sojaprotein in Teig zu wickeln.«

»Nett, dass sie sich die Mühe macht.«

Amelia nickte. »Anscheinend die perfekte Großmutter.« Erst danach merkte sie, wie bitter das klang. Dass Grace nicht die beste Mutter gewesen war, bedeutete nicht, dass sie keine gute Großmutter sein konnte. Und Amelia selbst brauchte weiß Gott ihre Hilfe.

»So meine ich das nicht«, korrigierte sie sich. »Ich freue mich, dass sich die beiden gut verstehen. Die letzte Zeit war hart für Charley. Sie war schon immer sensibel. Sie hatte sich so gut in ihrer alten Schule eingelebt, die meisten ihrer Freundinnen waren ihr seit dem Kindergarten vertraut, und jetzt ist sie mit einem Schlag entwurzelt worden. Wenigstens hat sie eine super Oma, wenn schon ihr Vater ein Schwein ist.«

»Sie hat auch eine gute Mutter«, ergänzte Paula.

»Hmm.« Amelia kam sich nicht so vor. Sie liebte ihren Job und sie liebte ihre Tochter, aber beides unter einen Hut zu bringen schien so schwierig. Der Tag hatte nicht genug Stunden, oder Amelia hatte nicht genug Energie. Und so sehr sie ihre Tochter liebte, Charlotte schien von dieser Liebe immer nur wenige Brösel abzubekommen. Morgens war Amelia müde, noch nicht vom Kaffee hochgepuscht. Abends war sie auch müde und dazu oft schlecht gelaunt. Sie und Tom hatten sich mit Hilfe zusätzlicher nachmittäglicher Betreuungsangebote gerade so durchgewurstelt, aber es war nicht einfach gewesen. Die gemeinsame Zeit beschränkte sich auf die Wochenenden und die Ferien, wenn Amelia ausspannen und das Zusammensein mit ihrer Tochter wirklich genießen konnte.

Jetzt wollte Charlotte an den Wochenenden oft woandershin, und Ferien schienen eine ferne Erinnerung. Vermutlich würde Charlottes Bedürfnis, ihre Mutter zu sehen, immer weiter abnehmen, je älter sie wurde – Amelia trank noch einen Schluck und bekam Schuldgefühle, weil sie noch nicht auf dem Heimweg war.

Aber wenigstens war sie mehr für Charlotte da als ihre eigene Mutter damals.

»Hast du von Tom gehört?«, fragte Paula.

»Ein Anruf. Er hat gefragt, wo seine Schuhe sind.«

»Was?«, rief Paula. »Er hat nicht mal um Gnade gewinselt?«

»Er wollte nicht mal seine Tochter sehen.«

»Nur gut, dass du ihn rausgeworfen hast.«

Amelia trank wieder einen Schluck Wein, aber ihr stieg ein Schwall Modergeruch in die Nase und sie schluckte so schnell, dass sie husten musste. Sie wartete kurz, bis sie sich wieder beruhigt hatte. »Ich hielt es einfach für das Richtige. Nach allem, was er sich geleistet hatte, wollte ich eine Pause«, sagte sie.

»Das war auch das einzig Richtige«, erwiderte Paula. »Er hat dich bestohlen und belogen.«

»Genau.« Amelia schwenkte den Wein im Glas herum und betrachtete die Schlieren. »Aber es kommt mir vor, als hätte diese Pause ihre eigene Dynamik entwickelt.« Sie hielt wieder inne. »Nicht ihre eigene«, korrigierte sie sich dann. »Toms Dynamik.« Sie zögerte, weil sie den Gedanken nicht laut aussprechen wollte. Doch schließlich hielt sie sich nicht länger zurück. »Ich glaube, im Grunde ist er froh darüber. Und ich glaube, er will eine dauerhafte Trennung.«

»Er liebt dich«, widersprach Paula.

»Rückblickend gesehen hat sich die Krise schon eine ganze Weile aufgeschaukelt«, sagte Amelia. »Es war nicht nur das Geld. Wir haben nicht mehr richtig miteinander geredet. Nicht so wie früher. Als ich die Beförderung annahm, hat er versprochen, er würde mich unterstützen und öfter zu Hause sein, aber dann war er genauso viel unterwegs wie eh und je, vielleicht sogar noch mehr.«

»Davon hatte ich keine Ahnung.«

Amelia klopfte geistesabwesend mit dem Fingernagel an ihr Weinglas. »Ich kann es nicht fassen, dass er nicht einmal Charlotte besucht«, sagte sie.

»Er besucht seine Tochter nicht? Wo wohnt er denn? Auf dem Mond?«

»Bei Steve«, sagte Amelia. »Du hast ihn kennengelernt, letztes Jahr auf unserem Gartenfest. Er ist geschieden.«

»Steve?«, fragte Paula. »Aber der ist nach Australien gezogen.«

»Was?« Amelia stellte ihr Glas ab.

»Ja. Es hat sich rausgestellt, dass wir ein paar gemeinsame Bekannte haben, und eine Weile war er mit meiner Cousine zusammen, dann hat sie mir erzählt, dass er sich hat versetzen lassen. Vor einem Monat.«

Das traf Amelia wie ein Schlag ins Gesicht. Sie sah ihre Freundin an und versuchte, die Kränkung hinunterzuschlucken.

Paula erwiderte beunruhigt ihren Blick. »Wahrscheinlich gibt es eine Erklärung.«

»Das will ich hoffen«, sagte Amelia. Warum sollte Tom lügen, wo er sich aufhielt? Außer ...

»Er hat dich nicht verdient«, fuhr Paula fort, und Amelia war ihr dankbar für die Unterbrechung eines Gedankens, den sie nicht zu Ende denken wollte. »Weder dich noch Charlotte.« Paula beugte sich näher zu ihr. »Weißt du eigentlich, dass er mir nie besonders sympathisch war? Er kam mir immer ein bisschen … wie ein Womanizer vor.«

Amelia holte tief Luft. War sie die ganzen Jahre blöd gewesen?

Sie sah Paula an. »Wissen alle im Team von der Trennung?«

»Nicht von mir«, sagte sie. »Aber ich glaube, die wissen Bescheid.«

»Dachte ich mir«, sagte Amelia. Sie trank noch einen Schluck, Scham stieg in ihr hoch. Alle diese Leute tratschten jetzt über sie. Sie war zwölf Jahre lang mit ihrem Mann zusammen gewesen und jetzt benahm er sich so. Log wie gedruckt.

»Die Leute machen sich Sorgen um dich.« Paula sah ihre Freundin eindringlich an.

»Ich bin zäh«, erwiderte Amelia, fühlte sich aber alles andere als das.

»Ich weiß.«

Amelia holte noch einmal tief Luft. Sie hatte das Thema satt. »Genug von mir. Wie geht's deinem Kleinen?«, erkundigte sie sich.

»Jeden Tag besser«, sagte Paula. »Nochmal danke für alles, was du für mich getan hast.«

»Du hast Anspruch auf diesen Sonderurlaub«, sagte Amelia, die sich allerdings für Paula hatte stark machen müssen, bis die Personalabteilung einlenkte.

»Noch ein Glas?«

Amelia warf einen Blick auf die Uhr. »Entschuldige, aber ich muss weg. Wenn ich den nächsten Zug verpasse, bin ich erst zu Hause, wenn Charlotte schon im Bett ist.« Sie gab dem Kellner ein Zeichen, der stumm nickte und die Rechnung auf einem kleinen Silbertablett überreichte. Amelia hielt die Karte ans Lesegerät und der Kellner sah die Maschine stirnrunzelnd an.

»Tut mir leid«, sagte er dann. »Mit dem Lesegerät stimmt wohl etwas nicht. Versuchen Sie es mit Einstecken.«

Amelia steckte die Karte in das Gerät, Röte stieg ihr ins Gesicht, als das Gerät die Karte wieder nicht annahm. »Ich versuch's mit einer anderen«, sagte sie und wühlte ihre Brieftasche durch.

»Das geht auf mich«, warf Paula rasch ein.

»Danke«, murmelte Amelia, ohne dem Kellner in die Augen zu sehen. Er nahm die Zahlung entgegen und eilte wieder zur Bar. Noch eine Demütigung, Tom ließ grüßen.

»Amelia?«

»Ja?«

»Sei mal nicht so streng mit dir. Jemand hat dir gerade das Herz gebrochen.« Amelia machte den Mund auf, um ihr zu widersprechen, aber Paula wedelte ihre Einwände weg wie eine lästige Fliege. »Und dein Leben steht Kopf. Du brauchst mal eine kleine Pause.«

»Mir geht's gut«, beharrte sie. »Wie gesagt, ich bin zäh.« Sie hob ihr Glas und kippte den Rest hinunter. »Jetzt geh mal zu den anderen. Morgen arbeite ich im Homeoffice. Wir sehen uns am Montag.«

7

Am nächsten Tag stand Amelia vom Schreibtisch in ihrem Zimmer auf und reckte sich. Sie konnte sich nicht auf die Arbeit konzentrieren, sondern musste ständig an Tom denken. Er hatte gesagt, er würde bei Steve wohnen. Sie war ganz sicher.

Wo war er?

Sie nahm ihr Handy, um ihn anzurufen, und legte es dann wieder weg.

Später.

Nein, jetzt. Sie wählte und überlegte, was sie sagen sollte. Sie würde ihm die Anklage nicht gleich ins Gesicht schleudern.

Doch, genau das würde sie tun, sie konnte nicht anders.

Die Mailbox schaltete sich ein. »Hier ist deine Frau«, sagte sie. »Ruf mich an.«

Sie beendete das Gespräch. Das reichte für den Moment.

Sie klappte den Laptop zu und beschloss, nicht herumzusitzen und auf den Rückruf zu warten. Es war Mittagspause, und sie würde eine Runde joggen. Action. Danach würde sie sich besser fühlen oder hätte zumindest den psychischen Stress durch körperliche Anstrengung ersetzt. Sie zog die Bluse aus, die sie für Arbeitstelefonate trug, und ersetzte sie durch ein T-Shirt. Die Leggings hatte sie schon an, eine der wenigen Freuden des Homeoffice. Sie schlich die Treppe hinunter und versuchte, unbemerkt aus dem Haus zu kommen. Sie wollte jetzt auf keinen Fall mit ihrer Mutter über Sandwiches reden, eins ihrer Top-Themen.

»Geht's dir gut heute?« Grace streckte den Kopf zur Küchentür heraus. Anscheinend spitzte sie ständig die Ohren, um jede Bewegung auf der Treppe mitzukriegen.

»Bestens«, sagte Amelia, die keine Lust auf ein Gespräch hatte.

»Alles in Ordnung?«

»Bestens«, wiederholte sie und kam sich sofort mies vor. Ihre Mum wollte nur freundlich sein, und sie blaffte sie an. »Ja«, fügte sie leiser hinzu. »Alles in Ordnung.«

Nach einer Pause sagte Grace: »Das mit den Hausaufgaben tut mir so leid. Die sind natürlich viel wichtiger als Würstchen im Teig. Ich weiß auch nicht, was ich mir dabei gedacht habe.«

»Charlotte hat die Hausaufgaben doch geschafft.« Sie wollte nicht schon wieder darüber diskutieren. Nicht jetzt. »Und nächstes Mal weißt du Bescheid.«

»Genau«, sagte Grace beflissen. »Und ist es auch ganz bestimmt in Ordnung, wenn ich dich heute Abend mit Charlotte allein lasse?«

»Sie ist meine Tochter«, gab Amelia zurück. »Ich habe mich die letzten elf Jahre hervorragend um sie gekümmert.«

»Natürlich.« Grace sah sie verstört an. »Tut mir leid.«

»Nein, mir tut es leid.« Amelia bekam sofort ein schlechtes Gewissen. »Es ist alles ein bisschen viel.« Und nach einer Weile fragte sie: »Du hast es mir zwar schon gesagt – was hast du heute Abend denn vor?« Sie bemühte sich, Interesse zu zeigen.

»Eigentlich nichts«, sagte Grace. Amelia sah sie an. »Na schön«, Grace schien ein wenig verlegen, »ich gehe zu einem Modellbauclub. Eigentlich um Spielzeug zu basteln.«

»Beschäftigst du dich immer noch mit Modelleisenbahnen?«, fragte Amelia.

»Seit dem Tod deines Vaters«, sagte Grace. »Damit ich mal aus dem Haus komme.«

Amelia nickte, weiter fiel ihr nichts dazu ein.

»Aber ich kann auch zu Hause bleiben, wenn du möchtest«, bot Grace ihr an. »Ich muss da nicht hin.«

»Alles gut, Mum«, sagte Amelia. Sie hatte sich schon darauf gefreut, ein bisschen Zeit allein mit Charlotte zu verbringen, ohne ihre Mutter. »Viel Spaß.«

»Ich habe einen Eintopf gemacht«, sagte Grace. »Der steht auf dem Ofen. Du brauchst ihn nur aufzuwärmen, und in der Brotdose ist Brot zum Tunken. Ich bin froh, dass wir jetzt wieder durch einen ganzen Laib durchkommen, ohne dass er verschimmelt.«

Also wirklich, worüber ihre Mutter sich alles freuen konnte. Sah so auch ihre Zukunft aus, nach der Trennung? War das alles, was ihr als Single noch an Freuden bevorstehen würde? »Alles klar, danke«, rang sie sich mühsam ab.

Ihre Mutter stand vor ihr und versperrte ihr den Weg zur Tür, offensichtlich in Plauderlaune. »Ich gehe laufen«, sagte Amelia und hoffte, damit sei das Gespräch beendet.

»Wie schön«, sagte Grace. »Ich erinnere mich noch an das Sportfest, als du das Dreibeinrennen gewonnen hast. Wie alt wirst du da gewesen sein? Du bist zusammen mit Samantha angetreten, und die ist weggezogen, als du neun warst, also muss es ...«

»Ich erwarte um halb zwei einen Anruf, bis dahin muss ich wieder zurück sein«, sagte Amelia.

»Oh, tut mir leid, bin ich ins Schwatzen gekommen?« Grace trat zur Seite. »Möchtest du, dass ich dir später ein Sandwich raufbringe? Oder wart mal, ich könnte dir gleich eins machen. Ein Lunchpaket für unterwegs? Du könntest es im Park essen. Es ist schön sonnig heute, wenn auch noch ein bisschen kalt …«

»Nein danke, Mum«, sagte Amelia und zog ihre Laufschuhe an. »Ich muss jetzt los.«

»Das ist im Nu fertig.«

»Ich brauch jetzt nichts.« Amelia ging zur Haustür hinaus. »Bye.«

Amelia schloss die Tür hinter sich und fing an zu laufen. Die kalte Luft strömte in ihre Lunge. Ein gutes Gefühl, aus diesem Haus herauszukommen. Fast hätte sie den Hund der Nachbarin umgerannt, der ihr zwischen die Beine lief, und sie nickte seiner Besitzerin, einer jungen, immer überfordert wirkenden Mutter knapp zu, ein Nicken, in dem neben Verständnis und Mitgefühl auch ein wenig Ärger mitschwang.

Als Ziel bot sich der Park an. Amelia lief in seine Richtung, ihre Schuhe klatschten schwer aufs Pflaster, als sie in Schwung kam. Ein paar Runden um den Ententeich würden ihr hoffentlich wieder zu einem klaren Kopf verhelfen.

Sie lief schnell und bemühte sich, die Straßen, die sie so sehr an ihre Kindheit erinnerten, aus ihrer Wahrnehmung auszublenden. Sie sahen noch genauso aus wie früher, nur die Menschen, die sie geliebt hatte, lebten nun nicht mehr hier. Die meisten Gebäude waren ziemlich unverändert, hier und da war ein anderes Geschäft eingezogen, ein Anbau hinzugekommen, nicht viel für dreißig Jahre. Ihre alte Umgebung in London veränderte sich fast täglich, da die Leute daran bedacht waren, den Wert ihrer Häuser zu erhöhen, und ein Laden nach dem anderen machte auf, um den stetig wachsenden Bedarf an Hafermilch-Lattes, französischen Marmeladen und glutenfreiem Gebäck zu befriedigen.

Der Park. Er hatte sich überhaupt nicht verändert bis auf den Coffee-Van, der nun da stand; Amelia guckte ihn sich für später aus. Sie lief über die Rasenflächen zur Mitte, einem See, wo sich eine kleine Population von Moorhühnern, ein paar lärmende Enten und ein paar erboste Gänse angesiedelt hatten.

Die Sonne schien zwar, aber nur halbherzig, es war hell, aber immer noch kalt. Amelia blinzelte gegen die vom See reflektierten Sonnenstrahlen an, lief aber weiter, zweimal um den See herum, bis sie schließlich stehen blieb, um zu verschnaufen. Sie erregte die Aufmerksamkeit eines Entenschwarms, er schwamm auf sie zu. Wahrscheinlich dachten die Enten, sie habe ein Sandwich dabei, und Amelia zeigte ihnen ihre leeren Hände. Auch bei ihr regte sich der Hunger, und sie bedauerte kurz, dass sie sich von ihrer Mutter kein Lunchpaket hatte machen lassen.

Sie trabte los in Richtung Coffee-Van, um sich vor der Rückkehr nach Hause mit einem Getränk und einem Muffin in der Sonne zu belohnen. Vielleicht würde sogar für die Enten etwas abfallen.

Nicht bei diesen Preisen, beschloss sie dann, als sie eine verschwitzte Zehn-Pfund-Note aus ihrer Jackentasche gegen ein Blaubeermuffin, einen Latte und wenige Münzen eintauschte. Sie ging wieder zum See, langsam, da sich die Anstrengung bemerkbar machte. Sie setzte sich auf eine Bank, trank einen Schluck Kaffee, biss von ihrem Muffin ab und versuchte, zu dem inneren Frieden zurückzufinden, den sie beim Laufen kurz gespürt hatte.

»Amelia?«

Sie blinzelte zu dem Mann hoch, der sie ansprach.

»Dacht ich mir's doch, dass du es bist, aber du bist so schnell um den See gerast, dass meine alten Beine keine Chance hatten!«

»Patrick.« Amelia begrüßte den alten Freund ihres Vaters und staunte insgeheim, wie kahl er geworden war. Die Sonne spiegelte sich auf seinem Kopf.

»Bist du zum Entenfüttern gekommen? Du und dein Dad, ihr habt sie dick und fett gefüttert, als du ungefähr so groß warst wie diese Bank hoch ist. Die bestgemästeten Enten von ganz Kent, hab ich immer gesagt. Ich wette, die hätten prima geschmeckt.«

»Heute hab ich leider kein Futter für sie«, sagte Amelia, bemüht, die Erinnerungen nicht an sich heranzulassen. »Ich wohne gerade bei Mum. Für eine Weile. Mit Charlotte. Und ich mach nur kurz Pause, bevor ich weiterjogge.«

»Sehr klug.« Patrick ließ sich ächzend neben ihr nieder. »Diese Enten sind heutzutage auf Diät wie der Rest der Welt. Nur Trauben und Hafer, steht auf den Schildern. Und dazu Algenschleim aus dem Teich, nehme ich an. Arme alte Entendamen. Da wir schon von armen alten Damen sprechen: Wie geht's deiner Mum?«

Unwillkürlich entfuhr Amelia ein kleines, spöttisches Auflachen, als ihre Mutter so beschrieben wurde. »Der geht's gut«, sagte sie. Patrick sah sie erwartungsvoll an und Amelia merkte beschämt, dass sie über ihre Mum nicht allzu viel zu sagen wusste. Sie hatte nie nachgefragt. »Sie geht heute Abend aus«, sagte sie, um die Pause zu füllen.

»Wird ihr gut tun«, erwiderte Patrick. »Der Tod deines Vaters hat ihr schwer zugesetzt. Es gibt Grenzen, wie viel Verlust ein Mensch verkraften kann.«

»Wir vermissen ihn alle«, sagte Amelia, die das Gefühl hatte, sie selbst empfinde den Verlust am schmerzlichsten. Ihre Mutter hatte nicht einmal seinen alten Sessel behalten. Einen Moment lang malte sie sich aus, dass ihr Dad jetzt bei ihnen stünde. Er würde Patrick wegen der völlig unpassenden Weihnachtssocken aufziehen, die unter seiner Hose hervorlugten. Er würde seine Hände an ihrem überteuerten Kaffee wärmen, aber ihr Angebot, ihm einen zu spendieren, dankend ablehnen. Er trank nur Tee und würde niemals Geld für einen »Tea to go« ausgeben, solange er zu Hause einen perfekt funktionierenden Wasserkocher hatte. Und er würde darauf bestehen, dass die Enten ihren Anteil von dem Muffin bekämen, zum Teufel mit den Preisen und der Entendiät.

Spontan brach Amelia einen Brocken ab und warf ihn ins Wasser, wo er kurz an der Oberfläche trieb, bis die Enten auf ihn aufmerksam wurden. Eine Ente pickte danach, verfehlte ihn aber, und ein Erpel schnappte ihn ihr ungalant weg, verschluckte ihn und verlangte laut quakend nach mehr.

»Ich wette, sie freut sich, dich im Haus zu haben.«

Amelia war so in das Entendrama vertieft, dass sie einen Moment brauchte, um zu begreifen, von wem er redete. »Mum? Ja«, sagte sie. »Es ist schön für sie, dass sie Zeit mit Charlotte verbringen kann«, fügte sie hinzu.

»Ganz bestimmt. Man wird einsam«, sagte er. »Wenn man wieder allein ist. In unserem Alter.«

Eine neue Woge von Schuldgefühlen schlug über Amelia zusammen. Der Erpel war aus dem Teich geklettert und watschelte erwartungsvoll auf sie zu, die Ente dicht hinter ihm. »Es war hart für mich, nach Hause zurückzukommen. Ohne Dad«, gab sie zu. »Wo ich auch hingucke, überall sehe ich eine Lücke, wo er fehlt. Es ist wie damals, als …« Sie verstummte, konnte nicht weitersprechen.

»Ich weiß«, sagte Patrick. Einen Moment lang spürte sie seine knorrige, erstaunlich warme Hand auf der ihren. »Sie empfindet genauso.«

Amelia nickte, war aber nicht so sicher, ob ihre Mum wirklich genauso empfand. Woher sollte sie das auch wissen? Mum redeten nie darüber. Seit Jahren nicht mehr. Seit Amelia zwölf war.

Aber daran war ihre Mutter schuld, sagte sie sich, nicht sie. Sie war ein Kind gewesen, ihre Mutter eine Erwachsene. Wenigstens hatte sie ihren Vater gehabt. Mit ihm konnte sie über alles reden.

»Ich glaube, du musst dein Muffin schnell aufessen.« Patrick deutete zu den hartnäckigen Enten. »Wenn du deine Finger behalten willst.«

Amelia biss ein letztes Mal ab und warf das restliche Stück dem Entenweibchen zu, das es im Ganzen hinunterschlang und dankbar quakte. Der Erpel durchbohrte Amelia mit entrüsteten Blicken.

»Dein Dad würde sich freuen, dass du zurückgekommen bist«, sagte Patrick. »Für deine Mutter.« Er grinste. »Und für die Enten.«

Amelia erwiderte sein Lächeln. »Wohnst du immer noch im selben Haus?«, fragte sie ihn. Er nickte. »Ich komme mal mit Charlotte vorbei, wenn du magst.«

»Darüber würde ich mich riesig freuen«, sagte er. »Und bring deine Mutter mit. Wir haben uns viel zu lange nicht gesehen.«

Amelia nickte und blickte auf die Enten, die sich damit abgefunden hatten, dass es nichts mehr zu fressen gab. Sie watschelten zum See zurück und ließen sich ins Wasser gleiten.

Grace saß im Restaurant und tat, als wäre es für sie das Normalste auf der Welt, eine Speisekarte zu studieren. Es war lange her, seit sie zuletzt auswärts gegessen hatte. Der winzige Gemüseladen, an dem sie heute gearbeitet hatte, lag in Luftpolsterfolie verpackt in ihrer Handtasche, die sie auf dem Schoß hielt. Besonders zufrieden war sie mit der Auslage vor dem Laden, winzige, aus Modelliermasse geformte Äpfel, die sie mit glänzendem Lack überzogen hatte.

Charlotte und Amelia waren zu Hause und hatten beteuert, sie würden perfekt ohne sie zurechtkommen. Und da sie selbst so nachdrücklich erklärt hatte, sie führe ein geselliges Leben, konnte sie schlecht zugeben, dass sie ein wenig Scheu vor diesem Restaurantbesuch hatte und viel lieber selbst für die beiden gekocht und mit ihnen zusammen gegessen hätte.

Aber nun war sie hier gelandet. Saß zum ersten Mal seit Jahren in einem Restaurant, mit Samir auf der einen, Toby auf der anderen Seite; gegenüber saß Ava und winkte Luigi schon zu, er solle ihnen eine Flasche Wein bringen. »Zu viert herzukommen ist viel besser«, sagte sie zu den anderen. »Lohnt es sich, eine Flasche zu nehmen.«

»Ich trinke nicht«, sagte Samir. »Das weißt du doch.«

»Dann trinken wir eben zu dritt«, konterte Ava unbeirrt. »Du kannst die Grissini haben.«

»Ich glaube, ich trinke auch nichts«, sagte Grace.

»Und ob du was trinkst«, widersprach Ava. »Wir feiern einen besonderen Anlass.«

»Tatsächlich?«

»Dass du mit uns mitgekommen bist.« Sie warf Luigi ein strahlendes Lächeln zu, als er die Flasche mit Grandezza entkorkte. Er erwiderte ihr Lächeln. Er war grob geschätzt nur wenige Jahre jünger als die Modellbauer, hatte ein freundliches

Gesicht und eine behagliche Rundung um die Körpermitte. »Und wir kaufen keine Handtücher oder malen winzige Häuschen an. Das heißt, wir machen Party.«

»Nett, dich auch mal außerhalb des Clubs zu sehen, Grace«, schloss Toby sich an. »Was macht der Skilift?«

»Ich konnte an meiner Landschaft noch nicht weiterarbeiten«, sagte Grace halb beschämt, halb stolz. »Meine Tochter und meine Enkelin sind bei mir eingezogen.«

»Und du hast mich noch nicht vorgestellt«, fuhr Ava dazwischen. »Als die coole Tante.«

»Sie müssen sich erst einleben«, erwiderte Grace und trank einen Schluck von dem Wein, den Ava ihr eingegossen hatte. Früher hatte sie gern ein Gläschen getrunken, aber seit Jonathan erkrankt war, hatte sie Alkohol kaum noch angerührt. Der Wein schmeckte noch köstlicher als in ihrer Erinnerung. Sie trank weiter, weil sie Durst hatte. Obwohl der Weißwein gut gekühlt war, wurde ihr warm, wenn er ihr die Kehle hinunterrann, und sie spürte eine leichte Röte im Gesicht.

»Großeltern haben es einfacher als Eltern«, erklärte Samir. »Die ganze Liebe ist da, aber keine Verantwortung.«

»Ich weiß nicht«, sagte Grace. »Sie können es aber auch schwerer haben.« Sie verstummte, als Luigi mit dem Block in der Hand auf ihren Tisch zukam, trank noch einen Schluck und überlegte fieberhaft, was in aller Welt sie bestellen sollte.

»Nimm doch die Spaghetti alle Vongole«, empfahl ihr Ava. Grace nickte, erleichtert, dass ihr die Entscheidung abgenommen war. »Luigi bekommt seine Muscheln täglich frisch mit dem Schiff aus Neapel geliefert, stimmt's, Luigi?«

»Nur das Beste für nette Gäste«, erwiderte Luigi und zwinkerte Ava zu. Sie strahlte.

»Wieso können Großeltern es schwerer haben?«, fragte Toby.

Grace trank noch etwas Wein und war überrascht, dass ihr Glas schon fast leer war. Ava schenkte ihr nach. »Ich muss mir nicht nur Sorgen machen, ob ich mich Charlotte, meiner Enkelin gegenüber richtig verhalte«, antwortete sie. »Ich muss mir auch Sorgen machen, ob ich mich Amelia, meiner Tochter gegenüber richtig verhalte. Und ob Amelia *denkt*, dass ich mich Charlotte gegenüber richtig verhalte. Denn sie hat das Sagen, und ich muss versuchen, ihr nicht in die Quere zu kommen.«

»Es ist dein Haus«, sagte Ava.

»Und ihre Tochter.« Grace bekam Schluckauf und Samir bot ihr ein Grissino an. Sie fand das getrocknete Brot köstlicher als erwartet. »Ich muss also abwägen, was einerseits das Beste für Charlotte ist und andererseits ihre Mutter nicht verärgert. Ich muss sehr aufpassen, dass Amelia ja nichts von dem, was ich tue, als Kritik an ihren Fähigkeiten als Mutter auffasst. Denn sie ist eine gute Mutter, und im Moment hat sie es schwer.« Grace brach ihr Grissino durch und ihr fielen ein paar Krümel in den Schoß. »Es ist ein ständiger Eiertanz. Das finde ich anstrengend.«

»Wie lange wollen sie denn bleiben?«, erkundigte sich Ava.

»Vielleicht klingt es komisch, aber ich wünsche mir, sie würden für immer bleiben.« Grace biss in ihren Grissino, ihrer inneren Widersprüche bewusst. »Es ist das Beste, was mir je passiert ist«, fügte sie hinzu. »Ich höre meine Tochter schnarchen und es macht mich so glücklich, sie im Haus zu haben. So glücklich und gleichzeitig so nervös, und dauernd mache ich mir Sorgen, dass ich ins Fettnäpfchen trete.«

»Ach was«, sagte Ava und tätschelte ihre Hand. »Die können froh sein, dass sie dich haben.« Einen Moment lang saßen sie schweigend da. Grace aß geräuschvoll den Rest ihres Grissinos und war sehr froh, dass sie Ava kennengelernt hatte.

»Was hält Charlotte von deiner Modelleisenbahn?«, fragte Toby.

»Du und deine Züge«, nörgelte Ava. »Als ob das eine Rolle spielt.«

»Ich wette, sie ist beeindruckt«, fuhr Toby fort.

»Ich habe sie Charlotte noch nicht gezeigt«, gestand Grace. »Das kommt mir so albern vor, diese Eisenbahn in meinem Schuppen. Ich bin doch eine erwachsene Frau.«

»Das ist eine Miniaturwelt«, betonte Toby. »Und du bist im Club so geschickt. Also, ich würde deine Eisenbahn sehr gerne sehen!«

Grace zuckte mit den Achseln. »Vielleicht zeig ich sie ihr mal.« Sie überlegte, wie sie das Thema wechseln könnte, fühlte sich aber vom Wein schon etwas benebelt und konnte nicht mehr so klar denken.

»Kinder lieben solche Sachen«, sagte Toby. »Du solltest mal sehen, was die für Augen machen, wenn sie zu mir in den Laden kommen. Die Welt ist in der Regel zu groß für sie. Sie kommen an viele Dinge nicht heran, können manche Türen nicht öffnen. Dann sehen sie die Modelleisenbahn und werden selbst zu Riesen. Hier können sie alles selber lenken und dirigieren. Das ist etwas Besonderes für sie.«

Grace sagte nichts und bereute plötzlich, dass sie den Wein getrunken hatte. Ihre Gefühle kamen gefährlich nahe an die Oberfläche, als hätte der Alkohol sie aus ihrem Versteck geholt.

»Das könnte auch eine schöne Möglichkeit sein, die Beziehung zu vertiefen«, steuerte Samir zu dem Thema bei. »Ich schenke alles, was ich mache, meinem Enkel. Für ihn sind Eisenbahnen das Höchste, wir bauen die Anlage gemeinsam.«

»Spaghetti alle Vongole«, kündigte Luigi an, und Grace war froh, dass das Gespräch nun eine andere Richtung nahm.

»Für die schönen Ladys. Die Pizza für die Gentlemen kommt gleich.«

Beim Klappern der Teller, Nachfüllen der Gläser und Drehen der Pfeffermühlen beruhigte Grace sich langsam wieder. Als Luigi schließlich mit der Anweisung abzog, noch eine Flasche Wein zu bringen, betrachtete sie ihren Teller Spaghetti voller Muscheln, die aussahen wie vom Strand aufgesammelt. Nach einem kurzen Moment der Verwirrung beobachtete sie Ava, wie sie eine Muschel an den Mund hob und den Inhalt sacht hineinkippte. Grace wickelte sorgfältig ein paar Spaghetti um ihre Gabel und versuchte, sie mit möglichst wenig Geklecker zu essen.

Sie waren köstlich, musste Grace zugeben. Entspannung durchflutete sie. Für ihre Familie zu kochen war wunderbar, aber mit Freunden im Restaurant zu essen hatte auch seine Reize. Sie beschloss, keine Einladung mehr auszuschlagen. Dann trank sie noch einen Schluck Wein und erlaubte Ava, ihr nachzuschenken.

8

Samstag früh stellte Charlotte überrascht fest, dass ihre Großmutter noch nicht in der Küche stand, um Frühstück für sie zu machen. Ihre Mutter war joggen gegangen, und so bediente sich Charlotte selbst, schüttete Cornflakes in ein Schälchen und aß sie in der Küche im Stehen. Sie hatte ihrer Mutter schon gesagt, dass sie sich diesen Vormittag mit Sammy treffen werde. Sie stellte das Schälchen in die Spüle und ging die Schuhe anziehen. Als sie das Haus verließ, wunderte sie sich über die Handtasche ihrer Großmutter, die schlampig auf dem Boden lag; kleine glänzende Körnchen, die wie Samen aussahen, waren herausgefallen. Die bequemen Lederschuhe, die ihre Großmutter sonst immer ordentlich neben den Schrank stellte, lagen am Fuß der Treppe, als hätte sie sie von sich geschleudert, ebenso ihr Mantel.

Achselzuckend hängte Charlotte den Mantel auf und ging hinaus. Sammy stand schon an der Ecke und sie winkte ihm zu. Sie fielen in Gleichschritt, bis sie ihr Ziel erreichten. Charlotte kletterte über den Metallzaun. Er war einer ihrer vielen Zugangspunkte zu der Wildnis neben den Gleisen, der schwierigste übrigens, aber den Kindern war das egal. Charlotte musste hochspringen, die Oberkante des Zauns genau im richtigen Moment packen und sich hinaufwuchten. Sie schwang das zweite Bein hinüber und ließ sich auf der anderen Seite zwischen die Büsche fallen.

Sammy nahm die Bodenroute, legte sich auf den Bauch und kroch unter dem Zaun durch. Danach hatte er auf seinem bereits schmutzigen T-Shirt einen weiteren erdigen Fleck.

Auf der anderen Seite blieb Charlotte erst einmal stehen, um die Wildnis vor ihr zu inspizieren. Zwischen Brombeerranken und Brennnesseln wuchsen Krokusse und Narzissen. Das letzte Mal hatte sie ein Kaninchen entdeckt, das den Kopf aus einem großen Dornenbusch hervorstreckte. Sie und Sammy hatten es atemlos beobachtet, bis es davonflitzte.

»Wo gehen wir heute hin?«, dachte sie laut nach, doch Sammy legte den Finger auf die Lippen.

»Es ist Zeit für den 10:10-Uhr-Zug nach London Bridge«, sagte er. »Hörst du ihn?«

Charlotte schlug den Pfad ein, den sie letztes Wochenende gebahnt hatten, ausgerüstet mit dicken Jacken, Handschuhen und Gummistiefeln, um die Brennnesseln und Brombeerranken niederzutrampeln. Die Pflanzen fingen schon wieder an zu wuchern, und Charlotte stampfte eine überhängende Brennnessel zu Boden, damit sich Sammy nicht daran brannte. Sie warf einen Blick zurück und sah ihn reglos dastehen; wie hypnotisiert starrte er auf den Zug in der Ferne.

Und da raste er auch schon an ihnen vorbei. Sie hielten ordentlich Abstand zu den Gleisen, aber trotzdem spürte Charlotte einen kräftigen Windstoß.

Sammy sah zu, wie er um die Biegung herum verschwand, und rannte dann los, um Charlotte einzuholen. Er keuchte ein bisschen. »Wo ist dein Inhalator?«, fragte sie.

»Ist mir runtergefallen«, sagte er und wischte sich die Nase am Ärmel ab. »Aber es geht schon.«

»Hast du keinen in Reserve?«

»Irgendwo zu Hause.«

»Sollen wir zurücklaufen und ihn holen?«

»Nein. Machen wir ein Wettrennen?« Er grinste sie an.

»Auf keinen Fall«, lehnte Charlotte beunruhigt ab. »Und pass auf die Ranken auf. Letztes Mal warst du furchtbar zerkratzt.«

»Alles gut«, sagte er. »Ich bin robuster, als ich aussehe.«

Charlotte antwortete nicht gleich. Sie waren noch nicht lange befreundet, aber sie hätte Sammy schon jetzt am liebsten in Watte gepackt mit seinem Inhalator im Mund, damit ihm ja nichts passierte.

»Meinst du, die Füchse haben schon Junge?«, fragte sie stattdessen.

»Vielleicht«, sagte Sammy. »Wie nennt man ein Fuchsjunges mit Möhren in den Ohren?«

»Keine Ahnung«, sagte Charlotte, obwohl sie die Antwort natürlich kannte.

»Du kannst es sonst was nennen«, sagte Sammy und lachte. »Weil es dich nicht hören kann.«

Charlotte stöhnte, und die beiden liefen in behaglichem Schweigen weiter.

»Was ist denn das?« Bevor sie Sammy aufhalten konnte, war er vom Pfad abgeschwenkt und zwischen den Brombeerranken verschwunden.

»Komm zurück«, forderte sie ihn auf und wusste schon, wie zwecklos das war. Seufzend zog sie zum Schutz die Kapuze über den Kopf und kroch ihm hinterher.

In dem Gebüsch war mehr Platz als vermutet. Die grünen Blätter über ihnen bildeten ein schützendes Dach, unter dem man sich wie in einer geheimen Höhle fühlte. »Das kann unser Versteck werden«, verkündete Charlotte, die über die Entdeckung sehr glücklich war. »Keiner kann uns hier sehen.«

Sammy stöberte immer noch am Rand des Buschs herum. »Ein Ball«, verkündete er triumphierend und hielt Charlotte einen stark vom Wetter angegriffenen und ziemlich traurig aussehenden Tennisball hin. Er warf ihn Charlotte zu, die ihn automatisch auffing und dann fallen ließ.

»Der stinkt«, sagte sie. »Und ist klebrig.«

»Ich werd ihn Ryan schenken«, sagte er hämisch grinsend. »Der riecht genau wie er.«

Charlotte wurde ein bisschen rot. Sie hatte Sammys ältesten Bruder in der Schule gesehen; er war fünfzehn, groß und selbstsicher, und wenn er zu Charlotte herübersah, errötete sie jedes Mal. Sie hoffte inständig, dass das Sammy noch nicht aufgefallen war. »Was war denn das für ein Geräusch?«, fragte sie, dankbar für die Ablenkung.

»Der nächste Zug kann's noch nicht sein«, sagte Sammy, warf den Ball in die Luft und versuchte ihn zu köpfen. »Aua.«

»Pst!« Wieder hörte Charlotte das Geräusch, ein kleines Fiepen. Oder Quäken. Diesmal war es von Blätterrascheln begleitet, und Charlotte wandte sich dorthin, wo sie die Bewegung wahrgenommen hatte.

Auch Sammy musste es gehört haben, weil er aufhörte herumzuballern und hinter Charlotte herkroch. »Kann das ein Fuchsjunges sein?«, fragte er.

»Ich glaube, es klingt wie was mit Federn.«

»Wie kann irgendwas klingen wie mit Federn?«

»Pst.« Charlotte beugte sich vor und spähte ins Gebüsch.

Ein winziges schwarzes Auge spähte zurück. Ganz vorsichtig streckte Charlotte die Hand ins Dickicht. »Komm her, Kleines«, lockte sie. »Ich will dir ja nur helfen.« Das Tierchen machte keinen Fluchtversuch und sie hob es sanft auf – ein rosafarbenes, dürres Vögelchen mit plustrigen braunen Federbüscheln hier und da und einem hellgelben Schnabel. Es war winzig und warm und sie hielt es an ihre Brust.

»Was ist denn das?«, rief Sammy.

»Das ist ein Vogelbaby«, sagte Charlotte. »Es muss aus dem Nest gefallen sein. Schau mal, da ist sein Schnabel und hier sind ein paar Federn.« Die drahtigen Zehen umkrallten ihre Finger wie einen Zweig, und die knospenden Flügelchen stießen gegen ihre Handfläche. Der Vogel zitterte, und sie spürte sein kleines Herz rasen. Sie umschloss es ein wenig fester, um ihm Sicherheit zu geben. »Alles wird gut«, sagte sie zu ihm. Sie staunte, wie winzig er war. »Wir kümmern uns um dich.«

»Wie denn?«, fragte Sammy. »Ich wette, deine Mum wird dir nicht erlauben, ihn zu behalten. Und bei meinen Brüdern würde er keine fünf Minuten überleben.«

»Er hat aber niemanden außer uns«, sagte sie. »Er muss verloren gegangen sein. Vielleicht wurde er von seinen Eltern verlassen.«

Sie dachte kurz an ihren Vater. »Ich nehme ihn mit nach Hause«, erklärte sie und schloss schützend die Hände um ihn. »Ich habe am Zaun eine Pappschachtel gesehen. Da drin kann er bleiben, unter meinem Bett, und ich werde ihn mit ein paar Brocken vom Abendessen füttern. Grandma wird mir helfen.« Der Vogel piepste zustimmend, und Charlotte jubelte innerlich. Sie würde diesen Vogel retten.

»Es ist elf.« Grace schlug blinzelnd die Augen auf. Ihr Blick fiel auf ihre Tochter, die den Vorhang aufgezogen hatte und sie amüsiert betrachtete. »Da hast du ein Glas Wasser.«

»Was machst du in meinem Zimmer?«, fragte Grace. Sie hob

den Kopf vom Kissen und ließ ihn gleich wieder sinken. Sie fühlte sich verwirrt, konnte sich nicht erinnern, wie sie nach Hause gekommen war. War das der Anfang von Alzheimer? Waren die Kopfschmerzen und der schreckliche Geschmack im Mund weitere Symptome?

»Ich dachte, du wolltest heute eine vegetarische Lasagne machen?«, fragte Amelia und setzte sich zu ihr aufs Bett. »Als du gestern Abend nach Hause gekommen bist, warst du voller Pläne.«

Gestern Abend.

»Anscheinend hat ein Typ namens Luigi dir ein Rezept dafür gegeben.«

»Ach ja, natürlich«, sagte Grace. Langsam dämmerte es ihr. »Luigis Lasagnerezept.«

»Und ich dachte immer, nur Dad hätte sich gern mal ein Gläschen gegönnt.«

»Hat er auch«, sagte Grace. »Aber gestern Abend war ... ein besonderer Anlass.«

»Ich setz dir mal Kaffee auf, du Partygirl.« Amelia lachte. »Aber für heute Abend bestellen wir lieber Pizza, oder?«

»Das wäre vielleicht das Beste«, stimmte Grace zu, auch wenn sich ihr beim Gedanken an Pizza der Magen umdrehte. »Vielleicht hab ich was gegessen, das ich nicht vertragen habe.«

»Klar doch«, spottete Amelia, als sie deutlich belustigt das Zimmer verließ. »*Gegessen*!«

Grace drehte sich um und versuchte wieder einzuschlafen. Sie hatte von Tagen am Strand geträumt, von Modelleisenbahnen und von frischen Äpfeln aus dem Gemüseladen. Sie kniff die Augen fest zu, ignorierte das Drängen ihrer vollen Blase und hoffte, dass das Pochen in ihrem Kopf verstummen würde, wenn sie sich vor Licht schützte.

Tage am Strand. Besonders ein Tag. In Grace perlten die Erinnerungen hoch wie Schaum auf einem Wellenkamm. »Warum bist du denn in Hemd und Krawatte?«, hatte sie Jonathan in jenem ganz besonderen Urlaub vor Jahren gefragt. »Ich dachte, wir machen einen Strandspaziergang?«

»Ich kann doch trotzdem ein bisschen elegant aussehen«, hatte Jonathan entgegnet.

»Wenn du meinst. Wir haben ja Winter, deshalb werden wir wohl aufs Schwimmen verzichten.«

»Dir gefällt's doch hier in Margate, oder?« Jonathan klang plötzlich nervös. »Oder wäre dir eine dieser Pauschalreisen zur Costa Blanca, die sie jetzt so anbieten, lieber gewesen?«

»Natürlich gefällt es mir hier«, hatte Grace erwidert und es auch so gemeint. Sie waren nun fast schon ein Jahr zusammen und Jonathan hatte diesen Urlaub wochenlang geplant. Das Hotel war schöner als alles, wo sie bisher übernachtet hatte, und in ihrem Zimmer stand ein pompöses Himmelbett, das gerade so hineinpasste, als wäre vor ihnen Heinrich VIII. hier auf Durchreise gewesen. »Könnte nicht besser sein.«

Jonathan grinste wie ein Honigkuchenpferd. »Na, dann komm«, sagte er. »Dann machen wir jetzt diesen Strandspaziergang. Für später ist Regen angesagt.«

Sie gingen los. Es war kalt, die Meeresbrise peitschte ihnen ins Gesicht, aber Jonathan schwitzte, als wären sie tatsächlich nach Benidorm gefahren. Es war anstrengend, ihre Füße sanken bei jedem Schritt in den Sand ein, was sich anfühlte, als liefen sie auf einem Planeten mit größerer Schwerkraft herum.

Sie gingen zum Wassersaum hinunter. Die grauen Wellen waren wie ein Echo des grauen Himmels. Jonathan blickte in die Weite des Meers hinaus. Grace spürte erste Regentropfen wie einen Kuss auf den Wangen, und sie drehte sich zu Jonathan um und wollte ihm vorschlagen, dass sie zurückgehen sollten.

Er war nicht da.

»Heirate mich«, kam eine Stimme von unten, und Grace sah, dass er auf ein Knie gesunken war, direkt in den nassen Sand. Er hielt etwas in der Hand, eine mit rotem Samt gefütterte Schachtel mit einem kleinen Diamantring. »Ich liebe dich«, sagte er. »Ich liebe dich so sehr. Willst du mich heiraten?«

Grace sorgte sich um seine Hose, die da unten bestimmt feucht wurde. Es bräuchte nur eine vorwitzige Welle, um ihn völlig zu durchnässen und vielleicht sogar den Ring fortzuspülen.

»Steh auf«, sagte sie. »Die Flut steigt immer höher.«

Jonathan rührte sich nicht von der Stelle. Sie sah, wie er den Mund zuklappte und sich auf die Lippen biss. »Heißt das ... heißt das Nein?«

»Nein«, sagte sie und sah, wie er schmerzlich das Gesicht verzog. »Nein, ich meine, das heißt nicht Nein! Ich liebe dich!«

»Dann heißt es also Ja.« Strahlend stand er auf und schloss sie in die Arme, die er erst öffnete, um sein Gesicht von ihrem Hals zu lösen und sie auf die Lippen zu küssen. Grace erwiderte den Kuss, der salzig, nach Freude und nach Meer schmeckte und ganz leicht nach den Bücklingen, die Jonathan im Hotel zum Frühstück verspeist hatte. Er nahm ihre Hand und schob ihr den Ring an den Finger. Sie spürte, wie das goldene Band ihn umschlang, fest und sicher und voller Liebe. Längst regnete es.

Der Gedanke an Regen überforderte Grace' Blase, sie wälzte

sich aus dem Bett und hastete ins Bad, und die Angst um ihre Hüfte verflog, weil es jetzt wichtiger war, noch rechtzeitig die Toilette zu erreichen.

Amelia lächelte beim Kaffeekochen vor sich hin, der Rollentausch machte ihr Spaß. Sie erinnerte sich, wie sie als Teenie nachts ins Haus geschlichen war. Und wenn ihre Eltern noch wach waren und auf sie warteten, was hatte sie sich da angestrengt, klar und deutlich zu sprechen und nicht zu lallen. Und ihnen eine in sich schlüssige, unschuldige Version ihres Abends aufzutischen, bei der von den sieben Gläsern Bacardi Breezer und dem Geknutsche mit Rahul eine Klasse über ihr nicht die Rede war. Wenn sie dann mittags mit Ringen unter den Augen aufwachte, hatte sie neben ihrem Bett ein Glas kaltes Wasser stehen.

Sie goss zwei Tassen Kaffee ein, eine für sich und eine für ihre Mutter. An diesem Morgen war sie gut gelaunt, sie war schon laufen gewesen, zum zweiten Mal in zwei Tagen, und die Endorphine kreisten noch in ihren Adern. Das war viel besser als ein Kater.

Auch Charlotte wirkte fröhlicher; sie hatte nicht lange dazu gebraucht, einen neuen Freund zu finden, und war mit ihm unterwegs. Amelia war stolz, dass ihre anpassungsfähige Tochter so gut zurechtkam.

Mit diesen Umständen.

Sie warf einen Blick auf ihr Handy. Tom hatte immer noch nicht zurückgerufen.

Inakzeptabel, urteilte sie. Sie hörte, wie ihre Mutter im Bad oben das Wasser laufen ließ.

Sie versuchte es noch einmal.

Diesmal ging er sofort ran. »Hi, Amelia. Ich wollte dich gerade anrufen.« Er machte eine Pause. »Hör mal, es tut mir leid, wie unser letztes Gespräch gelaufen ist. Ich habe dich wegen der Schuhe gelöchert, anstatt nach Charlotte zu fragen. Ich stand unter großem Druck, alles geht so zäh voran ...«

Das konnte Amelia ihm nachfühlen. Aber sie wusste auch, dass er gelogen hatte. »Zäh mit Steve?« Sie konnte sich die Frage nicht verkneifen.

»Zäh auf der ganzen Linie«, antwortete er. »Wie geht's Charlotte? Wie geht es dir?«

»Wie geht es Steve?«, konterte sie.

»Was hast du dauernd mit Steve?«, fragte er zurück. »Ich möchte über meine Tochter reden.«

»Vielleicht sollte ich sie dir zu einem Besuch vorbeibringen«, sagte Amelia. »Wenn Steve nichts dagegen hat. Da wohnst du doch, hast du gesagt, oder? Bei Steve?«

»Ja«, sagte Tom. »Aber ich fürchte, du kannst mich dort nicht besuchen.«

Aha. »Weil Steve in Australien ist«, setzte Amelia seinen Satz fort. »Und das heißt, du bist ...?«

Nach einer Pause antwortete er: »Ich hüte seine Wohnung, solange er weg ist.«

»Was?«

»Seine Wohnung steht leer«, sagte Tom. »Und ich habe eine Bleibe gebraucht.« Amelia biss sich auf die Lippe und kam sich vor wie eine Idiotin. »Wieso? Was hast du denn gedacht?«

»Nichts«, log sie. Sie trank einen Schluck Kaffee und dachte nach. »Und warum können wir dich nicht besuchen?«

»Ich muss weg«, sagte Tom. »Beruflich. Ich habe einen potenziellen Investor in Schottland gefunden und muss mich eine Weile mit ihm zusammensetzen.«

»Kannst du nicht kommen und Charlotte besuchen, bevor du fährst?«, fragte Amelia. »Sie vermisst dich.« In Wirklichkeit wollte auch sie ihn sehen. Auch weil sie jetzt wusste, dass er sie nicht angelogen hatte, wenigstens nicht in diesem Punkt. Das veränderte einiges.

»Ich habe noch so viel zu erledigen. Und am Montag muss ich weg.«

»Charlotte wird enttäuscht sein.« Sie fragte sich, wie sie ihrer Tochter das Ganze erklären sollte.

Tom zögerte. »Tut mir leid, Amelia. Ich möchte sie wirklich sehen. Aber ich habe jetzt die einmalige Chance, auf den grünen Zweig zu kommen. Da darf ich nichts vermasseln.«

»Wie lange bist du denn weg?«

»Zwei Wochen? Ich weiß nicht genau«, antwortete er. »Aber ich rufe euch an. Und Charley weiß, dass sie mich auch anrufen kann. Jederzeit.«

Amelia hörte ihre Mutter die Treppe herunterkommen. »Na dann«, sagte sie. »Wir sehen dich, wenn du zurück bist.«

Sie beendete das Gespräch und dachte kurz nach, dann erlaubte sie sich einen tiefen Seufzer. Er hatte sie also nicht angelogen, wenigstens nicht, was seine Adresse anging.

Das war nicht viel, das reichte nicht für eine Wahl zum Vater des Jahres. Aber es brachte sie trotzdem zum Lächeln.

Sammy und Charlotte nahmen diesmal den langen Weg, um aus der Wildnis herauszukommen, und der führte über den Bahnsteig. Charlotte wollte mit ihrer kostbaren Fracht nicht über den Zaun klettern. Sie hielt den losen Draht hoch und Sammy schlüpfte durch, dann machte er dasselbe für sie.

Es war jetzt Samstagmittag, der Bahnsteig fast leer. Ein

Mann stand nahe am Rand, den Rücken zu ihnen gewandt, sein grauer Regenmantel blähte sich im Wind. Der Mantel kam Charlotte irgendwie bekannt vor, und sie blieb stehen, um sich den Mann näher anzusehen.

»Der muss lange warten«, sagte Sammy. »Der nächste Zug hält hier gar nicht, ein Schnellzug, der bis Waterloo durchfährt.«

Als der Mann Sammys Stimme hörte, drehte er sich um.

»Mr. Brown!«, rief Charlotte erfreut. »Was machen Sie denn hier?« Mr. Brown blinzelte sie durch seine Brille überrascht an. »Ich bin's«, sagte sie. »Charlotte. Und Sammy. Ich wette, Sie erkennen uns außerhalb der Schule gar nicht.«

»Aber sicher erkenne ich euch«, sagte Mr. Brown. Er schien etwas geistesabwesend. »Hi, Sammy.«

Sammy verzog das Gesicht. »Keine Lehrer am Wochenende«, flüsterte er Charlotte zu. »Die ganze Woche ist schon schlimm genug.«

Charlotte ignorierte Sammy. »Wo fahren Sie denn hin?«, fragte sie.

»Nirgends«, antwortete Mr. Brown.

»Aber Sie warten doch auf einen Zug.«

»Ach ja«, sagte er, als wäre er überrascht, dass er zum Bahnhof gegangen war.

»Der nächste kommt erst in ...«– Sammy sah auf die Uhr – »... in einer Stunde und zwanzig Minuten.«

»Ach so«, sagte Mr. Brown. »Danke.« Er sah aus, als wolle er gehen. Der Vogel piepste in Charlottes Händen, aber Mr. Brown schien nichts zu bemerken.

»Möchten Sie sehen, was ich in der Hand habe?«, fragte Charlotte.

»Sieht ein bisschen komisch aus«, sagte Sammy.

»Ein Vogelbaby.« Charlotte streckte Mr. Brown ihre Hände hin und öffnete sie einen Spalt. Der Vogel spähte hinaus. »Ich habe es gerettet«, erklärte sie. »Ich werde es gesund pflegen.«

Mr. Brown sah den Vogel an und schien kurz nachzudenken. »Ich fürchte, das ist keine sehr gute Idee«, sagte er. »Seine Überlebenschancen wären sehr gering. Tut mir leid.«

Hinter Charlottes Lidern prickelten Tränen. »Kann ich gar nichts für das Vögelchen tun? Ich habe ihm versprochen, dass ich es retten würde.«

»Tut mir sehr leid«, sagte Mr. Brown. »Der Vogel ist einfach zu klein, um ohne seine Mum zu überleben.«

»Es muss doch eine Möglichkeit geben.«

Mr. Brown zögerte wieder. »Vielleicht«, sagte er dann. »Habt ihr das Nest gesehen?« Charlotte schüttelte den Kopf. »Aber du erinnerst dich, wo ihr das Vogeljunge gefunden habt?«

»Klar.«

»Wenn ihr versucht, es in sein Nest zurückzusetzen, ist das das Beste, was ihr für es tun könnt. Seine Eltern würden es vielleicht weiter versorgen.«

»Aber jetzt riecht es nach Charley«, sagte Sammy.

»Vögel haben einen schwachen Geruchssinn«, sagte Mr. Brown. »Das ist denen egal.« Er wandte sich ab.

»Kommen Sie doch mit«, bat Charlotte, die für ihr Vogelbaby so viel Hilfe wie möglich mobilisieren wollte. »Sie können uns sicher helfen.«

»So sicher bin ich mir da nicht.«

»Was ist, wenn das Nest auf einem Baum ist und Sammy und ich nicht hinaufkommen? Sie sind viel größer.«

»Ich kann auf Bäume klettern«, sagte Sammy.

»Kommen Sie bitte mit, Sir! Bis Ihr Zug fährt, dauert es doch noch ewig. Da können Sie uns genauso gut helfen.«

Mr. Brown warf einen Blick zurück auf die Gleise. »Na schön«, sagte er. Charlotte strahlte ihn an.

Es war ein ziemlicher Akt, Mr. Brown unter dem losen Draht durchzubekommen. Er war nicht dick und für einen Lehrer ziemlich jung, aber viel größer als Charlotte und Sammy. Schließlich schafften sie es, und sein Mantel bekam dabei nur einen kleinen Riss ab, was Mr. Brown nichts auszumachen schien. Er folgte ihnen durch die Wildnis und hörte höflich zu, als Charlotte auf die Orientierungspunkte hinwies: einen alten Doc Marten, der ein Spinnennest beherbergte, einen umgestürzten Baumstamm, der eine hervorragende Sitzgelegenheit bot, und ein Loch, in dem Charlotte den Zugang zu einem Kaninchenbau vermutete.

Sie erreichten die Höhle in dem Brombeergebüsch, und Mr. Brown sah sich um. »Da«, sagte er schließlich mit einem Blick nach oben. »Seht ihr diesen kleinen Haufen von Zweigen?« Charlotte nickte. »Das muss das Nest sein.« Er hielt inne. »Hört ihr das Geräusch?« Wieder nickte Charlotte. Sie hörte ein verzweifeltes Piepsen. »Das sind seine Eltern. Sie haben gemerkt, dass eins ihrer Jungen verloren gegangen ist, und suchen nach ihm. Es sind Amseln.«

»Woher wissen Sie das?«

»Jeder Vogel hat seinen eigenen Ruf«, antwortete er.

»Auch jeder Zug klingt anders«, stimmte Sammy zu.

Charlotte sah Mr. Brown an. »Können Sie da rauflangen?«

»Nein«, sagte er. »Amseln bauen ihre Nester normalerweise ziemlich weit unten, aber dieses Nest ist höher als üblich.« Er zögerte. »Glaubst du, du kannst auf meine Schultern steigen?«

»Ich war nicht mehr auf den Schultern eines Erwachsenen, seit ...« Charlotte brach ab. Seit ihr Vater weggegangen war.

»Versuchen wir's einfach.«

Es war ein unbeholfenes Manöver, aber irgendwie klammerte sich Charlotte um Mr. Browns Nacken und wurde so mit dem Vogel in beiden Händen in die Baumkrone hinauf befördert. »Ich sehe das Nest«, sagte sie. »Ich muss nur noch ein bisschen höher kommen. Können Sie sich auf die Zehenspitzen stellen?«

Sie wackelten bedenklich herum, aber zu guter Letzt schafften sie es. Charlotte gab dem Vogelbaby ein Küsschen. »Viel Glück«, sagte sie und setzte es schnell in sein Nest. Es piepste sie an, und sie hörte auch einen kleinen Chor anderer Piepmätze. Seine Geschwister schienen begeistert über seine Rückkehr.

Mr. Brown ließ Charlotte langsam wieder zum Boden hinunter. »Wir müssen ihnen jetzt Zeit lassen«, sagte er leise. »Die Mutter wird nicht zurückkommen, solange wir hier sind.«

Charlotte schlang die Arme um seinen Hals. Sein Gesicht fühlte sich stoppelig und warm an, wie ihr Vater. Er roch sogar ähnlich. »Danke«, sagte sie. »Danke, dass Sie das Vogelbaby gerettet haben.«

»Bäh«, sagte Sammy. »Du hast einen Lehrer geküsst.«

Charlotte ließ Mr. Brown sofort los und schämte sich schrecklich. Es war wie damals, als sie eine Lehrerin in ihrer alten Schule aus Versehen »Mum« genannt und die ganze Klasse gelacht hatte.

»Entschuldigung, Sir«, murmelte sie.

»Alles gut, Charlotte«, sagte Mr. Brown. Er schwieg eine Weile. »Der Vogel ist noch nicht über dem Berg«, fuhr er dann fort, »aber er hat die besten Chancen.« Er lächelte sie an. »Du hast heute ein Leben gerettet. Vielleicht. Den Rest überlassen wir den Vögeln.«

»Wir können morgen wiederkommen und nachsehen«, sagte Charlotte.

Mr. Brown gab keine Antwort.

»Können wir?«, drängelte sie. »Sie auch!«

»Mal sehen«, sagte Mr. Brown.

»Die Pizza ist da!«, rief Amelia und klappte den Karton auf. Sie hatte heute für das Abendessen sorgen wollen, und weil es geklappt hatte, fühlte sie sich stark, auch wenn sie nicht selbst gekocht hatte. Es war gar nicht so einfach gewesen. Hier draußen auf dem Land gab es keinen Lieferservice, und so hatte sie Google zu Hilfe nehmen müssen, um die beste Pizza der Gegend ausfindig zu machen. »Nehmt euch, solange sie heiß ist!«

Charlotte stürmte in die Küche, Grace trödelte eher hinterher. »Können wir direkt aus dem Karton essen wie zu Hause?«, fragte Charlotte, als Grace den Geschirrschrank öffnete, um Teller herauszuholen.

»Klar«, sagte Amelia. »Gönnen wir der Spülmaschine eine Pause.« Sie sah zu, wie ihre Mutter ungeschickt ein Stück Pizza nahm, sichtlich nicht darin geübt, ohne Messer und Gabel zu essen. Als sie hineinbiss, rutschte ihr der Käse herunter. Sie blickte sich hilflos um, bis Amelia ihr ein Stück Küchenpapier hinhielt. »Du kommst mir schon viel munterer vor, Mum«, sagte sie. »Hast du dich erholt?«

»Ich bin nicht mehr ganz so jung wie früher«, sagte Grace, worüber Charlotte kichern musste. »Und im Club geht es normalerweise nicht so zu«, schob sie rasch nach. »Aber Ava hat auf einer zweiten Flasche bestanden, Samir trinkt nicht, und so haben nur Ava, Toby und ich uns den Wein geteilt, und nach dem Essen hat Luigi diese Flasche mit dem knallgelben Zeug angebracht, das aussah wie Zitronenreiniger, aber köstlich war.«

»Limoncello«, sagte Amelia und erinnerte sich an einen warmen Sommerabend mit Tom in Sorrent, in der Anfangszeit ihrer Ehe. Sie hatten aufs Meer hinausgeblickt und den starken Likör getrunken, der bei ihr immer das Bild blühender Zitronenbäume wachrief.

Sie griff nach einem Stück Pizza, um sich von diesen Erinnerungen abzulenken. Die Pizza war öliger als in London üblich, und der Boden nicht aus Sauerteig. Sie warf einen Seitenblick zu Charlotte, die schon beim zweiten Stück war. »Ich habe heute mit deinem Dad gesprochen«, sagte sie.

»Wann kommt er uns denn besuchen?«

»Noch nicht so bald«, sagte Amelia vorsichtig. »Er muss nach Schottland, mit einem Investor verhandeln.«

»Ach so«, sagte Charlotte. Und nach einer kurzen Pause: »Wann kommt er denn zurück?«

»Das weiß ich nicht. Aber für sein Geschäft ist das eine gute Nachricht«, sagte sie schwach. Sie biss noch einmal von ihrer Pizza ab. »Wie war denn dein Tag?«, erkundigte sie sich dann, um zu aufbauenderen Themen zurückzukehren.

»Toll«, antwortete ihre Tochter. »Ich bin mit Sammy in dieses Stück Wildnis gegangen, das wir entdeckt haben und von dem ich dir schon erzählt habe, und wir haben ein Vogelbaby gefunden, das aus dem Nest gefallen ist, und Mr. Brown hat uns geholfen, es zu retten.«

»Mr. Brown?«, hakte Amelia ein. »Dein Lehrer?«

»Mein Lieblingslehrer«, stellte Charlotte klar. »Er weiß alles über Vögel, und über Fledermäuse und Delfine auch.«

»Aber warum war er dabei?«

»Er hat auf dem Bahnsteig gewartet«, sagte Charlotte. »Und er hat versprochen, dass er wieder mit uns hingeht und uns nachschauen hilft, ob mit dem Vogelbaby alles okay ist.«

»Ich weiß nicht, ob du mit fremden Männern an abgelegenen Orten rumlungern solltest.« Amelia nahm sich vor, ein Gespräch mit diesem Mr. Brown zu führen.

»Das passt schon«, sagte Charlotte. »Er ist Vegetarier.«

Amelia musste lachen. »Trotzdem«, sagte sie.

»Und Sammy war doch auch dabei«, fügte Charlotte hinzu. »Und ein Fremder ist Mr. Brown schließlich auch nicht.«

»Vielleicht komme ich mit, wenn dein Lehrer nochmal mit euch hingeht«, sagte Amelia. »Ich würde ihn gern kennenlernen.«

»Ich habe ihn schon gesehen«, sagte Grace. »Er wirkt sehr nett.«

»Du wirst ihn mögen«, sagte Charlotte, und Amelia freute sich, dass es ihre Tochter nicht zu stören schien, wenn sie dabei wäre. Charlotte fuhr fort: »Ich finde ihn sogar noch netter als die Lehrer an meiner alten Schule. Er ist ziemlich jung und echt cool.«

Grace warf ein: »Ein gechillter Typ.« Und schien ziemlich zufrieden mit ihrem Beitrag.

Charlotte und Amelia sahen sich kurz an und fingen dann an zu lachen. »Was ist denn so lustig?«, fragte Grace. »Ich hab den Ausdruck doch richtig verwendet, oder?«

»Gut gemacht, Mum«, lobte Amelia zwischen ihren Lachsalven. Sie nahm sich noch ein Stück Pizza. Die schmeckte auch ohne Büffelmozzarella oder getrocknete Tomaten in Öl. Im Haus ihrer Kindheit war nicht alles ideal, aber mit einer guten Pizza im Bauch und Charlottes Gelächter im Ohr schien die Lage gar nicht so übel.

9

»Charlotte. Vielleicht kannst du es uns sagen?«

Charlotte riss ihren Blick vom Fenster los; sie hatte draußen eine Amsel beobachtet, wie sie Regenwürmer aus den Pflanzgefäßen auf dem Pausenhof zog. Die Narzissen waren voll erblüht und wandten ihre strahlend gelben Köpfchen der Sonne zu, als wollten sie ihre Strahlen trinken. Charlotte fragte sich, ob ihr Vogelbaby wohl hungrig wäre.

Mr. Brown war am nächsten Tag nicht an ihrem Treffpunkt erschienen. Am übernächsten Tag auch nicht. Er war die ganze letzte Woche nicht in der Schule gewesen, und sie hatte nicht gewusst, was sie für das Vogelbaby tun könnte.

Würmer natürlich.

Sie könnte Würmer suchen und zum Nest hinaufwerfen. Sie selbst fand Regenwürmer nicht wahnsinnig appetitlich, aber nun ja, jedem das Seine. Sie wusste, dass Vögel die Würmer normalerweise fressen und für ihre Jungen wieder hochwürgen, aber war dieser Schritt im Fütterungsprozess wirklich nötig?

Mr. Brown hätte es gewusst.

Doch wo war er? Soviel sie wusste, hatte er keinen Urlaub; die anderen Lehrer sprangen im Wechsel mit Vertretungslehrern ein. Niemand schien besonders glücklich über die Situation.

Sammy stupste sie an und Charlotte blickte auf. Mrs. Varga sah sie immer noch an, mit gerunzelter Stirn. »Wieder auf der Erde gelandet, Charlotte?«

»Wie bitte?«

»Genau. Wie heißt die Antwort?«

»Tut mir leid, Miss, wie war die Frage?«

Mrs. Varga schüttelte den Kopf. »Ich möchte dich nach der Stunde sehen. Daniel, hast du einen Vorschlag?«

Der blöde Daniel wusste natürlich die Antwort: »Magmagestein.« Charlotte überlegte kurz, wie wohl die Frage gelautet hatte, dann gab sie auf und wandte sich wieder dem Fenster zu.

Sammy schob ihr eine Zeichnung hin, und Charlotte lächelte. Mrs. Varga war nicht zu verkennen, aber ihr hübsches Gesicht war mit schwarzen Zähnen, einem spitzen Hexenhut und einer knolligen Warze auf der Nase verunstaltet. Eigentlich mochte Charlotte Mrs. Varga recht gern, aber seit ungefähr einer Woche hatte die Lehrerin schlechte Laune.

Es gongte und alle sprangen auf, obwohl Mrs. Varga immer noch redete.

»Du nicht!«, pfiff Mrs. Varga Charlotte zurück, die sich ebenfalls verdrücken wollte. Ihre Mitschüler überließen sie ihrem Schicksal. »Du konzentrierst dich nicht auf den Unterricht«, begann Mrs. Varga. Sie hatte sich an Charlottes Tisch gelehnt. »Du bist noch nicht lange an der Schule, aber ich weiß bereits, dass das gar nicht deine Art ist.« Sie sprach sanfter als beim Unterrichten. Charlotte sah sie an. Sie hatte dunkle Augenringe.

»Tut mir leid, Miss«, sagte Charlotte. »Ich war in Gedanken.« Sie schwieg kurz. »Wann kommt Mr. Brown denn zurück?«, fragte sie. »Sie sind doch miteinander befreundet, oder? Ich habe Sie auf dem Pausenhof zusammen gesehen.«

»Stehen wir unter Beobachtung?« Mrs. Vargas Stimme hatte sich wieder verändert, sie war jetzt hart wie Kalkstein.

»Wo ist er denn?«

»Er nimmt sich eine Auszeit.«

»Warum?«

Mrs. Varga seufzte. »Wahrscheinlich ist er von euch und euren ständigen Fragen erschöpft.«

»Aber warum hat er uns nicht gesagt, dass er weggeht?«

»Er braucht euch nicht um Erlaubnis zu fragen«, erwiderte Mrs. Varga. Nach einer kurzen Pause fügte sie hinzu: »Er ist nicht ganz auf der Höhe.«

»Was heißt das?«

»Ich habe dir doch schon gesagt, dass er sich eine Auszeit nimmt.«

»Ist er krank?«

»Hör mal, ich glaube nicht, dass ...«

»Ist er im Ausland?«

»Das geht dich nun wirklich nichts an.«

Charlotte machte den Mund auf, um zu protestieren, aber Mrs. Vargas Miene verbat sich jede Widerrede. »Tut mir leid, Miss«, entschuldigte sich Charlotte stattdessen.

»Und pass in der nächsten Stunde wieder auf«, forderte die Lehrerin sie auf und winkte sie hinaus. Charlotte drehte sich noch einmal um und sah, wie Mrs. Varga auf ihren Stuhl sank. Sie sah traurig aus.

Grace saß im Zimmer ihrer Enkelin und beobachtete die Stabheuschrecken. Charlotte hatte ihr erklärt, wie man sie unterscheidet. Hugo hatte anscheinend einen etwas kürzeren Körper mit einem kleinen Knick am Schwanzende. Oder war das Pickle? Egal, sie kamen Grace als wenig geeignete Haustiere für Charlotte vor. Sie konnte sie nicht streicheln oder kaum, und um sie zu einem Spaziergang auszuführen, ließ sie die Insekten ein wenig nervös von einer Hand zur anderen krabbeln. Ihre klebrigen Füße trotzten dabei den Gesetzen der Schwerkraft.

Doch Stabheuschrecken waren besser als nichts, und Grace fand sich im Laufe des Tages oft in diesem Zimmer ein und sah den beiden beim Knabbern, Verdauen und Ausscheiden der Blätter in Form akkurater kleiner schwarzer Kügelchen zu. Sonst war sie allein im Haus; Amelia fuhr trotz der langen Pendelfahrt an den meisten Tagen ins Büro, Charlotte war in der Ganztagsschule, und so wanderte Grace einsam durch die Räume.

Trotzdem war es nicht wie vorher. Ihre Gäste wohnten nun seit fast einem Monat bei ihr, was auch überall seine Spuren hinterließ. Grace räumte auf und hatte Schuldgefühle, als würde sie herumschnüffeln, wenn sie die Betten machte oder schmutzige Kleider aus den Wäschekörben zog. Sie kochte und baute ein immer größeres Repertoire an vegetarischen Köstlichkeiten auf. Was man heute mit pflanzlichem Eiweiß alles anstellen konnte, war für sie eine echte Offenbarung. Die Welt hatte sich verändert.

»Ich wette, Charlottes Vogel würde lieber dich fressen als einen Pilz oder Tofu«, sagte sie zu Pickle, möglicherweise auch zu Hugo, als eines der Geschöpfe an der Glaswand hoch auf sie zukroch. Charlotte war von dem Vogel regelrecht besessen, ähnlich große Sorgen machte ihr nur die Frage, warum Mr. Brown nicht an die Schule zurückgekehrt war. Grace hatte ihn kennengelernt, als sie Charlotte in der ersten Woche einmal von der Schule abgeholt hatte: ein angenehmer junger Mann mit ein wenig fahrigen Manieren, die sie an Jonathan erinnerten.

Das Gebell des Nachbarhunds draußen versetzte die Stabheuschrecken in Aufregung, beide begannen ihre graziöse Wanderung nach oben. »Heiraten also«, hatte Grace vor vielen

Jahren gesagt, als Jonathan ihr seinen Antrag machte. Sie hatte das Wort ausgetestet, und was es alles mit sich brachte. Eine Hochzeit, ein Haus.

Ein Baby.

»Meine Karriere«, sagte sie und drehte an dem Ring herum.

»Ich bitte dich nicht, etwas aufzugeben«, erwiderte Jonathan und zog sie vom Meeressaum weg, der nun in gefährlicher Nähe ihrer Schuhe am Strand leckte. »Ich habe mir viele Gedanken darüber gemacht.« Er lächelte sie an. »Wenn jemand beides, Beruf und Familie, schaffen kann, dann du.« Er grinste wieder. »Vielmehr wir. Wir sind jetzt ein Team.«

»Aber ...«

»Wir kriegen das hin«, sagte er. »Ich tue alles, was es für dein Glück braucht.«

Das hatte er auch getan. Zumindest hatte er sein Bestes gegeben.

Grace drehte an ihrem Ehering und beobachtete die Stabheuschrecken, die ihre Wanderung unterbrochen hatten und nun reglos verharrten wie kleine Stöckchen, was ihnen ihren Namen eingetragen hatte. Sogar jetzt noch hatte Grace den Geschmack der Seeluft von damals im Mund, als sie ihre Entscheidung trafen. So sah Liebe aus, so sollten Ehemänner sein. Und Väter.

Amelia war nun allein auf sich gestellt. Eine Woge der Wut überrollte Grace, weil ihre Tochter einen solchen Blindgänger zum Mann hatte. Er hatte Charlotte immer noch nicht besucht. Grace beschlich der Verdacht, dass ihn womöglich noch etwas anderes fernhielt als nur seine Schuldgefühle, die er haben musste, weil er seine Familie finanziell ruiniert hatte. Sie hoffte, dass sie sich irrte.

Und sie hoffte auch, dass wenigstens Mr. Brown bald zurückkommen würde. Charlotte vermisste bereits ihren Vater; es war nicht fair, dass ein weiterer Mann aus ihrem Leben verschwand, auch wenn es nur ein Lehrer war.

Tom musste unbedingt zu Besuch kommen; Charlotte brauchte ihren Vater. Wie oft hatte Grace ihre Tochter schon fragen wollen, wann er aus Schottland zurückkehren würde.

Aber sie verkniff es sich. War die Vorstellung, dass ein Kind seinen Vater brauchte, hoffnungslos altmodisch? Sie wusste, dass es heute Familien jedweder Größe und Zusammensetzung gab. Amelia und Jonathan hatten einander abgöttisch geliebt. Ihre Beziehung war so einfach, so unbeschwert erschienen. Sie hatten einander geliebt und gern Zeit miteinander verbracht, es kam Grace so vor, als hätten sie nie gestritten. Grace liebte Amelia mit einer geradezu erschreckenden Heftigkeit, aber je älter sie wurde, desto prekärer kam ihr die Beziehung zu ihrer Tochter vor, wie ein Balanceakt über einem Abgrund, auf einer dünnen Glasscheibe, die jederzeit zerbrechen konnte.

Wieder bellte der Hund, und da flog Grace eine Idee an, als hätte eine der Stabheuschrecken sie ihr zugeworfen. Sie stand so entschlossen auf, dass sie an das Terrarium stieß und Pickle (oder Hugo) von seinem Blatt fiel. Sie konnte Tom nicht herbeizaubern, aber vielleicht könnte sie Charlotte etwas anderes geben, wonach sie sich sehnte.

Nicht ganz das, was sie sich wünschte, aber immerhin ein Vorgeschmack. Ein Anbahnen.

Sie entschuldigte sich bei den Insekten und zog los.

Charlotte und Sammy waren in die Wildnis neben den Gleisen gegangen und Sammy hackte im Boden herum, um Würmer für das Vogelbaby zu suchen.

Er stutzte. »Der Wurm da zappelt so komisch«, sagte er. »Und der da auch.«

Sie gruben unter dem Baum mit dem Nest. Der Boden war noch weich, denn es hatte vor kurzem geregnet, trotzdem hatte Charlotte nur drei Würmer in ihrem Eimer, eine enttäuschende Ausbeute. Inzwischen hatte sie zielen geübt, denn sie wollte die Würmer dem Vogelbaby und seinen Geschwistern ins Nest werfen.

Sie ging zu Sammy hinüber. »Ich glaube, das war mal ein einziger Wurm.« Sie sah die panischen Bewegungen und das stumpfe Ende der beiden Wurmhälften, die abrupt dieser neuen Situation ausgesetzt waren. »Und du hast sie beim Graben durchgetrennt.«

Sammy sah aus, als müsse er sich gleich übergeben.

»Den Vögeln ist das egal«, sagte Charlotte. »Und ich bin nicht sicher, ob die Würmer das überhaupt checken.«

»Können wir nicht lieber Züge gucken?«

»Ein bisschen suchen wir noch weiter«, sagte Charlotte. Sie wünschte, das mit dem Füttern wäre ihr schon früher eingefallen. »Wahrscheinlich sind die Vogelbabys furchtbar hungrig.«

»Aber die haben doch ihre Eltern, die sie füttern.«

»Man weiß nie«, sagte Charlotte. »Vielleicht sind die Eltern zu beschäftigt.«

»Wenn du meinst.« Sammy machte sich wieder ans Graben.

»Wir müssen die Würmer ins Nest werfen«, sagte Charlotte. »Bist du gut im Werfen?«

»Nein«, sagte Sammy. »Und du?«

»Nicht besonders.« Sie schwieg kurz. »Wenn Mr. Brown hier wäre, könnte er mich hochheben und ich könnte die Vögel mit der Hand füttern.« Dieser Gedanke gefiel ihr sehr – nach ihrem Vogelbaby zu sehen und ihm den Wurm ins aufgesperrte Schnäbelchen zu stecken.

»Was hat Mrs. Varga gesagt, dass mit ihm los ist?«

»Dass er nicht ganz auf der Höhe ist«, sagte Charlotte. »Was immer das heißt. Also. Dann mal los.«

Vorsichtig griff sie nach einem großen Wurm, der die Eimerwand hinauf in die Freiheit zu klettern versuchte. Er wich vor Charlottes Fingern zurück, doch sie hielt ihn entschlossen fest. »Tut mir leid«, sagte sie zu ihm. »Es ist für einen guten Zweck.« Mit zusammengekniffenen Augen nahm sie das Nest ins Visier und schleuderte den Wurm in die Luft.

Er flog über das Nest und landete in den Sträuchern auf der anderen Seite.

»Ups«, sagte Sammy.

»Ich hab gesehen, wo er hingefallen ist«, sagte sie. »Ich geh ihn holen und versuch's nochmal. Pass du auf die anderen Würmer auf.« Sie ging zu der Stelle, wo sie ein Blatt hatte wackeln sehen, kauerte sich auf den feuchten Boden und spähte unter den Busch.

Da fiel ihr etwas anderes auf, das in einem Sonnenstrahl blinkte. Sie streckte den Arm danach aus, bis sie es zu fassen bekam.

»Eine Brille«, sagte Sammy, als sie das Ding hervorgeangelt hatte. Sie zupfte ein Blatt vom Rahmen. Die Gläser waren voller Erde, die Charlotte mit ihrem Mantel abwischte. Da zeigte sich, dass sie zerbrochen waren. Sie fuhr mit dem Finger die Sprünge entlang, die an ein Spinnennetz erinnerten.

»Erkennst du sie?«, fragte sie.

»Sie kommt mir irgendwie bekannt vor«, meinte Sammy.

»Das ist die Brille von Mr. Brown«, sagte sie. »Da bin ich mir sicher.« Sie betrachtete sie noch einmal. »Schau mal, da ist sogar noch der Tesa dran, den er um den Bügel gewickelt hat, als Marlon ihm die Brille heimlich auf den Stuhl gelegt und er sich draufgesetzt hat. Erinnerst du dich?«

»Stimmt«, sagte Sammy.

»Genau hier sind wir mit ihm hergekommen«, fuhr sie fort, »als er uns dabei geholfen hat, das Vogelbaby zurück ins Nest zu bringen. Aber da ist ihm die Brille nicht runtergefallen. Das hätten wir gemerkt.«

»Er hätte es auch gemerkt«, sagte Sammy.

»Er muss noch einmal hergekommen sein, um nach dem Vogelbaby zu schauen.« Warme Zuneigung zu ihrem Lehrer stieg in ihr hoch. Hatte sie's doch gewusst, dass er sie nicht im Stich lassen würde. »Die Gläser sind so zerbrochen«, sagte sie dann, »als hätte jemand kräftig draufgeschlagen.« Sie machte eine Pause. »Hast du Mr. Brown schon mal ohne seine Brille gesehen?«, fragte sie beklommen.

»Nein«, antwortete Sammy. »Nie.«

Nach ihrer Entdeckung kehrten Charlotte und Sammy mit langsamen Schritten aus der Wildnis zurück. Sie hatten den Fund in eine leere Plastiktüte gewickelt, die sie vom Gleisbettrand aufgesammelt hatten; durch die schmutzige orangefarbene Folie spürte Charlotte die Umrisse der Brille.

»Ist dir klar, dass das ein Indiz ist?«, fragte sie.

»Wie meinst du das?«

»Mr. Brown ist doch angeblich krank. Aber Kranke lassen ihre Brille normalerweise nicht neben Bahngleisen zurück, zerbrochen unter einem Vogelnest. Sie legen sie ans Bett, während sie Hühnersuppe löffeln und sich auskurieren.«

»*Du* isst aber keine Hühnersuppe. Du bist Vegetarierin. Und du hast gesagt, Mr. Brown ist auch einer.«

»Dann eben Tomatensuppe«, sagte Charlotte. »Aber du weißt, worauf ich hinaus will.« Sie machte eine Pause. »Das ist verdächtig.«

Sie blieben stehen und sahen sich an. »Vielleicht ist sie ihm runtergefallen, er ist aus Versehen draufgetreten und dann nach Hause gegangen, weil er sich krank fühlte?«, schlug Sammy vor.

»Das ist eine Möglichkeit«, räumte Charlotte ein. Sie dachte an ihre Abenteuerbücher. »Aber es gibt andere.«

»Zum Beispiel?«

Sie machte eine Pause. »Er könnte einen Schlag abbekommen haben, hat das Gedächtnis verloren und wusste nicht mehr, wo er wohnte«, sagte sie. Das war anscheinend Drago passiert, bevor er in Love Shack seinen Auftritt hatte. Das hatte er Anita unter Tränen gestanden, bevor er sich über sie beugte, um sie geräuschvoll zu küssen, wobei sich Charlotte der Magen umdrehte. Am nächsten Tag war die Szene bei ihren alten Schulfreundinnen zum Gegenstand intensiver Analysen geworden.

Sammy runzelte die Stirn.

»Oder er könnte entführt worden sein und hat die Brille dabei verloren.« Charlotte erwärmte sich zusehends für das Thema.

»Als mein Dad verschwunden ist, war der Grund, dass er ins Gefängnis musste«, sagte Sammy.

»Wirklich?« Charlotte blieb abrupt stehen.

»Nicht wegen Mord oder sonst was Aufregendem«, erläuterte Sammy. »Hatte was mit krummen Geschäften mit Fernsehern zu tun.«

»Ach ja?« Charlotte beschloss, ihrer Mum lieber nichts davon zu erzählen. Sie überlegte. »Ich glaube nicht, dass Mr. Brown in so was verwickelt ist«, sagte sie.

»Wahrscheinlich nicht«, gestand Sammy ihm zu.

»Vielleicht hat er Geldsorgen«, sagte Charlotte. »Und muss für einen schottischen Investor schuften.« Sie war nicht ganz sicher, was das genau bedeutete; es würde immerhin seine Abwesenheit erklären.

»Aber er ist doch Lehrer.«

Sie ließ seinen Einwand mit einem Achselzucken abtropfen. Ihr Kopf arbeitete auf Hochtouren und stellte alle möglichen Verknüpfungen her.

»Dann bis morgen«, sagte Sammy, als sie die Kreuzung erreichten.

»Komm doch mit mir mit«, schlug Charlotte vor, die die Fäden noch weiterspinnen wollte. »Es gibt eine Menge, worüber wir reden müssen.«

»Es ist fast Zeit fürs Abendessen.«

»Meine Grandma macht einen Pie mit Pilzen und vegetarischem Hähnchen, und zum Nachtisch Schokobiskuit.«

»Bei uns gibt's wieder weiße Bohnen in Tomatensauce auf Toast, hat meine Mum gesagt.«

»Iss doch mit uns. Wir können deine Mum anrufen, ob sie was dagegen hat.«

»Die hat sicher nichts dagegen.« Sammy grinste. »Wenn deine Grandma nichts dagegen hat?«

»Natürlich nicht«, sagte Charlotte. Sie strahlte ihn an und freute sich sehr, dass sie in der Lage war, so spontan einen Freund einzuladen. Bevor sie bei Grandma einzogen, hätte ihre Mutter auch getan, als sei das völlig in Ordnung, wirkte dann aber immer belästigt und verzog sich mit ihrem Laptop ins Schlafzimmer, während Charlotte und ihre Freundinnen den Küchenschrank nach Chips durchsuchten.

Hier wäre es ganz anders. Sie sah schon das Gesicht ihrer Grandma vor sich, wie sie Sammy willkommen hieß, ihn verhätschelte und ihm weitere Kuchenportionen aufdrängte. »Und du kannst Pickle und Hugo kennenlernen«, fügte sie hinzu. »Die können uns bei unserem Plan helfen.«

»Unser Plan?«

»Ja. Für die Suche nach dem Vermissten. Für die Operation Mr. Brown.«

Grace bestrich den prachtvollen Pie, den sie gemacht hatte, mit Eigelb. Backen war ihre Leidenschaft, es erinnerte sie an ihren früheren Job. An das Experimentieren mit verschiedenen Materialien, an die Beobachtung der Reaktionen, an die Zustandsveränderung beim Erhitzen. Sie überlegte, ob sie aus den Teigresten Stabheuschrecken formen und den Pie damit dekorieren sollte, aber da hörte sie Charlotte schon zur Tür hereinkommen.

»Hi, Grandma. Kann Sammy zum Essen bleiben?«, fragte sie. Grace reckte den Hals – tatsächlich, hinter ihrer Enkelin stand ein kleiner Junge und lächelte sie an.

»Selbstverständlich!« Grace schwoll an vor Stolz, dass Charlotte einen Freund zu sich einladen wollte. Das bedeutete, dass sie sich hier wohl und vielleicht sogar zu Hause fühlte, und war vielleicht sogar ein Zeichen, dass sie sich für ihre Großmutter nicht schämte.

Sie erwiderte das Lächeln des Jungen. »Hallo, Sammy. Ich hoffe, du magst Pie mit falschem Huhn.«

»Das weiß ich noch nicht«, antwortete er. »Aber Schokobiskuit mag ich schon.«

Grace lachte. »Das ist aber die Nachspeise.«

»Er muss seine Mum anrufen«, sagte Charlotte. »Und ich will ihm Pickle und Hugo zeigen.«

Grace nickte, als die Kinder die Küche verließen, und fragte sich, ob sie den Essenplan ändern sollte. Der Pie war zwar riesig, aber sollte sie noch eine Vorspeise machen? Gemüse dazu?

Kleine Jungs sind nicht so scharf auf Gemüse, erinnerte sie sich. Aber dann hielt sie inne. Dieser kleine Junge war wahrscheinlich ganz anders; sie sollte nicht so verallgemeinern. Sie sah in den Kühlschrank und nahm einen Kopf Brokkoli heraus, und weil sie die beiden ein bisschen verwöhnen wollte, holte sie auch die Schachtel mit den Keksfischchen aus dem Schrank und leerte sie in ein Schälchen. Sie füllte zwei Gläser mit Apfelsaft und stellte sie mit dem Gebäck auf ein Tablett. Das Essen wäre erst in einer halben Stunde fertig und sie wollte nicht, dass der Hunger zu groß würde.

Sie trug das Tablett zu Charlottes Zimmer, balancierte es geschickt mit einer Hand, klopfte mit der anderen an und öffnete die Tür. Sammy saß auf dem Bett, die Stabinsekten hingen an seinem Arm. Er blickte auf und grinste wieder. Ein kleiner Sonnenschein, dachte Grace und konnte nicht anders, als zurückzustrahlen. »Ich sehe, du magst Tiere, wie Charlotte auch«, sagte sie und stellte das Tablett ab. Charlotte saß an ihrem Schreibtisch und schrieb mit sehr ernstem Gesicht etwas in ihr Notizbuch.

»Tiere sind ganz okay«, erwiderte er. »Aber was ich wirklich mag, das sind Eisenbahnen.«

»Eisenbahnen?«, wiederholte Grace.

»Ja«, bestätigte Sammy. »Wenn ich groß bin, werde ich Lokführer.«

»Und ich Tierärztin«, steuerte Charlotte bei. »Oder vielleicht Detektivin.« Sie blickte auf und sah, was ihre Großmutter für ein Gesicht machte. »Was hast du denn?«

»Ich muss mal nach dem Pie sehen.« Grace ging hinaus.

10

»Ich versteh nicht ganz«, sagte Sammy am nächsten Tag nach dem Unterricht. »Wieso muss ich kotzen?«

»Du brauchst nicht zu kotzen«, beruhigte ihn Charlotte. »Du musst nur so tun, als wäre dir schlecht, um Miss Conti abzulenken, und ich schleiche mich solange ins Büro. Da hab ich mich schon gründlich umgeguckt, als ich das Klassenbuch zurückgebracht habe. Auf einer Seite steht ein Schrank mit dem Schildchen ›Lehrer‹. Dort kann ich hoffentlich die Adresse von Mr. Brown finden, ich brauche nur eine Minute.« Sie hatte lange darüber nachgegrübelt, wo sie mit den Ermittlungen anfangen sollte. Erst einmal nachzusehen, ob er nicht krank zu Hause im Bett lag, schien wesentlich einfacher, wenn auch weniger aufregend, als eine Entführung aufzudecken.

»Wahrscheinlich könnte ich sogar kotzen«, erbot sich Sammy, »wenn ich mir die Finger in den Hals stecke.«

»Auf gar keinen Fall«, lehnte Charlotte entschieden ab. »Also los jetzt.«

Die Schule war aus. Charlotte und Sammy waren länger geblieben, vorgeblich, um noch an der Kunstgruppe teilzunehmen, aber in Wirklichkeit, um sich Zutritt zum Büro zu verschaffen, wenn Miss Conti allein dort wäre. Sie hatten zehn Minuten Zeit, bis Charlotte von ihrer Grandma abgeholt würde, die eine »Überraschung« für ihre Enkelin organisiert hatte. Charlotte war entschlossen, diese Zeit klug zu nutzen.

»Oje, oje, oje, oje«, rief Sammy und krümmte sich, die Arme um den Bauch geklammert.

»Miss Conti!«, rief Charlotte. »Sammy hat Bauchweh!«

»Ich muss gleich kotzen«, stöhnte er. Charlotte verschwand augenrollend um die Ecke und spähte hervor.

Miss Conti lackierte sich gerade die Fingernägel und blickte seufzend auf. »Na dann«, sagte sie und blies kurz über ihre Nägel. »Dann suchen wir dir was Bequemes zum Hinsetzen und einen Eimer.« Sie sah auf die Uhr und seufzte noch einmal. »Die Krankenschwester ist schon weg.« Miss Conti ärgerte sich sichtlich, dass sie mit dem Fall allein gelassen war.

»Oje – aua-aua-aua.« Sammy sah auf. »Kann ich ein Glas Wasser haben?«

»In Ordnung.« Miss Conti stöckelte zur Personalküche, ihre Absätze klackten auf dem harten Bodenbelag. Charlotte witschte ins Büro. Zog an der Schrankschublade. Die rührte sich nicht, und Charlotte dachte schon, sie sei abgeschlossen. Mit einem kräftigen Ruck zog sie noch einmal, da ging sie auf. Eine schief stehende Mappe hatte die Schienen blockiert.

Miss Conti hielt ihre Unterlagen in peinlicher Ordnung, alphabetisch sortiert. Im Nu hatte sich Charlotte zu Mr. Brown vorgeblättert. Da. Eine dünne braune Mappe. Sie schlug sie auf. Sie hatte gerade noch Zeit, das erste Blatt zu schnappen und es in die Tasche zu stopfen, als sie Miss Conti zurückkommen hörte.

Charlotte huschte aus dem Büro, um einen unschuldigen Blick bemüht.

»Da, dein Wasser.« Miss Conti reichte Sammy das Glas. Er stürzte es hinunter und sah Charlotte fragend an. Sie nickte und deutete unauffällig auf ihre Tasche.

»Ah, es geht mir schon wieder besser.« Sammy lächelte Miss Conti an. »Danke, Miss.«

Miss Conti wirkte sehr erleichtert über die wundersam schnelle Genesung, nahm das Glas wieder entgegen und inspizierte ihre Fingernägel. »Soll ich deine Mum anrufen?«

»Ich kümmere mich um ihn«, erbot sich Charlotte so liebenswürdig, dass man ihr, wie sie hoffte, niemals zutrauen würde, die Adresse einer Lehrkraft zu entwenden.

Amelia saß an ihrem Schreibtisch und sah die Entwürfe der Agentur noch einmal durch. Sie waren gut. Die Planungen waren ausgezeichnet vorangekommen, die Agenturleute hatten Amelias sorgfältig ausgearbeitete Anmerkungen alle aufgegriffen. Sie schloss kurz die Augen und sah die Aktion vor sich. Die Anzeigen sprangen ins Auge, und Amelia konnte sich schon vorstellen, welche Wirkung sie in den sozialen Medien entfalten würden. Jetzt könnte sie die Kampagne dem Aufsichtsrat präsentieren, im richtigen Setting, dann wären die Aufsichtsräte genauso begeistert wie sie.

Nur am Text müsste sie noch feilen. Sie begann zu tippen und baute die Worte ein, die in der Umfrage bei der Zielgruppe so gut angekommen waren. Der Text floss aus ihr heraus, als hätte er die ganze Zeit schon darauf gewartet, in die Tastatur zu springen.

Schwungvoll schloss Amelia mit dem Aufruf zu handeln, dann lehnte sie sich zurück, um ihre Formulierungen zu bewundern. Alles kam ihr so stimmig vor, aber sie wollte eine zweite Meinung hören. »Paula«, rief sie, »kannst du was für mich durchlesen?«

Paula kam zu ihr herüber und Amelia räumte ihren Platz für sie. Amelia ließ den Blick über ihr Team wandern. Alle waren in ihre Arbeit vertieft. Sie sah kurz zu Charlottes Foto auf ihrem

Schreibtisch, und ihr fiel auf, dass sie mindestens eine Stunde lang nicht an Tom oder ihre eigene Situation gedacht hatte. Ein neuer Rekord. Seit von Schottland die Rede gewesen war, hatte sie nichts von ihm gehört und wollte ihn auch nicht stören, solange er so beschäftigt war. Es klang, als könnte er endlich wieder auf einen grünen Zweig kommen, und obwohl ihre Trennung mit weit mehr als Geld zu tun hatte, keimte in ihr die Hoffnung auf, dass mit einer finanziellen Sanierung auch wieder etwas anderes beginnen könnte. Langsam. Ein Neuanfang.

Sie hatte beim Arbeiten nicht auf die Uhr gesehen, weil sie wusste, dass Grace nach der Schule etwas für Charlotte geplant hatte. Man konnte über ihre Mutter sagen, was man wollte, aber auf sie war Verlass. Wenn sie sagte, sie werde Charlotte abholen, dann tat sie das auch. Vielleicht war nicht alles ideal, was sie machte, aber wenigstens war sie zur Stelle, wenn sie es versprochen hatte.

Amelia atmete tief aus und empfand ein Gefühl von Freiheit. Heute würde sie im Büro bleiben, bis alles, was sie sich vorgenommen hatte, erledigt wäre; sie musste nicht davonstürmen, um enttäuschende Spaghetti Bolognese zuzubereiten oder die umliegenden Läden nach vegetarischen Würstchen abzuklappern, die es dann doch nicht gab.

»Brillant«, rief Paula und lächelte zu ihr hoch. »Ein absoluter Game-Changer.«

»Meinst du wirklich?« Amelia verbarg ihren Stolz.

»Das Telefon wird nicht stillstehen«, sagte Paula. »Und bevor du meckerst: bildlich gemeint. Ich weiß schon, dass heute alles online passiert.« Sie lachte. »Der Server wird zusammenbrechen.«

»Das bezweifle ich«, widersprach Amelia. »Nicht bei unserem Budget.« Aber sie lächelte. Was für ein gutes Gefühl, wieder Zeit für die Arbeit zu haben. Ein Gefühl wie früher, bevor sie der Familie wegen langsamer treten musste. »Aber danke«, fügte sie hinzu. »Mir gefällt die Kampagne wirklich gut.«

»Allen wird sie gefallen«, sagte Paula überzeugt, stand auf und überließ den Stuhl wieder Amelia. »Und kommst du diesmal zu meiner Fundraising-Aktion?«

»Klar.« Amelia war sicher, dass Grace sich um Charlotte kümmern würde.

»Super.«

Amelia heftete den Blick wieder auf den Bildschirm und begann zu schreiben. Alles ringsum verblasste, als sie wieder in die Arbeit eintauchte.

Grace fühlte sich wie ein Papierdrachen, der gleich in die Luft abheben würde. »Ruhig, Rex«, sagte sie zu dem Hund am Ende der Leine. »Wir sind pünktlich. Und du brauchst mich nicht in die Höhe zu ziehen.«

Sie bewegten sich im schnellen Trab, und Grace geriet bald außer Atem. »Ich bin zu alt für dich«, japste sie und fragte sich gleichzeitig, warum sie sich mit einem Hund unterhielt. »Und ich freue mich schon jetzt auf den Moment, wenn ich dich wieder deinem Frauchen übergeben kann.«

Sie hatte sich Rex von den Nachbarn nebenan ausgeliehen. Das Frauchen, zugleich Mutter eines neugeborenen Babys, war überaus erfreut gewesen, als Grace angeklopft und gefragt hatte, ob sie und ihre Enkelin den Hund ausführen könnten. »Jederzeit«, hatte sie mit einer Begeisterung gerufen, die Grace als Alarmsignal hätte begreifen sollen. Sogleich folgte das nächste Alarmsignal, Grace bekam einen Packen kleiner Plastiktüten in die Hand gedrückt, die sie mit Grausen erfüllten.

Doch die Sache war es wert, dachte Grace, als sie am Schultor wartete und Charlottes Gesicht sah. Sie hielt nach Sammy Ausschau und sah nur einen Rücken, der sich in die andere Richtung entfernte. Von hinten könnte er jeder beliebige kleine Junge sein; Grace' Gedanken trieben kurz davon.

Sie nahm sich zusammen. »Kein Grund zum Ausflippen, Charlotte«, schnaufte sie mühsam. »Der ist nur geliehen, von den Nachbarn.«

Mit einem Schlag waren Charlotte und der Hund ein Wirbelsturm aus Fell, Händen und Pfoten. Grace sah zu, das Ende der Leine fest um die Hand gewickelt; das Gewicht der Verantwortung für das Tier lastete auf ihr. »Ich dachte, wir könnten alle zusammen einen Spaziergang im Park machen.«

Charlotte löste sich von Rex und umschlang Grace in einer Umarmung, die ziemlich nach Hund roch. Offensichtlich hatte Rex Charlotte schon gründlich abgeschlabbert. »Danke!«, jubelte ihre Enkelin. »So ein toller Hund!«

»Ich glaube, er ist eine Promenadenmischung.« Ihr schien in Sachen Rex eher Zurückhaltung angezeigt. »Mit einer Riesenzunge.« Die hing dem aufgeregten Hund fast bis zum Boden. »Los, gehen wir in den Park. Ich hoffe, das Wetter hält. Diese Wolken verheißen nichts Gutes.« Übers Wetter zu reden beruhigte Grace ein wenig und sie erlaubte sich einen letzten Blick auf Sammy, der um eine Ecke verschwand.

Sie gingen jetzt langsamer, denn Rex blieb häufig stehen, um sich nach Charlotte umzusehen oder herumzuschnüffeln. Erst an einer Straßenlampe, wo er das Bein hob und pinkelte, angefeuert von der entzückten Charlotte. Dann an einer weggeworfenen Wasserflasche, die er beschnupperte und dann anbellte. Als sie seine Aufmerksamkeiten nicht erwiderte, hob er wieder das Bein und markierte auch die Flasche. Dann nahm er sie ins

Maul, samt Dreck und allem, und lief damit weiter, bis er eine Taube entdeckte, die auf einem Pommesstück herumpickte. Da war die Wasserflasche vergessen und die Taube wurde erst verbellt, dann gejagt, wobei der Hund Grace gnadenlos hinter sich her zerrte. Die Taube watschelte erst nur davon, wohl in dem Vertrauen, dass Grace den Hund schon zügeln würde. Aber als sie merkte, wer von den beiden das Kommando hatte, flatterte sie auf und warf Grace einen bösen Blick zu. Rex sprang hoch und schnappte nach ihr, doch da hockte sie längst auf einer Straßenlampe und äugte blasiert herunter.

»Vielleicht die nächste, Rex«, tröstete Grace ihn, auch wenn sie ziemlich sicher war, dass den Tauben keine Gefahr drohte. Rex antwortete mit einem zustimmenden Wuff und wandte dann seine Aufmerksamkeit dem Pommesstück zu. Bei ihm hatte er mehr Erfolg, denn es konnte ja nicht entfliehen; er verschlang es mit einem Happs.

»Ist das ein Schäferhund?«, fragte Charlotte, als sie den Park erreichten.

»Da ist noch was anderes dabei«, antwortete Grace. Sie sah ihn an. Er hatte die Farbe von Sand mit schwarzen Flecken, die Grace an öligen Schlick erinnerten.

»Vielleicht ein Labrador«, sagte Charlotte. Sie beschloss, sich zu Hause eingehend über Hunderassen zu informieren. »Er hat so was Weiches.«

»Das fand die Wasserflasche wohl nicht«, entgegnete Grace. »Und das Pommesstück auch nicht.« Sie übergab Charlotte die Leine. »Jetzt kannst du übernehmen«, sagte sie. »Hier gibt es keine Autos. Sandra meinte, wenn wir tiefer im Park drin sind, können wir ihn von der Leine lassen.«

Charlotte nahm feierlich die Leine entgegen und sie spazierten weiter durch den Park. »Hier wäre es gut«, sagte Grace, und Charlotte ließ den Hund frei laufen. Sofort begann zwischen den beiden ein kompliziertes Jagen und Toben, bei dem auch ein großer Stock und das Auffliegen verstörter Stare eine Rolle spielten.

Grace setzte sich auf ihre übliche Bank, mit ganz anderen Gefühlen als sonst. Schwer zu glauben, dass dies die Bank war, auf der sie so oft allein gesessen hatte. Sie betastete die Holzlatten, als wolle sie sich vergewissern, dass es die alten waren. Waren sie. Nur bei ihr hatte sich einiges verändert.

Sie hatte Charlotte und Rex, und später würde auch Amelia nach Hause kommen. Charlottes Lachen und Rex' Gebell waren Musik in ihren Ohren und sie ignorierte die ersten Regentropfen.

Allerdings hatte sie das Gefühl, sie könne weitere Tropfen in der Luft riechen. Waren es nicht die Kühe, die den Regen riechen konnten? Genau. Wenn sie ihn kommen spürten, legten sie sich hin. Jonathan hatte ihr erklärt, dass sie ein Stück Gras trocken halten wollten, aber Grace begriff nicht, was an nassem Gras so schlimm sein sollte. Vielleicht machten sie es auch, weil der Boden sonst lehmig wurde?

Sie lächelte. Sie würde nie den schlammigen Saum ihres Hochzeitskleids vergessen. Sie hatten in der Kirche geheiratet, was damals so gut wie alle taten, und waren dann für die Feier in den Garten von Jonathans Eltern gegangen. Ihre eigenen Eltern hatten angeboten, einen Raum in einem Hotel zu mieten, was ein wenig eleganter gewesen wäre, aber Grace wollte eine schlichte Hochzeit. Enge Freunde, die Familie, ein Buffet und vielleicht ein bisschen Tanz.

»Das ist ja nicht sehr schick«, hatte ihr Vater sich beschwert, als er mit eingezogenem Kopf in das kleine Zelt trat, das Jonathans Eltern in weiser Voraussicht aufgestellt hatten, ohne

Rücksicht auf Grace' Wunsch, unter freiem Himmel zu feiern.

»Es ist wunderbar«, hatte ihre Mutter gesagt und Grace zugelächelt. »Und du siehst wunderschön aus.«

»Danke, Mum.«

»Und der Regen wird sich später verziehen. Ich habe schon die Sonne durch die Wolken spitzen sehen.«

Sie hatte recht behalten. Die Sonne erschien und ließ das Dach des Zelts in einem sanften Schimmer leuchten. Grace ging hinaus, um die Sonne zu genießen, und Jonathan folgte ihr. Als sie Hand in Hand mit ihrem funkelnagelneuen Ehemann dastand, verflüchtigte sich die Anspannung des Tages zusammen mit den Wolken, und die Fragen, wann denn die Babys kommen würden, lösten sich in den letzten Regentropfen auf.

»Ein vollkommener Tag«, sagte Jonathan. »Ich wollte nicht das Geringste daran ändern. Keinen einzigen Regentropfen, der auf meinem gemieteten Anzug gelandet ist.«

»Keinen einzigen Schlammspritzer«, ergänzte Grace. Dass Jonathans Mutter wahrscheinlich anderer Meinung war, wenn die Gäste mit ihren schmutzigen Schuhen ins Haus kamen, um die Toilette zu benutzen, behielt sie für sich.

Das beharrliche Tröpfeln des Regens auf ihrem Kopf brachte Grace unsanft in die Gegenwart zurück. Sie stand auf, reckte sich und schüttelte die Erinnerungen ab. Rex und Charlotte keuchten beide schon. »Gehen wir zurück«, sagte Grace.

Sie waren fast zu Hause, als der Himmel die Schleusen öffnete und das Wasser nur so herunterschüttete. Rex sprang herum und schnappte nach den Regentropfen, aber Grace wollte ihn zu Hause abliefern, bevor alle durchweicht waren.

»Geh schon mal rein, ich bringe Rex zurück«, sagte sie. Charlotte schlang die Arme um den Hund, bis beide noch nasser waren, dann folgte sie der Aufforderung. Grace gab das triefende Tier bei den Nachbarn ab.

»Heiße Dusche«, schlug sie ihrer Enkelin vor, als sie zurück war. »Dann schlüpfst du ins Nachthemd und es gibt heißen Kakao.«

Als sie beide wieder trocken und aufgewärmt waren, machten sie es sich auf dem Sofa gemütlich, ihr Heißgetränk in den Händen.

»Warum verschwinden Leute?«, fragte Charlotte unvermittelt.

Grace trank einen Schluck Kakao, um Zeit zu schinden. Meinte Charlotte ihren Vater? Darauf zu antworten war mit Sicherheit Amelias Sache. Vielleicht würde Grace ihrer Tochter gegenüber erwähnen, dass Charlotte anfing, Fragen zu stellen. Sehr taktvoll, sehr freundlich. Sie würde ihr anbieten, was ihr schon länger im Kopf herumging: Wenn sich Amelia wünschte, dass Tom sie hier besuchte, hätte sie überhaupt nichts dagegen, aber wenn Amelia dies nicht wolle, sei es ihr genauso recht.

Damit sagte sie eigentlich überhaupt nichts, merkte Grace, als sie die Unterhaltung im Kopf durchspielte, wie so oft, wenn sie mit ihrer Tochter über heikle Themen reden musste. Sie kannte Amelia so gut, dass sie oft das Richtige ansprach. Gleichzeitig schaffte sie es immer wieder, ihre Tochter zu reizen. Seit Amelia eingezogen war, waren beide stets höflich miteinander umgegangen. Aber Grace sah den Unmut in ihren Augen, hörte ihn in ihrer Stimme und bemerkte ihn auch daran, dass Amelia täglich lieber drei Stunden ins Büro und zurück pendelte, als mit ihrer Mutter allein im Haus zu sein.

Grace hatte Charlottes Frage nicht beantwortet, und Panik stieg in ihr hoch. Ihre Enkelin sah sie über den heißen Kakao hinweg mit ernsten Augen an, Augen so ernst wie die des Hundes. Könnte sie ihr mehr Schlagsahne anbieten? Oder vielleicht Marshmallows? Wahrscheinlich hatte sie welche hinten im Schrank, rosa und weiß und möglicherweise angeschimmelt, falls Marshmallows überhaupt schimmeln konnten. Sie wirkten unzerstörbar. Im Falle einer globalen Katastrophe würden nur noch Ameisen und Marshmallows übrig bleiben und die Weltherrschaft übernehmen.

Sie musste jetzt etwas sagen. »Ach, da gibt es alle möglichen Gründe.« Sie sah Charlotte die Enttäuschung über die vage Antwort an. »Möchtest du ein paar Marshmallows in deinen Kakao?«

»Nein danke.« Charlotte trank einen Schluck. »Mr. Brown ist fast schon drei Wochen weg«, sagte sie. »Die Lehrer sagen immer, er nimmt sich eine Auszeit.«

»Dann wird es wohl so sein.« Grace war erleichtert. Mr. Brown. Natürlich.

»Vielleicht«, sagte Charlotte. »Das werde ich herausfinden.«

»Ah ja.« Grace war überrascht, wie entschlossen ihre Enkelin klang. Sie machte eine Pause. »Kann ich irgendwie helfen?« Sie überlegte kurz, was sie tun könnte. »Ich könnte in der Schule anrufen«, schlug sie vor. »Vielleicht würden sie mir Auskunft geben. Ich bin schließlich eine Erwachsene.« Das war keine große Qualifikation, könnte aber etwas bewirken.

Charlotte zögerte. Sie wollte ihre Mission nicht über ihr kleines Zweierteam hinaus ausweiten. »Nein«, erwiderte sie schließlich. »Sammy und ich können das gut allein abdecken.«

»Gut«, sagte Grace. »Er ist ein netter Junge«, ergänzte sie vorsichtig. »Du kannst ihn gern wieder einladen, wenn du möchtest.«

»Danke.«

»Weißt du was? Ich habe selbst ein Faible für Eisenbahnen.« Grace erinnerte sich an Sammys Bemerkung, als er zum Essen mitgekommen war. Damals war sie aus der Fassung geraten, aus Gründen, über die sie nicht nachdenken wollte.

»Nichts gegen Züge«, sagte Charlotte. »Aber ich sehe nicht ganz, was daran so spannend ist.«

»Deine Mutter hat es auch nicht gesehen«, sagte Grace. Dann fühlte sie sich plötzlich, als wäre sie Amelia in den Rücken gefallen, und suchte fieberhaft nach einer Möglichkeit, das wieder auszubügeln. »Sie hat gern Lieder erfunden«, sagte sie.

»Echt?«

»Ihre besten drehten sich um eine Märchenprinzessin.« Grace begann, sich für das Thema zu erwärmen. »Die hieß Elizabeth. Eine Herausforderung, denn es gibt nicht viel, was sich auf Elizabeth reimt. Wir wollten sie überreden, ihr einen anderen Namen zu geben, aber deine Mutter hielt eisern daran fest.«

»Das sieht Mum ähnlich«, sagte Charlotte.

»Vielleicht habe ich sogar eine Aufnahme davon«, sagte Grandma. »Ich weiß noch genau, dass wir sie einmal beim Singen aufgenommen haben, auf einem alten Kassettenrekorder von Fisher-Price.« Sie lächelte und trank noch einen Schluck Kakao. »Wenn ich das nächste Mal auf den Speicher gehe, suche ich danach.«

Sie saßen behaglich da und überlegten beide stumm, welche Wörter sich auf Märchenprinzessin Elizabeth reimten.

11

»Echt jetzt? Da soll Mr. Brown wohnen?«, fragte Sammy. Es war Samstagvormittag. Charlotte und Sammy musterten zweifelnd das Hochhaus. »Das sieht gar nicht so aus, als ob da Lehrer drin wohnen würden.«

»Erwartest du vielleicht, dass er in einer Bücherei wohnt?«, fragte Charlotte, obwohl sie genau dasselbe Gefühl hatte. »Los«, sagte sie und schluckte das Unbehagen hinunter, das sie in sich aufsteigen spürte. »Gehen wir rein.«

Was nicht so einfach war. Sie hatten weder einen Transponder für den Sensor am Haupteingang, noch kannten sie den Code. Sie würden nicht einmal in das Treppenhaus gelangen. »Ich klingle mal bei Mr. Brown.« Bemüht selbstsicher faltete sie das Blatt Papier auseinander, das sie in der Schule gestohlen hatte. »Hier steht die Wohnungsnummer.«

»Aber er ist doch verschwunden«, wandte Sammy ein. »Er wird nicht reagieren.«

»Vielleicht ist er nur krank«, sagte Charlotte. »Und liegt im Bett.« Sie gab vorsichtig die Zahlen der Wohnungsnummer ein und beide hörten es klingeln.

Aber niemand rührte sich.

Charlotte klingelte noch einmal, mit demselben Ergebnis.

»Da müssen wir wohl aufgeben.« Sammy wandte sich ab. »Und was hätten wir überhaupt gemacht, wenn wir reingekommen wären?«

»In die Fenster geguckt«, sagte Charlotte. »Nach Hinweisen gesucht. Die Nachbarn befragt.« Sie hatte ihren Plan fertig ausgearbeitet. »Herausgefunden, wer ihn zuletzt gesehen hat.« Sie nickte zu ihren eigenen Ideen. »Dann wüssten wir, wie lange er schon weg ist«, fügte sie hinzu. »Danach wird die Polizei fragen.«

»Die Polizei?«

»Da müssen wir hin.« Sie hatte sich schlau gemacht. »Und eine Vermisstenanzeige aufgeben.«

»Vermisstenanzeige?«

»Ja.« Charlotte wurde ein wenig unsicher. »Das ist ein Polizei-Fachbegriff«, fügte sie dann in einem sehr informierten Ton hinzu.

»Und was machen wir, wenn wir nicht in das Haus reinkommen?«

Sie zögerte. »Vielleicht gibt es hinten einen Zaun, über den wir klettern können, und eine offene Tür«, spekulierte sie. Die Fünf Freunde fanden immer geheime Zugänge.

»Versuchen wir erst was anderes«, sagte Sammy. Er trat vor und fing an, auf die Knöpfe zu drücken.

»Was machst du denn da?«, fragte Charlotte beunruhigt.

»Wenn wir überall klingeln«, sagte Sammy, »lässt uns schon einer rein.« Und tatsächlich, es summte an der Tür und sie hörten das Schloss klicken. »Siehst du?«

Er drückte die Tür auf und sie traten beide ein.

»Eigentlich ganz schön hier«, sagte er. »Wenn man mal drinnen ist.«

Auch Charlotte war überrascht. Der Vorraum wirkte freundlich, mit hübsch arrangierten Trockenblumen in einem Glaskasten, die Charlottes Blick neugierig zu erwidern schienen. Es roch nach Weihrauch, was eine feierliche Atmosphäre schuf wie in einer Kirche.

»Er wohnt im fünften Stock.« Charlotte war nun fröhlicher, nachdem sie die erste Hürde genommen hatten. »Fahren wir mit dem Aufzug.«

Als der Aufzug kam, trat eine Frau in den Fünfzigern heraus. Sie trug eine Haremshose und eine Muschelkette, die bei jedem Schritt klimperte. Sie lächelte Charlotte und Sammy an und die Kinder wichen zur Seite, um sie durchzulassen. Dann stiegen sie ein und drückten auf den Knopf mit der Fünf.

Sie verließen den Lift, und nachdem sie kurz überlegt hatten, in welche Richtung sie gehen müssten, standen sie vor dem Apartment 512. Mr. Browns Wohnung.

»Und jetzt?«, fragte Sammy.

»Es ist echt blöd, dass er in einer Wohnung wohnt«, sagte Charlotte. »Da gibt es kein Fenster, durch das wir reingucken könnten.« So hatten die Kinder in ihrem Buch die Hinweise entdeckt. Zögerlich blickte sie zu den Türen links und rechts.

»Aber ich finde es gut, dass er gleich neben sich Nachbarn hat«, sagte Sammy. »Die können wir fragen.«

Keiner von ihnen rührte sich von der Stelle. Ihnen war eingeschärft worden, nicht mit Fremden zu reden, und Charlotte stellte sich vor, wie entsetzt ihre Mutter wäre, wenn sie wüsste, dass ihre Tochter an wildfremde Türen klopfte.

Aber Mr. Brown war verschwunden. Das war sozusagen ein Notfall.

»Wir versuchen es erst mal bei seiner eigenen Tür«, sagte sie und klopfte energisch mit den Knöcheln an. »Nur für den Fall, dass er doch da ist.« Niemand kam. Sie klopfte noch einmal, noch lauter.

Nichts.

Und dann doch etwas.

Ein Klagelaut.

Es klang wie ein Tier, das vor Schmerzen heulte. Charlotte und Sammy sahen einander an und wichen einen großen Schritt zurück.

»Was war denn das?«, fragte Sammy.

Charlotte schüttelte den Kopf. Sie hatte keine Ahnung.

Grace vertiefte sich in den Zugmechanismus ihrer Seilbahn, die sie seit dem Einzug ihrer Tochter und ihrer Enkelin hatte links liegen lassen. Viele der kleinen technischen Aufgaben in dieser Miniwelt ließen sich mit Hilfe einfacher Mechanik lösen. Zahnräder und Ketten. Hebel und Flaschenzüge. Dazu noch ein paar Räder und schiefe Ebenen, und schon konnte die Seilbahn in Betrieb gehen. Die Reduktion des Maßstabs auf 1:43 machte alles viel einfacher. Als zweiundsiebzigjährige Frau hätte sie, auch wenn sie regelmäßig Yoga machte, keine Chance, eine lebensgroße Seilbahn zu bauen, aber im Miniformat war alles möglich. Es gab ihr ein gutes Gefühl, eigenhändig etwas zu konstruieren und damit ihre Unabhängigkeit zu beweisen. Sie lächelte, als sich das Zahnrad drehte und die Seilbahn zu ihrer Jungfernfahrt über den Berghang startete.

Sie liebte den Geruch in ihrer Hütte: Holzwände, Sekundenkleber. Sie strich über die Werkbank und spürte den vielen Einkerbungen nach, die im Lauf der Jahre beim Bau ihrer Anlage entstanden waren. Der Schuppen war groß, eigentlich zu groß für den Garten, aber für sie war er immer eine Zufluchtsstätte gewesen. Es war friedlich und still hier drinnen, sie hörte nur das Baby von nebenan gelegentlich schreien.

Das versetzte sie in die Vergangenheit zurück. Als sie schwanger mit Amelia war, hatte Jonathan darauf bestanden, den Gartenschuppen zu bauen. Er hatte zum Erstaunen aller ihrer Freunde und Bekannten bereits angeboten, in der Babyzeit zu Hause zu bleiben. Es war ihm ernst mit seinem Versprechen, dass Grace ihre Karriere der Familie wegen nicht aufzugeben brauche.

Und so hatte er die Hütte für sie gebaut, natürlich unter strikter Einhaltung sämtlicher Sicherheitsvorschriften. Er hoffte, dass sie Arbeitsprojekte mit nach Hause nehmen würde, wenn sie einen Raum dafür hätte, und sich in ihren Pausen mit dem Baby beschäftigen könnte.

So hatte es natürlich nicht funktioniert. Bei ihrem Job musste sie vor Ort sein. Als sie schwanger war, hatte sie mehr schriftliche Arbeiten übernommen und sich vom Schauplatz der tatsächlichen Konstruktion ferngehalten. Aber der Bürokram langweilte sie, sie wurde unzufrieden.

Dann kam Amelia zur Welt. Grace erinnerte sich, wie überrascht sie war, als die Säuglingsschwester ihr ihre Tochter überreichte, als wäre sie nicht wirklich darauf gefasst gewesen, dass ihre Schwangerschaft ein winziges neues Menschlein hervorbringen würde. Die fest geschlossenen Augenlider, das Gesichtchen, zu einer Grimasse verzogen, als wäre das kleine Mädchen wütend, dass es in die Welt hinaus musste. Die Finger, die sich öffneten und schlossen, als Amelia zum ersten Mal Luft um sich spürte, die winzigen Fingernägel, beängstigend lang. Die strenge Anweisung der Hebamme, das Köpfchen zu stützen, als Grace sich im Bett nach Jonathan umdrehte.

»Ihre Nase!«, sagte Jonathan. »Genau wie deine.« Da hatte Grace die Nase ihrer Tochter zum ersten Mal wahrgenommen, zart und weich und überhaupt nicht wie ihre eigene. Dann hatte Amelia die Augen aufgeschlagen, eins nach dem anderen, als wäre sie nicht sicher, ob sie die Außenwelt wirklich sehen wollte.

Ihr Weinen steigerte sich zu einem Gebrüll, dabei lief ihre Haut puterrot an. Grace hatte nicht gewusst, was sie tun sollte. »Stimmt was nicht mit ihr?«, hatte sie gefragt.

»Alles goldrichtig«, hatte die Hebamme gesagt. »Könnte nicht besser sein.«

»Hallo?« Die Tür neben Mr. Brown hatte sich geöffnet, und eine erschöpft wirkende Frau mit wirren Haaren stand da und wiegte ein schreiendes Baby in den Armen. Sie hatte dunkle Ringe unter den Augen. »Gerade hatte ich Jonas so weit, dass er eingeschlafen ist.«

»Wir suchen Mr. Brown«, sagte Charlotte, erleichtert, dass das Geheul von einem völlig gesund aussehenden Baby kam.

»Mr. Brown?«, fragte die Frau, während sie sanft über den Rücken ihres Babys rieb, das sich beruhigte und mit einem leisen Glucksen antwortete.

»Ihr Nachbar«, erklärte Charlotte.

»Er ist unser Lehrer«, schob Sammy nach.

»Ach, ihr meint William. Ja, den würde ich auch gern finden.«

Charlotte versuchte die Bangigkeit hinunterzuschlucken, die in ihr hochstieg. »Ist er schon länger weg?«, fragte sie.

»Ich habe ihn eine ganze Weile nicht gesehen«, erwiderte die Frau.

»Haben Sie Geräusche gehört?«, fragte Sammy. »In seiner Wohnung?«

»Ich achte nicht extra darauf«, sagte die Frau. »Aber es stimmt. Da war kein Mucks. Dabei hat er mir angeboten, mir dieses kleine Äffchen mal abzunehmen.« Das kleine Äffchen machte ein Bäuerchen und legte den Kopf auf Mummys Schulter. Sammy und Charlotte beobachteten, wie dem Baby die Augen zufielen und es wieder wegdöste.

»Wann haben Sie ihn zum letzten Mal gesehen?«, fragte Charlotte in einem übertriebenen Flüsterton.

»Du liebe Zeit, du fragst mich Sachen.« Die Frau schaukelte sanft hin und her und strich ihrem Baby über die Haarsträhnen. »Also, ein, zwei Wochen ist es bestimmt her, vielleicht sogar länger. Mit so einem Baby verliert man ein bisschen das Zeitgefühl. Manche Nächte dauern ewig, aber dann fliegen die Tage wieder nur so vorbei und Jonas kann sein Köpfchen schon alleine halten wie ein großer Junge.«

Es kostete Charlotte etwas Mühe, sich nicht anmerken zu lassen, wie irrelevant sie diese Informationen fand. »Konkretere Angaben?«, bedrängte sie die junge Mutter.

»Also, nach Jonas' Geburt bin ich einige Zeit bei meiner Mutter geblieben. Das war vor etwa einem Monat. Jetzt bin ich seit zwei Wochen wieder da und habe ihn seitdem nicht gesehen.«

Charlotte und Sammy tauschten bedeutungsvolle Blicke. Sie hatten Mr. Brown zuletzt vor drei Wochen gesehen.

»Und hat er was gesagt?«, fragte Charlotte. »Dass er verreisen will?«

»Nein, kein Wort«, antwortete die Frau mit fester Stimme. »Ich habe ihm erzählt, dass ich zu meiner Mutter fahre, und er hat nichts von einer Reise erwähnt. Wann war denn das gleich?« Sie sah zur Decke des Korridors hoch, als könnte sie dort die Antwort finden. Die Decke half nicht weiter. »Tut mir leid, Genaueres kann ich nicht sagen.«

»Schon okay«, sagte Charlotte. »Danke«, fügte sie, denn sie wollte nicht allzu gleichgültig erscheinen.

»Ich lege Jonas jetzt für sein Mittagsschläfchen hin«, kündigte die junge Frau an und trat wieder in ihre Wohnung. »Sagt

Mr. Brown, er soll mich besuchen, wenn er zurückkommt. Jederzeit auf einen Tee.« Sie schloss die Tür.

Sammy sah Charlotte an. »Und was jetzt?«

»Na, dass er im Bett liegt, können wir von der Liste streichen«, sagte Charlotte.

»Außer, er ist tot?«

»Ich probier's mal bei dem Nachbarn auf der anderen Seite«, sagte sie nüchtern. An die von Sammy angedeutete Möglichkeit wollte sie gar nicht denken. »Schauen wir mal, ob der ein besseres Gedächtnis hat.«

»Wenn du meinst.« Sammy trödelte, blieb hinter Charlotte zurück.

Diese Nachbartür hatte eine Klingel, die Charlotte drückte. Dann klingelte sie ein zweites Mal. Keine Reaktion.

»Da!«, sagte Sammy. Charlotte sah ihn an. Er kauerte vor Mr. Browns Briefschlitz. »Ich kann was sehen«, sagte er. »Schau du auch mal.«

»Was siehst du denn?« Angst stieg in Charlotte hoch.

»Schau selber.«

Sie bückte sich, bis sie Kopf an Kopf mit Sammy dastand, und wünschte, sie wäre selbst auf die Idee gekommen, durch den Briefschlitz zu gucken. Er war gerade breit genug, dass beide mit einem Auge durchlinsen konnten. Charlotte sah nach unten auf die Matte vor der Tür. Da lag ein großer Haufen Post.

»Ein Indiz«, sagte sie. »Die Frau hat die Wahrheit gesagt.« Als hätte da ein Zweifel bestanden. »Er muss schon eine ganze Weile weg sein.« Sie begann methodisch zu registrieren, was sie sehen konnte. Später würde sie alles in ihr Notizbuch eintragen. Viel war es nicht: ein Gang mit einem mattbeigen Teppich. Weiße Wände mit einem gerahmten Druck auf der einen

Seite. Sie kniff das Auge zusammen. Es war die Zeichnung eines Vogels im Flug, die Art nicht erkennbar; er trug einen Zweig im Schnabel.

»Hast du den gesehen?«, fragte Sammy. »Glaubst du, er ist tot?«

»Wer?« Charlotte wurde schlecht.

»Da«, sagte Sammy, was nicht viel weiterhalf.

»Wo da?«

»Auf dem Tisch.«

Charlotte suchte nach einem Tisch. Am Ende des Gangs konnte sie gerade noch die halb geöffnete Küchentür sehen. Sie erkannte einen Tisch. Darauf stand eine Schale mit ein paar Früchten. Sie spähte angestrengt. »Eine verfaulte Banane?«, fragte sie.

»Nein«, sagte Sammy. »Auf dem kleinen Tisch gleich neben der Wohnungstür.« Er hielt inne. »Vielleicht kannst du ihn nicht sehen.« Er rutschte zur Seite, damit Charlotte allein durch den Briefschlitz spähen konnte. »Ist er tot?«

In ihrem nun erweiterten Gesichtsfeld entdeckte sie einen kleinen Beistelltisch neben einem Garderobenständer. Darauf stand ein Aquarium mit dem Modell eines gesunkenen Schiffs. Oben trieb der verkrümmte Körper eines Goldfischs, er fing schon an, sich zu zersetzen.

»Ja.« Charlotte wich von dem Briefschlitz zurück. »Er ist tot.«

Sammy und Charlotte entfernten sich schweigend von dem Hochhaus. Es hatte abgekühlt, die Sonne war hinter Wolken verschwunden. Und es regnete. Der Anblick des Goldfischs hatte sie beide verstört, ihnen war die Lust vergangen, an die Türen weiterer Nachbarn zu klopfen. Sammy kickte eine leere

Coladose herum, die auf dem Gehweg lag, und Charlotte versuchte, die Erinnerung an das Aquarium zu verdrängen.

»Wie lange kann ein Fisch ohne Futter überleben?«, fragte Sammy schließlich.

»Ungefähr zwei Wochen, glaube ich«, sagte Charlotte. »Vielleicht sogar drei. Fische haben einen ziemlich langsamen Stoffwechsel. Die meisten Tiere würden verdursten, bevor sie verhungern«, fügte sie hinzu. »Aber für einen Fisch ist das ja kein Problem.«

»Aha«, sagte Sammy. Er gab der Dose wieder einen Tritt, dass sie auf die Straße schlitterte. Die Kinder sahen zu, wie sie von einem Autoreifen abprallte und in einer Pfütze liegen blieb. »Was glaubst du, wie lange der Fisch schon tot ist?«

Charlotte hatte selbst schon überlegt. »Ziemlich lange. Länger als eine Woche, glaube ich. Hast du gesehen, wie sich die Schuppen abschäl...« Sie brach ab. »Ziemlich lange«, wiederholte sie.

»Und wann haben wir Mr. Brown das letzte Mal gesehen?«

»Genau vor drei Wochen, bei den Bahngleisen«, sagte Charlotte. »Und wir wissen jetzt, dass ihn auch andere Leute zu diesem Zeitpunkt das letzte Mal gesehen haben.«

»Vielleicht ist er in den Zug gestiegen«, sagte Sammy. »An diesem Tag. Abfahrt 11:54 Uhr nach Waterloo.« Er zögerte. »Das ist das große Drehkreuz. Von dort kann er sonstwohin gereist sein.«

»Er hatte keinen Koffer dabei«, sagte Charlotte. Das beschäftigte sie schon die ganze Zeit. »Und er hätte doch dafür gesorgt, dass jemand in seiner Abwesenheit seinen Fisch füttert, glaubst du nicht? Und er hätte doch in der Schule Bescheid gesagt? Und warum lag seine Brille zerbrochen da?«

Sie gingen schweigend weiter. Charlotte blieb stehen und

hob einen Regenwurm auf, der vom Regen auf den Gehweg gespült worden war. Sie legte ihn behutsam auf die nackte Erde unter einem Baum. Der Wurm wand sich und begann sich sofort ins sichere Erdreich zu graben.

Grace summte vor sich hin, als sie eine Zwiebel für die Gemüsesuppe klein schnitt, freute sich, wie sauber das Messer die vielen Zwiebelschichten durchtrennte und wie sich die Kugel erst in Halbkugeln und dann in viele ordentliche kleine Würfel zerteilen ließ. Sie hörte die Haustür gehen.

»Charlotte, du bist ein bisschen zu früh dran fürs Mittagessen«, sagte sie, goss Öl in einen Topf und drehte das Gas auf. »Aber ich kann dir einen Snack machen. Vielleicht ein paar Möhrensticks und einen Dip, damit du nicht verhungerst?« Sie drehte sich um. »Was ist denn los?«

Charlotte biss auf ihrer Lippe herum. Sie wirkte beklommen.

»Ich bin zu Mr. Browns Wohnung gegangen«, gestand sie.

»Was?« Horrorschlagzeilen blitzten in Grace auf. Charlotte, die allein zu einem erwachsenen Mann in die Wohnung ging.

»Ich habe versucht, ihn zu finden«, fuhr Charlotte fort. »Aber er war nicht da.«

»Das hättest du nicht tun sollen«, sagte Grace. »Das ist gefährlich.«

»Warum?«

»Wenn du zu Leuten ins Haus gehst. Sogar, wenn sie Lehrer sind. Da könnte alles Mögliche passieren.«

»Es war nur eine Wohnung«, sagte Charlotte, als ob es das besser machte. »Und ich bin auch nicht reingegangen. Ich bin nur hingegangen, um nachzusehen, ob er da ist. Sammy war mit dabei.«

»Trotzdem«, sagte Grace. »Darüber sollten wir wohl mit deiner Mutter sprechen.«

»Sein Goldfisch war tot«, sagte Charlotte.

Grace fragte sich, ob Charlotte sie mit dieser Nachricht von dem Vorhaben ablenken wollte, Amelia zu informieren. »Das ist traurig, aber ...« Sie hielt inne. »Woher weißt du überhaupt, wo er wohnt?«

»Das hab ich im Schulsekretariat rausgefunden«, antwortete Charlotte; die genauen Umstände unterschlug sie wohlweislich. »Aber er ist schon ewig nicht mehr zu Hause gewesen.«

»Woher weißt du das?« Trotz ihrer Besorgnis fand Grace die Sache allmählich spannend.

»Ich hab durch den Briefschlitz geschaut. Der Fisch war schon eine ganze Weile tot«, sagte Charlotte. »Wer lässt einen toten Fisch im Aquarium, wenn er zu Hause ist?«

Grace konnte sich der Logik der Argumentation nicht entziehen.

Charlotte richtete den Blick auf die gewürfelten Zwiebeln. »Ich mache mir Sorgen um ihn«, sagte sie.

Grace drehte das Gas unter dem Topf ab. »Komm, setzen wir uns hin«, sagte sie. »Und du erzählst mir alles.«

Sie hörte sich Charlottes Bericht an: das Vogelbaby, die zerbrochene Brille, der Fisch mit den blinden Augen. »Mrs. Varga hat dir doch gesagt, dass er sich eine Auszeit nimmt«, wandte sie vorsichtig ein.

»Ja«, räumte Charlotte ein. »Aber das macht keinen Sinn. Er hatte diese Brille immer auf. Immer. Und wo ist er denn, wenn er nicht zu Hause ist? Und warum hat er niemanden beauftragt, seinen Fisch zu füttern?« Sie schwieg eine Weile. »Er liebt Tiere«, sagte sie. »Er weiß alles über Amseln, und er hat uns erklärt, wie Delfine sich mit Echoortung orientieren.

Er würde seinen Fisch nicht einfach verhungern lassen. Er ist Vegetarier.«

»Nein«, stimmte Grace ihr zu. »Das ergibt keinen Sinn.«

»Ich will nur sicher sein können, dass es ihm gut geht«, sagte Charlotte.

Grace sah ihre kluge Enkelin an, die sich solche Sorgen um einen Lehrer machte, den sie kaum kannte. Ein bisschen Sicherheit in einer turbulenten Zeit. Das hatte sie verdient.

»Aber du bringst dich nicht noch einmal in Gefahr«, befahl Grace mit fester Stimme. Sie machte eine Pause. »Vielleicht kann ich in der Sache etwas tun. Am Montag rufe ich gleich als Erstes in der Schule an. Dann werden wir ja sehen, ob sie mir mehr erzählen als dir. Wie klingt das?«

»Gut«, sagte Charlotte. »Das klingt gut.«

12

»Ich hoffe, du hinterlässt in der Küche deiner Großmutter kein Chaos.« Amelia lehnte sich in die Küchentür.

»Ich bin fast fertig«, sagte Charlotte. Sie wischte sich mit der Hand über die Stirn, zurück blieb eine Schokoladenspur. Eine Woche war vergangen, seit sie bei Mr. Browns Wohnung gewesen war, und Sammy hatte Geburtstag.

»Ich dachte, der Guss kommt auf den Kuchen und nicht in dein Gesicht.« Amelia lachte, nahm ein Stück Küchenpapier und tupfte liebevoll Charlottes Stirn sauber.

»Jetzt fehlt nur noch das Tüpfelchen auf dem I.« Charlotte ignorierte ihre wenig hilfreiche Mutter und wickelte ein Mini-Gebäckröllchen aus der Verpackung. Schwungvoll rammte sie es in den Kastenkuchen, so dass es senkrecht nach oben stand.

»Das sieht sehr schön aus«, sagte ihre Mutter. »Aber sind Kuchen nicht normalerweise rund?«

»Dieser nicht«, erwiderte Charlotte. »Er ist was Besonderes.«

»Ich bin sicher, deine Grandma hätte dir gern dabei geholfen«, sagte Amelia. »Nachdem ich von zu Hause weggezogen war, hat sie erstaunliche Kuchenkunstwerke produziert. Immer der Stolz des jährlichen Kuchenfests, hat Dad erzählt.«

Charlotte sah sie an. Die Worte klangen nach Kompliment, aber irgendwie schwang etwas Kränkendes mit.

»Über diesen Kuchen werden auch alle staunen.« Sie beschloss, nicht weiter über die Bemerkung ihrer Mutter nachzudenken. »Und ich wollte ihn ganz allein machen.«

»Warum kleben an den Seiten Marmeladenkekse?«

»Das ist jetzt ein Witz, oder?«, fragte Charlotte mit schneidender Stimme. Seit drei Stunden stand sie in der Küche und backte und dekorierte. »Erkennst du's nicht?«

»Eine Raupe?«, riet Amelia vorsichtig.

»Raupen haben doch keine Räder«, erwiderte Charlotte gereizt. »Oder einen Schlot.«

Grace kam in die Küche, stellte sich neben Amelia und bemühte sich, die Unordnung zu übersehen.

»Grandma, du erkennst doch, was das ist, oder?«

»Also«, begann sie, »die Kekse an den Seiten geben hervorragende Räder ab, das Gebäckröllchen einen prima Schlot, und diese Smarties sind super Stoßdämpfer.« Sie lächelte. »Dann ist das also eine Lok. Ein Prachtstück.«

»Ich wusste, dass *du* das erkennen würdest.« Charlotte umarmte ihre Großmutter, was Grace, die gleich einen nervösen Blick in Richtung Amelia warf, nur halb genießen konnte. »Du bist die Beste.«

»Schmier deine Großmutter nicht mit Schokolade voll«, mahnte Amelia.

»Siehst du's jetzt auch, Mum?«, fragte Charlotte.

»Klar.« Amelia lächelte. »Ich wollte dich nur ein bisschen aufziehen«, fügte sie wenig überzeugend hinzu. »Gut gemacht.«

»Sammy wird begeistert sein«, sagte Grace. »Und du hattest recht, du hast mich nicht dazu gebraucht.« Sie verriet nicht, dass sie einen ziemlich nervösen Vormittag verbracht hatte, weil Charlotte jede Hilfe ablehnte. »Du hast das ganz allein geschafft.«

»Ich bin eben ein geborenes Backgenie«, stimmte Charlotte zu und leckte sich die Finger ab. »Fährst du mich zu Sammy? Ich will nicht, dass unterwegs ein Eisenbahnunglück passiert.«

Grace hätte nichts lieber getan, als Charlotte mit der kostbaren Fracht zu Sammy zu bringen. Sie würde ihr auch gern helfen, den Kuchen hineinzutragen. Vielleicht bekäme sie sogar ein Stück ab und dürfte »Happy Birthday« mitsingen. Sie könnte mit den Kindern Detektiv spielen und dachte sich schon Ermittlungsstrategien aus. Auch überlegte sie kurz, ob sie als Blitzgeschenk für Sammy etwas aus ihrem Schuppen abzweigen könnte. Dann sah sie Amelias Gesichtsausdruck und biss sich auf die Lippe.

»Ich hab heute Yoga«, sagte sie, obwohl sie locker Zeit für beides gehabt hätte. »Vielleicht möchte sich deine Mum das Auto ausleihen?«

Falls Amelia begriff, welches Opfer Grace gerade für sie brachte, ließ sie sich nichts anmerken. »Erst wird hier sauber gemacht«, sagte sie zu Charlotte. »Dann fahr ich dich hin.«

Grace konnte sich nicht erklären, wie Charlotte es geschafft hatte, die Schokoglasur an die Decke zu spritzen. Behutsam stellte sie einen Stuhl unter den Fleck und stieg mit einem feuchten Schwamm und dem Gedanken, dass sie zu alt für solche Turnereien war, auf die Sitzfläche. Wenn sie stürzte, würde sie sich die Hüfte brechen oder Schlimmeres und sich eingestehen müssen, dass ihr nun unaufhaltsamer Verfall allein der Tatsache geschuldet war, dass sie nicht mit einem Fleck brauner Schmiere an der Küchendecke leben konnte.

Sie wischte ihn weg, und die Aktion katapultierte sie in die Tage zurück, als sie Amelias Windeln wechseln musste und den

Mythos, dass Babykacke nicht stank, endgültig beerdigte. Sie kletterte wieder vom Stuhl, seufzte erleichtert, weil sie wieder auf dem sicheren Küchenlinoleum stand, und erlaubte ihren Gedanken, weiter in der Vergangenheit herumzuschweifen.

Jonathan erwies sich ab dem Moment von Amelias Geburt als erstaunlicher Vater. Ihm schienen die schmutzigeren Aufgaben nichts auszumachen, und er sang ihr beim Windelwechseln leise vor und prustete auf ihr Bäuchlein, dass sie vor Begeisterung gluckste. Grace erinnerte sich, wie es war, als sie Amelia verlassen musste, um wieder zu arbeiten. Jedes Hormon in ihrem Körper hatte geschrien, sie solle zu Hause bleiben. Jeder, den sie kannte, sagte ihr dasselbe. Sogar ihre Mutter, die ihre Karriere so unterstützte, hatte vorgeschlagen, mit der Rückkehr zur Arbeit noch weitere sechs Monate zu warten.

Aber Jonathan wusste, was das Richtige war.

»Das ist kein Opfer für mich, Grace«, sagte er. »Du kannst es glauben oder nicht, ich habe nicht dieselbe Leidenschaft für Sicherheitsinspektionen wie du für den Maschinenbau.«

»Du wirst der einzige Mann in den Mutter-Kind-Gruppen sein«, sagte Grace.

»Da bin ich bestimmt höchst begehrt«, erwiderte er und lächelte auf eine Weise, dass Grace wusste, sie bräuchte sich keine Sorgen zu machen. »Du warst jetzt sechs Monate bei unserem Baby zu Hause«, sagte er. »Und ich merke dir an, wie sehr du dich langweilst.« Er unterbrach sich. »Nicht, dass du keine großartige Mutter wärst«, schob er hastig nach. »Aber du bist nicht glücklich, wenn du nichts anderes anmischen kannst als Babynahrung.«

Sie vermisste ihn so sehr und so oft. Mit ihm an ihrer Seite wäre Amelias Rückkehr nach Hause so viel einfacher gewesen.

Er hätte in seiner direkten Art mit ihr über Tom geredet, über die Dinge, die passiert waren. Er hätte sie unterstützt, ohne sich einzumischen. Grace fehlte dieses Talent. Sie alle könnten Jonathan gut gebrauchen, er wäre das Öl im Räderwerk der Familie.

Sie warf die Eierschalen weg, die Amelia auf der Arbeitsfläche hatte liegen lassen. Ihre Enkelin hatte beim Aufräumen und Saubermachen keine Heldentaten vollbracht, aber von welchen Kindern konnte man das schon erwarten? Grace hatte bei Amelia versucht, ein Spiel daraus zu machen, aber ihre Tochter hatte sie schnell durchschaut. Es war schneller, einfacher und außerdem konfliktfrei, wenn sie selbst aufräumte.

Ihr Sohn war da ganz anders gewesen, von Anfang an.

Amelia stieg ins Auto und atmete tief durch. Selbst nach all den Jahren roch es immer noch nach ihrem Vater. Oder vielleicht hatte auch ihr Vater immer nach diesem Auto gerochen. Das Leder der Sitze, die Abgase aus dem alten Motor. Toms Autos waren schnell, aber leise, doch das Auto ihres Vaters war langsam und laut. Gut für die heimische Tierwelt, sagte er immer. Katzen, Tauben und Füchse hatten immer viel Zeit, sich in Sicherheit zu bringen.

»Das Auto erinnert mich an Grandpa«, sagte Charlotte, als könne sie Amelias Gedanken lesen.

»Mich auch«, sagte Amelia. Und nach einer Pause: »Ich vermisse ihn.«

»Ich auch«, sagte Charlotte. »Er hat mich auf seine Schultern genommen und wir haben Giraffe gespielt.«

»Ich erinnere mich«, sagte Amelia und lächelte bei dem Gedanken. »Mit mir hat er damals dasselbe gemacht.«

»Echt?«

»Vor einer halben Ewigkeit. Er war ein toller Vater.« Sie biss sich auf die Lippe und fragte sich, ob sie das Gespräch auf Tom bringen sollte. Die Zeit war zäh dahingeschlichen, seit sie zuletzt telefoniert hatten, fast einen Monat war das her. Sicher, er war sehr beschäftigt, aber er hatte auch seine Tochter verdammt lange nicht gesehen.

Oder sie ihn.

»Hast du mal mit deinem Vater geredet?«, fragte sie. »Du weißt, dass du ihn jederzeit anrufen kannst.«

»Ein bisschen«, sagte Charlotte. »Er geht nicht immer ran.« Als Amelia das hörte, umklammerte sie das Lenkrad ganz fest.

»Hat er erwähnt, wann er zurückkommt?«, fragte sie und hasste sich dafür, dass sie ihre Tochter ausspionierte.

»Bald, hat er gesagt. Er ruft an, wenn er zurück ist. Er sagt, dass er mich wirklich gern sehen möchte.«

»Aber ein Datum hat er nicht genannt?«

»Das finde ich schon in Ordnung«, fuhr Charlotte fort und rückte die Kuchenform auf ihrem Schoß zurecht. »Weil ich weiß, dass er viel zu tun hat. Ich hatte auch viel zu tun. Mit Sammy und unseren Ermittlungen.«

»Du hast ja in den letzten Wochen viel Zeit mit Sammy verbracht.« Amelia sprach bewusst von etwas anderem, denn wenn sie weiter über Tom redete, könnte ihr etwas herausrutschen, was sie später bereuen würde. »Wir sollten ihn zu uns einladen. Ich würde ihn gern kennenlernen.«

»Er war schon öfter da«, sagte Charlotte. »Da warst du in der Arbeit.«

»Ach ja?« Amelia bekam gleich wieder diese Schuldgefühle, die ihr ständig zusetzten. Weil sie arbeitete, wenn sie bei ihrer Tochter sein sollte. Weil sie bei ihrer Tochter war, wenn sie arbeiten sollte. Die richtige Balance zu finden schien unmöglich. »Lad ihn doch mal ein, wenn ich zu Hause bin«, schlug sie bemüht munter vor.

»Er und Grandma verstehen sich richtig gut«, plauderte Charlotte fröhlich weiter.

»Wirklich?« Amelia war nicht sicher, warum sie das störte.

»Ja.« Charlotte schob einen der Kekse zurecht. »Weil sie beide Eisenbahnen mögen.«

»Sieh an.« Amelia schwieg und erinnerte sich. »Aber du magst keine Eisenbahnen, oder?«

»Nicht so gern wie Tiere.«

»Fühlst du dich da nicht ausgeschlossen?«

»Nein. Natürlich nicht«, sagte Charlotte und lachte. »Außerdem sind Züge auch ziemlich cool. Findest du nicht?«

»Irgendwie schon.«

»Da sind wir«, verkündete Charlotte. »Es ist das Haus mit der roten Tür. Danke fürs Herfahren.«

Amelia sah zu, wie Charlotte vorsichtig ausstieg, den Kuchen und das Geschenk im Arm. Sie lächelte ihre Tochter an. »Dieser Kuchen ist wirklich super«, sagte sie, um ihren vorigen Mangel an Begeisterung wettzumachen. »Sammy wird sich riesig freuen.«

»Ganz bestimmt wird er das«, sagte Charlotte mit jugendlichem Selbstvertrauen.

Amelia wartete, bis Charlotte im Haus war. Zu ihrer Mutter zurückzufahren fand sie wenig verlockend. Sie beschloss, einen Umweg zu machen. Eine kleine Spritztour auf der Autobahn. Die Batterie des Wagens wurde langsam alt, da täte es ihr gut, mal wieder anständig aufgeladen zu werden.

Als sie losfuhr, erfüllte sie ein seltenes Gefühl von Freiheit.

Sie fuhr am Bahnhof vorbei und die Straße entlang, parallel

zu den Gleisen. Ein Zug schob sich an sie heran, beschleunigte und überholte sie.

Züge.

Was hatte ihre Familie bloß mit Eisenbahnen? Amelia war froh, dass Charlotte nie eine solche Phase durchlebt hatte; sie hatte Tiere und Detektivgeschichten immer spannender gefunden als Räder, Gleise und Lokomotiven.

Das machte es einfacher. Weniger schmerzhaft.

Amelia schaltete. Sie hatte schon länger kein Auto mit Gangschaltung mehr gefahren. Nicht zum ersten Mal seit dem Einzug bei ihrer Mutter war sie versucht, einfach nicht mehr nach Hause zurückzukehren. Vielleicht sollte sie Charlotte abholen, mit ihr zum Flughafen fahren, den billigsten Flug buchen und alles hinter sich lassen.

Das ging natürlich nicht. Schließlich trug sie Verantwortung: Sie musste Spenden für ihre Organisation sammeln und ihre eigenen Schulden abstottern. Charlotte musste in die Schule gehen. Und wenn sie jemals wieder ausziehen wollte, musste sie Geld zurücklegen.

Sie dachte kurz darüber nach, wie ihr Leben dann aussehen würde.

Sie wäre auf sich gestellt. Alleinerziehend.

Oder vielleicht auch nicht.

»Ryan, hör auf! Billy, der Kuchen ist für deinen Bruder. Finger weg vom Schokoguss!« Sammys Mutter hörte auf zu schimpfen und wandte sich Charlotte zu, ein Auge immer noch auf den Jungs, die den Kuchen umkreisten. Wehrlos und höchst gefährdet stand er auf dem Küchentisch. »Was möchtest du denn trinken, Charlotte?« Sie lächelte das Mädchen an. »Orangenlimo?«

»Vielleicht sollten wir die Kerzen auf den Kuchen stecken, Mrs. Doyle?«, schlug Charlotte ein wenig nervös vor. Sie befürchtete, dass Sammy, der im Wohnzimmer wartete, das Ergebnis ihrer Mühen gar nicht zu Gesicht bekommen würde, wenn seine Brüder die Räder klauten. »Und *Happy Birthday* singen. Solange wir noch können.« Verstohlen versuchte sie, einen Blick auf Ryan zu werfen, vermied aber peinlichst jeden Augenkontakt.

»Gute Idee«, stimmte Sammys Mutter zu. »Was hast du für gute Manieren, Charlotte! Ich sage immer, wenn wenigstens einer meiner Jungs ein Mädchen geworden wäre, dann wäre alles anders. Sammy war meine letzte Hoffnung.«

»Der ist doch so gut wie ein Mädchen, weil er nicht Fußball spielt«, sagte Ryan, die Finger dicht am Gebäckröllchenschlot.

»So ein Quatsch«, empörte sich Charlotte und beschloss, ihn nicht mehr so attraktiv zu finden. »Außerdem ist es voll okay, ein Mädchen zu sein!«

»Ryan, lass bloß die Finger von diesem Kuchen«, fuhr seine Mum ihn an. »Und sei nett zu deinem Bruder. Schließlich hat er Geburtstag.« Ryan und Billy verschwanden endlich aus der Küche; sie rangelten um den angeschlagenen Apfel, den sie als Fußball benutzten. »Ich hätte gern selber einen Kuchen gebacken«, sagte Mrs. Doyle. »Aber so ganz allein hier – na, du weißt ja, wie das ist.«

Charlotte nickte; sie freute sich, dass Mrs. Doyle mit ihr redete wie mit einer Erwachsenen, hatte aber natürlich keine Ahnung, »wie das ist.«

»Bei Aldi gab's als Kuchen keine Lok«, fuhr Mrs. Doyle fort. »Da war nur die Wahl zwischen Raupe und Fußball. Ich bin froh, dass du es geschafft hast, einen zu backen.«

»Kein Problem.« Charlotte wurde das Lob langsam peinlich.

»Aber ich habe etwas Besonderes für ihn als Geschenk gefunden.« Mrs. Doyle beugte sich dicht zu ihr. »Neu hätte ich es mir nicht leisten können, aber Gott hat mich im Charity Shop angelächelt. Sammy wird hin und weg sein.«

Als sie alle im Wohnzimmer saßen und jede Menge Kuchen vertilgt hatten, gab Mrs. Doyle Sammy sein Geschenk. Er riss das Papier auf und der Mund blieb ihm offen. Charlotte lehnte sich zu ihm hinüber, um zu sehen, was es war. »Wow«, sagte sie.

»Ein Eisenbahnset!« Sammy betonte jede Silbe, als würde das Spielzeug noch realer, wenn er es benannte. Er drehte sich zu seiner Mutter und warf ihr seine Arme um den Hals.

»Ich weiß nicht, ob es funktioniert.« Sie sah erfreut und zugleich ein wenig verlegen aus. »Es ist nicht brandneu. Aber ich ...«

Schon achtete er nicht mehr auf ihre Worte, sondern öffnete flink die ein wenig abgewetzte Schachtel und zog den Pappeinsatz heraus. Darauf standen eine kleine rote Lokomotive mit drei Waggons, jeder in einer anderen Farbe und von unterschiedlicher Bauart, dazu ein Stapel Schienen. »Ein Hornby-Güterzug Spur 00«, rief er. Ryan kam an und versuchte, ihm den Zug wegzuschnappen.

»Geil«, sagte er.

»Der gehört mir!« Sammy schützte sein Geschenk mit vollem Körpereinsatz vor dem gierigen Zugriff seines Bruders. »Danke, Mum.«

»Lass deinen Bruder in Ruhe«, sagte Mrs. Doyle. Und zu Sammy: »Ich bin froh, dass er dir gefällt. Gottseidank.«

»Jetzt pack meins aus.« Charlotte gab ihm ihr Geschenk. »Weil du jetzt einen Zug hast, passt es noch besser.«

Sammy verstaute den Zug sorgsam wieder in seiner Schachtel und wandte sich Charlottes Geschenk zu. Sie hatte es mit dem Klebefilm gut gemeint und es war keine geringe Leistung, es aufzubekommen. Seine Brüder verloren das Interesse. Sie verschwanden jeder mit einer dicken Scheibe Kuchen und kickten den armen Apfel vor sich her.

»Kein Zug«, sagte sie zu ihm. »Aber ich glaube, eine gute Ergänzung.«

Schließlich gelang es ihm, das Papier zu entfernen. »Eine Lokführermütze!«, quiekte er, warf die Arme um sie und drückte sie ganz fest.

»Dein Name steht drauf«, fügte Charlotte hinzu. »Siehst du?« Die Freundin ihrer Großmutter hatte die Mütze für ihn bestickt.

»Bauen wir den Zug auf«, schlug Sammy vor, setzte die Mütze auf und grinste Charlotte an. »Komm in unser Zimmer. Bevor meine Brüder reinplatzen.«

13

»Hat dem jungen Mann die Mütze gefallen?«, fragte Ava. Ihr Kopf hing nach unten, ihre Halskette baumelte vor ihrem Gesicht, als wolle sie ihr in den Mund schlüpfen. »Schade, dass du mich keine Pailletten hast aufsticken lassen.«

»Ich weiß noch nicht, ob sie ihm gefallen hat«, ächzte Grace. »Und ich komme nie in den herabschauenden Hund, wenn du mich dauernd ablenkst.« Es war Avas Idee gewesen, zum Yoga zu gehen, doch sie fing oft an zu schwätzen, statt sich auf die Übungen zu konzentrieren. Die Yogalehrerin hatte Grace heute schon auf dem Kieker, da sie zu spät gekommen war. Beim Saubermachen in der Küche war ihr die Zeit davongerast. Sie merkte, wie Yogini Padma sie und Ava mit einem eher unyogischen Stirnrunzeln beobachtete. »Aber danke«, schob Grace noch nach, damit nicht der Eindruck entstand, sie wüsste Avas Mühe nicht zu schätzen.

»Ich hab auch Neuigkeiten«, sagte Ava. Grace verdrehte den Hals, um ihre Freundin anzusehen. »Ich hab's noch ganz gut drauf ...«

»Schau zu deinem Nabel, Grace«, mahnte Padma. »Und konzentrier dich auf deinen Atem. Er ist deine Lebenskraft.«

Grace atmete tief ein und sah zu ihrem Bauch, der von dem lockeren T-Shirt nur unzulänglich bedeckt wurde. Sie versuchte, eine Hand zu heben, um das Shirt in ihre Jogginghose zu stopfen, und kam bedenklich ins Wanken.

Sie konnte sich nur noch vage an die Zeit vor vielen, vielen Jahren erinnern, als ihr Bauch einigermaßen flach gewesen war. Aber nie hatte er auch nur annähernd so ausgesehen wie Padmas Körpermitte. Die Lehrerin trug als Top ein Mittelding zwischen Westchen und BH. Es ließ einen breiten Streifen schlanke, knackig braune Taille frei, die, als wäre sie nicht schon hinreißend genug, vom kunstfertigen Tattoo einer Lotosblüte geschmückt wurde, gekrönt von einem glitzernden Schmuckstein im Nabel.

Tätowierungen waren auch nicht mehr das, was sie früher einmal waren, erinnerte sich Grace. Da hatten stämmige Männer vorwiegend auf dem Bizeps plumpe Bilder getragen, die ihre Liebe zu ihren Müttern, Freundinnen oder Fußballteams verewigten. Padmas Kreation sah aus wie dunkle Spitze, fein und erlesen. Grace fragte sich, ob das wohl weh tat, und malte sich dann ein wenig unbarmherzig aus, wie das Tattoo im Dehnungszustand aussehen würde, falls Padma schwanger würde.

»Und jetzt ruht euch in der Haltung des Kindes aus«, sagte Padma. Grace ließ sich dankbar zurücksinken und spürte ihren weichen Bauch auf ihren wabbligen Oberschenkeln. Seit Amelias Geburt war ihr Bauch nie wieder der alte geworden. Wenn sie ihn fest einzog, hing er nur ein wenig nach unten, aber sobald sie etwas aß, blähte er sich auf wie ein Luftballon, als erinnere er sich an die ausgedehnten Freuden der Schwangerschaft.

Allerdings war Freude nicht ganz das Wort, das Grace als Erstes in den Sinn käme, wenn sie ihre Schwangerschaften beschreiben sollte. Sie erinnerte sich noch lebhaft an die Anstrengungen, wenn sie beim Sockenanziehen ihre Füße erreichen wollte. Aber das war natürlich ein Klacks gegen das gewesen, was auf die Geburt alles folgte. Das Geschrei, das nicht enden wollende Geschrei, das so wenig Anhaltspunkte bot, was der winzigen Amelia fehlen könnte. Säuglingskolik, hatten die Schwestern mit einem mitleidigen Nicken gesagt. Amelia müsse da einfach rauswachsen.

Als Grace wieder anfing zu arbeiten, wachte Amelia immer noch nachts auf. Grace schleppte sich durch den Tag wie ein Zombie und sehnte sich nur nach Schlaf. Sich im Büro hinsetzen zu können war eine Wohltat, eine Tasse Tee trinken zu können, ohne dass kleine Händchen danach grabschten, eine wahre Freude. Schuldbewusst hatte Grace ihre Tage ohne Baby genossen, und manchmal dehnte sie ihren Arbeitstag länger aus als nötig, weil sie nicht nach Hause zu der kleinen Tyrannin zurückkehren wollte.

»Und jetzt in den Vierfüßlerstand, Katze-Kuh«, wies Padma die Gruppe an. »Legt euch ein zusätzliches Polster unter die Knie, wenn ihr es braucht.«

Grace schob eine zusammengefaltete Decke unter die Knie und versuchte das Knacken in ihrer Wirbelsäule zu ignorieren, wenn sie den Rücken nach oben wölbte.

Mit der Zeit war es einfacher geworden. Jonathan war derjenige, der nachts aufstand, und sobald Amelia reden konnte, rief sie nach ihm und nicht nach ihr. Grace hatte einen kleinen Stich Eifersucht verspürt, der schnell verflog, wenn sie hörte, wie Jonathan aus dem Bett stieg und in das Zimmer ihres Töchterchens hinüberging, und sie sich wieder unter der Decke verkriechen konnte.

»Und jetzt hebt einen Arm zum Himmel zum Easy Twist.« Das fiel Grace nicht so leicht, gab ihr aber die Chance, einen Blick zu Ava hinüberzuwerfen, die sich verdrehen konnte wie ein Korkenzieher. Sie war immer ziemlich gelenkig gewesen, wie sie häufig allen erzählte, die es hören wollten oder nicht.

»Du hast einen neuen Bewunderer?«, fragte Grace flüsternd.

Ava sah sie an. »Das erzähl ich dir nachher im Yoga-Café.« Sie kostete es sichtlich aus, dass Grace so gespannt war. »Wir wollen doch nicht von Padma geschimpft werden, weil wir im Unterricht schwätzen.«

Grace legte die Stirn wieder auf dem Boden ab und versuchte sich an einer gelassenen yogischen Einatmung.

Grace schnupperte an ihrem Kräutertee. Sie erinnerte sich an die Zeit, als man im Supermarkt an Kräutertees nur einen angenehm faden Kamillentee kaufen konnte. Und hier trank sie etwas, was so schmeckte, als hätte eine Hexe es in ihrem Kessel gemixt. Sie studierte die schwarze Tafel und las noch einmal die Zutaten: Süßholz, Ginseng und Brennnessel. Sie nippte und schüttelte sich. Es kam ihr eher vor wie eine Mischung aus Molchaugen und Froschzehen.

»Vollbringt an deinem Körper wahre Wunder«, sagte Ava, nahm einen überschwänglichen Zug aus ihrer Tasse und ließ sich auf den Sitzsack zurücksinken. »Ich habe den Stoffwechsel einer Fünfundzwanzigjährigen, das kannst du mir glauben.«

Grace rutschte ein bisschen auf ihrem Sitzsack herum und spürte, wie die tausend kleinen Bällchen unter ihr zusammensackten. Sie konnte sich für das Café im Yogastudio nicht begeistern und sehnte sich nach einem richtigen Stuhl. Sie wollte noch gar nicht daran denken, wie lange sie zum Aufstehen brauchen würde. Wahrscheinlich müssten sie die nächste Yogagstunde unterbrechen, damit die Yogis sie mit vereinten Kräften hochhieven konnten.

»Schön für dich«, sagte Grace. Sie stellte ihr Getränk auf dem niedrigen Tischchen ab. Die Tassendesignerin hatte offensichtlich mehr Wert auf Schönheit als auf Funktionalität gelegt und der Tasse den Henkel verweigert. Grace' Finger begannen zu brennen. Sie beugte sich vor, und sofort verlagerte sich die Füllung des Sitzsacks. Was waren Stühle doch solide und verlässlich. »Schieß los«, sagte sie und fühlte sich wie ein Teenager, zwar nicht körperlich, aber in der Art der Kommunikation. »Was gibt's Neues?«

»Ich habe ein Date«, verkündete Ava. Grace nickte. Das hatte sie schon vermutet. »Mit ... Luigi!«

»Das wirft mich jetzt nicht gerade vom Sitzsack«, sagte Grace lächelnd. »Er war eindeutig an dir interessiert.« Sie sah Padma eintreten. Padma praktizierte Yoga anscheinend seit zehn Jahren, obwohl sie kaum älter aussah als Charlotte. Womb-Yoga, dachte Grace. Wahrscheinlich der neueste Hit.

»Das dachte ich mir auch.« Ava schaute ausgesprochen zufrieden drein und winkte Padma zu, die aber in ihr Handy vertieft war.

»Was glaubst du denn, warum er uns so viele Grissini hingestellt hat?«

»Wahrscheinlich krieg ich ab sofort das Essen gratis«, frohlockte Ava. »Und brauche keine Happy-Hour-Rabatte mehr. Er ist süß, findest du nicht?«

Grace dachte kurz nach. Luigi hatte ein freundliches Gesicht, und sein molliger Körper verriet den Genießertyp. »Ja«, sagte sie. »Finde ich auch.«

»Und findest du ihn auch nett?«

»Ich kann nicht meckern – er hat mir sein Lasagnerezept verraten.«

»Ich bin froh, dass du so denkst«, sagte Ava. »Ich glaube, er könnte der Richtige sein.«

»Hattest du überhaupt schon mal ein Date in letzter Zeit?« Grace gab sich Mühe, ihre Skepsis zu zügeln.

»Nein«, sagte Ava. »Aber man muss sich eben vertrauensvoll ins pralle Leben stürzen, meinst du nicht?«

Grace meinte das überhaupt nicht. »Vermutlich hast du recht«, rang sie sich ab. Geistesabwesend nahm sie ihre Tasse und trank einen Schluck, dann stellte sie sie überstürzt wieder ab. »Der Tee ist Teufelszeug«, sagte sie. »Warum gibt's hier keinen English Breakfast Tea?«

»Lass dich doch mal auf was Neues ein«, empfahl Ava.

Grace verzog das Gesicht. »Dafür bin ich zu alt.«

»Man ist nie zu alt dafür, seinen Horizont zu erweitern.«

»Meiner schrumpft sogar«, sagte Grace. »Gestern habe ich zehn Minuten lang meine Lesebrille gesucht, bis Charlotte mich darauf hinwies, dass ich sie auf dem Kopf habe.«

Ava lachte. »Kinder verlegen die ganze Zeit ihre Brille. Und nur weil du jetzt reifer bist, liest du mehr in die Sache hinein.«

»Ach was. Ohne Brille kann ich überhaupt nichts lesen.«

Stichwort verlorene Brillen. Grace war noch nichts eingefallen, was sie wegen Mr. Brown unternehmen könnte. Sie beschloss, ihre Freundin einzuweihen. Ava hörte zu und unterbrach ihre Aufmerksamkeit nur ab und zu für einen Schluck Tee. »Ich habe also in der Schule angerufen«, schloss sie, »aber die geben mir keine Auskunft. Haben nur was von Datenschutz und Privatsphäre gefaselt.«

»Kommissar Hopkins«, verkündete Ava.

»Was?«, fragte Grace. »Du glaubst, ich sollte die Polizei einschalten?«

»Natürlich nicht«, sagte Ava. »Dieser Mr. Brown ist wahrscheinlich zu seiner Freundin abgehauen, ein Mann, der weiß, was gut für ihn ist. Aber kapierst du nicht? Das ist die perfekte Taktik.«

»Was meinst du damit?«

»Du musst deiner Enkelin zeigen, dass du die Sache ernst

nimmst. Da ist Hopkins dein Mann. Charmant und nett. Er wird sehr liebenswürdig mit Charlotte reden, sie beruhigen, und du kommst dabei unglaublich cool rüber.«

»Ich bin in meinem ganzen Leben noch nie cool rübergekommen«, sagte Grace. »Und ich kenne überhaupt niemanden von der Polizei, geschweige denn diesen Hopkins.«

»Aber du Glückliche hast mich als Freundin.« Ava grinste. »Weißt du überhaupt, dass ich Rechtsanwältin bin? Ich war im Job übrigens richtig gut. Und habe immer noch so meine Beziehungen zur Polizei.«

»Echt?«

»Ich bin sicher, wenn ich ein gutes Wort für euch einlege, wird er sich mit dir und Charlotte treffen.« Äußerst selbstzufrieden lehnte sie sich auf ihrem Sitzsack zurück.

»Ist es keine Straftat, der Polizei die Zeit zu stehlen?«

»Hopkins sieht das bestimmt nicht so eng«, sagte Ava. »Und er schuldet mir einen Gefallen.«

»Ich wollte als Erstes in Mrs. Vargas Klassensprechstunde gehen«, sagte Grace. »Aber ich gebe zu, dein Plan hat ein bisschen mehr ...«

»Glamour? Dynamik? Pep? Such's dir aus.« Ava kippte den Rest ihres Tees hinunter. »Kalt entfaltet sich sein Geschmack nicht mehr so richtig«, gab sie zu. »Was wir nicht alles für unseren Körper tun.«

»Wie wär's mit einem richtigen Kaffee?«, schlug Grace vor. »Und vielleicht mit einem Kuchen, der nicht aus veganen Zucchini und Quinoa besteht?«

»Nichts wie los. Ich werde dem Kommissar eine Nachricht schreiben. Er wird sich irre freuen, von mir zu hören.«

»Wir kriegen den Zug bestimmt zum Laufen«, sagte Charlotte. Sammy ging neben ihr und begleitete sie nach Hause, niedergeschlagen hielt er die Mütze in der Hand.

Er kickte einen Stein, der ein paar Meter den Gehweg entlangschlitterte und am Randstein ausrollte. »Vielleicht«, sagte er.

»Auf jeden Fall sieht er toll aus.«

»Kann sein.«

»Was hast du sonst noch gekriegt?« Charlotte hoffte, dieses Thema würde ihn aufheitern.

»Nur eine Geburtstagskarte von meinem Dad.«

»Dann hat er sich also erinnert«, sagte Charlotte. Sammy hatte ihr erzählt, dass sein Dad letztes Jahr seinen Geburtstag vergessen hatte. »Das ist schon mal gut.«

»Er hat geschrieben: Alles Gute zum zehnten Geburtstag«, gestand Sammy geknickt. »Dabei bin ich zwölf geworden. Er weiß nicht mal mehr, wie alt ich bin.«

»Das tut mir leid«, sagte Charlotte. Ob auch ihr Vater bald vergessen würde, wie alt sie war? Es war so lange her, seit sie ihn zuletzt gesehen hatte. Würde er genauso werden wie Sammys Vater?

»Aber dein Kuchen war das Beste am ganzen Geburtstag.« Sammy grinste sie an. »Viel besser als die komische Raupe, die meine Mum für mich gekauft hat.«

»Aber lecker war die auch«, lobte Charlotte großzügig. Sie machte eine Pause. »Meine Mum hat den Kuchen, den ich gebacken habe, auch erst für eine Raupe gehalten.«

»Wie dämlich. Raupen haben doch keinen Schlot.«

»Genau.« Danach verfielen sie in ein freundschaftliches Schweigen und der Stein wurde ein Stück weiter gekickt.

»Möchtest du mit mir weitere Ermittlungen planen?«, fragte Charlotte und sah zu, wie der Stein an einem Reifen abprallte.

»Wollte dir deine Gran nicht helfen?«

»Sie hat in der Schule angerufen«, berichtete Charlotte. »Aber keine Auskunft bekommen.« Sie schwieg kurz. »Ich glaube nicht, dass sie detektivisch so begabt ist wie wir.«

»Wir sind schon ziemlich schlau.« Sammy wurde fröhlicher. »Woran hast du denn gedacht?«

»Mr. Brown ist nicht in seiner Wohnung, wo er eigentlich sein sollte. Deshalb müssen wir uns überlegen, wo er sonst noch sein könnte.« Sie dachte kurz nach. »Was wissen wir über seine Gewohnheiten?«

»Er raucht nicht«, erklärte Sammy.

»Das ist eine gute Sache«, sagte Charlotte. »Aber ich meine, was er täglich so macht. Wo er hingeht. Mit wem er rumhängt.« Sie hielt inne. »Ich bin noch nicht so lange an der Schule wie du ...«

»Ich hab leider keine Ahnung«, gab Sammy zu. »Ich fand ihn nie interessant. Ist halt nur ein Lehrer.« Gedankenverloren pflückte er ein Blatt aus einer überhängenden Hecke. »Vielleicht wissen andere mehr.«

»Guter Plan. Am Montag fragen wir rum.« Bei der Aussicht lebte Charlotte gleich ein wenig auf.

»Ich hab am Montag meine Lungenkontrolle.«

»Dann am Dienstag.« Charlotte sah Sammy an. »Geht's dir gut?«

»Mir ging's nie besser.« Zum Beweis holte er tief Luft.

»Na, dann ist's ja gut.« Sie kamen bei Charlotte zu Hause an und blieben kurz vor dem Vorgarten stehen. Ihre Großmutter trat mit einem halbvollen Müllbeutel heraus.

»Hallo, ihr beiden«, begrüßte Grace die Kinder. Sie hatte sie erspäht, wie sie die Straße entlang kamen, und war unter dem erstbesten Vorwand hinausgeeilt. »Ich bring gerade den Müll raus«, sagte sie. »Wie war dein Geburtstag, Sammy?«

»Gemischt, ehrlich gesagt«, antwortete Sammy auf eine erwachsene Art, die Grace zum Lachen reizte.

Sie widerstand dem Drang. »Warum denn das?«

»Ich habe ein Hornby-Eisenbahnset Spur 00 bekommen«, sagte er.

»Das ist eine fantastische kleine Lok!«, rief Grace.

»Aber sie fährt nicht.«

Grace sog mit einem scharfen Geräusch die Luft ein. Sie selbst hatte Züge in einem anderen Maßstab, aber trotzdem. »Vielleicht kann ich mal einen Blick drauf werfen?«, schlug sie vor. »Und möglicherweise helfen.«

»Wirklich?«, fragte Sammy.

»Wirklich?«, echote Charlotte.

»Ich kann mehr als kochen, weißt du.« Sie ärgerte sich über Charlottes zweifelnden Gesichtsausruck. »Ich war Ingenieurin bei Concorde.«

»Das hat Mum mir erzählt«, sagte Charlotte. »Sie hat erzählt, dass du sie Amelia genannt hast. Nach einer verunglückten Pilotin.«

»Amelia Earhart war Luftfahrtpionierin und Feministin«, korrigierte Grace.

»Und Mum hat auch gesagt, dass die Concorde aus dem Verkehr gezogen wurde, weil es Abstürze gegeben hat.«

»Die Concorde war eine innovative Entwicklung«, erklärte Grace würdevoll. »Aber es stimmt, dass es Probleme gab.« Sie wandte sich an Sammy. »Bring den Zug doch mal vorbei. Ich werde sehen, was ich tun kann.«

»Danke, Mrs. Sayers.«

»Du kannst mich gern Grace nennen.« Sie hielt kurz inne. »Möchtest du mit uns zu Abend essen? Es gibt vegetarische Lasagne. Italienisches Originalrezept.«

»Geht leider nicht. Mum macht Spiegeleier und Pommes«, sagte Sammy.

»Klingt auch gut. Komm jederzeit mit dem Zug vorbei. Und Charlotte, ich habe eine Idee, über die ich mit dir reden will. Ich kann mir vorstellen, dass du sie ganz schön aufregend finden wirst.«

»Gut besucht«, dachte Amelia und ließ den Blick über die Gäste des Benefizabends schweifen. Die Einladung zu einem Sektempfang im prächtigen Gewächshaus eines der schönsten Londoner Parks hatte sich als Publikumsmagnet erwiesen, und Paula hatte eine Gratisnutzung der Räumlichkeiten aushandeln können. Amelia sah sich nach ihrer Freundin um, damit sie ihr gratulieren könnte. Stattdessen fing ein attraktiver Kellner ihren Blick auf und schenkte ihr das Sektglas wieder voll.

»Da bist du ja«, sagte Paula, als sie von hinten an Amelia herantrat. »Nicht schlecht, was? Und ich habe dem Servicepersonal eingeschärft, die Getränke in Strömen fließen zu lassen. Großzügige Bewirtung, großzügige Spender.«

»Das ist super hier«, sagte Amelia. »Sogar das Wetter spielt mit.« Es war ein herrlicher Frühlingstag gewesen, auch der Abend blieb mild. Die Gäste strömten aus dem Gewächshaus in die Gärten und bewunderten die üppig mit Hyazinthen und Kamelien bepflanzten Beete.

»Ich freue mich, dass du es dieses Mal geschafft hast«, sagte

Paula. »Deine Mutter muss eine zuverlässigere Babysitterin sein als Tom.«

»Bei seinem eigenen Kind spricht man nicht von Babysitten«, brauste Amelia spontan auf. Sie erinnerte sich, dass ihr Paulas letztes Event deshalb entgangen war, weil Tom sie genau in dem Moment, als sie aus dem Haus gehen wollte, angerufen hatte, er sei gerade in einer geschäftlichen Krisensituation.

»Darauf stoßen wir an.« Paula ließ die Gläser klingen. Amelia stellte überrascht fest, dass ihres fast schon wieder leer war und der Kellner schon auf dem Weg, um es wieder aufzufüllen.

»Wir sind keine Spender«, sagte sie freundlich zu ihm. »Sie brauchen uns nicht so großzügig nachzuschenken.«

»Wir sind berufstätige Mütter, die mal einen Abend frei haben«, schaltete Paula sich ein. »Auch wenn es eine berufliche Veranstaltung ist. Also her mit dem Schampus.«

»Kein Problem.« Der Kellner lächelte. »Viel Spaß, Ladys.«

Paula musterte ihn von oben bis unten. »Und die da ist *Single*«, sagte sie und gab Amelia einen kleinen Schubs mit dem Ellbogen.

»Gut zu wissen«, erwiderte der Kellner. Amelia musste sich schwer zusammenreißen, um ihrer Freundin nicht gegen das Schienbein zu treten.

»Als Single würde ich mich nicht bezeichnen«, platzte sie heraus. Sie errötete, der Champagner stieg ihr zu Kopf. Sie warf Paula einen giftigen Blick zu, als der Kellner sich entfernte.

»Was faselst du denn da?«, fragte Paula. »Der war doch süß!«

»Und so jung, dass er mein Sohn sein könnte!«, sagte Amelia. »Und ich bin kein Single. Ich weiß nicht, was ich bin. Aber mit Sicherheit schleppe ich keine Kellner ab!«

»Sehr klug«, erwiderte Paula. »Tut mir leid. Ich weiß nicht, was ich mir dabei gedacht habe.«

»Danke«, beruhigte sich Amelia.

»Wir sollten lieber einen reichen Spender für dich angeln.« Amelia sah Paula entsetzt an. »Entspann dich, war nur ein Witz«, schob Paula nach. »Sorry. Vielleicht sollte ich mit dem Schampus ein bisschen bremsen.«

»Gute Idee«, bemerkte Amelia, hielt sich aber selbst nicht daran und nahm wieder einen tiefen Zug.

»Wenn wir schon dabei sind – was ist denn jetzt mit Tom?«, fragte Paula.

»Keine Ahnung. Er ist schon eine Weile weg.«

»Habt ihr noch nicht miteinander geredet?«

»Ich will ihn nicht stören. Er ruft an, wenn er wieder da ist.« Sie lächelte kurz. »Ich habe mich gefreut, als sich herausstellte, dass er doch bei Steve wohnt.«

Paula runzelte die Stirn. »Vermisst du ihn?«

»Wir sind so lange verheiratet«, sagte Amelia. »Wir haben so viel miteinander geteilt. Ich weiß, dass er sich daneben benommen hat, aber ...« Sie brach ab. »Ja«, sagte sie stattdessen. »Ich vermisse ihn.«

»Dann sag's ihm«, riet Paula.

»Ich weiß nicht.«

»Ich bin nicht sein größter Fan, aber ihr könnt eure Beziehungspause nicht ewig ausdehnen. Ihr müsst euch mal entscheiden.«

»Vielleicht.« Der Kellner kam zurück, woran Amelia merkte, dass ihr Glas schon wieder leer war. Diesmal wich sie einem Blickkontakt aus. »Jedenfalls sollte ich jetzt los und netzwerken, und du musst dich um dein Event kümmern. Wir sehen uns später.«

Amelia lehnte den Kopf an einen wohlwollenden Baum und zog an der Zigarette, die sie von dem Kellner geschnorrt hatte. Sie rauchte eigentlich nicht, aber manchmal überkam sie das Gefühl, unbedingt eine zu brauchen, sofort, und dann fühlte sie sich wieder wie ein rebellischer Teenager. Sie entfernte sich ein wenig von dem Trubel, damit sie ihre Zigarette in Ruhe genießen konnte. Die Nachtluft war kühl und erfrischend, und sie hatte das Gefühl, sie könne gerade klarer denken als seit einer ganzen Weile.

Paula hatte recht. Sie musste Tom anrufen. Er musste kommen und Charlotte besuchen.

Und sie beide müssten reden.

Bevor sie eine Chance hatte, es sich anders zu überlegen, zog sie ihr Handy heraus, blinzelte ein wenig, weil ihr der Bildschirm so grell in die Augen leuchtete, und wählte seine Nummer.

Sie landete bei der Mailbox und hörte Toms Ansage, die sie schon so oft gehört hatte. Wenn sie ihn anrief, wann er nach Hause käme, wenn sie ihn bitten wollte, Brot zu kaufen. Wenn sie ihm sagen wollte, dass sie ihn liebte.

»Hi«, fing sie an, »ich bin's.« Sie hielt inne. »Deine Frau. Hör mal, Charlotte muss dich sehen. Es wird langsam lächerlich, dass sie so lange ohne Vater sein muss. So weit ist Schottland nicht weg, du kannst dich am Wochenende in den Zug setzen und uns besuchen.« Wieder hielt sie inne und fragte sich, warum er das nicht längst getan hatte. »Sie vermisst dich«, fügte sie hinzu. »Sie ist jetzt auf der Jagd nach diesem verschwundenen Lehrer, du weißt ja, wie sie sich in so was reinsteigern kann, aber wen sie braucht, das bist du. Sie vermisst dich.« Das hatte sie schon einmal gesagt. Vielleicht hätte sie nicht anrufen sollen, nachdem sie schon einen Drink intus hatte. Oder sechs.

»Ich vermisse dich auch.« Die Worte entschlüpften ihr wie aus eigenem Antrieb. Mist. »Oder vielleicht auch nicht. Die Pause dauert jetzt lang genug«, fuhr sie fort, ohne genau zu wissen, worauf sie eigentlich hinauswollte. »Das ist für alle verwirrend. Wir müssen uns entscheiden, wie es weitergehen soll.« Sie fühlte sich jetzt selbstsicher, nahm die Dinge in die Hand. »Ob wir Schluss machen wollen ...« Sie brach ab, Erinnerungen an gute Zeiten stürzten über sie herein. »Oder nicht. Egal, ruf mich an«, beendete sie ihre Nachricht und wünschte gleichzeitig, sie hätte ihr Handy stecken lassen. »Wir müssen reden.«

Rasch legte sie auf und sah sich nach dem Kellner um. Sie brauchte noch eine Zigarette.

14

»Da sind wir.« Grace stand vor dem Polizeirevier und fühlte sich, als sickere ihr ganzes Selbstvertrauen den nächsten Gully hinunter. Sie zauderte, hineinzugehen; andererseits hatte sie die Sache nun einmal angeleiert und käme sich vor Charlotte lächerlich vor, wenn sie jetzt einen Rückzieher machte. Der Ball war schneller ins Rollen gekommen als beabsichtigt; Ava hatte ihr am Samstag getextet, das Gespräch sei am Montagvormittag angesetzt.

Es würde schon gut gehen. Sie würden gleich Avas Bekannten treffen. Ihre Freundin hatte ihr versichert, dass er ausführlich instruiert war und gern helfen würde, und wenn nur dadurch, dass er zuhörte und Charlottes Anliegen Respekt entgegenbrachte. Wer weiß, vielleicht könnte er Mr. Brown sogar für sie ausfindig machen.

Aber als sie nun vor dem imposanten roten Backsteingebäude standen, hatte Grace kein gutes Gefühl.

»Komm, Grandma«, sagte Charlotte. »Gehen wir rein.« Sie war über das Angebot, mit der Polizei zu sprechen, überglücklich gewesen und hätte es gern auf den nächsten Tag verschoben, damit Sammy mitkommen könnte. Grace war in Versuchung gewesen, aber Ava hatte das Datum bereits fest vereinbart und fürchtete, nachträgliche Änderungswünsche könnten ungelegen kommen.

Grace folgte ihrer Enkelin, die sich fröhlich durch die Drehtür schob. Grace hatte einen Widerwillen gegen solche Türen, die die Leute, wie ihr schien, gezielt in einen Hinterhalt locken wollten. Sie entwischte auf der anderen Seite und setzte ein geschäftsmäßiges Lächeln auf, das dem Polizisten an der Rezeption signalisieren sollte, dass sie eine gesetzestreue Bürgerin sei und keineswegs hier, um die Zeit eines höheren Polizeibeamten zu verplempern.

»Wir haben einen Termin bei Kommissar Hopkins«, sagte sie. Der Mann wies auf eine Stuhlreihe, wo sie Platz nehmen sollten. Grace betrachtete stirnrunzelnd die suspekten Flecken auf dem Stoffbezug, aber da sie schon Rückenschmerzen bekam, setzte sie sich trotzdem.

»Das sind Stühle, die man nicht als Waffe benutzen kann«, rief Charlotte aufgeregt. »Schau mal, die hängen zusammen und sind außerdem am Boden befestigt, damit man sie nicht herumschmeißen kann.«

»Ach. Mein schöner Plan zunichte«, sagte Grace.

Charlotte lachte. Da fühlte sich Grace gleich entspannter und lehnte sich auf ihrem Stuhl zurück. Er war überraschend bequem.

»Ich war noch nie auf einem Polizeirevier«, sagte Charlotte.

»Ich schon«, tönte Grace mit viel Pathos und hoffte, Charlotte würde nicht weiterfragen.

»Echt?« Charlotte sah sie aufgekratzt an. »Was hattest du denn angestellt?«

Grace legte ein volles Geständnis ab: »Ich habe eine Brieftasche gefunden. Und abgegeben.«

»Ach so«, sagte Charlotte. Grace glaubte, den Mann an der Rezeption glucksen zu hören.

Sie mussten ewig warten. Es war Montagvormittag und die Leute kamen und gingen unablässig, aber niemand schien ein interessantes Problem oder Verbrechen melden zu wollen. Grace konnte sich vorstellen, wie hektisch es hier an den Freitag- und Samstagabenden zuging, und war froh, dass sie einen ruhigen Zeitpunkt erwischt hatten. Sie wünschte sich sogar, sie hätte ein Buch mitgebracht, und wollte schon vorschlagen, zu dem Zeitungskiosk an der Ecke hinüberzugehen und eine Zeitschrift zu holen, als ein junger Mann in einer schlecht sitzenden Uniform auf sie zukam.

»Grace Sayers?«, fragte er und sah sie zweifelnd an.

»Ja«, bestätigte Grace. »Bringen Sie uns zu Kommissar Hopkins?«

»Ich fürchte, er ist mit einer dringenden Angelegenheit beschäftigt«, antwortete der Mann. »Ich bin Wachtmeister Kennedy und wurde beauftragt, mich mit Ihrem Fall zu befassen.«

»Aber wir sollten doch mit Kommissar Hopkins sprechen«, wandte Grace ein. Sie hatte sich darauf eingestellt, mit einem angenehmen älteren Herrn zu plaudern, der von Ava sorgsam gebrieft worden war, was er zu erwarten hätte, der Charlotte vielleicht sogar seine Mütze aufprobieren ließe. Aber dieser Beamte hier schien nicht einmal von der Sorte Mann, die ihr einen Tee anbieten würde.

»Bitte folgen Sie mir«, forderte er sie auf.

Es blieb ihnen nichts anderes übrig. Grace holte tief Luft und stand auf. Sie dachte, sie hätte das trotz der fehlenden Armlehnen, auf die sie sich hätte stützen können, sehr würdevoll hinbekommen, doch Wachtmeister Kennedy sah sie beunruhigt an und streckte instinktiv die Hand aus, um ihr zu helfen. »Schon gut«, sagte sie und merkte dann, dass das ziemlich unhöflich geklungen hatte. »Trotzdem danke«, fügte sie hinzu.

Trotzdem. Das klang auch nicht besonders höflich. Gab es überhaupt Schlimmeres, als jemandem *trotzdem* zu danken?

»Grandma ist noch sehr rüstig«, erläuterte Charlotte ihm loyal.

Grace lächelte sie an und fragte sich, wo sie dieses Wort aufgeschnappt hatte. »Yoga 60 plus«, erklärte sie Wachtmeister Kennedy. »Sie sollten mal meinen nach unten schauenden Hund sehen.« Wachtmeister Kennedy blickte sie entgeistert an, als wüsste er nicht recht, was er mit dieser Information anfangen sollte. Grace unterdrückte ein Kichern und freute sich schon auf den Moment, wenn sie Ava diese Anekdote erzählen könnte.

»Hier hinein«, war alles, was er hervorbrachte. Er führte sie in einen kleinen Raum mit einem Tonbandgerät auf dem Schreibtisch. Sie setzten sich. Das Gerät sah aus, als stamme es aus Grace' besten Zeiten, und sie musste sich sehr beherrschen, um nicht die Hand auszustrecken und auf eine der vertrauenerweckend großen Tasten zu drücken, die dabei sicher ein sehr befriedigendes Klick von sich geben würde.

»Grandma?« Charlotte sah sie an. Wachtmeister Kennedy ebenfalls. Sie hatte sich wohl länger mit dem Tonbandgerät beschäftigt, als ihr bewusst gewesen war.

»Entschuldigung.« Grace blickte ein wenig verwirrt. »Wie war die Frage?«

Wachtmeister Kennedy entließ einen fast unhörbaren Seufzer. »Sie wollten erklären, warum Sie zu uns gekommen sind.«

»Ja«, sagte Grace. »Genau.« Sie sammelte sich kurz. »Meine Enkelin hat Anlass, sich um das Wohlbefinden eines ihrer Lehrer zu sorgen«, sagte sie. »Mr. William Brown.« Sie sah Charlotte an. »Charlotte, du hast schon viel Arbeit in die Sache investiert. Erzähl doch Wachtmeister Kennedy, was du herausgefunden hast.«

Charlotte lächelte und ergriff freudig die Chance. »Sollen wir das Tonband anschalten?«, schlug sie vor.

»Das wird nicht nötig sein.« Wachtmeister Kennedy klang leicht belustigt.

Charlotte wirkte ein wenig gekränkt.

»Ich bin sicher, Wachtmeister Kennedy wird präzise Notizen machen«, sagte Grace, die entschlossen dafür sorgen wollte, dass Charlotte alle Aufmerksamkeit bekam, die ihr zustand. »Nicht wahr?«, fragte sie den Wachtmeister sehr bestimmt.

»Selbstverständlich.« Ein wenig überrascht zog der Wachtmeister Notizblock und Kuli aus der Tasche.

Grace hörte sich Charlottes Bericht an und war wie so oft von ihrer Enkelin unglaublich beeindruckt. Sie beobachtete das Gesicht von Wachtmeister Kennedy und entdeckte die verräterische Andeutung eines unterdrückten Gähnens. Wenn sie selbst ignoriert wurde – na schön. Aber Charlotte? Das ging gar nicht. Grace begann sich zu ärgern und bemerkte dann, dass sich am Rand von Wachtmeister Kennedys Lippe ein Herpesbläschen zu bilden begann. Da tat er ihr wiederum leid. Wahrscheinlich war das Leben als junger Polizist sehr schwer, tagein, tagaus auf Streife. Sie stellte sich vor, dass sich seine Mutter die ganze Zeit Sorgen um ihn machte, bei ihr selbst wäre es jedenfalls so. Er brachte sich in Gefahr, um andere zu schützen.

Trotzdem hätte er ihr eine Tasse Tee anbieten können. Grace hatte kalte Hände. Eine heiße Tasse wäre jetzt schön, um die Finger daran zu wärmen. Was soll's. Vielleicht könnte sie mit Charlotte auf dem Rückweg zur Schule in ein Café gehen und sich und ihre Enkelin verwöhnen.

»Danke für Ihre Zeit«, sagte Wachtmeister Kennedy und begann aufzustehen, sobald Charlotte geendet hatte.

Charlotte sah Grace beunruhigt an. Grace wusste, was diese Worte zu bedeuten hatten: Sie wurden abgewimmelt. »Was werden Sie unternehmen?«, fragte sie den Wachtmeister.

»Ich habe alle nötigen Informationen«, sagte er. »Ich glaube, es gibt keinen Grund zur Beunruhigung.«

»Sie haben die Gründe gehört, die Anlass zur Beunruhigung geben«, sagte Grace. »Die Brille, der Goldfisch …« Schon beim Aussprechen dieser Worte merkte sie, wie sich das für einen viel beschäftigten jungen Polizisten anhören musste. Eine alte Frau und eine Elfjährige machten ein Drama daraus, dass ein Lehrer in Urlaub gefahren war.

»Wir wissen schon, wie wir vorzugehen haben«, fügte er mit einem Lächeln hinzu.

Aber sein Lächeln war nicht angenehm, sondern gönnerhaft. Er redete herablassend mit ihr. Und mit Charlotte.

Grace holte tief Luft. Er behandelte sie wie eine dumme alte Frau. Und das vor ihrer Enkelin. Herpes oder nicht, so was ließ sie sich nicht bieten.

»Danke«, hörte sie sich sagen. Sie erinnerte sich daran, wie sie mit den Männern verfahren war, die ihr bei der Arbeit von oben herab gekommen waren. »Aber ich würde doch gern genauer wissen, wie Sie weiter vorzugehen gedenken.«

»Nun ja …«, murmelte Wachtmeister Kennedy, sichtlich überrascht, dass sie ihm so auf die Zehen trat. »Wir werden …«

»Ich habe einen Vorschlag«, unterbrach ihn Grace. »Wenden Sie sich an die Schulleitung. Dann wird sich ja zeigen, ob Sie dort mehr erfahren, als man Charlotte und mir gesagt hat. Als nächstes sollten Sie bei seinen Verwandten nachforschen, ob sie von ihm gehört haben. Wir müssen feststellen, ob er wirklich als vermisst gelten muss, oder ob er absichtlich eine Auszeit nimmt. Dann können Sie gegebenenfalls von einem Vermisstenfall ausgehen und mit entsprechenden Ermittlungen beginnen.« Sie hatte auf Amelias Laptop ein wenig im Internet recherchiert. »Und dann kann ich meinem guten Freund Kommissar Hopkins erzählen, welche ausgezeichnete Arbeit Sie leisten.« Letzteres war künstlerische Freiheit, aber das brauchte Wachtmeister Kennedy nicht zu wissen.

Grace hielt inne und holte tief Luft. Der Polizist und Charlotte starrten sie beide an.

»Vielleicht sollten Sie sich alles aufschreiben«, regte Charlotte an. »Auf Ihrem Notizblock.«

Grace ging neben Charlotte, die sich darauf konzentrierte, nicht auf die Ritzen im Pflaster zu treten; sie machte unregelmäßige Schritte und immer wieder kleine Sprünge und Hüpfer. Auch Grace war beim Gehen auf der Hut, allerdings vor unebenen Platten, die zur Stolperfalle werden und jenen Sturz herbeiführen könnten, vor dem sie sich geradezu paranoid fürchtete. Aber wie sie sich kannte, käme ihr Verhängnis letztendlich in Gestalt einer Bananenschale, auf der sie so lächerlich ausrutschen würde wie sonst nur Comicfiguren.

»Glaubst du, dass er das alles machen wird?«, fragte Charlotte.

»Das will ich doch hoffen«, erwiderte Grace.

»Seine Angehörigen zu befragen ist eine gute Idee«, sagte Charlotte. »Das würde ich gern selbst übernehmen.«

»Wir sollten seine Familie nicht belästigen«, sagte Grace entschieden. »Das überlassen wir lieber der Polizei. Du solltest auf keinen Fall allein mit Fremden reden.«

»Och …«, sagte Charlotte kläglich. »Aber …« Sie brach ab und latschte absichtlich auf eine Spalte zwischen den Platten.

Grace dachte kurz nach. Sie konnte natürlich nicht erlauben, dass ihre Enkelin sich in Gefahr brachte. Aber solange ihre Ermittlungen harmlos waren, war die Sache doch in Ordnung?

»Wie wär's, wenn du deine Klassenkameraden befragst?«, schlug sie vor. »Und herausfindest, ob jemand mehr über Mr. Brown weiß?«

Charlotte lächelte. »Ja«, sagte sie und begann wieder um die Spalten herumzuhüpfen. Grace beneidete sie ein wenig um ihre jugendliche Beweglichkeit. »Daran habe ich auch schon gedacht. Morgen, wenn Sammy wieder da ist, werden wir alles über Mr. Browns Gewohnheiten rauskriegen. Wir wissen schon, dass er nicht raucht.«

»Und ich kann noch einmal in der Schule nachfragen«, erbot sich Grace. »Vielleicht sollte ich mich diesmal direkt an Mrs. Varga wenden, und zwar persönlich. Für den Fall, dass Wachtmeister Kennedy nicht dazu kommt.«

»Okay«, sagte Charlotte. Sie blieb stehen und sah ihre Großmutter an. »Glaubst du, dass ihm was Schreckliches passiert ist?«

»Das halte ich für unwahrscheinlich«, sagte Grace. »Aber wir werden der Sache schon auf den Grund kommen. Wir beide.«

Die Wahrheit herausfinden. Das war es, was sie alle nötig hatten.

Grace beschloss, mit Amelia über Tom zu reden. Sie wusste, dass er mit Charlotte ab und zu telefoniert hatte, aber er sollte seine Tochter verdammt nochmal endlich besuchen kommen.

Darauf würde sie bestehen.

Nein, »darauf bestehen« könnte sie nicht. Dazu hatte sie kein Recht.

Sie könnte es vielleicht vorschlagen. Hmm. Das war die todsichere Methode, um ihre Tochter davon abzubringen.

Vielleicht müsste eine Andeutung genügen.

Wenn sie den Moment geschickt wählte.

»Bye, Grandma«, sagte Charlotte am Schultor. »Hab dich lieb.« Sie umarmte Grace rasch.

Grace sah zu, wie Charlotte in das Schulgebäude trat, dann drehte sie sich um und ging nach Hause. Sie spürte noch den Nachklang der Umarmung, ein warmer Kreis, der ihren Körper umfing. *Hab dich lieb.*

Amelia stellte die schwere Einkaufstasche auf der Arbeitsfläche ab. Sie fand, sie habe eine Belohnung verdient, nachdem sie sich am Montagabend, an dem immer viel los war, durch den Supermarkt gequält hatte. Sie zog den Wein aus der Tasche, den sie in letzter Minute in den Wagen gelegt hatte, machte ihn auf und goss sich ein großes Glas ein.

Jetzt war sie so weit.

»Bist du sicher, dass du keine Hilfe brauchst?« Grace streckte den Kopf zur Tür herein.

»Ich koche nur ein Gemüsecurry«, sagte Amelia. »Das schaffe ich allein.«

»Was du alles kannst«, bewunderte Grace sie. »Ich wüsste nicht, wo ich anfangen sollte.«

»Ich fange damit an, das hier aufzumachen.« Amelia nahm das Glas mit der fertigen Currysauce in die Hand. »Dann schneide ich verschiedenes Gemüse klein und lasse es in der Sauce schmoren, schiebe die Naans in den Ofen und fertig.«

»Willst du die Möhren nicht erst schälen?«, schlug Grace vor, als Amelia sich ungeschickt abmühte, sie mit Grace' bestem Messer zu zerkleinern.

»So ist es authentischer«, sagte Amelia.

»Wirklich?«, fragte Grace.

»Keine Ahnung.« Amelia warf ihrer ein wenig verwirrt dreinschauenden Mutter einen schrägen Blick zu, dann fingen sie beide an zu kichern.

»Du hast einen langen Tag hinter dir«, sagte Grace. »Vielleicht kann ich deine Küchenhilfe sein?« Sie band sich die Schürze um. »Du gibst mir Anweisungen und ich befolge sie.«

»In Ordnung«, sagte Amelia. Sie trank einen Schluck Wein. »Dann fang mal damit an, die Möhren zu schälen.«

»Gut«, sagte Grace. Sie hatte alle fünf geschält, bevor Amelia das restliche Gemüse ausgepackt hatte.

»Angeberin«, sagte Amelia. »Ein Glas Wein?«

»Ich glaube nicht, dass die Küchenhilfe bei der Arbeit trinken sollte«, erwiderte Grace.

»Wir müssen dich ausbremsen.« Amelia lächelte. »Sonst schnappst du mir noch meinen Job weg.«

»Na, wenn das so ist ...«, sagte Grace. Amelia goss ihrer Mutter ein Glas Wein ein und reichte es ihr. »Wie bist du eigentlich auf die Idee gekommen, heute zu kochen?«, fragte Grace.

Amelia dachte kurz nach. Sie wollte nicht sagen, dass ihr zum Hals heraushing, was ihre Mutter kochte. Es war schon gut, aber nach einer Weile sehnte sie sich nach Würzigerem. Und sie fühlte sich wie eine bessere Mutter, wenn sie für ihre Tochter und sich selbst gesundes Essen auf den Tisch brachte. Eine Frau, die auch als Alleinerziehende die Lage meisterte. Tom hatte nicht zurückgerufen.

»Das ist nur ein Dankeschön«, sagte sie stattdessen. »Es ist sehr nett von dir, uns aufzunehmen.«

»Das ist mir doch ein Vergnügen«, platzte Grace heraus. »Und Charlotte macht dir alle Ehre ...«

Amelia hörte zu, wie Grace ihre Tochter in höchsten Tönen lobte. Sie bekam nie genug davon, von Charlottes Talenten und ihren vielen liebenswerten Eigenschaften zu hören, vor Freude und vom Wein wurde ihr ganz warm.

»Ich werde sie auffordern, dir von unserem Besuch bei der Polizei heute Vormittag zu berichten«, fuhr Grace fort.

»Besuch bei der Polizei?«, hakte Amelia nach.

»Ich hab's dir doch erzählt, erinnerst du dich nicht?«, sagte Grace, doch ihre Stimme verriet leisen Zweifel. »Kommissar Hopkins? Ich bin sicher, dass ich dir von ihm erzählt habe, aber bei meinem Gedächtnis ...«

Der Name sagte Amelia nichts, aber sie schaltete oft ab, wenn ihre Mutter redete, eine Kunst, die sie schon als Teenager perfektioniert hatte. Als sie sah, dass Grace sich Sorgen zu machen begann, nickte sie. »Ach doch, natürlich«, sagte sie. Sie nahm eine Knoblauchzehe und versuchte sie, mit den Fingernägeln zu schälen. Der Knoblauch leistete Widerstand.

»Kann ich helfen?«, fragte Charlotte, die in die Küche kam. »Wir könnten doch alle zusammen kochen?«

Darauf würde es wohl hinauslaufen. Amelia empfand einen Moment lang inniges Wohlbehagen.

»Nur, wenn du deine Hausaufgaben fertig hast«, sagte Grace mit einem Blick auf Amelia.

»Hab ich.«

»Na, dann komm«, sagte Amelia. »Du kannst den Knoblauch schälen.«

»Da gibt es einen Trick«, sagte Grace, nahm eine Knoblauchzehe und schlug sie mit der flachen Messerklinge platt. Amelia fuhr vor Schreck zusammen, aus ihrem Glas schwappte ein bisschen Wein über.

»Sachte, Mum«, sagte sie. »Ich hab fast einen Herzinfarkt gekriegt.«

»Es hat geklappt«, sagte Charlotte, die zusah, wie die Schale abging.

»Deine Grandma ist eine Frau mit vielen Talenten«, erklärte

Amelia. Der Wein begann zu wirken und sie spürte, wie sie sich entspannte. »Erzähl mir doch von diesem Besuch bei der Polizei.«

Sie hörte zu, wie Charlotte ihr mit Feuereifer die Ereignisse des Vormittags schilderte. Ihr Blick flackerte gelegentlich zu Grace hinüber, die sich beim Zwiebelhacken sichtlich abmühte, nicht vor Stolz zu platzen. Amelia erinnerte sich nicht, dass sie diesen Mr. Brown schon mal gesehen hatte; die Frage nach seinem Verbleib schien jedenfalls einen Großteil von Charlottes Energie zu beanspruchen.

Aber sie wusste, was hinter diesem plötzlichen Interesse an einem Lehrer steckte, der von der Bildfläche verschwunden war.

Tom.

Charlottes durch Abwesenheit glänzender Vater.

Sie packte eine Zucchini und hackte sie angriffslustig in Scheiben. Eigentlich hatte sie erwartet, er würde sie nach ihrer Nachricht sofort zurückrufen. Sie konnte sich nicht genau erinnern, was sie alles gesagt hatte, aber es schmerzte sie tief, dass er so gar nicht darauf reagierte. Sie hackte weiter auf die Zucchini ein und wartete auf eine Pause in Charlottes Bericht.

»Und jetzt wollen wir die anderen Kinder an der Schule befragen«, endete Charlotte. »Weil Grandma sagt, Gespräche mit Fremden müssen wir der Polizei überlassen.«

»Da hat sie wirklich recht«, sagte Amelia. »Sicherheit ist oberstes Gebot.« Sie hielt inne, aber ihr fiel nichts ein, wie sie die Unterhaltung geschickt auf Charlottes Vater lenken könnte. »Hast du von Dad gehört?«

»Wir haben vor zwei Tagen miteinander telefoniert«, sagte Charlotte. »Er hat gesagt, er hat wahnsinnig viel Arbeit.«

Amelia biss die Zähne zusammen. »Für dich hat er immer Zeit«, entgegnete sie und beschwor mit ihrer ganzen Willenskraft, dass das auch stimmte. »Das weißt du.« Sie kämpfte mit dem Saucenglas und bekam es endlich auf, nachdem sie es einige Male fest auf die Arbeitsfläche geklopft und den Deckel mit einem Spültuch umwickelt hatte. Prüfend schnupperte sie an dem Inhalt. »Ich rede mit ihm«, sagte sie. Diesmal komplett nüchtern, beschloss sie im Stillen. »Und mache was mit ihm aus. So weit ist Schottland auch nicht weg. Da kann er mal zu Besuch kommen.«

Charlotte sagte nichts darauf und es brach Amelia das Herz, wie stoisch ihre Tochter sich gab. Verdammter Tom und seine Dummheit. Sein Egoismus. Nach allem, was seine Fehler die Familie gekostet hatten, war er zu feige, um seine Tochter zu besuchen. Sogar zu feige, um mit seiner Frau zu telefonieren.

Charlotte wechselte das Thema. »Hab ich vor dem Abendessen noch Zeit, Sammy anzurufen?«, fragte sie. Sehr gut, dachte Amelia, sonst würde sie womöglich noch mit Gehässigkeiten über Tom herausplatzen, die sie dann bedauern würde. »Sammy hat alles verpasst, weil er einen Kliniktermin hatte.«

»Wenn du's kurz machst«, sagte Amelia, obwohl sie keine Ahnung hatte, wie lange das Gemüse noch garen müsste. Grace hatte verstohlen die Regie übernommen und Amelia fiel auf, dass die Zucchini und das Messer nun außerhalb ihrer Reichweite lagen.

»In zehn Minuten ist alles fertig«, sagte Grace und roch skeptisch an der Sauce. »Das ganze Glas?«, fragte sie.

»Ich glaube schon«, sagte Amelia. Sie nahm ihrer Mutter das Glas ab und kippte den Inhalt in einem Schwapps in den Topf. Sofort verbreitete sich in der Küche ein üppiger, würziger Duft, der sie nach London zurückversetzte, wenn sie die Behälter ihres Lieblings-Takeaways öffnete und Tom dazu den Wein einschenkte.

Aber sie war nicht in London. Sie hielt inne und erwartete, dass sie traurig werden würde. Oder wütend. Doch die Wut wich bereits anderen Gefühlen. Amelia merkte, dass sie es genoss, für ihre Familie zu kochen, gemeinsam mit ihrer Mutter und Tochter.

Vielleicht war alles doch nicht ganz so schlimm.

»Jetzt«, sagte Charlotte am Dienstag in der Mittagspause. »Jetzt ist der Moment da. Für die Interviews.« Sammy nickte. »Wir fragen als Erstes die anderen aus unserer Klasse. Ich befrage die Mädchen«, sagte sie, hin- und hergerissen zwischen Aufregung und Angst, aber gestärkt von den überraschend köstlichen Erdnussbutter-Bananenbroten, die ihre Großmutter ihr zum Mittagessen gemacht hatte. »Du übernimmst die Jungs.«

»Aber die spielen Fußball.«

»Dann spiel mit«, forderte Charlotte ihn auf. »Nur ganz kurz«, schob sie nach, als sie sah, wie Sammy das Gesicht herunterfiel. Dann ließ sie sich erweichen. »Oder wir reden beide morgen mit ihnen, wenn sie an der Essensausgabe anstehen?«

Sammys Miene leuchtete auf. »Viel bessere Idee.« Nach einer Pause fuhr er fort: »Aber ich geh zu Kaval rüber und frag den.« Er deutete auf den trübsinnig auf einer Bank sitzenden Jungen, der die Fußballspieler nicht aus den Augen ließ. »Solange er noch ein gebrochenes Bein hat.«

»Super«, sagte Charlotte, doch Sammy schlenderte bereits zu ihm hinüber. Sie zog ihr Notizheft heraus, um die Antworten der Mädchen aufzuschreiben, dann befürchtete sie, sie würde damit peinlich aussehen und steckte es wieder in die Tasche. »Ich schaffe das«, redete sie sich selbst gut zu und merkte dann, dass sie laut gesprochen hatte. Rasch sah sie sich um, ob jemand sie gehört hatte. Eine Taube blickte sie missbilligend an, watschelte dann zu einer Pfütze und trank das schmutzige Wasser. Charlotte riss ihren Blick von der Taube los und richtete ihn wieder auf die Gruppe der Mädchen. Sie hatten vier Bänke zu einem Quadrat zusammengestellt, damit sie sich alle ansehen konnten. Das wirkte so unzugänglich wie eine Wagenburg.

Trotzdem musste sie es versuchen.

»Hallo«, sagte sie und ging hinüber.

Niemand drehte sich um. Vielleicht hatte sie nicht laut genug geredet. Sie hüstelte demonstrativ und versuchte es noch einmal. »Hallo!«

Die drei Mädchen, die mit dem Rücken zu ihr saßen, drehten sich um, andere wandten den Blick zu ihr. »Hallo«, begrüßte Erica sie freundlich. Sie war ein schmächtiges Mädchen mit unzähligen Sommersprossen. »Wie lebst du dich denn ein?«

»Super«, antwortete Charlotte überrascht. »Ich bin jetzt schon über einen Monat hier.«

»Du heißt Charlotte, stimmt's?«, übernahm Nia das Gespräch. »Anne-Marie, rutsch mal ein Stück, damit Charlotte Platz hat.«

»Oh, danke«, Charlotte lächelte und setzte sich hin.

»Wir haben gerade darüber geredet, was gestern in *Love Shack* passiert ist«, sagte Nia. »Hast du das gesehen?«

Das war ein Test, und Charlotte sank das Herz. Sie hatte die Serie schon ewig nicht mehr geguckt und las stattdessen lieber über Tiere. Das fand sie viel befriedigender.

Bis jetzt.

»Ich hab die letzten Episoden verpasst«, sagte sie zögernd.

»War auch ein bisschen langweilig in letzter Zeit«, meinte Erica. Charlotte lächelte sie dankbar an. »Freust du dich auf die Klassenfahrt?« Charlotte hatte kaum darüber nachgedacht, aber es war ihr nicht entgangen, dass in der Klasse viel darüber gesprochen wurde.

»Ich glaube schon«, sagte sie. »Wo fahren wir denn hin?«

»Mrs. Varga will immer noch nicht damit rausrücken«, sagte Nia. »Ich glaube, nach Wales, aber Anne-Marie glaubt, dass sie sich für Somerset entscheiden.«

»Ach ja?«, sagte Charlotte, etwas Besseres fiel ihr nicht ein. Sie erinnerte sich an ihre Mission. »Ich wollte mit euch gern über Mr. Brown reden«, sagte sie. »Weil er verschwunden ist.« Sie blickte in die Runde.

Anne-Marie hatte ihre Zeitschrift weggelegt. »Er macht doch einfach Urlaub, oder?«, fragte sie.

»Das glaube ich nicht«, erwiderte Charlotte. Sie atmete tief ein und beschloss, von der Brille zu erzählen, die sie bei den Gleisen gefunden hatte, und von ihren Entdeckungen in Mr. Browns Wohnung. Als sie geendet hatte, legte sich eine Totenstille über die Mädchen. Die schienen von Charlottes Erkenntnissen viel beeindruckter als Wachtmeister Kennedy.

»Glaubst du, er ist tot?«, fragte Nia mit feuchten Augen.

»Nein«, sagte Charlotte rasch. »Also, ich weiß es nicht. Es ist alles ein Rätsel.«

Die Mädchen nickten zustimmend.

»Ich fasse es nicht, dass du seine Adresse geklaut hast und zu seiner Wohnung gegangen bist«, sagte Erica.

»Du wirst mich doch nicht verraten!« Charlotte bedauerte schon, diesen Mädchen, die sie kaum kannte, so viel preisgegeben zu haben.

»Natürlich nicht«, beruhigte Nia sie. »Das ist cool.«

Charlotte lächelte. »Sammy hat mir geholfen«, fügte sie hinzu.

»Also«, begann Nia mit dramatischer Stimme, »auch ich weiß was über Mr. Brown. Aber ich krieg 'ne Menge Ärger, wenn ihr verratet, dass ich es euch erzählt habe. Ich habe nämlich geschworen dichtzuhalten.« Sie blickte höchst selbstzufrieden drein.

Die Mädchen beugten sich vor und Nia sah sich vorsichtig um. Charlotte hielt unwillkürlich den Atem an. »Es bleibt unter uns«, zischte Anne-Marie.

»Worum geht's denn?«, platzte Charlotte heraus.

»Versprecht ihr, niemandem auch nur einen Ton zu sagen?«, fragte Nia.

Alle nickten feierlich.

»Gut«, begann sie. »Ich weiß, dass es wahr ist, weil die Lutscherverkäuferin es Rebecca erzählt hat, die im Supermarkt mit Asha arbeitet, meiner Schwester. Die jobbt da, weil sie im Herbst zur Uni geht und dafür sparen möchte.« Alle sahen sie an. Sie dämpfte die Stimme zu einem Flüstern, ihre Augen bekamen dieses besondere Leuchten, das sich immer einstellt, wenn etwas Geheimes weitergetratscht wird. »Mr. Brown hatte eine Affäre.«

Die Mädchen sogen kollektiv die Luft ein.

»Mit ...« Sie brach ab, um die Dramatik zu steigern. »Jetzt müsst ihr raten.«

»Ist es eine von den Lehrerinnen?«

»Nicht so direkt.«

Alle sahen einander an.

»Miss Conti«, verkündete Anne-Marie. »Die Schulsekretärin. Sie ist die einzige unverheiratete Frau unter vierzig.«

Nia nickte. »Auf Anhieb getroffen«, sagte sie.

»Sie ist sehr hübsch«, sagte Erica.

»Na, Mr. Brown sieht auch ganz okay aus«, sagte Anne-Marie. »Für einen Lehrer.«

»Die haben sich getrennt«, sagte Nia. »Hat meine Schwester erzählt. Und deshalb ist Mr. Brown verschwunden.«

»Leute verschwinden nicht, wenn sie sich trennen«, wandte Anne-Marie ein.

»Mein Dad schon«, sagte Charlotte. Das entschlüpfte ihr, bevor sie zum Denken kam. Die anderen Mädchen sahen sie an. Charlotte versuchte, die Sache mit einem Lachen abzutun, aber es wurde mehr ein Schnauben daraus. Da spürte sie Ericas Hand auf ihrem Arm.

»Nicht vergessen!«, sagte Nia streng. »Kein Wort zu niemand.«

Sammy zählte natürlich nicht. Charlotte erzählte ihm alles, sobald sie ihn sah, und jetzt standen sie draußen vor der Schule und warteten, dass Miss Conti das Büro verließ.

»Was ist eigentlich der Plan?«, fragte Sammy.

»Wir folgen ihr natürlich«, sagte Charlotte. »Vielleicht führt sie uns direkt zu Mr. Brown.«

»Ich dachte, sie hätten sich getrennt.«

»Ich glaube nicht, dass Nia so viel weiß, wie sie behauptet.« Charlotte dachte an Nias boshaften Gesichtsausdruck, als sie den Klatsch verbreitete. »Vielleicht hat sie sich manches nur ausgedacht.«

»Dann wissen wir also nicht einmal, ob es stimmt.«

»Da ist sie«, sagte Charlotte. Beide sahen zu, wie Miss Conti aus dem Schultor trat, sich rasch umsah und eine Zigarette anzündete. Dann winkte sie der Lutscherverkäuferin zu und überquerte die Straße. »Ihr nach, dann sehen wir schon, was passiert.«

Sie eilten so dicht, wie sie es nur wagten, hinter ihr her. »Ich wünschte, wir wären verkleidet«, sagte Charlotte. »Das müssen wir uns für nächstes Mal merken.«

»Ich könnte als Lokführer kommen«, sagte Sammy. »Mit der Mütze, die du mir geschenkt hast. Die wäre perfekt.«

Für ihre High Heels machte Miss Conti ziemlich Tempo. Plötzlich drehte sie sich um. Charlotte und Sammy stürzten zum nächstbesten Versteck, Charlotte hinter einen Baum, Sammy hinter eine Mülltonne.

Als Miss Conti weiterging, sagte Charlotte: »Ich glaube nicht, dass sie uns gesehen hat.« Sie stellte fest, dass ihr die Verfolgungsjagd Spaß machte. »Aber warten wir noch ein bisschen, nur für den Fall.«

»Du hast gut reden«, sagte Sammy und kroch hervor, »aber bei mir stinkt es.« Er machte eine Pause. »Oh, jetzt sind sie zu zweit. Ein Mann ist bei ihr.«

Charlotte sprang hinter dem Baum hervor. »Mr. Brown?«, fragte sie.

Sie spähten nach vorn. Miss Conti hielt den Mann an der Hand gefasst, aber beide wandten ihnen den Rücken zu.

»Das kann ich nicht erkennen«, sagte Sammy.

»Komm«, drängte Charlotte. »Ihnen nach!«

Drei Straßen weiter waren sie immer noch nicht schlauer. Es wurde langsam dunkel; Miss Conti und ihr Freund hatten den Stadtrand erreicht und bogen in eine schmale Gasse. Charlotte bemerkte einen Fuchs, der hinter einer Mülltonne hervorlief, sie einen Moment lang ansah und dann unter einem Auto verschwand.

»Ich glaube nicht, dass er es ist«, sagte Sammy, als sie an der Einmündung zu der Gasse standen. »Das ist der falsche Mantel.«

»Vielleicht hat er sich einen neuen gekauft«, meinte Charlotte. Aber so dringend sie ihren Lehrer auch finden wollte, sie fände es ein wenig enttäuschend, wenn er die Schule bloß einer Freundin wegen verlassen hätte. »Wir müssen näher ran«, sagte sie. »Komm, Sammy.«

»Die werden uns bemerken, wenn wir ihnen da lang folgen.«

»Nein, werden sie nicht«, widersprach Charlotte. »Wenn du dich lautlos bewegst.«

Sie schlichen um die Ecke und sahen, wie Miss Conti und der Mann einander leidenschaftlich küssten.

Miss Conti löste sich abrupt und blickte Charlotte unmittelbar in die Augen. »Spionierst du mir nach?«, fragte sie. Der Mann trat zurück.

Es war nicht Mr. Brown.

Aber er war wütend, sein Gesicht lief rot an. Charlotte fielen seine kräftigen Muskeln auf und das Tattoo eines Schädels auf dem Handrücken.

Sie drehte sich um und rannte los.

Sie war schon wieder auf der Highstreet, als ihr etwas bewusst wurde.

Sammy war nicht bei ihr.

15

Grace stellte Sammys kostbare Schachtel vor sich auf die Werkbank. Auf dem Karton war ein Zug mit Güterwaggons abgebildet, der durch die Landschaft raste. Ein Spur-00-Modell, 76-mal kleiner als die Wirklichkeit, im Vereinigten Königreich die gängigste Größe und als Startset eine gute Wahl.

Sie selbst hatte immer mit Spur 0 gearbeitet, im Maßstab 1:43. Dieses Format war nicht so üblich, das Zubehör nicht so leicht erhältlich, aber ihr gefiel, dass alles größer war. Da konnte man mehr Details unterbringen. Den Gesichtsausdruck der Leute variieren, die Läden mit mehr Einzelheiten ausgestalten. Von der robusteren Mechanik ganz zu schweigen.

Grace atmete tief ein und ließ den Inhalt der Schachtel vorsichtig herausgleiten. Sie prüfte erst alle Schienenstücke, ob die Laschen in Ordnung waren. Saßen sie ein wenig zu locker, dann ließen sich die Schienen nicht gut miteinander verbinden und es konnte kein Strom fließen.

Alles bestens. Das war selten. Wenn mit einer Eisenbahn oft gespielt wurde, lockerten sich oft die Laschen. Dieses Set war offensichtlich nicht viel benutzt worden, war dem Kind vielleicht von einem allzu begeisterten Vater aufgedrängt worden.

Unsinn, alle Kinder liebten Eisenbahnen. Sogar Amelia hatte sich eine Weile dafür interessiert. Die Magie der Bewegung zog jeden Zuschauer in einen Bann, dem schwer zu widerstehen war.

Grace baute die Schienen auf der Arbeitsfläche zu einem

perfekten Oval zusammen, stellte die kleine Lokomotive darauf und steckte den Transformator ein. Langsam drehte sie den Strom an.

Nichts.

Sie kontrollierte die Stromversorgung vom Transformator bis zum Regler. Alles in Ordnung. Dann weiter vom Regler bis zum Schienenanschluss. Auch in Ordnung.

Es musste an der Lok selbst liegen.

Sie griff zum Schraubenzieher und löste vorsichtig die Schräubchen, um das Innenleben der Lok zu untersuchen. Die Mechanik unterschied sich von ihren eigenen Zügen. Mit gerunzelter Stirn starrte sie eine Weile darauf und bog dann mit der Pinzette an einigen Stellen herum.

Sie stellte die Lok wieder auf die Schienen.

Nichts.

Grace biss die Zähne zusammen. Sie war entschlossen, diesen Zug zum Laufen zu bringen.

Ihr wurde ganz flau bei dem Gedanken, Sammy zu enttäuschen. Sie betrachtete die Lok eine Weile und beschloss, weitere Tests durchzuführen.

Tests. Obwohl dieses Wort in ihrer Schulzeit und später in der Arbeit häufig gefallen war, musste sie dabei immer an einen speziellen Schwangerschaftstest denken. Zu ihrer Zeit war das komplizierter, als auf einen Papierstreifen zu pinkeln. Als sie glaubte, mit Amelia schwanger zu sein, war sie zum Arzt gegangen, aber beim zweiten Mal hatte sie, nachdem zweimal die Periode ausgesetzt hatte, einen Selbsttest gekauft.

Das Ganze sah aus wie ein kompliziertes Chemie-Experiment, aber das Ergebnis war eindeutig.

Sie fand es zunächst unerträglich, alles noch einmal durchzumachen: die Schwangerschaft, den Schlafentzug. Und dann den Winzling bald verlassen zu müssen, um wieder zur Arbeit zu gehen.

Aber Jonathan war außer sich vor Freude, als sie es ihm erzählte. Er hatte sie überzeugt, dass es funktionieren würde. Diesmal wüssten sie, was sie taten. Hätten keine unrealistischen Erwartungen, nicht mehr diese Angst, ob sie überhaupt fähig wären, das kostbare kleine Wesen am Leben zu erhalten. Sie hatten es ja schon einmal geschafft, und wie großartig war Amelia!

Sie würden es ein zweites Mal schaffen.

Grace war nicht ganz so sicher, aber Jonathan führte das auf die Extralast zurück, die sie als Frau tragen müsse. »Sobald das Baby geboren ist, übernehme ich wieder«, versprach er. »Das wird wunderbar. Und stell dir vor, wie begeistert Amelia sein wird, dass sie ein Geschwisterchen bekommt.«

Grace hebelte vorsichtig das Fahrgestell samt Motor aus der Karosserie. »Da haben wir's«, sagte sie zu der Lok. »Da liegt der Hund begraben.« Mit der Pinzette löste sie vorsichtig das schadhafte Zahnrädchen. Die Zähne waren abgenutzt. In ihrem Lager hatte sie zahllose winzige, sorgsam beschriftete Schubladen. Ersatzarme für ihre Leute, Einzelschafe für den Bauernhof und die verschiedensten Bauteile für ihre Züge, für die Beleuchtung, für die Geräuscheffekte.

Aber natürlich nichts in Spur 00.

Grace lächelte. Ein Gedanke in ihr nahm Gestalt an, der vielleicht sogar noch besser wäre, als Sammys Zug einfach zu reparieren und zurückzugeben.

Charlotte kehrte um und rannte wieder zurück, aber ihre müden Beine wollten nicht mehr so schnell wie sie.

An der Ecke zur Gasse blieb sie stehen. Es roch würzig und exotisch aus dem indischen Restaurant, dessen Hinterausgang zur Gasse hinausführte.

Die Gasse selbst war menschenleer.

Dann hörte sie ein Klappern. Ein zweiter Fuchs tauchte aus einer umgestürzten Mülltonne auf und starrte sie vorwurfsvoll an, ein halbes Naan-Brot im Maul.

Charlotte sah die Mülltonnen an, und eine furchtbare Angst stieg in ihr auf. »Sammy!«, schrie sie in heller Panik. Der Fuchs rannte davon. Sie hätte sich früher nach Sammy umdrehen sollen, sich vergewissern sollen, dass er ihr folgte. Dieser Mann, dieser wütende Mann hatte ihn bestimmt geschnappt.

Und jetzt war er weg.

»Hier bin ich!« Sammy streckte den Kopf hinter einer Mülltonne hervor. Er hatte sich dort hingekauert. »Hast du den Fuchs gesehen? Ich wusste nicht, dass Füchse so gern Currys fressen.«

»Gottseidank lebst du noch«, stieß Charlotte hervor und schlang die Arme um ihn. »Ich dachte schon ...«

»Du bist einfach davongerannt«, maulte Sammy. »Und hast mich meinem Schicksal überlassen.«

»Ich dachte, du wärst hinter mir.« Charlotte ließ ihn wieder los. »Wirklich, das musst du mir glauben.«

»Klar, glaub ich dir.« Sammy grinste. »War doch nur Spaß.«

Charlotte lächelte ihren Freund an und spürte die Last der Schuldgefühle von ihren Schultern abgleiten. »Was ist passiert?«

»Der Mann, den wir verfolgt haben, war ziemlich sauer. Er hat gesagt, das ist ein Übergriff auf Miss Contis Privatsphäre. Dann sind sie weggegangen. Ich hab mich hier hingesetzt und einen kleinen Atemzug aus meinem Inhalator genommen, dann hab ich auf dich gewartet und den Fuchs beobachtet. Ich wusste, dass du zurückkommst.«

»Alles okay mit dir?«

»Alles gut.« Er grinste. »Immer machst du dir Sorgen.«

»Stimmt doch gar nicht.« In Sammys Gegenwart verflogen ihre Ängste. Sie setzte sich neben ihn. Es roch wirklich lecker und würzig hier, nach Bananen und genau wie ihr Abendessen gestern. In der Nähe blies die laut surrende Klimaanlage heiße Abluft heraus. »Und was schließen wir aus dem Vorfall?«

»Sieht nicht so aus, als hätte Mr. Brown eine Affäre mit Miss Conti.«

»Oder doch«, erwiderte Charlotte, »und der Mann ist auf ihn losgegangen.«

Sie sahen einander an. »Er war schon ziemlich aggressiv«, sagte Sammy. »Dabei sind wir ihm doch nur gefolgt.«

»Wir werden weiter ermitteln müssen. Die Sache spitzt sich zu.«

»Na, ihr beiden, seid ihr schon aufgeregt?«, fragte Grace am nächsten Tag. »Ich bin sicher, unser Ausflug wird euch gefallen.« Sie hatte Sammy und Charlotte in ihrem klapprigen alten Auto von der Schule abgeholt und sogar einen Parkplatz in der Nähe der Highstreet gefunden.

»Die Tierhandlung!«, rief Charlotte mit glänzenden Augen.

»Nein«, sagte Grace rasch, »nicht heute.« Vorsichtig hob sie eine große Baumwolltasche aus dem Kofferraum und fasste dabei den Entschluss, mit Amelia über ihre neue Idee zu sprechen. Es war ihr immer noch nicht gelungen, mit ihrer Tochter ein ernstes Gespräch über Charlottes Vater zu führen, aber vielleicht wäre ein Haustier ein weniger kontroverses Thema.

»Mir nach.« Die Kinder überholten sie rasch, und sie begann über mögliche Tiere nachzusinnen. Vielleicht wäre ein Meerschweinchen oder ein Hamster gut. Sie und Charlotte hatten Rex nun einige Male ausgeführt, was viel Spaß gemacht hatte, aber Charlotte war immer so traurig, wenn sie den Hund wieder abgeben mussten.

Amelia musste einverstanden sein, aber letztlich war es Grace' Haus. Sie könnte das Haustier weiter behalten, wenn die beiden auszogen (was hoffentlich noch lange nicht geschehen würde). Dann hätte Charlotte einen Grund, sie besuchen zu kommen. Amelia würde sie zu ihr bringen, Grace würde sich wieder an einem Currygericht versuchen, und sie würden jede Woche etwas Leckeres miteinander essen und das Tier könnte die Reste fressen.

Sie musste nur noch ihre Tochter überzeugen.

Sie hörte praktisch schon, wie das Gespräch ablaufen würde: Grace würde versprechen, sich um das Tier zu kümmern, während Amelia sie finster ansähe, ganz die zweifelnde Mutter. Doch das alles wäre es wert, um Charlottes Gesicht aufleuchten zu sehen, die Augen wie zwei Scheinwerfer.

Ein Kaninchen vielleicht. Das könnte sie draußen halten. Sie traute sich durchaus zu, einen fuchssicheren Stall zu bauen. Den würde sie so weit wie möglich vom Schuppen entfernt im Garten aufstellen – ein unerträglicher Gedanke, dass das Tierchen Kabel durchnagen und Schienen zerkauen könnte.

Würde es gern frei im ganzen Garten herumhoppeln? Es kam ihr grausam vor, ihm das nicht zu erlauben, nur weil sie Angst um ihren Schuppen hatte. Ob der Mäuseschutz, den Jonathan vor Jahren für sie gebaut hatte, auch Kaninchen abhielt?

Vielleicht lieber doch kein Kaninchen. Irgendwo hatte sie gehört, dass Frettchen gute Haustiere sind. Hatte Ava ihr das erzählt? Ein seltsames Thema für ihre Freundin. War es Samir gewesen? Oder hatte sie es im Fernsehen gesehen?

»OMG!«, rief Sammy und ließ Grace komplett im Dunkeln, warum er einzelne zusammenhanglose Buchstaben hervorstieß, was sie allerdings wieder zur bevorstehenden Aufgabe zurückbrachte. »Ein Modelleisenbahnladen!«

»Grandma!«, rief Charlotte, und Grace freute sich, dass auch sie den Laden aufregend fand.

Sie standen kurz draußen, in die Auslage versunken. »Das ist eine Spur 00 wie dein Zug.« Grace deutete auf eine kleine grüne Lok. »Gehen wir rein. Toby wartet schon auf uns.«

Sie öffnete die Tür und hielt sie den Kindern auf, die sich unter ihrem Arm durchschlängelten wie kleine Maibaumtänzer. Genussvoll atmete sie die unverwechselbare Duftmischung tief ein: Kleber, Plastik und den metallisch scharfen Geruch von Elektrizität.

»Das riecht ja toll hier drinnen«, sagte Sammy, ein Echo ihrer Gedanken. »Wie im Himmel.«

»Das ist das Ozon, das von den Motoren freigesetzt wird«, erklärte Toby und trat aus dem Schatten. Er streckte die Hand aus und Sammy sah sie kurz an, bevor er sie ergriff und feierlich schüttelte. Toby schüttelte auch Charlotte die Hand und lächelte sie an. »Du hast die schönen Augen deiner Großmutter«, sagte er.

Grace warf Charlotte einen Seitenblick zu. Ihre Enkelin zog eine Augenbraue hoch, und Grace war knapp davor zu erröten.

»Na dann«, fuhr Toby fort und machte damit der Verlegenheit ein Ende. »Zeig mir doch mal den Patienten.«

»Den Patienten?«, gab Sammy wie ein Echo zurück.

»Hier ist er.« Grace nahm den Karton mit dem Zug aus der Tasche. »Ich habe ein kaputtes Zahnrad gefunden. Du hast gesagt, du hättest ein Ersatzteil?«

»Ich sehe kurz nach«, sagte Toby. »Schaut euch inzwischen einfach um.«

Das ließen sich die Kinder nicht zweimal sagen. Grace auch nicht.

Sie sah zu, wie die Kinder alles ringsum aufsogen wie ein Schwamm. Im vorderen Bereich des Ladens waren Musteranlagen ausgestellt, kleine Welten mit eigenen Charakteren und Himmels-Dioramen, Welten, in denen sich kleine Dramen abspielten. Grace beobachtete, wie Charlotte vor einer Szene in einem Zoo stehen blieb und den winzigen Tiger bestaunte, der dem Affengehege nebenan die Zähne zeigte. In den Zweigen eines geradezu unheimlich echt wirkenden Baums baumelte ein Affe, eine winzige Banane in der menschenähnlichen Hand.

Bananen. Die versetzten Grace mit einem Schlag in die Vergangenheit.

Sie erinnerte sich daran, wie sie versucht hatte, zermuste Banane aus den feinen Haarsträhnen auf Peters Babyköpfchen zu entfernen. »Wie ist denn das da hingekommen?«, fragte sie ihren kleinen Sohn, der ihr mit einem Glucksen antwortete und es nicht ganz schaffte, die Augen gezielt auf sie zu richten. »Du darfst doch noch nichts Festes essen.«

Amelia stand neben ihm, die Banane in der Hand wie einen rauchenden Colt. »Er mag Bananen«, sagte sie. »Da lacht er immer.«

»Du weißt doch, dass er noch nichts zu sich nehmen darf außer Milch.« Grace lächelte ihre Tochter an.

»Er hat nur dran gerochen«, schwor Amelia, »und dann wollte er die Banane als Käppi aufsetzen.«

»Du kommst zu spät zur Schule«, sagte Jonathan, und mit einem Satz war er neben seiner Tochter, hob sie schwungvoll auf den Arm und drückte sie an sich. »Und Mummy kommt zu spät zur Arbeit.« Er sah Peter an. »Und du, mein Kleiner, kommst zu spät zur Bananenkäppiparty.«

Grace hatte gelacht, ein erschöpftes Lachen. Sie hatte es schon anstrengend gefunden, ein Kind und die Arbeit unter einen Hut zu bringen, aber jetzt musste sie die Erfahrung machen, dass das ein Klacks gewesen war. Zwei Kinder brachten sie wirklich an ihre Grenzen. Sie hatte das Gefühl, sie führe ständig einen komplizierten Balanceakt aus, bei dem sie mit ständigem Zuspätkommen und schlaflosen Nächten jonglieren musste, immer am Rand der Katastrophe. Solange nichts schief ging, blieb alles irgendwie im Gleichgewicht. Aber wenn Amelia Durchfall bekam, wenn Peter zahnte und nicht mehr schlief, wenn es in der Arbeit Probleme gab und sie Überstunden machen musste, dann brach alles zusammen.

Doch wenn es glatt lief, dann kamen sie zurecht. Konnten ihr Familienleben sogar genießen, wenn auch halb übermüdet, halb im Delirium. »Jetzt komm«, sagte Grace zu Amelia, die dem entzückten Peter aufs Bäuchlein prustete. »Auf, in die Schule.«

»Keine Sorge, wir bringen sie schon rechtzeitig hin«, sagte Jonathan. »Fahr du nur zur Arbeit. Es geht nicht, dass unsere Brötchenverdienerin zu spät kommt.« Grace hatte ihn angelächelt, sich vorgebeugt und einen Kuss von ihm bekommen, der nach Bananen schmeckte.

»Igitt«, sagte Amelia.

»Hicks«, sagte Peter.

»Dann bis später«, sagte Grace. »Ich werde versuchen, pünktlich rauszukommen.«

Sie richtete den Blick wieder auf den Affen und sah sich nach Charlotte und Sammy um, die sie, wie sie plötzlich merkte, völlig vergessen hatte. Beide standen nebeneinander, in Bewunderung versunken.

»Schau dir das an!«, rief Sammy.

Die Gleise kurvten um eine Bucht herum, stiegen dann steil an und führten über die Tür, von dort wieder hinunter zu weiten Ebenen und schließlich durch einen Tunnel, bis sie in den Gängen hinten im Laden verschwanden. Dort standen Regale, in denen sich Tausende Schachteln voller Schätze stapelten.

»Ich schalte Percy mal an, wollt ihr?«, fragte Toby. »Einen Moment.«

Er tauchte kurz hinter der Theke ab, dann hörten sie es.

Ein leises Geräusch, wie fernes Pferdegetrappel. Der Zug namens Percy war zu Leben erwacht. Sammy und Charlotte drehten sich beide um und verfolgten seine Fahrt. Er puffte den steilen Hang hinauf, überquerte die Tür und sauste dann abwärts, bis er vor einem roten Signal zum Halten kam.

Grace sah Toby an. »Es macht Freude zu beobachten, welchen Spaß die beiden an den Zügen haben.«

Toby lächelte. »Nichts geht über glänzende Kinderaugen vor einer Modelleisenbahn.«

Tief in ihrem Inneren regte sich Trauer. Diese glänzenden Kinderaugen kannte sie nur zu gut.

»Du und Toby, macht ihr viel miteinander?«, unterbrach Charlotte sie in ihren Tagträumen. Ihr Blick war vom Zug zu ihrer Großmutter und Toby gewandert. Sie lächelte.

»Wir sehen uns nur im Modelleisenbahnclub«, antwortete Toby. »Und gelegentlich beim Essen mit Freunden.« Auch er lächelte. »Grace ist die beste Modellbauerin weit und breit«, erläuterte er. »Ihre Erfindungen machen einen ganz baff. Ich sage ihr immer, sie soll ihre Konstruktionen patentieren lassen.«

»Blödsinn«, wehrte Grace ab. »Was ist jetzt mit dem Zahnrad?«

»Kommt mit nach hinten«, forderte Toby alle auf. »In meiner Werkstatt ist es heller.«

Sie folgten ihm. »Dann übernehme ich mal, wenn das für dich in Ordnung ist, Sammy?«, schlug Grace vor. Sammy nickte, und alle verfolgten gebannt ihre Arbeit. »Ich entferne erst mal das Gehäuse über dem Fahrwerk«, erklärte sie. Sie fühlte sich wie eine Chirurgin. »Hier sitzt noch eine versenkte Schraube.« Sie nahm von Toby einen winzigen Schraubenzieher entgegen und löste mit ernstem Gesicht die Schraube. »Wenn das weg ist, liegt das Getriebe frei und wir kommen zu dem kaputten Zahnrad.« Sie hob es heraus und setzte vorsichtig das neue ein, dann schraubte sie die Lok wieder zusammen. »Jetzt sollte sie funktionieren«, sagte sie. »Sollen wir die Gleise aufbauen und prüfen, ob die Lok läuft?«

Toby ließ die Schienen aus der Schachtel rutschen. »So, junger Mann, jetzt musst du die Schienen sehr präzise zusammenstecken«, sagte er. »Präzision, Routine und eine plane Oberfläche. Das brauchst du als Modelleisenbahner.« Er lächelte Sammy zu, als er das letzte Schienenstück einsetzte. »So ist's gut. Du hast eine ruhige Hand.« Sammy strahlte. »Und jetzt fahr mit dem Finger die Schienen entlang. Wenn du einen kleinen Höcker spürst, sind sie nicht richtig verbunden und der Zug entgleist. Die Schienen müssen sich ganz glatt anfühlen.«

»Sie sind glatt.« Sammy konnte seine Aufregung kaum zügeln.

»Na, dann los!« Toby deutete zur Steuerung. »Schön sacht, lass sie langsam anfahren.«

Sammy drehte vorsichtig am Schalter, Millimeter für Millimeter.

Nichts passierte.

»Dreh noch ein bisschen stärker auf«, sagte Toby. »Das Lämpchen leuchtet.«

Sammy drehte weiter. Grace sank das Herz, als sich die Lok nicht von der Stelle rührte.

Sie hatte das Gefühl, sie könnte die Enttäuschung nicht verkraften.

Doch ganz plötzlich fuhr die Lok an, als hätte sie ihre Zuschauer vorher zum Narren gehalten. Grace stieß einen kleinen Schrei aus. »Gott sei Dank«, sagte sie.

Sammy drehte weiter auf und die Lok beschleunigte. Er sah Toby an.

»Gut so, lass sie nur laufen«, sagte er. Die Lok nahm immer weiter Fahrt auf, bis sie fröhlich um die Runde sauste. »Wie wär's, wenn wir jetzt auch noch die Waggons anhängen?«, schlug er vor. »Wenn du den Schalter in die andere Richtung drehst, kannst du die Lok rückwärts fahren lassen, bis sie an die Waggons stößt. Die heften sich dann an sie an. Was meinst du?«

Sammy nickte nur, es hatte ihm die Sprache verschlagen.

Grace beobachtete den Jungen, der so begeistert seinen Zug steuerte, und war hin- und hergerissen zwischen Freude und tiefer Traurigkeit. Dann spürte sie, wie sich eine Hand um die ihre schloss, und blickte nach unten. Charlotte strahlte zu ihr hoch. »Schau mal, wie glücklich Sammy ist«, sagte sie. »Danke, dass du mit uns hergekommen bist.«

»Aber gerne doch«, sagte Grace, und Freude wischte alle Trauer beiseite. Es gefiel ihr ungemein, wie sehr sich ihre Enkelin über das Glück eines anderen Menschen freuen konnte.

Charlotte war ein Schatz.

»So ein Mist«, brummte Amelia vor sich hin, als in den Lautsprechern des Zugs etwas von Verspätung genuschelt wurde.

»Was hat er gesagt?«, fragte der Unsympath neben ihr, der auf dem Tisch das halbe McDonalds-Sortiment wie ein Bankett vor sich ausgebreitet hatte. Das Töpfchen mit dem süßen Chili-Dip bedrohte Amelias Laptop.

»Verspätung«, antwortete Amelia.

»Warum das denn?«, blaffte er, als sei sie für die Verspätung verantwortlich, weil sie mehr davon mitbekommen hatte.

»Keine Ahnung«, blaffte Amelia zurück. »Blätter auf den Schienen oder so was.«

Die Stimmung im Zug, meist ein gelangweiltes Hinnehmen des Unabänderlichen, begann zu kippen. Der Zug war überfüllt, die Leute waren gereizt, der Zug stand schon seit zwanzig Minuten. Im Wagen roch es wie die saure Gurke im Burger des Mannes, vermischt mit Schweiß und unterschwelligem Zorn.

Amelia ärgerte sich besonders, weil sie das Büro bewusst früh verlassen hatte, um ein paar gemeinsame Stunden mit ihrer Tochter verbringen zu können. Stattdessen blickte sie nun angestrengt weg, wenn sich der Mann neben ihr mit Chicken Nuggets vollstopfte.

Er trank einen Schluck von seinem Softdrink und rülpste leise, ohne sich zu entschuldigen. Amelia klappte wieder ihren Laptop auf und versuchte, sich mit dem WLAN zu verbinden, das mal durchkam, mal stoppte wie ein Motorrad, das sich durch den Verkehr schlängelte.

Ihr Handy klingelte laut und aufdringlich, was ihr von einigen Mitreisenden ein genervtes Kopfschütteln einbrachte. Sie ging hastig ran und bemerkte zu spät, wer da anrief: Tom.

Einen Augenblick überlegte sie, ob sie einfach auflegen und das Handy stumm schalten sollte. Ein Gespräch mit ihrem beziehungspausierenden Ehemann war das Letzte, was sie vor allen Leuten führen wollte.

Aber wenn er über Charlotte reden wollte? Wenn er über die Nachricht reden wollte, die sie ihm auf die Mailbox gesprochen hatte?

»Hallo«, meldete sie sich knapp.

»Hi«, begrüßte er sie. »Wie geht's?«

»Gut«, erwiderte sie vorsichtig. »Und dir?«

»Die Arbeit läuft jetzt besser«, sagte er. »Es sieht wirklich ganz gut aus. Es ist noch zu früh, um was zu sagen, aber trotzdem ...«

Sie hörte ihn unbeholfen Konversation machen und bemühte sich, nicht daran zu denken, wie er immer ihren Nacken geküsst hatte. Ungebeten stand ihr ein Bild von ihm im Bett vor Augen. Sie spürte fast die Wärme seines Körpers, der sich um den ihren schlang.

Er machte einen Witz, und Amelia musste unwillkürlich lächeln. Sie drehte den anderen Pendlern den Rücken zu und sah aus dem Fenster. Der Zug fuhr jetzt wieder, und sie hatten das graue London bereits verlassen. Amelia blickte in Vorortgärten mit Trampolinen und Plastikrutschen, die der Wind umgeblasen hatte.

Familien. Gemeinsamkeit.

Sie machte einen Vorstoß. »Schön, mit dir zu reden«, sagte sie so leise, dass der Mann neben ihr es nicht hören konnte. Der haute jetzt in ein Stück Apfelkuchen rein und sie roch den Zimt, der ein süßliches Aroma in die Luft entließ.

»Ja.« Tom klang plötzlich nervös. »Geht mir auch so.«

Amelia lächelte. »Hast du meine Nachricht gehört?«

»Ja.« Er machte eine Pause. »Ich komme bald nach Hause«, sagte er. »Na ja, nicht nach Hause, aber ich kann euch besuchen. Du weißt schon, was ich meine.«

»Ja«, sagte Amelia. Endlich.

»Außerdem«, fuhr er fort, »gibt es da etwas, das ich dir sagen muss. Etwas Wichtiges.«

»Dann leg mal los«, ermutigte sie ihn. Sie hatte das Gefühl, dass sie erraten konnte, worum es ging. Es wurde auch langsam Zeit.

Fünf Minuten später beendete sie das Gespräch und steckte das Handy in ihre Handtasche. Sie klappte noch einmal ihren Laptop auf und fluchte über das WLAN.

Das hatte sie nicht erwartet.

16

Das war der endgültige Bruch. So viel war Amelia klar. Sie hatten in Trennung gelebt, aber trotzdem war es ein Schock. Sie spürte den Schmerz in ihrem Körper, als hätte Tom ihr einen Schlag in die Magengrube versetzt.

Vorbei. Für immer.

Auch als er nicht angerufen hatte, Charlotte nicht besucht hatte, sie mit seinen Schuhen genervt hatte, hatte sie tief im Innern doch immer daran geglaubt, sie würden sich wiederfinden. Er hatte einiges bei ihnen wiedergutzumachen, und sie brauchte erst einmal Abstand. Aber am meisten brauchten sie einander.

Nun nicht mehr.

Amelia saß am Küchentisch und sah ihren schwarzen Kaffee finster an. Es war noch früh, vor Sonnenaufgang, aber sie hatte nicht mehr schlafen können. Wie denn auch, da ihr die Welt um die Ohren flog?

Sie warf einen Blick auf die Uhr des Herds. Bald könnte sie duschen, ohne zu stören, ins Büro fahren und früh mit der Arbeit loslegen. Heute wollte sie nicht im Homeoffice arbeiten; sie musste sich in die Welt hinausbegeben. Weg von diesem Haus. Vielleicht könnte sie sich in der Arbeit vergessen. Sich zu vergessen war das Beste, worauf sie heute hoffen konnte.

Denn sie wollte auf keinen Fall darüber nachdenken, wie sie Charlotte die Neuigkeit beibringen sollte.

Stopp.

Wie *er* ihr die Neuigkeit beibringen sollte. Sie würde nicht zulassen, dass er sich dieser unangenehmen Aufgabe entzog. Nicht, nachdem er sie so lange angelogen hatte. Und so sinnlos. Es war doch klar, dass er es ihr irgendwann würde erzählen müssen.

Grace kam in die Küche. »Du bist ja schon mit den Hühnern aufgestanden«, sagte sie. »Wolltest du vor dem Gespräch in der Schule noch einen Schwung erledigen?«

»Welches Gespräch?«

»Na, du weißt schon, mit Mrs. Varga. Wie sich Charlotte in der Schule macht. Um elf.«

Mist. Das hatte Amelia völlig vergessen. Sie sah den Ablauf des Tages schon vor sich. Die ganze Zeit im Haus rumhängen. Den Sandwiches ihrer Mutter ausweichen. Höflichen Smalltalk mit der Lehrerin machen. Dem war sie nicht gewachsen. Nicht heute.

»Genau darüber wollte ich mit dir reden«, fuhr Grace fort. Sie klang nervös. »Bitte sag nein, wenn du nicht willst, aber ich hätte eine kleine Frage an Mrs. Varga. Es geht um diesen Lehrer, Mr. Brown, den Charlotte sucht. Ich habe ihr angeboten, dass ich mit ihrer Lehrerin darüber reden würde, und heute wäre eine gute Gelegenheit, und wenn du nichts dagegen hast, würde ich gern mitkommen ...« Sie brach ab und sah Amelia an. »Alles in Ordnung mit dir?«

»Alles gut«, sagte Amelia. Sie überlegte kurz, entdeckte den Ausweg aus der Klemme. »Mum, heute wäre es für mich wirklich wichtig, im Büro zu sein. Würde es dir was ausmachen, allein zu der Lehrerin zu gehen?« Sie dachte kurz nach. »Sie könnte mich auch jederzeit anrufen, wenn sie mit mir sprechen möchte.«

»Selbstverständlich übernehme ich das.« Grace wirkte erleichtert. »Ich glaube auch nicht, dass wir dich stören müssten. Bestimmt kann ich alles alleine klären«, fügte sie hinzu und schien sich zu freuen, dass sie das von sich behaupten konnte. »Charlotte lebt sich hervorragend ein, findest du nicht auch?«

Amelia nickte und trank noch einen Schluck Kaffee. Er schmeckte bitter, passend zu ihrer Verfassung. »Ja«, sagte sie. »Kein Grund zur Klage.« Ihre Mutter öffnete den Mund, als wollte sie noch etwas anderes sagen, für das sie noch nicht die richtigen Worte hatte. »Was gibt's denn noch?«, fragte Amelia, bemüht, keine Ungeduld zu zeigen.

»Ich habe mir Gedanken über Frettchen gemacht«, sagte Grace. Amelia sah sie stirnrunzelnd an. Es kam ihr vor, als wären seit Neuestem sämtliche Leute für die wahnsinnigsten Überraschungen gut. »Also ... ich bin neulich an der Zoohandlung vorbeigelaufen, und du weißt doch, wie sehr Charlotte Tiere liebt, und das sollen sehr saubere Tiere sein, sehr klug, und ...«

»Wir können uns kein Frettchen anschaffen«, fiel ihr Amelia ins Wort. Sie fragte sich, ob ihre Mutter nicht allmählich die Bodenhaftung verlor.

»Es müsste ja nicht unbedingt ein Frettchen sein«, fuhr Grace waghalsig fort. »Vielleicht ein Hund oder ein Kaninchen oder ...«

»Das Letzte, was ich brauche, ist die Verantwortung für ein weiteres Lebewesen«, schnitt Amelia ihr das Wort ab. Sie dachte wieder an ihr Gespräch mit Tom, und das Blut brodelte in ihr wie blubberndes Kaffeewasser.

»Ich würde mich auch darum kümmern. Das wäre für dich überhaupt keine Belastung.«

Für Amelia hörte sich ihre Mutter an wie ein bettelndes Kleinkind. »Und ob das eine Belastung wäre«, konterte sie. Sie holte tief Luft. Ihre Mutter dachte nur an Charlotte. Amelia wusste, wie sehr sich Charlotte ein Haustier wünschte. Die Stabheuschrecken waren als Test gedacht, um zu sehen, ob Charlotte der Verantwortung gewachsen war, und wenn sie ihre Sache gut machte, könnte durchaus ein Tier mit Fell und komplexeren Bedürfnissen folgen. Charlotte machte ihre Sache hervorragend, aber nun hatte sich die Situation geändert.

Und mit dem Anruf gestern Abend war noch einmal alles ganz anders geworden.

»Schon gut«, sagte Grace. »Tut mir leid.«

Amelia sammelte sich wieder. »Sag einfach noch nichts zu Charlotte, ja? Wir schauen mal, wie sich die Dinge entwickeln.« Sie redete so sanft sie konnte, merkte aber selbst, wie gekünstelt sie klang. »Danke, dass du das Gespräch in der Schule übernimmst«, fügte sie hinzu. »Das ist eine große Hilfe für mich.«

»Und dir geht's auch sicher gut?«, fragte Grace zweifelnd und legte ihrer Tochter die Hand auf die Stirn, dass sich Amelia fühlte wie eine Fünfjährige. Sie spürte richtig, wie ihre Körpertemperatur bei dem Hautkontakt in die Höhe schnellte. »Du siehst so blass aus.«

»Mir geht's prima«, betonte Amelia noch einmal und stand auf. »Ich muss nur dringend ins Büro, Schluss, aus, Ende.«

Grace sah zu, wie ihre Tochter den Kaffeerest hinunterstürzte und die Tasse ins Spülbecken stellte. Sie atmete tief ein. »Es ist ja nicht leicht«, begann sie vorsichtig im Gefühl, ihre Tochter wirklich einmal zu verstehen, »zu arbeiten und Mutter zu sein. Das ist mir auch mal so gegangen, wie du dich erinnerst.«

»O ja, ich erinnere mich«, sagte Amelia kühl. Sie sah ihre Mutter an.

In ihrem Blick lag etwas, das Grace nervös machte, aber nun hatte sie sich schon zu weit vorgewagt. »Das bedeutet, dass du nicht zu jedem kleinen Anlass da sein kannst, nicht zu jedem Elterngespräch. Aber deine Karriere ist wichtig. Und du gibst für Charlotte ein großartiges Rollenvorbild ab.«

»Was willst du damit sagen?«

»Nur, dass du alles wunderbar hinbekommst«, sagte Grace hastig. »Die vielen Dinge, die du um die Ohren hast.«

»Ich bin für Charlotte da, so viel ich nur kann«, sagte Amelia. »Sie steht bei mir an erster Stelle.«

»Ich weiß.« Grace wünschte sich, sie hätte das Kompliment, das sie ihrer Tochter machen wollte, für sich behalten. »Das sage ich ja.« Sie schwieg und spürte, wie die Spannung im Raum hochstieg wie Dampf aus dem Wasserkocher. »Du machst das viel besser als ich damals. Und schau, wie wunderbar sich Charlotte entwickelt«, sagte sie schließlich. »Du kannst stolz auf sie sein.«

Da musste Amelia doch lächeln, und Grace spürte, wie sich die Spannung langsam wieder abbaute. »Ja«, sagte Amelia. »Sie ist wirklich ein bemerkenswertes Kind.« Sie sah ihre Mutter an. »Und danke für deine Hilfe heute«, sagte sie. »Das weiß ich sehr zu schätzen.«

»Das tu ich doch sehr gerne.« Grace war erleichtert, dass sie endlich das Richtige gesagt hatte.

»Wer kann mir die Hauptstadt von Kroatien nennen?«, fragte Mrs. Varga. Sie hielt eine Stecknadel in die Luft, bereit, sie in die Europakarte zu stechen, die sie an die Wand geheftet hatte. Die Klasse blickte sie ausdruckslos an. »Ich habe es gerade gesagt, vor ein paar Minuten.« Sie legte die Nadel ab. »Hat mir überhaupt jemand zugehört?«

Niemand hatte zugehört. Die Kinder konnten sich nicht auf den Unterricht konzentrieren, weil Mrs. Varga in der Versammlung heute früh endlich das Ziel der Klassenfahrt bekannt gegeben hatte.

Seit Wochen hatten die Kinder wild spekuliert. Der heiße Favorit war Wales, wo die Klasse vor zwei Jahren gewesen war. Es gab auch Gerüchte über den Lake District, aber als die Isle of White genannt wurde, waren alle in Jubel ausgebrochen. Auf eine Insel zu reisen hatte etwas Aufregendes. Das klang fern und exotisch, auch wenn die Überfahrt über den Solent nicht einmal eine Stunde dauerte.

»Na schön.« Mrs. Varga ließ den Blick über ihre Schülerinnen und Schüler schweifen, die alle vor Aufregung tuschelten und zappelten. »Wir werden später auf Zagreb zurückkommen. Jetzt teile ich euch noch weitere Einzelheiten über unsere Reise mit.«

Sofort wurde es still. Charlotte brach mitten in der Nachricht ab, die sie Sammy schreiben wollte, und Sammy blickte von seiner Zeichnung hoch. »Wer hat eine Frage?«

Ein Wald von Händen schoss in die Höhe.

»Sammy«, sagte Mrs. Varga.

»Wie kommen wir dahin?«

»Mit dem Zug«, antwortete Mrs. Varga. Sammy strahlte. »Und dann mit der Fähre. Nia.« Mrs. Varga ging der Reihe nach vor.

»Wie viele sind in einem Zimmer?«, fragte Nia. »Denn ich will mit Anne-Marie und Erica und …«

»Es gibt keine Zimmer«, unterbrach sie Mrs. Varga. Sie schwieg einen Moment und genoss die verwirrten Blicke.

»Wo schlafen wir dann?«, fragte Marlon. »Wir brauchen doch Betten.«

»Es gibt auch keine Betten«, erwiderte Mrs. Varga. Sie lächelte. »Jetzt passt ihr aber auf wie die Luchse, was?«

Noch mehr Hände reckten sich, einige Kinder streckten sie so hoch in die Luft, dass ihr Po von der Sitzfläche abhob. Mrs. Varga legte eine Pause ein und rief niemanden auf. Charlotte fragte sich, ob sie es gern spannend machte.

Manche Kinder hielten die Spannung nicht mehr aus und riefen durcheinander.

»Wir werden erfrieren.«

»Ich schlaf nicht auf dem Boden.«

»Und wenn's regnet?«

»Beruhigt euch, alle miteinander!«, rief Mrs. Varga und setzte sich. »Wir werden zelten.«

Da schwirrten die Fragen nur so durch den Raum. Mrs. Varga hob die Hand, bis alle still waren.

»Die Zelte werden uns zur Verfügung gestellt, aber ihr müsst euch einen Schlafsack mitbringen. Diese Woche werden eure Eltern einen Brief bekommen mit einer Liste, was ihr alles braucht, dazu die Anmeldung und die Einverständniserklärung.«

Wieder schossen ein paar Hände hoch, doch Mrs. Varga wedelte sie weg. »Wir wohnen in einem Camp in der Nähe des Strands. Wir fahren im Mai und ihr werdet in euren Schlafsäcken nicht erfrieren. Die Zelte schützen euch vor Regen.« Sie sah Kaval an, der verzweifelt mit dem ganzen Arm winkte. »Lass mich raten«, sagte sie. »Toiletten? Die gibt es im Camp. Duschen auch. Ist deine Frage damit beantwortet?«

»Ja, Miss«, antwortete Kaval.

Nia streckte wieder die Hand hoch. »Wie viele sind in einem Zelt, Miss?«

Mrs. Varga blätterte in ihren Unterlagen. »Es gibt drei Viererzelte, vier Dreierzelte und ein Zweierzelt«, sagte sie. »Plus zwei Zelte für die Lehrer.« Sie machte eine Pause. »Jungen und Mädchen schlafen natürlich getrennt.«

Charlotte und Sammy sahen sich bestürzt an, dann flogen ihre Hände in die Höhe. »Keine Ausnahmen«, kam ihnen Mrs. Varga zuvor. Charlotte machte den Mund auf, um zu widersprechen. »Ihr müsst das Zelt mal mit anderen Freunden teilen«, sagte sie. »Letztlich wird euch das beiden gut tun. Ihr könnt untereinander ausmachen, wer mit wem zusammen im Zelt ist, wenn ihr das friedlich schafft. Wenn nicht, bestimme ich.«

Sammy und Charlotte begannen eindringlich miteinander zu tuscheln, während Mrs. Varga weiterredete. Auch viele andere flüsterten und die Gruppenbildung kam in Gang. Mrs. Varga merkte, dass ihre Worte völlig untergingen, und schloss einen Moment die Augen.

»Wir müssen uns was ausdenken, wie wir trotzdem ein Zelt miteinander teilen können«, zischte Charlotte mit drängender Stimme. Sie überlegte kurz. »Vielleicht sollte ich bei dir sein, falls du Hilfe mit deinem Inhalator brauchst?«

»Darauf lassen die sich nie ein.« Sammy war der reinste Trauerkloß.

Der Pausengong ging los, und alle sprangen auf.

»Komm heute Abend zu mir«, sagte Charlotte. »Dann machen wir einen Plan. Uns fällt schon was ein.«

Die Klassenzimmer sahen immer noch fast so aus, wie Grace sie aus Amelias Schulzeit in Erinnerung hatte. Tafeln und Kreide waren durch Monitore ersetzt, aber sonst hatte sich nicht viel verändert. Die Wände waren nun mit den Arbeiten anderer Kinder geschmückt, aber die Themen waren im Wesentlichen gleich geblieben. Denkmäler aus aller Welt, eine Europakarte, auf der die Hauptstädte mit Stecknadeln markiert waren. Papiervulkane, aus denen Seidenpapierlava floss. Eine Ölkatastrophe; die glatten schwarzen Köpfe von Meeresvögeln ragten traurig aus dem verdreckten Wasser.

Sogar der Geruch war noch derselbe. Tinte, Kleber, Desinfektionsmittel, und über allem der leise Geruch von weißen Bohnen in Tomatensauce aus der Schulkantine, vor dem es anscheinend kein Entrinnen gab.

»Tut mir leid, dass ich mich verspätet habe.« Mrs. Varga eilte mit gestresster Miene ins Klassenzimmer und hielt überrascht inne, als sie Grace sah. »Ist Charlottes Mutter nicht mit dabei?«, fragte sie.

»Sie hat gerade beruflich sehr viel zu tun«, antwortete Grace im Gefühl, ihre Tochter verteidigen zu müssen. »Sie hat eine leitende Position bei einer sehr wichtigen Krebshilfe-Charity.«

»Wir können einen neuen Termin ausmachen, wenn es besser passt?« Mrs. Varga schien weniger beeindruckt von Amelias Karriere als erhofft.

»Nein, das passt sehr gut«, erwiderte Grace. Sie winkte mit ihrem Block und Bleistift. »Ich schreibe mit und werde sie informieren.« Sie lächelte im Vollgefühl ihrer Kompetenz. »Sollen wir anfangen?«

»Gern«, sagte Mrs. Varga. »Noch einmal Entschuldigung für den holprigen Start«, sagte sie. »Wir sind ein bisschen unterbesetzt und eine der Vertretungslehrerinnen ist nach der Pause zu spät zurückgekommen.«

Perfekt. Grace hatte schon überlegt, wie sie das Gespräch auf Mr. Brown lenken könne. Und schon war Mrs. Varga indirekt auf ihn zu sprechen gekommen, er saß sozusagen ohne sein Wissen mit dabei. »Kein Problem«, sagte sie munter und ergriff sofort ihre Chance. »Charlotte hat mir schon erzählt, dass ein Lehrer fehlt. Mr. Brown, nicht wahr?«

»Richtig.«

»Ich hoffe, mit ihm ist alles in Ordnung?«, fragte Grace.

»Ja, es geht ihm gut.«

Grace machte eine Pause. *Gut.* Im Grunde eine nichtssagende Platitude. »Darf ich fragen, was mit ihm los war?«

»Tut mir leid.« Mrs. Varga klang eher gereizt als bedauernd. »Darüber darf ich Ihnen keine Auskunft geben.«

Eine höfliche Art, »kümmern Sie sich um Ihre eigenen Angelegenheiten« zu sagen, dachte Grace. »Selbstverständlich«, erwiderte sie. Sie durfte nicht so direkt sein.

»Und jetzt reden wir über Charlotte.« Mrs. Varga lächelte. »Ich glaube, das wird ein unkompliziertes Gespräch. Sie ist ein wunderbares Kind, sehr intelligent, wohlerzogen, und sie hat eine starke Bindung zu Sammy entwickelt. Ich glaube, es wird ihr gut tun, auf der Klassenfahrt ein Zelt mit einigen der anderen Mädchen zu teilen. Und ich hoffe auch, dass Charlotte einen positiven Einfluss auf sie ausüben wird ...«

Grace lehnte sich zurück und lächelte, während Mrs. Varga ihre Enkelin überschwänglich lobte. Ja, sie war ein intelligentes Mädchen, freundlich und eine sehr gute Schülerin. Auch Amelia war klug gewesen, aber nicht immer so fügsam, wie die Lehrer es sich gewünscht hätten. Grace war eher stolz darauf gewesen, dass ihre Tochter eine solche Unabhängigkeit im Denken zeigte und nichts mitmachte, dessen Sinn und Zweck sie nicht einsah. Das erschwerte auch Grace selbst den Umgang mit ihrer Tochter, weil sie nie in etwas einwilligte, wenn sie darin keinen Nutzen für sich sah. Trotzdem. Grace hatte immer Respekt vor Amelia gehabt, sogar in den Momenten, wenn sie sie unter Anwendung von Zwang in den verhassten Kindersitz schnallen musste.

Peter war ganz anders gewesen. Grace wusste nicht, ob das an seiner Familienposition als zweites Kind lag oder an seinem Wesen, aber er war immer zu allem bereit. Als er zu laufen anfing, verkleidete Amelia ihn gern als Prinzessin, und er drehte auf seinen stämmigen Beinchen fröhlich Pirouetten vor ihr.

Seine Leidenschaft aber war alles, was Räder hatte. Spielzeugautos, Bagger, Rettungswagen, was immer er über den Fußboden flitzen lassen konnte. Dem jagte er dann in seinem rosa Prinzessinnenkleidchen hinterher. Das machte ihn glücklich. Grace erinnerte sich noch an den Tag, als er Amelias Holzeisenbahn entdeckte, an der sie längst kein Interesse mehr hatte. Er baute einen kleinen Schienenkreis zusammen und schob den Zug stundenlang darauf herum, Grace hatte immer noch sein vergnügtes *Tschsch-tschsch-tschsch* im Ohr. Amelia nahm ihm die Eisenbahn natürlich wieder weg, obwohl sie seit Jahren nicht mehr damit gespielt hatte. Aber Peter schaffte es, sie allmählich mürbe zu machen, und die Bahn ging in seinen Besitz über.

Mrs. Varga hustete diskret. Grace merkte, dass der Husten das Ende des Gesprächs signalisieren sollte.

Von ihrer Seite aus war es noch nicht zu Ende.

»Das Gespräch mit Ihnen hat mir sehr geholfen«, sagte Grace. »Ich bin nun absolut beruhigt, und Charlottes Mutter wird es auch sein, wenn ich ihr die Informationen weitergebe.« Sie hielt inne und musterte Mrs. Vargas hübsches Gesicht. Grace war ihr das erste Mal vor zwei Monaten begegnet, als Charlotte neu in die Schule kam, aber nun sah sie stark verändert aus, um Jahre gealtert. »Ich freue mich, dass Charlotte eine so nette Lehrerin hat, die sich um sie kümmert«, fuhr Grace fort, entschlossen, wenigstens eine Kleinigkeit herauszufinden.

»Wir tun alle unser Bestes.« Mrs. Varga wirkte nun zerstreut, als dächte sie darüber nach, was als nächstes auf dem Stundenplan stand.

»Charlotte hatte Glück mit ihren Lehrern«, fuhr Grace fort. »Ich habe das Gefühl, sie konnte gleich in den ersten Wochen eine gute Beziehung zu Mr. Brown aufbauen. Er hat ihr dabei geholfen, ein Vogelbaby zu retten.«

Sie beobachtete, wie Mrs. Varga an ihrem Ehering herumdrehte. »Das sieht ihm ähnlich«, sagte sie.

»Er wirkte sehr nett auf mich.«

»Er ist ein hervorragender Lehrer«, sagte Mrs. Varga und rutschte unbehaglich auf dem Stuhl herum. Sie sah an Grace vorbei auf die Vulkane und zog die Stirn in Falten, als hätte sie gerade einen Rechtschreibfehler entdeckt.

»Es muss schwierig sein, ohne ihn zurechtzukommen«, sagte Grace, als sie sah, wie sich Mrs. Vargas Gesicht verschattete.

Jetzt hatte sie die volle Aufmerksamkeit der Lehrerin gewonnen, die Vulkane waren vergessen. »Es war hart.« Mrs. Varga richtete den Blick unvermittelt auf Grace. »Aber wir haben es geschafft.«

»Ich hoffe, es geht ihm gut«, sagte Grace.

»Er ist auf dem Weg der Besserung.« Wieder drehte Mrs. Varga an ihrem Ring. Grace bohrte nicht weiter nach, denn sie wusste aus Erfahrung, dass die Leute oft mehr sagen, als sie eigentlich wollen, um einem unangenehmen Schweigen aus dem Weg zu gehen.

»Ich habe es den Kindern noch nicht gesagt ...«, fuhr Mrs. Varga tatsächlich fort. Grace beugte sich vor, um jedes

Wort, das nun käme, begierig aufzusaugen. »... für den Fall, dass es doch nicht klappt. Aber wenn alles gut geht, wird er auf der Klassenfahrt zu uns stoßen.«

Grace musste einen Riesenseufzer der Erleichterung unterdrücken. Er war gesund. Mit Mr. Brown war alles in Ordnung. Er würde zurückkommen.

Sie konnte es kaum erwarten, Charlotte die Neuigkeit zu erzählen.

»Charlotte wird sich so freuen«, sagte sie. »Ich danke Ihnen.«

»Es wäre mir lieb, wenn Sie es ihr noch nicht mitteilen«, sagte Mrs. Varga. »Wie gesagt steht es noch nicht endgültig fest.«

»In Ordnung«, versprach Grace, obwohl sie nicht sicher war, dass sie sich würde auf die Zunge beißen können. Sie lächelte noch einmal. »Ich bin so erleichtert«, sagte sie.

»Ja«, erwiderte Mrs. Varga. »Ich auch.«

Auf dem Heimweg merkte Grace plötzlich, dass sie vor sich hin summte. Eine alte Melodie, die sie nicht benennen konnte, aber sie wusste, dass es einer von Jonathans Lieblingssongs war. Sie ließ sich viel Zeit, belohnte sich mit einem entspannten Mittagessen in einem Bistro und ging sogar noch eine Runde im Park spazieren.

Mr. Brown war gesund. Grace wusste nicht, wo er gewesen war, aber wenigstens könnte sie Charlotte versichern, dass er bald zurückkommen würde. Sie würde nichts von der Klassenfahrt verraten, denn Mrs. Varga hatte um Geheimhaltung gebeten, was Grace respektieren musste.

Charlotte hatte ihren Vater immer noch nicht wiedergesehen, aber wenigstens kehrte einer der abwesenden Männer zurück. Vielleicht war nun der Zeitpunkt gekommen, Amelia auf Tom und seinen überfälligen Besuch anzusprechen. Das gute Gespräch mit Mrs. Varga gab ihr Auftrieb und Zuversicht.

Mrs. Varga. Grace wusste nichts Genaues, hatte aber das sichere Gefühl, dass sie und Mr. Brown mehr waren als nur Kollegen. Die Blicke, das Gefummel am Ehering. Sie wusste, was mit ihm los war. Und Grace war überzeugt, dass es sich nicht einfach um einen ungeplanten Urlaub handelte. Das stand Mrs. Varga so deutlich wie mit Filzstift ins Gesicht geschrieben.

Grace hatte Charlotte kurz auf dem Pausenhof gesehen, und ihre Enkelin hatte sie gefragt, ob Sammy heute Abend zu ihr kommen dürfe. Selig vor Vorfreude beschloss Grace, für die beiden Kekse zu backen.

Sie summte immer noch, als sie zur Haustür hereinkam und über die Sneaker stolperte, die dicht dahinter herumlagen.

Sie richtete sich wieder auf. Nahm außer ihr selbst niemand Rücksicht auf ihre Hüfte?

Amelia.

Die Sneaker bedeuteten, dass Amelia schon früh nach Hause gekommen war.

»Hallo«, rief sie.

»Hi«, sagte eine Stimme aus der Küche. In der Küche war der WLAN-Empfang am besten, und wenn Amelia im Homeoffice war, saß sie manchmal dort und erledigte Telefonate, leise über ihre Arbeitsbedingungen fluchend. Grace war nie ganz wohl dabei, wenn sie versuchte, Essen oder Tee zu kochen, ohne Amelia zu stören. Wenn sie die Spülmaschine belud, kam sie sich vor wie auf einem Minenfeld. Aber wenn sie die Teller einfach stehen ließ, hatte sie das Gefühl, sie würde Amelias Arbeitsbereich vermüllen. Beim Aufräumen war Geklapper jedoch unvermeidlich. Amelia beschwerte sich nie, aber Grace sah, wie sie die Zähne zusammenbiss und wie die Ader auf ihrer Stirn pochte, genau wie damals kurz vor einem Trotzanfall.

Aber nein. Heute war ein guter Tag. Grace ging frohen Muts in die Küche. »Ich hab dich noch gar nicht erwartet«, begann sie munter. »Das ist ja eine schöne Überraschung.«

»Es gab Chaos bei der Bahn.« Amelia redete, ohne den Blick vom Bildschirm zu nehmen, sie hörte auch nicht auf zu tippen. Grace war beeindruckt von der Fähigkeit ihrer Tochter zum Multitasking. Sie dagegen vergaß oft mittendrin, was sie eigentlich machen wollte, auch ohne Ablenkung. »Die Hinfahrt hat noch geklappt, aber für die Rückfahrt sind alle späteren Züge ausgefallen, deshalb bin ich schon hier. Genau was ich brauche. Ausgerechnet heute.«

»Du hast aber auch ein Pech.« Grace versuchte, eine unbeschwerte Stimmung zu verbreiten. Ihre Tochter klang immer noch merkwürdig. Sie schwieg kurz. »Tasse Tee?«, bot sie ihr dann an.

»Okay.«

Grace lächelte. Das kam unerwartet, ein guter Einstieg. Die offizielle Genehmigung für sie, in der Küche zu sein. Und bis das Wasser kochte, räumte sie ein bisschen auf. »Das Gespräch ist gut gelaufen«, begann sie von sich aus.

»Ach ja?«

»Mrs. Varga sagte, Charlotte sei eine brillante Schülerin«, übertrieb Grace ein bisschen. »Und fühle sich sehr wohl in der Klasse.«

Amelia sah sie an. »Toll«, sagte sie, immer noch halb abgelenkt. »Nochmal danke, dass du hingegangen bist.«

»Kein Problem«, sagte Grace. »Keks zum Tee?«

»Nein danke.«

Das war keine Überraschung, und Grace ließ sich davon

die gute Laune nicht verderben. »Die haben ihren Höhepunkt schon überschritten«, sagte sie und schob sich trotzdem einen in den Mund. »Ich dachte, ich backe heute Nachmittag frische.«

»Gut«, sagte Amelia, mit ihrer Aufmerksamkeit noch immer ganz auf dem Monitor. Dann blickte sie Grace unvermittelt an, als sähe sie sie zum ersten Mal. »Was summst du denn da?«, fragte sie mit scharfer Stimme.

»Oh.« Grace war sich nicht bewusst gewesen, dass sie immer noch summte. »Ich kann mich nicht erinnern, wie das heißt. Einer der Lieblingssongs deines Vaters.«

»Summ nochmal.«

Grace summte. »Erkennst du's?«

»Fast«, sagte Amelia. Ihre Laune wurde ein wenig freundlicher und sie summte mit.

Grace schloss die Augen. Einen Moment lang fühlte sie sich in Amelias Kindheit zurückversetzt. In die Zeit, als die siebenjährige Amelia mit Jonathan im Duett gesungen hatte; beide hatten sich pinke Krönchen aufgesetzt. Das Publikum saß auf dem Sofa, Grace und Peter, der sich mit seinem warmen Körper an sie kuschelte. Er trug Hausschuhe, die mit einer Lok verziert waren, und sie sah seine Füßchen im Takt zu einer, was die Tonart betraf, recht schrägen Version von *Fairy Princess Elizabeth* im Takt wippen.

»*How Deep Is Your Love*!«, verkündete Amelia triumphierend. »Dass wir so lange dazu gebraucht haben!«

»Genau«, sagte Grace. »Dein Dad hat sich gern als halber Bee Gee gesehen.«

»Eigentlich konnte er überhaupt nicht singen«, sagte Amelia. »Er hat nicht mal die Melodie von *Fairy Princess Elizabeth* richtig hingekriegt.«

Grace strahlte, weil nun auch Amelia mit dieser Erinnerung ankam. »Ich habe das Liedchen geliebt«, sagte sie. »Du warst wirklich sehr begabt.«

»Zum Glück für die Musikwelt habe ich das Songschreiben mit acht aufgegeben«, sagte Amelia. »Es war echt schwer, einen Reim auf Elizabeth zu finden.« Sie machte eine kurze Pause. »Da gibt's natürlich Crystal Meth. Das hab ich damals noch nicht gekannt.«

»Ich hab dir doch gleich gesagt, du sollst sie lieber Anne nennen«, wagte sich Grace vor. »Darauf reimt sich ...«

»Pfanne.«

»Kanne.«

»Wanne.« Amelia kicherte kurz. »Ich bin nicht sicher, ob ich damit die Hitparaden gestürmt hätte.«

Das Wasser kochte, und Grace goss zwei Becher Tee auf, den sie länger als üblich ziehen ließ. Sie wollte die Küche noch nicht verlassen. Das war das netteste Gespräch mit Amelia seit einer Ewigkeit. War die Gelegenheit günstig, nach Tom zu fragen? Oder würde sie damit alles verderben?

»Ich habe mir überlegt, dass ich Tom hierher einladen möchte«, sagte Amelia, als könne sie die Gedanken ihrer Mutter lesen. »Es gibt da etwas, was er Charlotte erklären muss. Wäre das in Ordnung?«

»Er ist Charlottes Vater«, sagte Grace, »natürlich ist das in Ordnung.« Sie schwieg kurz. »Das ist auch dein Zuhause«, sagte sie. »Du brauchst nicht um Erlaubnis zu fragen, wenn du Gäste haben möchtest.«

»Ich weiß«, sagte Amelia.

Grace holte tief Luft. Zwar hatte sie gerade selbst vorschlagen wollen, Tom herzubitten, aber dass der Vorschlag nun von Amelia kam, gab Anlass zu Befürchtungen.

Doch sie sagte nur: »Da ist dein Tee.« Sie schob ihrer Tochter den Becher hinüber und sammelte ihre Gedanken. Sie zögerte. »Ihr kommt nicht mehr zusammen, oder?«

»Was?«

»Ich würde auch stark davon abraten«, fuhr Grace fort und wünschte sich, Jonathan könnte dieses Gespräch führen. »Obwohl ich weiß, wie schwer es ist, allein zurechtzukommen. Auch ich habe meinen Mann verloren«, brachte sie mühsam hervor. »Und ich weiß, dass du wahrscheinlich keinen Rat von mir hören willst, aber ...«

»Tom ist nicht tot, er hat uns hintergangen.« Amelia hatte urplötzlich aufgehört zu summen. »Das ist überhaupt nicht wie bei Dad.«

»Wie meinst du das?«

»Dad hat uns nicht verlassen«, fuhr Amelia fort. »Er ist gestorben.«

»Ja, aber danach war ich allein ...«

»Das kannst du ihm nicht vorwerfen.«

»Das habe ich doch gar nicht.« Grace sah Amelia überrascht an. So hatte sie es überhaupt nicht gemeint. »Ich sage nur ...«

»Fang jetzt lieber mit deinen Keksen an«, sagte Amelia und schob ihre Papiere zusammen. »Ich geh dir aus dem Weg.«

»Du bist nie im Weg«, sagte Grace. Aber Amelia war schon fort. Den Tee hatte sie nicht angerührt, er dampfte auf dem Küchentisch vor sich hin.

Grace war mit allen Vorbereitungen fertig. Sie hatte Limonade gemacht und Kekse gebacken, die mit den Schokochips, die Sammy und Charlotte zu ihren Lieblingskeksen erklärt hatten. Eine Weile hatte sie noch Amelias Schritte oben gehört, dann war ihre Tochter in ein Café aufgebrochen, in dem der Kaffee stark war und das WLAN auch.

Es war ein herrlicher Frühlingsnachmittag und Grace ging in den Garten. Die Narzissen öffneten gerade ihre Blütenbecher und reckten sie der Sonne entgegen. Sie lächelte ihnen zu und erinnerte sich, wie sie vor langer Zeit die vielen Zwiebeln in der Erde versenkt hatte. Peter hatte mit einer kleinen Schaufel unter Baggergeräuschen Löcher gegraben, und Amelia hatte die Zwiebeln in die Löcher gesteckt und sorgfältig mit Erde bedeckt. Beide Kinder starrten danach vor Dreck. Amelia hatte sogar einen kleinen Regenwurm aus der Erde gezogen und ihn vor Peters Gesicht geschwenkt, und Peter hatte gekreischt vor Vergnügen.

Auch die Clematis, die sich am Schuppen hochrankte, begann zu blühen, die Blütensterne milchweiß wie der Mond. Sie überlegte gerade, ob sie noch ein bisschen Zeit für ihre Modelleisenbahn abzweigen könnte, als Rex zu bellen begann. Also kein Modellbau. Denn sie wusste inzwischen, dass der Hund immer bellte, wenn er Charlotte heimkommen hörte, und bei der Aussicht auf einen Spaziergang mit seinem Lieblingsmenschen geriet er ganz aus dem Häuschen.

Sie eilte hinein und freute sich genauso auf Charlotte wie Rex.

Kaum hatte Charlotte den Fuß ins Haus gesetzt, verkündete sie: »Wir fahren auf die Isle of Wight.«

»Und Mrs. Varga will uns kein Zelt miteinander teilen lassen«, sagte Sammy.

»Ich habe Kekse gebacken«, bot Grace ihnen an. »Und Limonade gemacht. Gehen wir doch damit in den Garten. Auch ich habe Neuigkeiten.«

Charlotte ließ sich das nicht zweimal sagen. »Wir brauchen

einen Plan«, erklärte sie, holte drei Gläser aus dem Schrank und den Limonadenkrug aus dem Kühlschrank. Sammy nahm die Platte mit den Keksen und alle gingen hinaus und setzten sich an Grace' kleinen Holztisch. »Das ist Diskriminierung«, empörte sich Charlotte.

»Ich kann ja nichts dafür, dass ich ein Junge bin«, schob Sammy hinterher.

»Vielleicht ist es gar nicht schlecht für euch beide«, gab Grace zu bedenken, auf einer Linie mit Mrs. Varga. »Da könnt ihr neue Freundschaften schließen.«

»Ich will keine neuen Freunde«, sagte Sammy. »Ich will nur Charlotte.«

»Und wenn keins der Mädchen mit mir das Zelt teilen will?«, sagte Charlotte. »Ich sehe mich schon ein Zelt nach dem anderen abklappern wie ein streunender Hund.«

»Natürlich wollen sie ein Zelt mit dir teilen«, sagte Grace. »Du bist ein tolles Mädchen. Das hat mir Mrs. Varga heute übrigens bestätigt.« Sie lächelte. »Unter anderem. Auch von eurem verschwundenen Lehrer haben wir geredet.«

Jetzt hatte sie die beiden an der Angel. »Von Mr. Brown?«, fragte Charlotte. »Was hat sie von ihm erzählt?«

»Er kommt wieder zurück«, sagte Grace. »Bald.«

Das führte zu einer stürmischen Doppelumarmung. Dann prasselten Fragen auf Grace ein, so schnell, dass ihr ein wenig schwindlig wurde.

»Wo war er denn?«

»War er krank?«

»Ist er gekidnappt worden?«

»War es Miss Contis Freund?«

Grace befreite sich von den beiden, damit sie es mit dem Fragenhagel besser aufnehmen konnte. »Ich fürchte, ich kann keine eurer Fragen beantworten«, sagte sie. »Ich weiß nur, dass Mr. Brown bald wieder bei euch sein wird.«

Charlotte holte tief Luft. »Du weißt also nicht, warum er verschwunden ist?«

»Nein«, musste Grace zugeben, und ihre eigene Freude über ihre Entdeckungen kühlte ein wenig ab. »Tut mir leid.«

»Dann haben wir immer noch einiges an Aufklärungsarbeit vor uns«, sagte Sammy und grinste über beide Ohren. »Wir werden die Hinweise weiter verfolgen und schauen müssen, wohin der Fall führt.«

Charlotte nickte, und Grace wurde klar, dass die beiden ihre Mission nicht aufgeben wollten. »Aber geht behutsam mit Mr. Brown um, wenn er wiederkommt«, warnte sie.

»Na, wir werden ihn bestimmt nicht fragen, wo er gesteckt hat«, sagte Charlotte. »Das wäre blöd.«

»Genau«, sagte Sammy.

»Und ihr dürft nicht mehr zu seiner Wohnung gehen«, schärfte Grace ihnen ein.

»Natürlich nicht«, sagte Charlotte. Sie lächelte Sammy zu. »Da lassen wir uns was viel Schlaueres einfallen.«

Grace schmunzelte. »Das glaub ich dir aufs Wort.«

17

Charlotte und Sammy saßen an ihrem Lieblingsplatz im Schulhof. Es war eine Bank wie alle anderen, doch sie stand an einer Stelle, wo der Hausmeister die Sträucher weniger zurückgeschnitten hatte als woanders. Und so zogen sie mehr Bienen und andere Insekten an, boten ein wenig Privatsphäre und schützten auch einigermaßen vor verschossenen Fußbällen.

»Was ist der Plan?«, fragte Sammy.

»Ich halte Miss Contis Freund immer noch für den Hauptverdächtigen«, sagte Charlotte. »Vielleicht hat er Mr. Brown etwas angetan, so dass er nicht in die Schule kommen konnte.«

»Ihn zum Beispiel gefangen gehalten?«, schlug Sammy vor.

»Wen gefangen gehalten?« Das war das Problem mit dieser Bank. Andere konnten sich unbemerkt anschleichen. Zum Glück machten sie sich nicht oft die Mühe, aber heute trat Nia hinter den Sträuchern hervor.

»Niemand«, sagte Charlotte hastig.

»Na, wenn du's sagst.« Nia tat sehr erwachsen. »Charley.« Sie machte eine Pause und lächelte im Bewusstsein des fantastischen Angebots, das sie Charlotte gleich machen würde. »Ich möchte dich einladen, das Zelt mit uns zu teilen. Auf der Insel.«

»Wie bitte?« Charlotte glaubte sich verhört zu haben.

»Genau. Mit mir, Anne-Marie und Erica. Wir wollen ein Viererzelt, weil wir gehört haben, dass die viel größer sind, und

Anne-Marie will Aariya nicht dabei haben, wegen der Sache mit der Haarbürste.«

Charlotte unterdrückte einen kleinen Freudenschrei, aber gegen ihr Erröten kam sie nicht an. Sie strahlte. »Ihr wollt mit mir teilen?«

»Also, eigentlich …«, schaltete sich Sammy ein. Charlotte warf ihm einen scharfen Blick zu. Da verstummte er.

Charlotte sah sein Gesicht und holte tief Luft. »Ich wollte immer noch versuchen, mit Sammy zu teilen.« Sie sprach sehr unwillig. »Ich weiß, dass sie gesagt haben, Jungen und Mädchen könnten nicht zusammen im Zelt sein, aber …«

»Wenn du noch darüber nachdenken willst«, sagte Nia etwas verärgert, »kannst du das machen, aber Anne-Marie wollte dann Tisha fragen, und deshalb …«

»Ist schon okay«, sagte Sammy. »Teil das Zelt doch mit ihnen, wenn du willst.«

Charlotte sah wieder Nia an, die jetzt an einer Haarsträhne zwirbelte. »Ich möchte sehr gerne«, sagte sie, und ihre Stimme kam viel höher heraus als beabsichtigt.

»Cool«, sagte Nia. »Die Insel-Crew steht.«

»Macht es dir nichts aus?«, fragte Charlotte, als Nia weg war. »Wir hätten sowieso nicht teilen können, das hätten wir nie durchgekriegt. Und dann müssen wir auch nicht in Hungerstreik treten.« Sie riss ihre Chipstüte auf und hielt sie Sammy hin.

Er lehnte ab. »Wie gesagt, ist schon okay. Ich frage Marlon, ob bei ihm noch Platz ist.«

Nach der Schule saß Amelia Charlotte gegenüber am Tisch und versuchte, sich ganz natürlich zu benehmen. Aber sie wusste nicht, was sie mit ihren Händen anfangen sollte. Ihre Finger trommelten auf der Tischplatte, als hätten sie ein Eigenleben. Sie legte die Hände in den Schoß, aber auch das fühlte sich nicht gut an, und so kratzte sie sich am Hals. Grace war bei ihrem Clubtreffen, und so waren sie nur zu zweit. Amelia hatte sich genau diesen Zeitpunkt vorgenommen, um mit Charlotte zu reden, aber jetzt wünschte sie sich, Grace würde in der Küche herumwerkeln und die Spannung mit Angeboten von Tee und selbstgebackenen Keksen vertreiben.

»Geht's dir gut, Mum?«, fragte Charlotte. »Du bist so zappelig, als hättest du dir die Flöhe von Rex eingefangen.«

»Ich hab deinen Dad eingeladen«, sagte Amelia. »Er kommt morgen.«

»Oh.« Charlotte überlegte kurz. »Heißt das, dass die Pause vorbei ist?«

»Nein.« Amelia wusste nicht recht, was sie sonst noch sagen sollte. »Aber es ist höchste Zeit, dass er dich sieht. Das ist längst überfällig.« Sie wand sich vor Verlegenheit über ihre Wortwahl. »Er ist dein Vater und wird dich immer lieb haben, egal was sonst passiert.«

»Egal was sonst passiert?«, hakte Charlotte nach.

Amelia biss sich auf die Lippe. Sie wusste, dass sie alles nur noch schlimmer machte. »Das Wichtigste ist, dass er dich lieb hat«, wiederholte sie.

»Das weiß ich schon.« Charlotte warf Amelia einen seltsamen Blick zu. Amelia überlegte, was sie noch sagen könnte. Sie war der festen Meinung, dass Tom seiner Tochter die Nachricht selbst beibringen musste, und sie konnte Charlotte ja schlecht sagen, dass er ihr etwas Niederschmetterndes mitzuteilen habe, und sie dann einen Tag warten lassen, bis sie es erfuhr. Aber Charlotte sah sie unverwandt an und sie musste sich äußern.

»Ich dachte, ich gehe rauf, wenn er da ist, und setze mich zum Arbeiten hin«, sagte sie. »Damit ihr zu zweit sein könnt.«

»Morgen ist Samstag.«

»Ich habe einen ganzen Berg aufzuarbeiten.«

»Willst du ihn nicht auch sehen?«

»Deine Grandma wird ja da sein«, antwortete Amelia.

»Na schön«, sagte Charlotte. »Ich kann ihm von meiner Klassenfahrt erzählen. Du errätst nie, mit wem ich das Zelt teile ...«

Amelia hörte ihrer Tochter zu, die fröhlich drauflos quatschte. Vielleicht würde ja alles gut gehen. Manchmal kam es ihr so vor, als wären Kinder teflonbeschichtet und könnten Dinge an sich abgleiten lassen, mit denen Erwachsene nicht fertig wurden. Charlotte hatte ihre Klassenfahrt, auf die sich freuen konnte, wäre mit Freunden unterwegs und würde Zeit haben, die Nachricht zu verarbeiten.

Einen Moment lang war Amelia eifersüchtig. Ein Urlaub mit Freunden, der sie auf andere Gedanken bringen würde. Das wäre fantastisch.

Nein. Um diese Nachricht zu verdauen, bräuchte sie mehr als einen Urlaub.

Sie merkte, dass ihre Finger wieder heftig auf den Tisch trommelten.

Sie nahm die Hände vom Tisch und legte sie auf die Knie.

Zum Glück hatte Charlotte nichts bemerkt.

»Ich kann heute nicht mit euch essen gehen«, verkündete Ava, als sie versuchte, die feine Schnur für ihre Schaukel durch die Löcher zu fädeln. »Luigi hat mich nach London eingeladen.«

»Ah, deshalb hast du dich so schick gemacht.« Grace musterte die Haare ihrer Freundin, die frisch vom Friseur kam, und die Absätze ihrer Schuhe, die sie gefährlich hoch fand, auch wenn es wahrscheinlich nur fünf Zentimeter waren.

»Danke.« Ava lächelte. »Ich habe sogar überlegt, ob ich heute das Clubtreffen ausfallen lasse, um mich ausgiebiger stylen zu können, aber dann dachte ich, nein. Er soll mich nehmen, wie ich bin.« Grace konnte sich nicht vorstellen, woher Ava die Energie und Begeisterung für ihre Dates nahm. Allein schon die Vorstellung erschöpfte sie.

»Du siehst sehr hübsch aus«, sagte Samir. »Aber deine Girls sitzen schief.«

»WIE bitte?« Ava sah ihn schräg an und rückte an ihrem Top herum.

»Auf der Schaukel«, schob Grace schnell nach, dasselbe war ihr auch schon aufgefallen. »Die Kinder auf deinen Schaukeln sitzen nicht gerade.«

Ava brach in schallendes Gelächter aus, so dass Schnüre, Pinsel und der grün gefärbte Sand, den sie als Rasen benutzen, durch die Gegend flogen. Grace sah sie kurz an und konnte dann nicht anders: Sie lachte mit.

»Ihr richtet hier eine furchtbare Sauerei an«, beklagte sich Samir. »Ich verstehe nicht, was da so lustig ist.«

»Du hast es ja faustdick hinter den Ohren, Samir. Das hätte ich dir gar nicht zugetraut.« Ava tupfte sich die Augenwinkel trocken.

»Meine Girls!« Schon wieder prustete sie los. »Hach, ist das schön. Genau das habe ich jetzt gebraucht.«

Grace riss sich zusammen. »Dann viel Spaß heute Abend«, sagte sie.

»Du kennst mich doch«, erwiderte Ava. »Ich habe immer viel Spaß.«

Grace lächelte die Freundin an, erleichtert, dass ihre Dating-Tage lange hinter ihr lagen.

Als Amelia zur Welt kam, gaben sie und Jonathan das Ausgehen auf und schöpften gerade Hoffnung, dass sie sich bald wieder zu zweit einen schönen Abend machen könnten, als Peter kam. Das machte ihnen im Grunde wenig aus. Es war so schön, zu viert zu sein, und schließlich hatten sie immer noch die gemeinsamen späten Abende, diese ruhigen, müden Stunden, wenn die Kinder schliefen. Sie kuschelten sich mit einem Glas Wein aufs Sofa und unterhielten sich über den Tag. Unvermeidlich, dass sie dabei vor allem über die Kinder redeten. Sie loteten jede Nuance der Beurteilung in Amelias letztem Schulzeugnis aus oder machten sich Sorgen, warum Peter so wenig Appetit hatte.

Das war natürlich ein Zeichen, was sie allerdings erst später erfuhren.

»Du solltest nächstes Mal mitkommen!«, sagte Ava. Grace blickte auf, hatte fast vergessen, wo sie war. Manchmal wurde sie völlig davon überwältigt, obwohl es so viele Jahre her war. Sie dachte an Peter und dann war es, als beginne alles von vorn.

»Ich frage Luigi, ob er jemanden kennt.«

»Nein, dankeschön«, erwiderte Grace.

»Zeit, dass du wieder auf die Pirsch gehst«, sagte Ava. »Nette Männer triffst.«

»Hier sind auch nette Männer«, warf Toby ein. Beide Frauen drehten sich zu ihm um. Ava zog eine Augenbraue hoch. »Ich meine ja nur …«, fuhr er verlegen fort, stolperte über seine eigenen Worte, klang überrascht, dass er so etwas laut gesagt hatte. »Ich meinte, wenn mal jemand Lust hat auszugehen, biete ich mich gern als Begleitung an.«

»Sieh einer an, heute springen sie gesammelt aus den Büschen«, sagte Ava mit einem Lächeln. »Da muss was im Tee sein.«

»Ich weiß nicht …«, begann Grace. Ihr wurde langsam unbehaglich, weil sich alle Blicke auf sie richteten.

»Ich meinte euch alle«, sagte Toby. »Wir könnten einen Gruppenausflug machen.« Er war rot geworden, und Grace bemerkte, dass ihm ein Schweißtropfen über die Stirn lief. »Wir könnten uns eine Eisenbahn anschauen. Eine Zugfahrt machen. Wir könnten den Miniaturenpark Beconskot besuchen«, schlug er schließlich vor. Er hatte seine Fassung wieder. »Wir sollten alle zusammen einen Ausflug machen und mit der Gartenbahn dort fahren.« Er sah Grace an. »Und uns das Minidorf anschauen. Was haltet ihr davon?«

»Das klingt spannend.« Grace war erleichtert. »Ein Gruppenausflug. Donnerwetter!« – *Donnerwetter?* Sie war froh, dass hier niemand unter sechzig mithörte, was für verstaubte Ausdrücke sie benutzte.

»Ich lade Luigi dazu ein«, sagte Ava.

»Und ich nehme meinen Enkel mit«, sagte Samir. »Der wird begeistert sein!«

»Gut! Die Sache ist abgemacht!« Toby lächelte. »Ich werde alles organisieren.«

Grace blieb nach dem Clubtreffen noch da, um Toby beim Aufräumen zu helfen. »Ich bin sehr beeindruckt von deiner Wippe«, sagte er, als sie die Pinsel in dem kleinen Spülbecken des Museums auswusch.

»Das ist ein ganz einfacher Mechanismus, der mit Gewichten funktioniert«, erwiderte Grace.

»Du solltest deine Konstruktionen wirklich vermarkten«, sagte Toby. »Du hast für vieles so elegante Lösungen.«

»Ich mach das nur zu meinem Vergnügen«, sagte Grace. »Und es hängen für mich so viele Erinnerungen dran.«

Einen Moment lang herrschte Schweigen, dann begann Toby, den grünen Sand aufzufegen, den Ava bei ihrem Heiterkeitsausbruch überall verteilt hatte. »Ich hoffe, Ava hat mit Luigi einen schönen Abend«, sagte er.

»Da bin ich sicher«, sagte Grace. »Für so was hat sie Talent.«

»Ich wünschte, ich hätte auch welches«, sagte Toby. Er sah Grace an, die den Blick wieder auf ihre Pinsel richtete. Das Wasser war jetzt klar, aber sie wusch weiter, um etwas zu tun zu haben. »Da war ich nie besonders gut drin«, sagte er. »Nur mit meiner Frau war es einfach.«

»Ach ja?« Grace wusste nicht, was sie sonst noch sagen sollte.

»Die ist vor sieben Jahren gestorben«, fuhr Toby ungewöhnlich gesprächig fort. »Es stellte sich heraus, dass wir keine Kinder bekommen konnten, und so blieben wir immer zu zweit. Als sie wusste, dass es dem Ende zuging, sagte sie zu mir, ich solle versuchen, jemand Neuen kennenzulernen. Aber so einfach ist das nicht, oder?«

»Nein«, sagte Grace.

»Es tut mir leid, wenn ich dich vorhin in Verlegenheit gebracht habe.«

»Nein, mir tut es leid ...«

»Wenigstens kommen wir so mal zum Miniaturenpark und fahren mit der Gartenbahn. Das ist eine tolle Anlage, ein Besuch dort macht richtig Spaß.«

»Ja.« Grace drehte endlich das Wasser ab, hatte plötzlich Schuldgefühle wegen der Wasserverschwendung. Sie begann die Pinsel abzutrocknen. Toby kam herüber und nahm sie ihr ab. Einen Moment lang streiften sich ihre Hände, und Grace war überrascht, was sie bei der Berührung spürte: ein Prickeln.

»Danke für deine Hilfe«, sagte Toby.

»Gern geschehen.« Grace fuhr in ihren Haaren herum. Sie spürte, wie sein Blick auf ihr ruhte. »Danke, dass du mir bei Sammys Lok geholfen hast.«

»Es war mir eine Freude«, sagte Toby. »Jederzeit wieder.«

Grace verabschiedete sich und verließ das Museum. Zum ersten Mal seit langem überlegte sie, wie sie beim Gehen wohl von hinten aussah.

Wie eine alte Frau, gab sie sich selbst zur Antwort, trotzdem erlaubte sie sich einen kleinen Hüftschwung.

Charlotte hatte ein blümerantes Gefühl im Magen, als hätte nicht das Amselbaby, das sie retten wollte, sondern sie selbst Würmer verschluckt. Auch ihre Grandma benahm sich seltsam und putzte im ganzen Haus herum, als würden Königliche Hoheiten erwartet.

Königliche Hoheiten waren es nicht. Nur ihr Vater. Und er hatte sich verspätet.

Ihre Mutter war schon aus dem Haus. Sie war ihr ganz komisch vorgekommen, als sie ihr Dads Besuch angekündigt hatte. Dieses unrhythmische Getrommel auf der Tischplatte!

Charlotte ruckte an ihrer Jeans herum. Sie hatte einen großen Riss über dem Knie und Charlotte hatte ihre Großmutter überzeugen müssen, dass das Absicht war und kein Fall für die Nähmaschine, und dass sie am Knie nicht frieren würde. Alle Mädchen trugen jetzt außerhalb des Unterrichts solche Jeans. Das wusste sie, weil sie am Wochenende mit den anderen bei

Nia gewesen war. Diese Mädchen waren nicht anders als ihre alten Freundinnen, erkannte sie, und wenn sie sich bemühte, könnte sie bald zur Clique gehören.

Wäre akzeptiert.

Sie zog an einem der Fadenbüschel an ihrem Knie und spürte einen kleinen Widerstand, dann wurde das Loch noch größer.

Sie hörte es klingeln, dann krachte es, ihre Großmutter musste etwas fallen gelassen haben. Charlotte stand auf, setzte sich wieder, stand wieder auf. Sie sah Pickle an, der stockstill dasaß, konnte aber Hugo nicht finden. Wahrscheinlich krabbelte er auf dem Boden herum, in dem feuchten Blumensteckschaum, mit dem sie den Liguster frisch hielt. Sie holte tief Luft und verließ ihr Zimmer, um ihren Vater zu begrüßen.

Grace stand verlegen neben dem Wasserkessel, der heute unerklärlich lange brauchte. Sie hatte Tee angeboten, den sie jetzt kochte, danach wollte sie ein paar Gartenarbeiten erledigen, die sie im Voraus sorgfältig geplant hatte. Genug, damit sie beschäftigt wirkte und sozusagen aufgeräumt war, aber nicht so viel, dass sie nicht mehr zur Verfügung stehen konnte oder völlig verdreckt war, wenn sie drinnen gebraucht würde.

Stattdessen stand sie nun da, in Geiselhaft genommen von diesem störrischen Küchengerät, bei dem das Memo anscheinend nicht angekommen war.

Das Memo. Sie hatte zu viele amerikanische Serien gesehen. Charlotte hatte die letzten paar Tage *Love Shack* geguckt und Grace hatte sich zu ihr gesetzt, trotz ihrer Bedenken, sie könnten möglicherweise beide einen Gehirnschaden davontragen. Soviel sie von der Serie begriffen hatte, hingen ein paar magere, braun gebrannte amerikanische Mädchen miteinander herum und redeten über ihre Gefühle für ein paar Jungs mit Tattoos, Gefühle, die sie später im Leben bereuen würden, denn diese Jungs hatten nichts anderes im Kopf, als Gewichte zu heben und ihre Haare zu stylen. Gelegentlich fand sich ein Paar zu einem Date mit Picknickkorb zusammen, der allerdings nicht angerührt wurde, dafür wurde geräuschvoll geknutscht. Dann kehrten beide in ihre Cliquen zurück und berichteten über die Erfahrung.

»Na, wie lief's denn so?« Tom fragte etwas, und sie merkte schließlich, dass die Frage mehr an sie gerichtet war als an seine Tochter, die von dem Riss in ihrer Jeans fasziniert schien.

Was sollte sie dazu sagen? Dass sie die schönsten, aber auch die schlimmsten Zeiten erlebt hatten? Dass er sie schon vor Wochen besucht hätte, wenn ihm außer an ihm selbst noch an anderen Menschen etwas läge? Dass sie sich, seit seine Frau und Tochter bei ihr wohnten, so lebendig fühlte, wie sie es sich nie hätte träumen lassen?

»Gut«, sagte sie und nickte, um den Wahrheitsgehalt ihrer Antwort zu unterstreichen. »Und bei dir?«

»Auch gut.«

Seine Antwort erfüllte sie mit Wut, aber genau in diesem Moment fing das Wasser im Wasserkocher endlich an zu brodeln und sie brühte den Tee in Toms Becher auf. Dann beschloss sie, dass Tom einen anständig zubereiteten Tee nicht verdiente, schüttete Milch dazu und zog den Teebeutel heraus, bevor er eine Chance hatte, sein Aroma abzugeben. Dann schob sie Tom den Becher hin. Die ultimative Rache einer Britin.

»Alles klar bei dir?«, fragte sie Charlotte. Das Mädchen blickte von der Jeans hoch und nickte. »Ich geh jetzt raus, ein paar Dinge im Garten machen«, sagte Grace beiläufig und ließ sich nicht anmerken, wie oft sie diese Zeilen eingeübt hatte.

»Der Garten sieht sehr hübsch aus«, sagte Tom. »Besonders die gelben Tulpen.« Er deutete zum Fenster hinaus.

»Das sind Narzissen«, korrigierte Grace mit kaum verhohlener Verachtung.

»Sehr dekorativ.«

»Ich bin dann mal draußen«, wiederholte Grace laut.

»Bis gleich, Grandma«, sagte Charlotte.

Ihre Großmutter verließ geräuschvoll den Raum, und Charlotte blickte ihren Vater an. Er sah gut aus. Irgendwie hatte sie rote Augen, verstrubbelte Haare und zerknitterte, ungewaschene Kleidung erwartet. So sahen Männer doch aus, wenn sie von ihren Familien getrennt waren, oder? Wenn sie ein gebrochenes Herz hatten? Das hatte sie im Fernsehen gesehen. Ihr Vater war sauber rasiert und wirkte überhaupt gepflegt. Er lächelte sie an. Waren seine Zähne nicht sogar ein bisschen weißer, als sie sie in Erinnerung hatte?

»Es tut gut, dich zu sehen, Prinzessin«, sagte er. »Ich habe dich vermisst.« Er kam zu ihrem Stuhl herüber und schloss sie in die Arme. Charlotte atmete tief ein. Auch sie hatte ihn wahnsinnig vermisst, aber jetzt hatte sie nur einen Gedanken: Er roch anders. »Du siehst so erwachsen aus«, sagte er. »Und das nach nur ein paar Wochen.«

»Es sind fast zwei Monate vergangen«, sagte Charlotte und bedauerte sofort ihren barschen Ton.

»Ich wäre dich gern früher besuchen gekommen«, sagte er. »Das wollte ich auch. Aber du weißt ja, wie deine Mutter ist. Und ich musste wahnsinnig viel Arbeit in mein Geschäft stecken.«

Charlotte sah ihn an. »Ist es immer noch …«

»Es sieht jetzt besser aus«, sagte er. »Ich habe einen Investor gefunden.«

»Das klingt vielversprechend.« Sie benutzte Worte, die sie früher von ihm gehört hatte.

»Und bist du glücklich hier?« Sie nickte. »Ich habe dich so vermisst«, wiederholte er.

»Ich könnte dich ja mal besuchen kommen, jetzt, wo du wieder in London bist? Der Zug fährt von hier nach Waterloo ...«

»Bald«, sagte er und hob den Teebecher an den Mund.

»Wann?«

»Es ist gerade ein bisschen kompliziert.« Er ließ den Teebecher von einer Hand in die andere wandern und stellte ihn schließlich ab.

»Wie meinst du das?«

Er holte Luft. »Hör mal«, sagte er, obwohl ihm Charlotte schon die ganze Zeit zuhörte. Er hustete. »Also ... du weißt, dass du bei mir immer die Nummer Eins sein wirst. Das weißt du.« Sie sah ihn an. »Ich habe jemanden kennengelernt«, fuhr er schnell fort. »Ich wohne bei ihr. Sie ist sehr nett. Du wirst sie mögen. Sie kann es gar nicht erwarten, dich kennenzulernen.«

Charlotte machte den Mund auf, dann schloss sie ihn wieder. Sie versuchte es ein zweites Mal, ihr schwirrte der Kopf. »Eine ... eine neue Freundin?«, fragte sie ungläubig.

»Ja, so kann man es nennen«, sagte ihr Dad. Er klang erleichtert, dass sie begriffen hatte.

»Aber Mum ... Es war doch nur eine Pause ... Ihr könntet immer noch ...«

»Es war schwierig mit deiner Mum«, sagte er, hörbar um Worte ringend. »Schon eine ganze Weile. Und du wirst Julia wirklich mögen. Ganz bestimmt.«

»Julia?«

»Ja.« Er biss sich auf die Lippe. »Und pass auf, es gibt noch etwas. Deine Mum fand, dass du es von mir hören solltest.« Er zauderte. »Gute Nachrichten.« Charlotte wartete. »Du hast doch immer gesagt, du wünscht dir einen kleinen Bruder?«

»Einen kleinen Hund«, korrigierte sie. Sie fühlte sich, als müsse sie gleich kotzen. »Ich habe mir immer einen kleinen Hund gewünscht.«

»Ja«, sagte ihr Dad, der plötzlich vom Inhalt seiner Tasse fasziniert war. »Aber das ist sogar noch besser.« Er sah sie an. »Du wirst eine große Schwester sein.«

Grace zwickte den Sommerfliederzweig ab, der vor dem Küchenfenster hing, und versuchte einen Blick in die Küche zu erhaschen, ohne selbst entdeckt zu werden. Sie hatte gesehen, wie sich die beiden umarmt hatten und dann ein offensichtlich heikles Gespräch führten, bei dem Tom vor allem zu seiner Teetasse sprach.

Bei einem zweiten verstohlenen Blick nach drinnen sah sie Charlottes Gesicht. Sie sah aus, als würde sie sich gleich übergeben.

Es war Zeit, einzugreifen.

»Beachtet mich gar nicht«, sagte sie, als sie hereinrumpelte, damit sie nicht des Lauschens verdächtigt wurde. »Ich brauche nur ein Stück Schnur.« Sie beglückwünschte sich, dass sie sich im Voraus einen Grund ausgedacht und ein Knäuel Schnur bereitgelegt hatte. »Dieser Jasmin will nicht dorthin, wo ich ihn haben will. Er will den Rosenstrauch überwuchern, obwohl er mit dem Zaun eine perfekte Kletterhilfe hat. So fangen Kriege an …« Sie brach ab, denn sie merkte, dass sie mit ihren Erläuterungen ein bisschen zu weit gegangen war. Sie warf Charlotte einen Blick zu. Ihre Enkelin sah fix und fertig aus und so weiß wie eine Jasminblüte. Grace kämpfte gegen den Drang an, Tom auf der Stelle hinauszuwerfen.

Das war nicht nötig. »Ich sollte los«, sagte er.

»Jetzt schon?« Die Worte trieften vor Missbilligung, obwohl Grace froh war, dass er ging.

»Die Rückfahrt mit dem Zug ist lang«, erwiderte er. »Aber wir sollten das bald wieder machen, meinst du nicht, Kiddie?«

»Ich bin kein Kiddie mehr«, murmelte Charlotte, ließ sich aber von ihm umarmen. Er sah Grace kurz an, als überlegte er, ob er sie auch umarmen solle, aber sie sah ihn so grimmig an, dass er ihr nur knapp zunickte.

»Danke für den Tee.« Er nickte auch dem Teebecher zu.

»Komm gut nach Hause«, sagte Grace und folgte ihm zur Haustür. Er mühte sich kurz mit der Klinke ab, dann war er draußen und warf die Tür hinter sich ins Schloss.

Grace eilte zu ihrer Enkelin zurück. »Hast du das gewusst?«, fragte Charlotte.

»Was gewusst?«

Charlotte konnte nicht mehr und schlug die Hände vors Gesicht. Grace setzte sich hastig zu ihr und schlang die Arme um sie, und so blieben sie lange sitzen. Grace verlor sich in Vermutungen, was passiert war, bis Charlotte schließlich das Gesicht von der Strickjacke ihrer Großmutter löste und ihr von dem kleinen Bruder erzählte, der unterwegs war.

Grace wusste nicht, was sie sagen sollte, und so drückte sie Charlotte einfach an sich und sie schwiegen wieder. Grace' Gedanken wanderten zu ihrem eigenen kleinen Sohn zurück.

»Aber er ist doch so gesund«, hatte sie zu dem Arzt gesagt, als er ihr mit ernstem Gesicht die Diagnose mitteilte. »Er sieht so gesund aus. Das sieht doch jeder.«

Jonathan hatte nach ihrer Hand gefasst. »Er war oft müde«, sagte er. »Und sein Appetit ist auch nicht mehr das, was er einmal war.«

»Ja, aber deswegen muss man sich doch keine Sorgen machen«, wandte Grace ein. »Hast du gesagt. Er hatte eben nicht so gut geschlafen. Oder war nicht hungrig.«

»Ich weiß, das ist jetzt viel für Sie, was Sie verkraften müssen«, sagte der Arzt. »Und wir brauchen noch weitere Untersuchungen. Je genauer wir seinen Zustand kennen, desto genauere Prognosen können wir abgeben.«

Grace hatte Peter an diesem Abend beobachtet. Seine Wangen waren nicht mehr rosig. Sie waren blass. Er war müde, zu müde, um mit seiner Schwester zu spielen, deshalb hatten sie Amelia ein paar Tage zu ihrer Großmutter geschickt. Bis sie wüssten, was zu tun wäre.

Sie hätte es früher merken müssen. Jonathan hatte sein Bestes getan, aber wenn Grace öfter da gewesen wäre, hätte sie es entdeckt. Davon war sie überzeugt. Sie wäre früher mit ihm zum Arzt gegangen, und dann wäre es nie so weit gekommen.

Es war alles ihre Schuld. Es zählte für sie nicht, dass der Arzt zu ihr gesagt hatte, sie solle sich keine Vorwürfe machen, es könne jedem passieren und sie hätten alles getan. Sie wusste, dass es ihre Schuld war.

»Er wird das durchstehen«, sagte Jonathan. »Der Arzt meinte, die Chancen stünden gut.«

Grace hatte genickt, sie zwang sich, das zu glauben. Denn die Alternative war schlichtweg unvorstellbar.

Sie spürte, wie sich ihre Enkelin von ihr lösen wollte, und ließ die Arme sinken. »Warum hat er das getan?«, fragte Charlotte.

»Keine Ahnung«, antwortete Grace. Sie suchte nach tröstenden Worten und fand keines. Dann fiel ihr Blick auf eine

Schachtel Kakaopulver auf der Arbeitsfläche. »Wie wär's, wenn wir Kekse backen?«, schlug sie vor. Sie wollte sich auch von ihren eigenen Grübeleien befreien. »Das wird uns aufmuntern.«

»Ich weiß nicht ...«

»Mach doch mit. Wir können nicht einfach rumsitzen und unglücklich sein.«

Charlotte dachte kurz nach. »Schokoladenkekse. Gefüllt mit Vanillecreme«, sagte sie. »Das sind Mums Lieblingskekse.«

»Dann los, machen wir gefüllte Schokoladenkekse.«

Amelia saß auf dem wackligen Hocker im Café und starrte an ihrem Laptop vorbei durch die Fensterscheibe. Sie hätte diesen zweiten Cappuccino nicht trinken sollen. Ihr Herz klopfte ein bisschen schneller, als es sollte. Das lag sicher am Koffein und nicht daran, dass sie gerade den Mann, der bald ihr Ex sein würde, hier an sich hatte vorbeilaufen sehen, auf dem Weg zum Bahnhof.

Zweifellos hatte er die Bombe platzen lassen.

Sie klappte den Laptop zu, ohne auf Speichern zu drücken. Sie hatte sowieso nichts zustande gebracht. Sondern durchs Fenster gestarrt und den Tauben zugesehen, die die Reste eines veganen Riegels aufpickten, den ein Kleinkind in einem Anfall von Unmut aus dem Buggy geworfen hatte.

Sie musste zurück nach Hause und die Scherben aufsammeln. Sie stand auf und verließ das Café. Sie hätte dabei sein sollen, als Tom es Charlotte erzählte. Das wäre das einzig Richtige gewesen.

Aber die Wunde war immer noch zu frisch. Wenn sie geheult hätte? Vor ihm? Vor Charlotte? Sie hätte es nicht ertragen, die Worte aus seinem Mund noch einmal zu hören. Sein Gesicht dabei zu sehen. Sie würde natürlich Scham darin lesen. Aber vielleicht auch Stolz? Er setzte noch ein Leben in die Welt.

Ein zweites Kind. Sie konnte es immer noch nicht fassen. Mit jedem Schritt baute sich mehr Empörung in ihr auf. Auch sie und Tom hatten vor ein paar Jahren über ein zweites Kind gesprochen. Erst war sie ganz dafür gewesen. Ein kleiner Bruder oder eine kleine Schwester für Charlotte. Einige ihrer glücklichsten Erinnerungen an die Zeit mit Peter, bevor er krank geworden war, kehrten zurück. Sie wollte, dass auch Charlotte das erleben konnte. Das war mit das Schönste an ihrer Kindheit gewesen.

Aber Tom hatte eingewandt, in ihrem Leben wäre so viel los. Ihre Arbeit. Sein Geschäft. Er wollte auch Zeit mit ihr allein genießen, Zeit zu zweit. Charlotte genügte, sie verdiente ihre ganze Aufmerksamkeit.

Da hatte Amelia genickt. Charlotte genügte wirklich, und Amelia hatte sich an andere Aspekte erinnert, was es bedeutete, Geschwister zu haben: ständig um Aufmerksamkeit zu rangeln, selten der klare Sieger zu sein.

Und jetzt das. Er hatte sie alle betrogen und mitten ins Chaos ein neues Baby hineingesetzt.

Vor der Haustür ihrer Mutter blieb sie kurz stehen und wappnete sich für die Situation, die sie drinnen vorfinden würde. Dann steckte sie den Schlüssel ins Schloss und drehte ihn herum.

Sie war auf Tränen und Verstörung gefasst gewesen.

Nicht auf eine Tochter, die im Gesicht und überall mit Kakaopulver eingestäubt war.

»Was ist denn da passiert?«, fragte sie.

»Wir haben gerade Schokokekse gebacken und hatten ein kleines Missgeschick mit dem Kakao«, sagte ihre Mutter. »Du brauchst nicht so entsetzt zu gucken; das wäscht sich ganz leicht wieder raus.«

Amelia sah die beiden an. »Charlotte«, sagte sie. »Hat dein Dad dir gesagt, was ... los ist?«

»Ja«, sagte Charlotte. »Er bekommt noch ein Baby.«

Amelia verschlug es die Sprache, als sie diesen Satz von ihrer Tochter hörte. »Darüber müssen wir reden«, sagte sie. Sie sah Charlotte ins Gesicht und entdeckte, wie sich unter der Kakaoschicht ihre Verletztheit zeigte. »Aber wie wärs mit einer Umarmung vorher?« Sie breitete die Arme aus und trat auf sie zu.

»Ich bin voll Kakao«, sagte Charlotte und wich zurück.

Amelia ließ die Arme hängen und bemühte sich, das nicht als Abfuhr aufzufassen. Schweigend standen sie da und sahen einander an.

»Wir waren beide ein bisschen niedergeschlagen, was, Charlotte?« Grace beantwortete eine Frage, die niemand gestellt hatte. »Und ich dachte, es würde uns helfen, wenn wir was zu tun hätten.«

»Deshalb haben wir angefangen, deine Lieblingskekse zu backen«, fügte Charlotte hinzu. »Schokokekse mit Vanillecreme.«

Ein Gefühl der Verzweiflung drängte in Amelia nach oben. Sie wusste nicht, ob es am Koffein lag, am Anblick ihres zurückeilenden Mannes oder an der Tatsache, dass Charlotte wie Grace zu klingen begann. Ihr wurde alles zu viel. Konnte sich in ihrer Familie keine hinsetzen und darüber reden, wie es ihr ging? Teig auszurollen war kein Ersatz dafür, die eigenen Gefühle zu verarbeiten, aber das war alles, was ihre Mutter ihr seit Ewigkeiten zu bieten hatte. Und jetzt gab sie dieses Verhalten wie einen Virus an Charlotte weiter. Sie sah Grace an, die wiederum auf die Kekse im Ofen schaute, als wären sie das Wichtigste auf der Welt.

»Du lieber Himmel, Mum«, sagte sie. »Jetzt lass doch mal die Kekse.« Das kam lauter heraus als beabsichtigt, alle schraken zusammen. »Tut mir leid«, schob sie hinterher und rang um Fassung. Grace war ja nicht schuld an dem, was hier passierte, und das letzte, was Charlotte jetzt brauchte, war eine zornige Mutter. »Ich wollte dich nicht anschnauzen.«

»Ist schon gut«, sagte Grace. Sie riss ein Stück Küchenpapier ab, befeuchtete es und wischte ihrer Enkelin damit das Gesicht ab. »Ich mach Charlotte nur kurz sauber«, sagte sie. »Und dann lass ich euch allein.«

»Danke«, sagte Amelia. »Charlotte, komm, wir setzen uns jetzt aufs Sofa und reden richtig miteinander, ja?«

»Dad hat mir alles gesagt, als du weg warst«, antwortete Charlotte.

Amelia stutzte. In ihr blitzte eine Erkenntnis auf. Schokokekse. Kaffee. Backen, anstatt zu reden. Im Café sitzen, anstatt die Hand ihrer Tochter zu halten. Das war doch nur eine andere Art, Schwierigkeiten aus dem Weg zu gehen, dem auszuweichen, was hätte getan, hätte gesagt werden müssen.

Da war kein großer Unterschied zwischen ihr und ihrer Mutter. Amelia versank vor Scham schier im Boden.

Sie schämte sich, weil sie nicht da gewesen war.

Nein. Sie würde nicht dieselben Fehler machen wie ihre Mutter. Nicht mit Charlotte. Nie wieder.

Aus den Augenwinkeln sah sie, wie Grace nach einem Topfhandschuh griff, und riss sich zusammen, um sich nicht über sie zu ärgern. »Lass die Kekse, Mum«, sagte sie so sanft wie möglich. »Jetzt sind andere Dinge wichtig. Wir müssen darüber reden, was da gerade passiert.«

»Was soll man dazu schon sagen?«, brach es plötzlich aus Charlotte heraus. »Dad hat eine neue Familie.«

»Das heißt nicht, dass er aufhören wird, dich zu lieben«, sagte Amelia. Er hatte aufgehört, *sie*, seine Frau zu lieben. Sie war diejenige, die er nicht mehr wollte. Da war es egal, dass sie selbst ihn hinausgeworfen hatte. Dass er sie hatte fallen lassen, war darum nicht weniger bitter.

»Es sollte doch nur eine Pause sein«, sagte Charlotte.

»Das habe ich auch gedacht«, erwiderte Amelia.

»Aber jetzt kriegt er ein neues Baby.«

Amelia rang nach Luft. »Ja«, seufzte sie. Sie hatte sich überlegt, was sie Charlotte sagen könnte, um sie zu trösten. *Er liebt dich immer noch. Familien haben heute alle möglichen Formen, aber die Liebe bleibt bestehen.* Das klang für sie ziemlich hohl, Platituden, wenn sie Tom in Wirklichkeit am liebsten angeschrien hätte wegen der furchtbaren Dinge, die er seiner Tochter antat. Ihnen allen antat.

»Es ist in Ordnung, wütend zu sein«, presste sie schließlich hervor. »Ich bin's jedenfalls. Wütend und verletzt, ich fühle mich abserviert und ...« Sie riss sich zusammen. »Voller Wut«, wiederholte sie dann. »Aber wir stehen das durch.« Sie nahm Charlottes Hand, schokoladig, wie sie war, und umfasste sie fest. »Zusammen.«

»Aber wir sind nicht zusammen«, sagte Charlotte. »Du und Dad und ich.«

»Ich weiß, aber ...« Amelia versagte die Stimme. Charlotte hatte recht. Ihr altes Leben war dahin, und dass es ein Bruch für immer wäre, dafür sorgte das neue Leben, das in *Julia* heranwuchs.

»Er wird keine Zeit für mich haben«, fuhr Charlotte fort.

»Doch«, gelang es Amelia zu behaupten, obwohl sie alles andere als sicher war.

»Viele Leute haben mehr als ein Kind«, sagte Grace. Ihre

Worte klangen ein wenig brüchig. »Das heißt nicht, dass sie die Kinder, die sie schon haben, dann weniger lieben, wenn ein anderes kommt.«

Amelia drehte sich um und starrte sie an.

»Was ist denn los?«, fragte Charlotte, den Blick unverwandt auf ihre Mutter gerichtet.

Einen Augenblick lang konnte Amelia nicht sprechen. Und als sie die Sprache wiederfand, kamen ihre Worte zorniger heraus als beabsichtigt. »Wieso redest du nie über *ihn*?«

»Wieso fängst du jetzt *damit* an?«, fragte Grace. »Wir wollen doch über Tom reden.«

»Du bist einfach wieder arbeiten gegangen«, sagte Amelia. »Du hast den Schuppen zugesperrt und das war's dann.«

»Oh«, sagte Grace und setzte sich.

»Was habt ihr denn?«, fragte Charlotte.

»Ich glaube, deine Mutter möchte über Peter reden«, sagte Grace leise.

»Wer ist Peter?«

»Er war mein kleiner Bruder«, sagte Amelia. »Er ist gestorben, als ich zwölf war.«

18

Die Kekse waren angebrannt, aber sie aßen sie trotzdem, direkt vom Blech, als sie nun alle um den Küchentisch herum saßen.

»Ich hatte einen Onkel?«, fragte Charlotte.

»Er ist vor dreißig Jahren gestorben«, sagte Amelia.

»Vor einunddreißig«, korrigierte Grace. Der Schmerz schien nie nachzulassen.

»Warum hast du mir das nicht erzählt?«

»Deine Großmutter möchte nicht darüber sprechen.« Amelia sah aus, als bedaure sie schon, dass sie davon angefangen hatte. »Sie hat ihn sehr geliebt.« Nach einer Pause: »Das haben wir alle.«

»Das tut mir sehr leid, Grandma«, sagte Charlotte. Grace spürte, wie sich die Finger ihrer Enkelin um ihre Hand schlossen und sie sanft drückten. Da dachte sie an das kleine Händepaar von Peter.

»Danke, Charlotte.« Grace streckte ihre freie Hand aus und nahm noch einen Keks, nur um etwas zu tun.

»Er war ein Eisenbahnfan«, sagte Amelia. »Deshalb hat deine Grandma angefangen, ihre Modellbahn zu bauen. Als er krank wurde, bauten sie zusammen daran.«

»Wir haben alle daran gebaut«, stellte Grace richtig. Es herrschte Schweigen am Tisch, und sie biss von ihrem Keks ab. Er verbreitete Bitterkeit in ihrem Mund.

Sie, Amelia und Peter hatten oft im Schuppen gesessen. Sie

hatte einen bequemen Sessel hineingestellt und Peter in eine Decke gewickelt, und so hatten sie zusammen an der Modellbahnanlage gebaut. Sogar Amelia half mit, sie war allerdings mehr an den kleinen Menschen interessiert als an der Mechanik. Peter dagegen wollte unbedingt wissen, wie alles funktionierte, die Trafos, die Stromspannung. Er war erst fünf, aber er hörte Grace' Erklärungen gebannt zu.

Eines Tages wurde er unruhig, als er im Schuppen saß. »Ich möchte zum Strand«, sagte er. Grace hatte ihn überrascht angesehen.

»Es ist mitten im Winter«, sagte sie. »Da liegt jetzt Schnee.«

»Vielleicht können wir im Sommer hin«, schlug Amelia vor. Grace sah sie an und nahm wahr, wie Amelias Miene umschlug. »Oh«, sagte ihre Tochter, als hätte sie erst jetzt richtig begriffen.

»Ich will die Möwen füttern«, beharrte Peter. »Eine Sandburg bauen. Im Meer schwimmen.«

»Tut mir leid.« Grace sah in sein blasses Gesicht. »Ich glaube wirklich ...«

»Wir könnten mit dem Zug hinfahren«, schlug er vor.

Niemand sagte etwas, vielleicht merkten alle, wie unrealistisch die Idee war. Es war schon schwierig genug, Peter aus seinem Zimmer in den Schuppen zu bringen.

Da erklärte Amelia: »Wir holen den Strand hierher.« In ihrer Stimme baute sich immer mehr Entschlossenheit auf. »Wir legen auf der Modelleisenbahn-Landschaft einen Strand an.«

Und sie hatten diesen Plan auch umgesetzt und gleich am nächsten Tag damit angefangen. Grace kaufte Sand und Harz und formte eine Meeresbucht, die sie mit winzigen Muscheln und Figürchen in Badehosen und Badeanzügen bevölkerte. Amelia hängte Möwen mit Angelschnur an der Decke auf und schuf sogar einen passenden Duft, mischte ätherische Öle und Kokosöl.

Peter war begeistert und ließ sich den Sand durch die Finger rieseln. Amelia suchte ihm eine große Muschel, die er sich ans Ohr hielt und dem Meeresrauschen darin lauschte.

Danach fiel ihm noch mehr ein, wohin er gern fahren würde, und Grace und Amelia bauten ihm seine Wunschziele in Miniaturgröße.

Aber nach seinem Tod konnte Grace es nicht mehr ertragen, im Schuppen zu sein. Jahrelang blieb er zugeschlossen, denn Grace war nicht bereit, mit diesen Erinnerungen konfrontiert zu werden. Mit dem Leben, das nicht hatte gelebt werden dürfen. Sie war zur Arbeit zurückgekehrt und hatte ihre Karriere vorangetrieben. Sie hatte ihrem Berufsleben sogar einen gewissen Sinn abringen können, auch wenn sie bei einer Spiralfeder, beim Gleiten eines perfekt eingepassten Kugellagers nie wieder das ungetrübte Glück empfand wie zuvor. Nicht nach diesem Verlust.

»Was ist mit den Miniaturlandschaften passiert?«, fragte Charlotte ihre Großmutter, die sich in ihren Gedanken verloren hatte.

»Deine Großmutter hatte nach Peters Tod keine Zeit mehr dafür«, sagte Amelia. »Sie ist wieder arbeiten gegangen.«

Grace sah ihre Tochter an. »Sie sind immer noch im Schuppen«, sagte sie. Sie verspürte kurz den Impuls, Charlotte einen Besuch dort anzubieten, dann sah sie Amelias Gesicht. »Aber es geht hier nicht um Eisenbahnen«, schob sie nach.

»Nein«, sagte Amelia. »Es geht hier um dich, Charley. Hör mal zu, Darling. Dein Dad hat Fehler gemacht und muss die Konsequenzen tragen. Aber er liebt dich immer noch. Das weißt du.«

»Anzunehmen«, murmelte Charlotte.

»Und wenn du das Bedürfnis hast zu reden, egal worüber, dann bin ich immer für dich da.«

»Und Grandma«, sagte Charlotte.

Amelia nahm sich noch einen Keks und biss ab. »Ja«, bekräftigte sie. »Und Grandma auch.«

Grace stand auf. »Ich fang mal an abzuspülen«, sagte sie. Sie hatte in der letzten Stunde mehr über Peter geredet als in den letzten zehn Jahren und hatte jetzt das Gefühl, noch ein Wort über ihn, und sie bräche zusammen. »Kann ich euch noch was bringen? Charlotte, vielleicht ein Glas Milch?«

»Nein danke«, antwortete Charlotte. Sie machte eine Pause. »Ich muss noch ein paar Hausaufgaben machen.«

»Ich muss auch noch was fertig kriegen«, sagte Amelia. Sie sah ihre Tochter an. »Wie wär's, wenn wir beide zusammen in meinem Bett arbeiten? Das wäre doch schön kuschelig.«

»Brauchst du Hilfe, Grandma?«

»Um mich brauchst du dir keine Gedanken zu machen«, sagte Grace und versuchte schon im Voraus über die Lüge zu lachen, die sie gleich erzählen würde. »Ich fühle mich einfach wohler, wenn die Küche sauber ist.«

Charlotte schmiegte sich in dem schmalen Bett an ihre Mutter, die warm war und nach Kaffee und verbrannten Keksen duftete. Ihr Schulbuch und Mums Laptop lagen ungeöffnet auf dem Nachttisch. Nichts schien mehr ganz so schlimm wie vor einer Stunde, aber Charlotte fühlte sich immer noch verunsichert, ein Gefühl, das bis zum Magen hinunterreichte, deshalb war ihr mulmig. Das erinnerte sie an die Geburtstagsparty ihrer alten Freundin Claire, bei der sie zu viel Lakritze gegessen und den ganzen Abend auf dem Klo verbracht hatte.

»Was für ein Tag«, brach Amelia das Schweigen, in das sie verfallen waren. »Du hast sicher Fragen.«

Charlotte wusste gar nicht, wo sie anfangen sollte.

»Wie ist das?«, fragte sie schließlich. »Einen kleinen Bruder zu haben?«

Amelia biss sich auf die Lippe. Mit ihrem Vater hatte sie die ganze Zeit über Peter geredet. Sie hatten gemeinsam die Erinnerungen an ihn gepflegt: seine Leidenschaft für Räder, die sich drehten, seine Neugier, wie Dinge funktionierten, seine Liebe für Eisenbahnen, die größer war als jede andere Liebe.

Aber seit dem Tod ihres Vaters hatten diese Gespräche aufgehört. Ihre Erinnerungen waren immer noch da, immer noch lebhaft, aber über sie zu sprechen fühlte sich an, als fahre sie ein altes, lange nicht benutztes Auto, das Rost angesetzt hatte.

»Es kann einen zur Verzweiflung bringen und ist gleichzeitig wunderbar«, sagte sie nach einer Pause. »Er hat meine Sachen auseinandergenommen, um zu sehen, wie sie funktionieren. Ich erinnere mich noch daran, wie er einmal meinen kleinen Eiswagen, den ich über alles liebte, auseinandergeschraubt hat, um nachzusehen, was drinnen wäre. Er erklärte mir, da sei nicht mal ein funktionstüchtiger Kühlschrank eingebaut und mein ganzes Eis spätestens in einer Stunde zusammengeschmolzen.« Sie war fuchsteufelswild geworden und hatte ihn angeschrien, dass das Eis sowieso aus Plastik sei und er den Wagen jetzt kaputt gemacht habe. »Er hat ihn für mich wieder zusammengebaut«, sagte sie. »Stück für Stück.« Sie lächelte. »Da war er sehr geschickt, wie Grandma. Sie hat ihn über alles geliebt.«

Sie sah Charlotte an, die das Wirbelmuster auf dem Bettbezug untersuchte. »Sie muss ihn sehr vermissen«, sagte sie, ohne aufzublicken.

»Ja.« Amelia dachte an die Zeit nach Peters Tod. Grace konnte sich kein Lächeln mehr abringen, fuhr zur Arbeit und kam spät nach Hause. Mit ausdruckslosem Gesicht sah sie sich die vielen Zeichnungen und Schulzeugnisse an, die Amelia ihr stolz präsentierte. Sie holte tief Luft. »Wir alle haben ihn sehr vermisst.« Sie unterbrach sich und schrak vor dem Klischee zurück, das ihr auf der Zunge lag, aber sie fand keine anderen Worte. »Er war unser kleiner Sonnenschein.«

Charlotte ließ sich kurz Zeit und fuhr mit der Fingerspitze die konzentrischen Kreise auf dem Kopfkissen nach. »Du hast deinen Bruder geliebt.«

»Natürlich.« Amelia legte ihre Hand auf die von Charlotte und sprach etwas aus, was ihr selbst wehtat. »Und auch du wirst deinen Bruder lieben«, sagte sie. »Deinen Halbbruder«, fügte sie hinzu – das konnte sie sich dann doch nicht verkneifen.

»Nein, werde ich nicht«, widersprach Charlotte. »Er ist der Grund, warum du nicht mehr mit Dad zusammenkommst.«

»Die Sache ist komplizierter«, widersprach Amelia. »Es gibt viele Gründe, warum dein Vater und ich nicht mehr zusammen sein können, aber das heißt nicht, dass einer von uns dich weniger liebt.«

Charlotte nickte, ohne ihr ganz zu glauben. Ihr Vater würde ein neues Baby haben, einen kleinen Jungen. Sie würden nie wieder zu dritt in Urlaub fahren. Er würde nicht zu Hause sein, um ihr bei den Hausaufgaben zu helfen, um die Stabheuschrecken zu kitzeln, um mit ihr über ihre Mutter zu lachen, wenn sie wegen einer Spinne im Schlafzimmer kreischte.

»Aber *ich* liebe ihn jetzt ein bisschen weniger«, sagte sie.

Amelia wusste nicht, was sie darauf erwidern sollte. Es machte sie so traurig, dass ihre Tochter so etwas erleben musste.

Und es machte sie wütend, dass dieser Mann, den sie geliebt hatte und in einem kleinen Winkel ihres Herzens immer noch liebte, seiner Familie so etwas antun konnte. »Das ist schon in Ordnung«, sagte sie. »Aber er ist und bleibt dein Vater. Ich weiß, dass er sein Bestes tun wird, um alles wieder gut zu machen.« Im Grunde glaubte sie das selber nicht. Aber was konnte sie sonst schon sagen? »Und du wirst immer mich haben«, fügte sie hinzu.

»Und Grandma«, sagte Charlotte.

Amelia nickte. »Und Grandma auch.«

»Wie hieß gleich die Schlafsackmarke, die du wolltest?« Grace suchte die Regale im Outdoor-Geschäft ab.

»Kelty Cosmic«, sagte Charlotte. »Die haben Nia und Anne-Marie auch.«

»Schade, dass Sammy nicht mit zu euch ins Zelt kann«, sagte Grace. »Willst du, dass ich mit den Lehrern rede?«

»Nein danke«, sagte Charlotte rasch. »Es macht uns nichts aus.«

»Es ist so schön, auch Freundinnen zu haben«, sagte Grace. »Zu unserem Modellbauclub kommen nicht viele Frauen, aber es war großartig für mich, Ava kennenzulernen. Ihr beide müsst euch bald mal treffen. Sie ist fabelhaft, wie sie dir bestimmt selber sagen wird ...«

»Hast du ihr von Peter erzählt?«, fragte Charlotte.

Grace nahm einen Schlafsack aus dem Regal. »Das ist eine hübsche Farbe«, sagte sie. »Gelb wie ein Maisfeld.« Sie spürte Charlottes Blick auf sich. Was machte sie da schon wieder? Sie atmete tief ein. »Nein«, sagte sie dann. »Es war kein Geheimnis, was mit ihm passiert ist, aber ...« Sie legte den Schlafsack wieder zurück. »Manchmal, wenn etwas ganz, ganz, furchtbar ist, dann …« Sie brach wieder ab, spürte Tränen herandrängen. Sie konnte doch hier nicht weinen, nicht mitten im Outdoor-Geschäft.

Charlotte sah ihre Großmutter an. »Weißt du, wenn du mal darüber reden willst …«

»Danke«, sagte Grace. Sie sah aus, als würde sie gleich in Tränen ausbrechen.

»Mit gefällt das Gelb«, sagte Charlotte rasch, auch wenn es eigentlich nicht stimmte. »Sollen wir den nehmen?«

Grace ergriff sofort die Chance, das Thema zu wechseln. »Gern«, sagte sie dankbar. Sie sah sich um. »Was hast du denn noch auf deiner Liste?«

Das Gespräch kehrte auf sicheres Terrain zurück: Gummistiefel, wasserdichte Hosen. Grace konnte allmählich wieder leichter atmen und half Charlotte, einen Berg raschelnder Gore-Tex-Hosen in die Umkleidekabine zu tragen.

Grace setzte sich auf einen kleinen und unglaublich unbequemen Hocker vor der Kabine und betrachtete träge die Zeltausstellung in der Mitte des Ladens. Wahrscheinlich hatte sie immer noch Amelias wasserdichte Sachen auf dem Dachboden, und ganz bestimmt einen Schlafsack. Aber sie hatte gar nicht erst danach gesucht. Erstens stieg sie nicht mehr gern die Leiter hoch, nicht in ihrem Alter. Zweitens mögen Kinder neue Sachen und sie wollte Charlotte beschenken. Ihre Enkelin war so aufgeregt wegen dieser Klassenfahrt und Grace wollte sie gern mit allem ausstaffieren, was sie zu brauchen glaubte, um sich wohl zu fühlen.

»Findest du nicht, dass mich die Hose dick macht?« Charlotte trat vorsichtig aus der Kabine.

»Überhaupt nicht«, sagte Grace. Wie beunruhigend, eine

solche Frage aus dem Mund einer Elfjährigen zu hören. »Und mir gefällt die Farbe.«

»Marineblau«, sagte Charlotte, als wäre das eine Farbe, die unmöglich jemandem gefallen konnte.

»Die ist perfekt«, sagte Grace. »Nehmen wir sie doch. Und ich finde, weil wir so erfolgreich waren, sollten wir uns belohnen. Komm, wir gehen in ein Café und ich spendiere dir etwas Leckeres.«

»Erst schauen wir nochmal bei den Schlafsäcken«, sagte Charlotte. Jetzt, wo ihre Großmutter wieder fröhlicher wirkte, wollte sie sich doch eine andere Farbe aussuchen. »Und ich dachte, wir schauen auch noch nach ein paar anderen Sachen, die nicht auf der Liste stehen. Jeans und so?« Sie hatte den Inhalt ihres Schranks durchgesehen; das meiste kam für die Klassenfahrt nicht in Frage.

»Klar«, sagte Grace. Sie fragte sich, wie viele Jeans ihre Enkelin wohl brauchte. »Geh du voraus, du weißt am besten, was dir noch fehlt.«

Charlotte saß im Klassenzimmer bei den Mädchen und beobachtete Sammy am Nebentisch. Die Inselgruppen waren für ein Teamprojekt zusammengesetzt worden, in dem sie »Überlebenskompetenzen« einüben sollten. Sie hatten die Aufgabe bekommen, aus einem Holzlöffel, zwei Ziegelsteinen und einer Handvoll Gummibändern eine Eierschleuder zu bauen. Nicht einmal Charlotte kam dahinter, welchen Nutzen das jemals im Leben haben sollte.

»Hilfe«, schrie Nia und machte einen Satz weg von den Ziegelsteinen. »Da sitzt eine Spinne! Miss, Miss!«

»Charlotte wird sie retten«, rief Sammy.

Charlotte runzelte die Stirn. »Nein, werde ich nicht«, sagte sie rasch und überzeugend, wie sie hoffte. »Igitt.« Aber sie konnte es sich nicht verkneifen, einen Blick zu riskieren. Sie beugte sich vor. Eine winzige rote Spinnmilbe, gerade einmal stecknadelkopfgroß, krabbelte über den Ziegelstein. »Das ist keine Spinne, das ist …« Sie biss sich auf die Lippe, denn sie wollte nicht das Etikett »Insektenfreak« aufgeklebt kriegen.

Mrs. Varga kam herüber und zerklatschte das kleine Wesen mit ihrem Notizblock. »In dem Camp wird es noch ganz andere Insekten geben«, kommentierte sie.

»Krebse«, warf Marlon ein und schnippte mit den Fingern in Richtung der Mädchen. »Die kommen und zwicken euch mitten in der Nacht in die Nase.« Kaval begann zu kichern.

Nia verdrehte die Augen und hob die Hand. »Kann ich bitte einen sauberen Ziegel haben, Miss?«, verlangte sie. »Und ein Zelt weit weg von Marlon.«

Miss Varga seufzte. »Ich werde sehen, was sich machen lässt.«

Charlotte sah, wie Sammy etwas zeichnete, schielte aber nicht hinüber, um Genaueres zu erkennen. Sie hatten kaum miteinander gesprochen, seit sie in verschiedenen Gruppen waren. Charlotte hatte ihm noch gar nicht von dem Baby erzählt. Sie bekam einen jähen, heftigen Anfall von Ärger, ein bisschen wie der Schmerz, wenn ihr jemand einen Gummi auf die nackte Haut schnippte. Sie wusste nicht, wohin mit ihrem Zorn, und merkte, wie er sich unter ihre Gefühle für ihren Freund mischte. Es war nicht ihre Schuld, dass sie kein Zelt miteinander teilen konnten, aber er drehte es so hin.

»Rat mal, was in der Pause passiert ist.« Sie beugte sich zu Nia, die ihr zuflüsterte. »Ich hab gesehen, wie Marlon Sandra in den Po gezwickt hat.«

»Echt?« Charlotte war dankbar für die Ablenkung.

»Glaubst du, er steht auf sie?«

»Vielleicht«, sagte Charlotte. »Hat sie ihn gemeldet?«

»Sie hat es Tabitha erzählt, die es Tisha erzählt hat, die es Anne-Marie erzählt hat. Das heißt, es ist wahr.«

»Aha«, sagte Charlotte, die nicht ganz folgen konnte.

»Übrigens«, fing Nia an, als Mrs. Varga zum anderen Ende des Klassenzimmers ging, um die Reste eines Eis wegputzen zu helfen, das von Kavals Tisch gerollt und dramatisch auf dem Boden zerplatzt war. »Hast du eigentlich rausgekriegt, was mit Mr. Brown los ist?«

»Nein«, erwiderte Charlotte. »Aber ich weiß jetzt, dass er bald zurückkommen wird.«

»Dann war's wahrscheinlich nur ein Urlaub«, sagte Nia.

»Ja«, sagte Charlotte.

»Ich kann auf diesem Tisch nicht einmal den Ansatz einer Schleuder erkennen«, sagte Mrs. Varga, und alle zuckten hoch, als sie hinter ihnen erschien. »Wie wollt ihr da eure Eier fliegen lassen?«

Nia und Anne-Marie begannen zu kichern.

»Oje, die Reise wird sich ziehen«, murmelte Mrs. Varga.

Grace legte Charlottes wasserdichte Hose sorgfältig zusammen und dachte an das Baby, das unterwegs war. Sie saßen auf Charlottes Bett und packten für die Klassenfahrt.

Grace machte einen Bogen um das Thema. Abgesehen von allem anderen fühlte sie sich der Frage, wie Babys gemacht wurden, nicht ganz gewachsen. Charlotte musste es wissen, heutzutage lernte man so was in immer jüngeren Jahren in der Schule. Für Grace war es bis weit in die Pubertät hinein

ein Rätsel geblieben. Eine Freundin hatte sie schließlich aufgeklärt, mit konfusen Erläuterungen, die Grace ganz zittrig machten. Amelia dagegen war noch in der Grundschule, als sie Grace die Vorgänge sachlich und erschreckend detailliert geschildert hatte.

»Wann kommt das Baby denn zur Welt?«, fragte Charlotte aus heiterem Himmel.

»Huch«, sagte Grace verblüfft. »Ich fürchte, das weiß ich gar nicht.«

»Wird Mum es wissen?«

»Das nehme ich an«, sagte Grace. Sie schwieg kurz. »Sie kommt bald nach Hause. Sie hat gesagt, sie will mit dir fertig packen.« Grace dachte an ihre Tochter und alles, was sie jetzt durchmachte. »Vielleicht ist es besser, wenn du sie noch nicht gleich fragst«, fügte sie hinzu, besorgt, dass Amelia aus der Fassung geraten, vielleicht sogar wütend werden könnte. Sie dachte kurz nach. Charlotte sollte es aber wissen, damit sie sich darauf einstellen konnte. »Ich könnte sie für dich fragen, wenn du magst?«

»Ach, eigentlich ist es mir egal«, sagte Charlotte.

Ein neues Leben, dachte Grace. Sie und Jonathan waren Charlotte besuchen gekommen, als sie vier Tage alt war. Selbst diese vier Tage hatte Grace kaum abwarten können, aber Jonathan hatte darauf bestanden, dass sie der jungen Familie erst ein bisschen Eingewöhnungszeit gaben. Grace war so aufgeregt gewesen, dass sie kaum geschlafen hatte. Amelia hatte müde, aber glücklich ausgesehen und ihre winzige Tochter an sich gedrückt, die mit dicken Bäckchen nuckelte, die Haut noch rot vom Schock des Luftkontakts nach so langer Zeit im Fruchtwasser. Amelia hatte zu ihnen hochgelächelt und ihr Baby sanft von der Brust gelöst, damit die Großeltern Charlottes zerknautschtes Gesichtchen bewundern könnten. Charlotte hatte den Mund auf und zu gemacht und, als keine Milch mehr floss, mit einer Lautstärke zu brüllen begonnen, dass Grace die Ohren dröhnten.

Es war ein außerordentlicher Moment gewesen.

»Du willst ihn sicher gleich sehen, wenn er da ist«, sagte sie.

»Nö«, sagte Charlotte.

»Ganz deine Sache.«

»Nichts davon ist meine Sache«, brauste Charlotte auf.

Grace hatte wohl das Falsche gesagt. Wie konnte das passieren? »Tut mir leid.« Sie sah Charlotte an, die kurz davor war, sich in Tränen aufzulösen.

Halt dich an praktischen Dingen fest. Das war die Lösung. »Wie viel Paar Socken soll ich einpacken?«, fragte Grace. »Du bist sieben Tage dort, also vielleicht zehn Paar, damit du Ersatz hast?«

»Okay.« Charlotte lächelte, anscheinend über den Themenwechsel genauso erleichtert wie sie.

»Ich steck dir zwölf Paar rein«, sagte Grace entschieden. »Nichts ist schlimmer als nasse Socken.«

»Wirklich nicht?«

Grace blieb die Antwort erspart, denn unten ging die Tür. »Das ist deine Mum«, sagte sie. »Such dir doch mal die Haarbänder raus, die du mitnehmen willst, und ich rede inzwischen kurz mit ihr. Dann kommt sie rauf und hilft dir fertig packen.«

Grace überließ Charlotte ihrer Krimskramsschachtel und ging in die Küche. Amelia zog gerade ihren Laptop aus der Tasche. »Wie läuft's?«

»Wir sind schon ganz gut vorangekommen«, sagte Grace, »aber noch lange nicht fertig.«

»Es wird ihr gut tun, wenn sie mal wegkommt«, sagte Amelia. »Aber ich werde sie vermissen.«

Grace sah ihre Tochter an. Sie überlegte, ob sie sie umarmen sollte, und breitete die Arme aus, was als Einladung, aber auch als Räkeln aufgefasst werden konnte, je nachdem.

»Ich geh rauf und helfe ihr.« Amelia fummelte weiter an ihrer Laptoptasche herum und überging die Geste ihrer Mutter.

Grace ließ die Arme wieder sinken. »Kann ich noch was tun?«, fragte sie.

»Hast du schon genug Unterwäsche für sie eingepackt?«

»Ich meinte, was für *dich* tun«, sagte Grace. Sie ging hinüber und legte ihrer Tochter die Hand auf die Schulter. »Es muss schwer für dich sein.« Sie hielt inne und überlegte, ob sie fragen solle. Besser, wenn sie etwas abbekam als Charlotte, dachte sie dann. »Wann ist denn der Geburtstermin?«

Amelia schüttelte die Hand ab, aber ihre Stimme schwankte ganz leicht. Ganz kurz. »Im Juni«, sagte sie. »Da kannst du es dir ausrechnen.«

Grace rechnete stumm und ihr verschlug es erst einmal die Sprache. Dann sagte sie: »Ich habe Charlotte einige Extrasocken eingepackt.«

»Wie geht es ihr?«, fragte Amelia.

»Sie ist durcheinander«, sagte Grace. »Hast du mit ihr schon darüber gesprochen?«

Amelia sah sie an, und Grace fühlte sich wie versengt von der töchterlichen Verachtung.

»Natürlich habe ich das. Wenn wichtige Dinge passieren, muss man in der Familie darüber reden.«

Amelia sah, wie Grace unter ihrem Kommentar zusammenzuckte, aber sie bedauerte ihn nicht. Ihre Gedanken wanderten zu den Tagen zurück, als sie, Grace und Peter im Schuppen gesessen und gemeinsam eine perfekte kleine Welt aufgebaut hatten, eine Welt, wo sich jedes Problem mit ein bisschen Kleber und einem Tupfer Farbe lösen ließ. Damals schien alles möglich, sogar der perfekte Strand, komplett mit Meeresduft.

Aber das wirkliche Leben war anders.

Peter war gestorben.

Amelia wäre damals gern in den Schuppen zurückgekehrt, um mit ihrer Mutter dort zu sitzen und über ihren Bruder zu sprechen. Über das, was passiert war. Hätte vielleicht sogar gern an der Welt weitergebaut, mit der sie für Peter begonnen hatten. Aber Grace hatte den Schuppen zugesperrt, war wieder arbeiten gegangen und sogar noch später nach Hause gekommen als früher. Amelia war mit ihrem Vater allein. Zwei, wo vorher vier gewesen waren. Da hatte Amelia erkannt, dass der Schuppen nicht für sie alle da war.

Er war nur für Peter da. Für das Lieblingskind ihrer Mutter.

Und als er weg war, gab es keinen Platz mehr darin für Amelia.

Ihre Mutter redete. »Charlotte ist in ihrem Zimmer«, sagte sie. »Ich habe eine Liste mit allem gemacht, was sie braucht. Schau, dass sie alles abhakt.«

Amelia fasste einen Entschluss. »Übrigens sieht es mit meinen Finanzen wieder besser aus«, sagte sie. »Ich glaube, nächsten Monat bin ich schuldenfrei.«

»Das ist großartig«, sagte Grace. Ihre Stimme stockte ein wenig. »Gratuliere.«

»Charlotte und ich werden ausziehen, sobald ich eine neue Wohnung gefunden habe. Ich werde nächste Woche nach der Arbeit einige Besichtigungstermine organisieren.«

»Oh«, sagte Grace. »Das hat doch keine Eile.«

»Nein«, erwiderte Amelia. »Aber ich glaube, es ist besser, wenn wir dir nicht länger auf der Pelle sitzen.«

»Ihr sitzt mir nicht auf der Pelle.«

»Du weißt schon, was ich meine.« Amelia sah ihre Mutter an, die pflichtschuldig nickte. Aber mit einem Ausdruck in den Augen, den Amelia nicht ertragen konnte. »Gut.« Sie war froh, dass sie die Flucht antreten durfte. »Ich geh jetzt mal Charlotte helfen.«

19

Charlotte war aufgeregt. Die ganze Klasse stand am Bahnsteig, alle redeten und lachten durcheinander, das Gepäck wartete hoch aufgetürmt auf einer Metallbank. Zusammengerollte Schlafsäcke wurden verglichen, düstere Wolken am Himmel nervös kommentiert, Zugtickets verloren und wiedergefunden, in Hosentaschen oder auf dem Boden. Eltern wurden zum Abschied beiläufig geküsst, aber Charlotte wusste, dass ihre Mum im Auto sitzen bleiben und winken würde, wenn der Zug losfuhr.

Sie waren bereit zum Aufbruch.

Die meisten Kinder standen in ihren Zeltgruppen zusammen, aber Sammy hatte sich neben Charlotte gestellt. »Ich kann's kaum erwarten, dass es losgeht«, sagte er, die ersten Worte, die er seit langem an sie richtete.

»Ich wette, du bist bloß so aufgeregt, weil du den Tunnel in Barnham sehen wirst«, nahm Charlotte das Friedensangebot an.

»Du hast's erfasst.« Sammy lachte. »Wir fahren durch diesen Tunnel und bei Chichester über eine Brücke. Und dann wird der Zug geteilt. Ich hoffe, Mrs. Varga lässt uns aussteigen, damit wir zusehen können, wie der eine Teil abgekoppelt wird.« Er lächelte sie an. »Wenn du magst, kannst du am Fenster sitzen.«

Charlotte erwiderte sein Lächeln. »Setz lieber du dich ans Fenster.«

»Danke.« Er sah sie an. »Ich hab dich vermisst«, sagte er. »Du warst so komisch. Stimmt was nicht?«

Charlotte zögerte. Sie wollte nicht über ihren Dad reden. Sie wollte nicht einmal an ihn denken. Aber sie konnte nicht stundenlang neben Sammy sitzen und ihm nichts erzählen. Er wusste ja, dass etwas in der Luft lag. »Ich erzähl's dir im Zug«, sagte sie.

Nia kam zu ihnen, eine willkommene Ablenkung. »Hey, Charley«, begrüßte sie Charlotte. »Super Jeans.«

»Danke«, sagte Charlotte. »Deine ist auch cool.«

»Der Schnellzug nach Waterloo fährt in zwei Minuten durch«, unterbrach Sammy. »Ohne zu halten. Ich schau ihn mir von der Überführung aus an. Kommst du mit?«

»Nein danke«, sagte Charlotte. Sie spürte Nias Blick auf sich.

»Setzt du dich im Zug zu uns, Charley?«, bot Nia ihr an.

»Sie setzt sich zu mir«, sagte Sammy. »Wir steigen in Havant aus, damit wir zuschauen können, wie der Zug geteilt wird.«

»Langweilig«, sagte Nia. »Charley, willst du nicht lieber bei uns sitzen? Du kannst bei meinen EarPods mithören.«

EarPods. Musik. Kichern und Tratschen. Charlotte hielt kurz inne und sah Sammy an, der ihren Blick mit undurchdringlicher Miene erwiderte.

»Ich würde gern Musik hören«, sagte sie zögernd. »Und wir sollen ja auch in unseren Gruppen bleiben.«

»Cool.« Nia lächelte ihr zu und ging wieder zu den anderen hinüber. Sammy starrte auf seine Schuhe.

»Das macht dir doch nichts aus, oder?«, fragte Charlotte leise. Sie begann ihre Entscheidung schon zu bereuen.

»Wo du sitzt, ist deine Sache.« Sammy sprach zu seinen Sneakern. »Kommst du wirklich nicht mit, um den Zug durchfahren zu sehen?«

»Nein«, sagte Charlotte. »Ich geh nochmal aufs Klo. Nia hat erzählt, dass die Zugtoiletten Automatiktüren haben, die jederzeit aufgehen können, während du auf der Schüssel sitzt. Dann kann dir die ganze Klasse beim Pinkeln zuschauen.« Bei der Vorstellung schüttelte es sie vor Entsetzen.

»Mach schnell«, sagte Sammy. »In fünf Minuten kommt unser Zug.«

Charlotte sah ihm schuldbewusst nach, wie er lahm die Treppe zur Überführung hochstieg. Sie ging den Bahnsteig entlang zur Toilette.

Als sie herauskam, blieb sie mit einem Ruck stehen.

Da war ein Geräusch im Gebüsch, direkt am Zaun, auf der anderen Seite.

Ein Geräusch in ihrer Wildnis, rechts vom Bahnsteig.

Es war nur eine Katze, eine orange getigerte, die sie schon mehrmals dort gesehen und einmal für einen kleinen Fuchs gehalten hatte. Sie wollte schon weitergehen, aber da blieb die Katze stehen und starrte sie an.

Sie hatte etwas im Maul.

Etwas Schwarzes. Mit Federn.

Charlotte zögerte keine Sekunde. Sie drehte sich kurz um, ob auch niemand von den Lehrern hersah; die durften ihr jetzt nicht dazwischenfunken. Aber alle vier Lehrkräfte waren abgelenkt: Anscheinend war die Aufregung für eines der Kinder zu viel geworden und es hatte sich übergeben müssen.

Charlotte rannte zu der losen Stelle im Zaun, die sie so gut kannte, und schlüpfte durch.

So ruhig sie konnte, kroch sie auf die Katze zu, die die Kiefer fest um den Vogel geschlossen hielt. Die Katze starrte sie an und fauchte, es war nur zu klar, dass Charlotte hinter ihrer Beute her war.

»Alles gut«, sagte sie sanft. »Das ist eben dein Instinkt.« Sie kroch noch ein wenig näher. »Du hast ein hübsches Halsband«, sagte sie. »Und du brauchst diesen Vogel nicht, zu Hause wartet jede Menge leckeres Futter auf dich.« Sie versuchte zu erkennen, ob der Vogel noch lebte. Er wehrte sich nicht, doch in seinen Augen schien Leben zu leuchten.

Sie streckte die Hand nach dem Vogel aus, doch die Katze machte einen Satz nach hinten. Damit hatte Charlotte gerechnet, sie warf sich kurzerhand auf das Tier. Es strampelte, wand sich und kratzte, aber Charlotte ließ es nicht los.

Im Hintergrund hörte sie, wie sich ein Zug näherte, dann Mrs. Vargas Stimme, die die Kinder zusammentrieb. »Alle in eure Gruppen«, rief sie. »Wir machen uns fertig zum Einsteigen!«

Charlotte griff unter sich nach dem Maul der Katze und versuchte, den Vogel herauszubekommen. Die Katze protestierte mit Geschrei und lockerte dabei die Kiefern.

Plötzlich hatte Charlotte den Vogel in der Hand. Sie stand auf, und die befreite Katze schoss in die Büsche.

»In eure Gruppen«, rief Mrs. Varga wieder. »Zählen wir durch. Bleibt mal ruhig stehen. Ruhig, hab ich gesagt. Ihr seid ja unmöglich. Miss Conti, können Sie mir bitte helfen?«

Charlotte ignorierte ihre Lehrerin und betrachtete den Vogel in ihren Händen. Er zitterte, obwohl er ganz warm war. Es war eine junge Amsel, mit glänzenden Federn, unter denen noch ein paar Babydaunen hervorspitzten.

»Alles okay mit dir?«, fragte sie das Tierchen sanft. Der Vogel sah sie an, und Charlotte hatte ein Gefühl des Wiedererkennens. Könnte es derselbe Vogel sein, den sie schon einmal gerettet hatte?

Keine Zeit jetzt für solche Überlegungen. Der Vogel zappelte in ihren Händen und versuchte sich zu befreien.

Charlotte öffnete die Handflächen. Der Vogel zauderte kurz und hüpfte dann auf ihr Knie. Dort breitete er seine Flügel aus und flatterte zu einer alten Eiche hoch, in deren Laub er verschwand.

»Komm jetzt!« Sammy war herbeigerannt und stand bei ihrem Loch im Zaun. »Höchste Zeit!«

»Ich komm ja schon.« Charlotte stand auf und grinste ihn an. »Du errätst nie, wen ich gerade gesehen habe.«

»Erzähl's mir später«, sagte Sammy. »Wir dürfen den Zug nicht verpassen.«

»Ist Charlotte gut weggekommen?«, fragte Grace. Sie freute sich, dass Amelia sich mit offenem Laptop an den Küchentisch setzte. »Ihre erste Klassenfahrt, seit sie in der neuen Schule angefangen hat. Sicher ein großes Abenteuer für sie.«

»Charlotte ist jedes Jahr mit uns in Urlaub gefahren, ins Ausland, seit sie sechs Monate alt war«, sagte Amelia.

»Aber das ist doch was anderes«, erwiderte Grace. »Wenn sie mit ihren Freunden und nicht mit den Eltern verreist.« Amelia blickte nicht von ihrem Laptop hoch, und so fuhr Grace fort. »Ich erinnere mich an deine erste Klassenfahrt. Du warst ungefähr so alt wie Charlotte. Und so aufgeregt! Du hast dir Sorgen gemacht, ob du die richtige Sorte Schlafsack hast, genau wie sie!«

»Ich war ja schon oft von zu Hause weg gewesen«, sagte Amelia mit finsterer Miene.

»Bei meinen Eltern«, sagte Grace. Sie fragte sich, ob sie wohl auf heikles Gelände geraten war. »Mit Freunden ist es anders.«

»Ja«, sagte Amelia. »Wie du schon sagtest.«

Die fünf Tage, die Charlotte weg sein würde, dehnten sich

vor Grace plötzlich aus wie eine Ewigkeit. Jetzt waren nur sie und ihre Tochter im Haus. Zusammen. Allein. Keine wunderbare Elfjährige, die von ihrem Tag, ihren Lehrern, von Vögeln und Stabheuschrecken erzählen würde. Die die Spannung vertreiben und ihnen allen einen sicheren Boden unter den Füßen geben würde, auf dem sie sich bewegen konnten.

Grace merkte, dass es ihr vor diesen fünf Tagen graute. Und in diese Erkenntnis mischten sich auch Schuldgefühle. Sie sollte sich darauf freuen. Eine Zeit, in der Mutter und Tochter ihre Beziehung stärken könnten. In der sie die Chance hätten, wieder einen Draht zueinanderzufinden. Sich näherzukommen.

Sie holte tief Luft. »Die Vegetarierin ist also aus dem Haus«, begann sie munter. »Hast du Lust auf irgendetwas Besonderes, was ich kochen könnte?«

»Ist mir egal, was du kochst«, erwiderte Amelia, und Grace fühlte sich wieder an die Pubertätsjahre ihrer Tochter erinnert.

»Vielleicht etwas aus deiner Kindheit?«, schlug sie vor. »Gibt es nichts von früher, was du gern wieder essen würdest?«

»Meistens hat Dad gekocht«, sagte Amelia. »Du warst in der Arbeit.«

»Schon, aber ...« Grace brach ab und biss sich auf die Lippe. »Irgendwas muss es doch geben.«

»Ich habe diese Woche wirklich Unmengen Arbeit«, sagte Amelia. »Wahrscheinlich komme ich meistens spät zurück und möchte auch noch ein paar Wohnungen besichtigen. Iss einfach ohne mich. Ich besorg mir schon was.«

»Nun ja«, sagte Grace. Sie versuchte, sich ihre Verletztheit nicht anmerken zu lassen. »War nur so ein Gedanke.«

Amelia sah sie an. »Jetzt sei doch nicht so«, sagte sie. »Wir haben ein massives Defizit und brauchen Millionen, damit die Labore weiterarbeiten können. Außerdem müssen noch die ganzen Mittel für nächstes Jahr bewilligt werden, die neue Kampagne braucht den letzten Schliff und der Aufsichtsrat sitzt mir im Nacken und will sehen, ob sich die Investitionen rentieren, da muss ich einiges an Überstunden reinstecken. Das verstehst du doch.«

Grace verstand sehr wenig, aber sie nickte. »Kein Problem«, sagte sie und überlegte fieberhaft, was sie erzählen könnte, um zu beweisen, dass sie nicht beleidigt war. »Ich werde auch ziemlich beschäftigt sein«, kündigte sie an. »Der Club macht einen Ausflug und ich bin mit dem Picknick beauftragt.«

Amelia schwieg dazu, was Grace ihr nicht übel nehmen konnte. Was war schon ein Picknick? Amelia hatte gerade ihre Tochter in den Zug gesetzt, ihr Mann bekam mit einer anderen Frau ein Kind und sie musste sich mit einem stressigen Job herumschlagen. Und Grace erzählte ihr, dass sie für ein Picknick Würstchen im Teig machen würde. Vielleicht auch eine Quiche.

Ihre Tochter brauchte Hilfe. Unterstützung. Jemanden, mit dem sie darüber reden konnte, was gerade in ihrem Leben passierte. Grace wünschte sich einen Augenblick lang, sie könnte diese Person sein. Sie wäre es so gerne.

Ich bin eine gute Zuhörerin, könnte sie sagen.

Nein, bist du nicht, würde ihre Tochter erwidern.

Und bisher war sie es auch nicht gewesen. Nicht nach Peters Tod. Amelia hatte recht. Sie hatte den Schuppen zugesperrt und war in die Arbeit zurückgekehrt. Das musste sie auch – sie brauchten das Geld, und sie hatte sich fast ein Jahr frei genommen, als Peter krank war. Sie hatte sich innerlich zerrissen gefühlt. Einerseits wollte sie jede Minute mit Amelia verbringen, andererseits hatte sie immer noch Spaß an ihrem Beruf. Besonders in den Momenten, wenn sie ganz in ihrer Aufgabe versank und nicht an ihren Verlust dachte. Sie brachte es nicht über sich, von Peter zu reden, der Schmerz war zu groß.

Jonathan hatte mit Amelia über ihren Bruder geredet, das wusste sie. Und so hatte Grace einfach das Einzige getan, was sie konnte. Sie hatte weitergemacht, im altbekannten Muster. Das musste Amelia doch verstehen, oder? Sie machte den Mund auf, um etwas zu sagen, brachte aber kein Wort hervor. »Tee?«, hörte sie sich stattdessen fragen.

»Nein danke.« Amelia nahm ihren Laptop. »Ich arbeite in meinem Zimmer.«

Charlotte schaute aufs Meer hinaus. Ein dunkelblauer Streifen, über dem der hellere Himmelsstreifen zu Weiß verblasste. Sie atmete die salzige Luft ein, die tiefer in ihre Lungen hineinzuströmen schien als die Luft im Landesinneren. Sie fuhr mit den Fingern absichtslos durch den Sand, die Körnchen liebkosten sanft ihre Hand und hinterließen ein Wirbelmuster.

»Ziemlich cool hier, findest du nicht?« Sammy setzte sich neben sie in den Sand.

»Ganz okay«, sagte Charlotte. Sie machte eine beklommene Pause. »Aber hier hat Nia gesessen.«

Sammy ignorierte sie. »Sogar die Luft riecht gut.«

Nia und die anderen Mädchen kamen auf sie zu. »Ich hab dich doch gebeten, dass du mir meinen Platz freihältst«, sagte Nia angesäuert.

»Kannst du ein Stück rutschen, Sammy?«, fragte Charlotte.

»Du sollst sowieso in deiner Zeltgruppe sitzen«, sagte Anne-Marie.

»Setzt euch doch auf die andere Seite von Charlotte«, sagte Sammy. »Da ist viel Platz.«

Nia und Anne-Marie setzten sich grummelnd auf die andere Seite.

»Kommt alle zusammen«, rief Mrs. Varga den Kindern zu. »Dort, wo Charlotte sitzt, auf dem Sand. Wir teilen euch jetzt die Regeln mit, die im Camp und am Strand gelten. Alle gut zuhören, das ist sehr wichtig.«

Die Kinder setzten sich im Schneidersitz auf den Strand, so, dass sie das Camp im Rücken und das Meer vor sich hatten. Bei den Zelten handelte es sich um stabilere Unterkünfte, als Charlotte erwartet hatte; sie waren mit Feldbetten ausgestattet. Duschen, in denen es bereits von langen schwarzen Haaren wimmelte, gab es in einem Gebäude rechts, in dem auch die Toiletten waren. Der einzige Grund, warum sie nachts ihr Zelt verlassen durften, war ein Gang zur Toilette, der Weg dorthin war beleuchtet. Sie mussten ihren ganzen Abfall in die Mülleimer werfen und das Camp so blitzblank hinterlassen, wie sie es vorgefunden hatten, wenn nicht noch blanker. Charlotte dachte, der letzte Punkt seien bestimmt die Haare in der Dusche. Sammy stupste sie an und gestikulierte, sie solle sich umdrehen, aber Charlotte ignorierte ihn. Sie verlor sich in ihren Grübeleien.

Denn sie konnte an nichts anderes denken als an ihren Vater. Das neue Baby. Das Kind, das er ihr vorgezogen hatte. Warum hatte sie nicht genügt? Sie war eine gute Tochter gewesen, jedenfalls hatte sie das immer gedacht. Sie liebte ihren Vater und war nie übertrieben frech zu ihm gewesen, im Gegensatz zu vielen ihrer Freundinnen.

Oder?

Sie erinnerte sich an einen Streit mit ihrem Dad, als er ihr kein zweites Eis kaufen wollte. Sie musste vier oder fünf gewesen sein, und es war kurz vor dem Abendessen. Sie hatte sich auf den Boden geworfen und gebrüllt, sie habe ihn nicht mehr lieb.

War das der Moment gewesen, als er beschlossen hatte, ein zweites Kind zu bekommen? Ein braveres?

Andere Erinnerungen schwappten heran wie die Wellen an den Strand. Als sie ihn angeschrien hatte. Als sie Partei für ihre Mutter ergriffen hatte. Als sie ihm gesagt hatte, sie hasse ihn, weil der Ketchup für ihre Pommes ausgegangen war.

Sie sah Sammy finster an, der ihr wieder ins Ohr zu flüstern begann. Sein warmer Atem kitzelte sie und sie verstand nicht, was er von ihr wollte. Mrs. Varga redete jetzt über Ebbe und Flut. Sie mussten in diesem Strandbereich bleiben, weil die Flut in dieser Gegend rasch stieg, und durften nur zu festgesetzten Zeiten und bei begleiteten Ausflügen zu den Höhlen hinübergehen. »Pssst«, zischte Charlotte, die merkte, wie Mrs. Varga sie ansah. »Lass mich in Ruhe.«

»Dreh dich um«, beharrte Sammy, diesmal lauter.

»Hast du der Klasse etwas mitzuteilen, Sammy?«, fragte Mrs. Varga. Sammy schüttelte rasch den Kopf. »Gut«, sagte Mrs. Varga. »In diesem Fall möchte ich dich bitten, das Reden mir zu überlassen.« Mrs. Varga sah auf der Insel anders aus. Sie trug Jeans mit einem Riss im Knie und wirkte viel jünger als in ihrem Lehrerinnen-Outfit. Ihre Haare lockten sich in der Seeluft ein wenig, und ihr Gesicht war von der Maisonne bereits leicht getönt.

Mrs. Varga gab nun einen Überblick über das Programm der Woche. Charlotte lächelte, als sie erfuhr, dass sie sowohl den Zoo als auch einen Bauernhof besuchen würden, wo sie die Lämmchen mit der Flasche füttern dürften. Sammy strahlte, als Mrs. Varga ankündigte, sie würden später in der Woche mit einer Dampfeisenbahn fahren.

Jetzt flüsterte ihr Nia ins Ohr. »Wie lahm ist das denn?«

»Ich weiß«, erwiderte Charlotte. Sie blickte wieder aufs Meer hinaus. Die Sonne stand jetzt tiefer und ließ die Wolken in einem zarten Orange aufleuchten; gleichzeitig spiegelte sie sich im Meer und tanzte auf den Wellen. Bald wäre es dunkel und Charlotte würde zum ersten Mal in ihrem Leben in einem Zelt schlafen. Nun war sie doch ein wenig dankbar, dass sie den Zug nicht verpasst hatte, wenn sie sich die Alternative vorstellte: zu Hause bei ihrer Mutter und Großmutter zu hocken und um das Thema der neuen Familie ihres Vaters immer einen großen Bogen machen zu müssen.

Neue Familie.

Charlotte hasste diese Worte. Ihre Dankbarkeit verdunstete wie Meerwasser, Wolken türmten sich über ihr auf. Sie brauchte kurz, bis sie merkte, dass Mrs. Varga ihre Rede beendet hatte und alle um sie herum aufstanden. Was hatte sie ihnen aufgetragen? Sie sah, wie Nia und die anderen Mädchen zum Zelt gingen und debattierten, wer welches Bett bekommen würde. Sie eilte ihnen nach, aber da fasste eine Hand nach ihrem Ellbogen. Sie drehte sich um.

»Was ist denn, Sammy?«, fragte sie. »Du hast es beinahe geschafft, dass wir mit Mrs. Varga Ärger bekommen.«

»Warum hast du mir nicht zugehört?«

»Ich hab versucht aufzupassen, was Mrs. Varga sagt«, log sie.

»Bist du böse auf mich?«

»Wie kommst du darauf?«

»Ich weiß doch, dass du mit den Mädchen ein Zelt teilen musst. Das geht schon klar für mich.«

Schuldgefühle kamen in Charlotte auf. Sammy hatte nichts falsch gemacht. Nicht wirklich. »Das ist es auch gar nicht«, sagte sie. »Sondern ...« Sie schwieg und suchte nach einem

Grund, ihm nichts von dem Baby erzählen zu müssen. »Was wolltest du mir vorhin sagen?«

»Ich glaub's nicht, dass du's nicht selbst gemerkt hast!«

»Was gemerkt?«

»Schau mal da rüber.«

Charlotte folgte Sammys Finger. Ein Mann stand mit dem Rücken zu ihnen. »Ja und?«, fragte sie.

Er drehte sich um.

Charlotte sog hörbar die Luft ein.

»Genau«, sagte Sammy. »Mr. Brown ist da.«

20

Amelia blinzelte. Sie hatte schon so lange auf die Zahlen am Monitor gestarrt, dass ihr die Augen brannten. Sie mochte Tabellen, den geordneten Überblick, den sie ihr verschafften, die Schlussfolgerungen, die sich aus ihnen ziehen ließen. Wenn sie zu lange damit arbeitete, träumte sie sogar davon und ihr Unbewusstes hüpfte flink von einem Kästchen zum anderen.

Sie veränderte eine der Zahlen und beobachtete die Auswirkung auf die gesamte Tabelle. Die komplizierten Berechnungsformeln, um die sie Max aus der Buchhaltung gebeten hatte, machten sich bezahlt. Sie hatte ihr Ziel fast erreicht. Die Zahlen begannen sich in einer Weise aufzuaddieren, wie sie es sich wünschte.

»Amelia.« Sie blickte hoch und sah Paula neben sich stehen, mit Jacke und Handtasche.

Da fielen Amelia die Outlook-Nachrichten ein, die sie weggeklickt hatte. »Sorry. Ich hab zu viel zu tun und lasse den Lunch ausfallen. Ein andermal.«

»Du musst doch was essen.«

»Ich hol mir später ein Sandwich«, log sie.

»Nein, das wirst du nicht«, sagte Paula. »Los, gehen wir raus an die frische Luft. Es ist ein schöner Tag, suchen wir uns irgendwo einen Tisch im Freien.«

»Ich müsste wirklich ...« Amelia brach die Stimme weg, was gar nicht typisch für sie war. Sie merkte, dass sie hungrig und müde war und mit jemandem reden wollte, der nicht ihre Mutter oder ihre Tochter war. Jemand, der nicht mittendrin steckte, aber zuhören konnte. Sie hatte Paula schon in einem wirren Telefonat erzählt, was passiert war, aber sie hatten noch nicht persönlich darüber gesprochen. Jetzt hatte sie das Bedürfnis dazu.

Sie speicherte, sperrte den Bildschirm und stand auf. »Na, dann los«, sagte sie. »Aber kein Alkohol. Ich hab später ein Meeting mit Clive.«

»Dem macht es sicher nichts aus, wenn du absagst«, sagte Paula. »Schauen wir einfach, worauf wir Lust haben.«

Sie schwiegen wie üblich im Lift nach unten und traten dann aus der Rezeption in den herrlich sonnigen Frühlingstag hinaus. »Es ist ja schön draußen«, sagte Amelia überrascht und kramte in ihrer Handtasche nach der Sonnenbrille.

Paula lachte. »Der Fensterplatz ist an dich verschwendet.«

Sie überquerten eine der Grünanlagen in der Innenstadt, wo kleine Grüppchen von Büroangestellten auf dem Gras saßen, im Kreis und im Schneidersitz wie die Kinder, die Schuhe hatten sie abgestreift. Amelia erkannte ein paar Leute aus ihrem eigenen Team und nickte ihnen zu. Sie winkten zurück.

»Thai?«, schlug Paula vor. Amelia nickte. Das war ihr Lieblings-Lunchrestaurant. Sie vermisste die Asienreisen, die sie vor Charlottes Geburt mit Tom gemacht hatte. Sie hielt kurz inne und überlegte, wie lange er sie wohl schon betrog. Von Anfang an?

Das sicher nicht. Er hatte sie geliebt. Das wusste sie. Sie dachte an ihre Reise nach Langkawi zurück, wo sie trotz der Hitze ineinander verschlungen auf einem Tagesbett lagen und die Makaken beobachteten, die am Wasserfall des randlosen Pools »Wer kneift zuerst?« spielten. Fast spürte sie noch seine Hand, die ihr zärtlich übers Haar strich.

Sie würgte ihren Gedankenfluss abrupt ab, damit quälte sie sich ja nur selbst. Dann nickte sie einem Kellner zu und setzte sich auf den Stuhl, den er an einem Außentisch für sie hervorzog. Sie versuchte, die Sonne auf ihrem Gesicht bewusst zu genießen, und griff zur Speisekarte, auch wenn sie sie auswendig kannte.

»Willst du drüber reden?«, fragte Paula. »Ich meine natürlich Tom, nicht die Speisekarte.« Sie sah Amelia an. »Sorry, lahmer Witz.«

Amelia versuchte zu lächeln, doch es gelang ihr nicht. »Es geht schon seit Monaten so«, sagte sie, denn sie wusste, dass Paula keinen weiteren Kontext brauchte. »Hat er mir zumindest erzählt. Kann gut sein, dass es auch Jahre waren. Ich traue keinem Wort mehr, das aus seinem Mund kommt. Er hätte mir alles schon vor einer Ewigkeit erzählen können, bei unserer Trennung. Aber er hat die Lügenfassade aufrechterhalten.«

»Wein«, sagte Paula und winkte dem Kellner. »Wir brauchen eine ganze Flasche.«

»Ich hab dir doch gesagt, dass ich ein Meeting habe.«

»Zum Teufel mit dem Meeting«, sagte Paula. »Was du brauchst, ist ein Drink.«

Amelia nickte. Vielleicht brauchte sie wirklich einen. »Er hat gesagt, sie wäre die Einzige gewesen«, redete sie weiter. »Aber wer kann das schon wissen?« Sie nahm einen Krabbencracker aus dem Schälchen und zwirbelte ihn zwischen den Fingern herum, bevor sie hineinbiss. Krümel flogen über den Tisch wie Schneeflocken. »Ich komme mir vor wie eine Riesen-Idiotin.«

»Du bist keine Idiotin«, sagte Paula, füllte Amelias Glas und dann ihr eigenes. »Du warst verliebt.«

»Halt dich fest: Sie ist siebenundzwanzig«, sagte Amelia und trank einen großen Schluck. »Verdammte siebenundzwanzig. Und anscheinend reich. Sie hat ihn vor der Insolvenz gerettet.«

»Dann wird sie nicht mehr lange reich sein«, konstatierte Paula. Der Kellner kam und nahm ihre Bestellung auf, für beide das Übliche: für Amelia grünes Hühnercurry, für Paula ein Pad Thai.

»Sie muss dieser mysteriöse Investor gewesen sein«, sagte Amelia. »Er ist sicher nicht in Schottland gewesen. Das war nur ein Vorwand, um uns auf Abstand zu halten. Ich weiß nicht, warum er es uns nicht früher gesagt hat.«

»Er ist feig«, sagte Paula. »Und bei Steve hat er auch nicht gewohnt?«

»Wahrscheinlich noch so eine Lüge. Wahrscheinlich war er die ganze Zeit bei ihr.«

»Ich würde ihn keiner Frau wünschen«, sagte Paula. »Ich wette, er macht in zwei Jahren mit ihr genau dasselbe.«

Amelia tauchte ihren Krabbencracker in die süße Chilisauce. »Und weißt du, was für mich das Schlimmste ist?«, fragte sie. »Was er Charlotte damit antut. Wie soll sie jetzt eine gesunde Beziehung zu Männern entwickeln?« Sie machte eine Pause. »Dinge, die in deiner Kindheit passieren, vermurksen dich fürs ganze Leben«, fügte sie hinzu. »Ich spreche aus Erfahrung.«

»Sie hat dich«, sagte Paula. »Da hat sie Glück.«

»Ich bin zweiundvierzig, stehe kurz vor der Scheidung und wohne bei Mama«, sagte Amelia. »Tolles Rollenvorbild.«

»Du bist klug, erfolgreich und unabhängig«, rückte Paula die Aussage zurecht. Dann machte sie eine Pause und starrte den Cracker in ihrer Hand an. »Nur gut, dass das *dir* passiert ist.«

»Was zum Teufel ...« Amelia fiel fast vom Stuhl.

»Das kam falsch raus«, entschuldigte sich Paula hastig. »Ich meine, du bist besser für einen solchen Schlag ausgerüstet als alle anderen, die ich kenne. Schau dich an. Du hattest keinen Zusammenbruch. Keinen einzigen Fehltag in der Arbeit. Du wirst damit fertig. Die meisten würden das nicht schaffen.«

Ich will aber nicht damit fertig werden, dachte Amelia. Ich will in einem hübschen Haus mit einer glücklichen Tochter und einem liebevollen Mann leben und exotische Familienreisen machen.

Aber leider wollte es das Leben anders. So wie früher würde es nie mehr werden.

»Vielleicht«, gab sie zu. Sie überlegte kurz. »Ich muss der Realität ins Auge sehen«, sagte sie. »Mich zusammenreißen. Allein schon wegen Charlotte.«

»Was hält sie von dem Ganzen?«

»Sie ist verstört«, sagte Amelia. »Aber jetzt ist sie auf Klassenfahrt. Ich hoffe, das wird ihr gut tun.« Ein bisschen Abstand. Ein Bruch mit der Vergangenheit. Amelia schauderte vor dem Wort zurück. Bruch. Gebrochene Herzen.

Nach Charlottes Rückkehr würden sie sich damit befassen müssen, wie es weitergehen sollte. Amelia trank wieder einen Schluck. Sie freute sich nicht auf die Zukunft.

»Ist die Vorstellung, dich wieder mit Männern zu treffen, nicht auch ein bisschen aufregend?«, fragte Paula. »Wenn du mal dazu bereit bist. Vielleicht wartet um die Ecke schon was Besseres.«

»Oder Schlimmeres«, sagte Amelia. Sie wusste, dass Paula versuchte, sie aufzuheitern, aber der Gedanke an neue Dates jagte ihr Angst ein. »Es war schon mit dreißig schwierig genug. Jetzt bin ich in den Vierzigern und eine alleinerziehende Mutter, die Männer hasst.«

»Nicht alle Männer.«

»Alle Männer«, beharrte Amelia. Dann hielt sie inne. »Nein, ich steh das nicht nochmal durch. Vielleicht werde ich mir gar nicht die Mühe machen, mir eine eigene Wohnung zu suchen. Ich werde einfach bei meiner Mutter wohnen bleiben und verfetten. Dann zieht sie in ein Altenheim und Charlotte geht an die Uni. Ich werde an einem Schokokeks ersticken und der Hund des Nachbarn wird mich fressen.«

»Normalerweise wird das von einer Katze erledigt«, wandte Paula ein.

Wider Willen war Amelia belustigt, ein Lächeln zupfte an ihren Lippen. »Meine Mum will sich ein Frettchen anschaffen«, sagte sie und lachte schließlich. »Vielleicht wird das reinen Tisch machen.«

»Igitt.« Paula schüttelte sich. »Frettchen sind wie megagroße Ratten.« Dann lächelte sie. »Aber es ist schön, dich wieder lachen zu hören. Es wird alles langsam besser werden, weißt du?«

Amelia atmete den köstlichen Duft ein, der von ihrem Curry aufstieg, Zitronengras und Koriander. »Hoffentlich.« Sie hob die Gabel. »Schlimmer kann's ja nicht mehr werden.«

Der kahle Ibis pickte an den Eingeweiden einer toten Ratte. Charlotte sah zu, wie der Riesenvogel aus ihrem Bauch ein langes Bündel Innereien herauszog und den Kopf zurückwarf, um sie im Ganzen hinunterzuschlucken wie eine Ladung Spaghetti.

»Iii«, sagte Nia. »Das ist ja eklig.«

»Ja«, stimmte Charlotte fasziniert zu.

»Gehen wir wieder zu den Löwen rüber«, sagte Anne-Marie. »Vielleicht sind die inzwischen aufgewacht.«

Charlotte wusste, dass das unwahrscheinlich war; Löwen verschlafen die meiste Zeit des Tages, vor allem nach den Mahlzeiten, und sie hatte im Gehege verschiedene Gerippe herumliegen sehen. Sie beschloss, ihr Wissen nicht auszubreiten. »Gern«, sagte sie und folgte den anderen Mädchen.

Sammy rannte zur ihr; er keuchte ein bisschen. »Cooler Zoo«, sagte er. »Hast du die Rattendärme gesehen?«

Charlotte nickte.

»Ich dachte, als nächstes *schwing* ich mich zu den Affen *rüber*. Kapierst du das Wortspiel?«

Charlotte lächelte, sah dann aber, wie Nia sich umdrehte und die Augen verdrehte. Daraufhin guckte Charlotte bemüht gelangweilt und Nia nickte beifällig. »Bist du nicht in einer anderen Gruppe?«, fragte sie Sammy.

»Ich bin ein Rebell!« Sammy lachte.

Nia rollte wieder mit den Augen, ein Gesichtsmanöver, das sie wahrscheinlich vor dem Spiegel so lange geübt hatte, bis sie fand, dass ihr die Grimasse gut stand. »Bring uns nicht in Schwierigkeiten«, sagte sie.

Sammy zog Charlotte am Ärmel. »Hast du mit ihm geredet?«, fragte er.

»Mit wem?«, fragte Charlotte zurück, obwohl sie genau wusste, von wem er sprach.

»Mr. Brown.«

»Nein.« Eine Eule, die aus ihrem Gehege spähte, zog Charlottes Aufmerksamkeit auf sich. Sie plinkerte dem Mädchen zu, ihre bernsteinfarbenen Augen schienen im Dämmer der Voliere zu glühen. Charlotte fragte sich, ob die Eule auch so geschickt mit den Augen rollen konnte wie Nia. »Er ist wieder da«, sagte sie. »Es gibt nichts mehr zu ermitteln.«

»Aber wir wissen immer noch nicht, wo er war«, wandte Sammy ein.

»Wahrscheinlich war er nur im Urlaub.« Charlotte fand es seit den Neuigkeiten von ihrem Dad schwierig, sich für das Leben anderer Menschen zu interessieren.

»Er ist nicht braun gebrannt«, sagte Sammy. »Sondern ganz blass, und er hat diese dunklen Augenringe wie Mum sie immer hat, wenn sie einen Abend mit Tante Lisa unterwegs war.«

Nia drehte sich um. »Vielleicht war er auch mit deiner Tante Lisa unterwegs«, sagte sie. Die Mädchen gackerten. Sie blieben vor einem Luchsgehege stehen und betrachteten, was wie eine große Katze im Tiefschlaf aussah.

»Das ist aber ein süßes Löwenbaby«, sagte Erica.

»Das ist ein eurasischer Luchs,« platzte es aus Charlotte heraus, bevor sie sich bremsen konnte.

»Hab ich euch von Mr. Brown reden hören?«, fragte Anne-Marie, als sich alle wieder in Gang setzten.

»Nein«, sagte Charlotte.

»Ja«, sagte Sammy.

»Denn als ich meine Mum angerufen habe, hab ich ihr erzählt, dass er bei der Klassenfahrt dabei ist«, sagte Anne-Marie mit dem geheimnisvollen Lächeln, das jedem Tratsch vorangeht. »Und ratet mal, was sie gesagt hat?« Sie blieben stehen, und ein Wallaby, das vielleicht die Aufregung der Kinder spürte, sprang näher an den Zaun heran, um sie zu beobachten.

»Dass er im Urlaub schlechtes Wetter hatte?«, fragte Nia gelangweilt.

»Sie hat gesagt, ich soll mich bloß von ihm fernhalten«, legte Anne-Marie los. »Sie hat gesagt, sie kann nicht glauben, dass ihm erlaubt worden ist, mitzukommen. Dass er Kindern nicht in die Nähe kommen sollte.«

»Was soll das heißen? Er ist doch Lehrer«, wandte Erica ein.

»Sie hat gesagt, er ist untauglich.« Anne-Maries Augen glitzerten.

Alle standen eine Weile stumm herum. In der Ferne kreischte ein Adler. Das Wallaby hopste wieder davon, ihm wurden die Kinder doch zu langweilig.

»Was heißt da untauglich«, sagte Sammy. »Er unterrichtet doch Sport und muss nicht fit sein.«

»Denkt mal drüber nach!« Anne-Marie warf vielsagende Blicke um sich. Sie ließ sich aber nicht weiter darüber aus, und Charlotte kam zu dem Schluss, dass sie wahrscheinlich auch nicht mehr wusste als alle anderen. »Und stellt ein paar Vermutungen an.«

»Wir brauchen keine Vermutungen anzustellen.« Sammy sah sie finster an. »Denn wir werden es herausfinden. Stimmt's, Charlotte?«

»Ihr solltet euch von ihm fernhalten«, wiederholte Anne-Marie.

»Ist doch eh langweilig«, sagte Nia. »Ist doch bloß ein blöder Lehrer. Kommt, gehen wir zum Café. Ich hab Hunger.«

»Charlotte?«, sagte Sammy.

Charlotte sah erst zu ihm, dann zur Gruppe der Mädchen, die schon auf das Café zuliefen. »Du bist in einer anderen Gruppe«, sagte sie und eilte ihren neuen Freundinnen nach. »Die solltest du lieber finden, bevor du Probleme kriegst.« Sie spürte deutlich, dass Sammy weiter mit ihr reden wollte, und wusste, dass sie gemein zu ihm war. Aber sie konnte nicht anders. Sie wollte bei den anderen Mädchen sein und mit denen über allen möglichen Quark reden, um an nichts anderes denken zu müssen.

Sammy drehte sich um und ging davon. Er trat gegen eine leere Coladose.

Grace breitete alle Zutaten vor sich aus und kämpfte gegen ein Gefühl der Überforderung. Es war doch bloß ein Picknick. Sie würde Würstchen im Teig machen, Sandwiches und ein paar Muffins. Genug, dass acht Leute davon satt würden: sie selbst, Toby, Samir und sein Enkel Bilal, Ava und Luigi und zwei andere Clubmitglieder, die sie nicht so gut kannte. Das schaffte sie doch mit links! Sogar im Kopfstand!

Im Kopfstand? Wahrscheinlich könnte niemand irgendetwas mit links im Kopfstand schaffen, außer fernsehen vielleicht, und wer würde das schon wollen? Vielleicht Padma, aber die schien nicht die Sorte Frau, die Würstchen im Teig machte. Oder fernsah, wenn Grace es sich genauer überlegte.

Sie machte sich an die Arbeit, schlitzte die Wurstpellen auf und drückte die Füllung in eine Schlüssel. Sie mischte gehackte Zwiebeln darunter, Salbei und Petersilie aus dem Garten und ein wenig geriebenen Parmesan. An ihrem Siebzigsten hatte sie die Entscheidung getroffen, dass ihr nicht mehr genug Lebenszeit blieb, um Blätterteig selbst zu machen. Dennoch starrten sie die Fertigteigrollen wie anklagend an. »Ich mache schließlich die Füllung selbst«, verteidigte sie sich laut, ausnahmsweise einmal dankbar, dass niemand sie hören konnte.

Sie freute sich, dass sie zur Abwechslung wieder etwas mit Fleisch zubereiten konnte. Die veganen Würstchen hatten nicht dieselbe Konsistenz. Grace knetete die Masse hingebungsvoll, damit sich alles gut vermischte.

Die Arbeit versetzte sie Jahrzehnte zurück. Als die Kinder klein waren, hatte sie für ihre Geburtstage wahnsinnige Anstrengungen unternommen. Andere Anlässe überging sie, aber für Geburtstage nahm sie sich immer rechtzeitig frei und machte so viel Tamtam um das Ereignis wie nur möglich. Es war einfacher gewesen, als Amelia und Peter noch im Kindergartenalter waren, da reichten ihnen ein Picknick im Park mit einigen Freunden, ein paar Würstchen im Teig und eine Überdosis Kuchen.

Als Amelia älter wurde, wurden die Partys für sie immer aufwendiger und teuer. Hüpfburgen wurden für den Garten angemietet und Animateure bestellt, verkleidet als die jeweils angesagte Disneyfigur. Geschenktüten wurden gefüllt, um die dann gestritten wurde. Dann begann die Ära der Aktivitäten: Trampolinspringen, Eislaufen, Bowling.

Als Amelia dann in die Pubertät kam, hörten die Partys auf, zumindest für Grace. Obwohl Grace ihr Bestes tat, damit Amelia an ihren Geburtstagen Spaß hatte, wollte Amelia sie nach dem Tod ihres Bruders beim Feiern nicht mehr dabei haben. Freundinnen kamen mit Schlafsäcken und Videos. Sie wollten nicht bekocht werden, sondern sich von Motorradfahrern Pizza in Kartons liefern lassen, schlossen sich im Wohnzimmer ein und kicherten die ganze Zeit.

»Das ist normal«, sagte Jonathan, als er und Grace in der Küche hockten, von allen Festivitäten ausgeschlossen. »Und ein gutes Zeichen. Sie wird unabhängiger. Erwachsen.«

»Ich will nicht, dass sie erwachsen wird«, sagte Grace. Dann dachte sie an die Alternative und ihr wurde schlecht.

»Natürlich willst du das«, widersprach Jonathan. Er holte sich ein Bier aus dem Kühlschrank, und Grace fragte sich, ob er dasselbe dachte wie sie.

»Noch ein paar Limos, bitte, Dad.« Amelia tauchte mit rosa Strähnen im Haar aus dem Wohnzimmer auf. »Entspann dich, Mum«, sagte sie mit einem Blick auf Grace. »Das wäscht sich wieder raus.«

»Das will ich hoffen«, sagte Grace und biss sich gleich auf

die Zunge. Sogar damals schon klang sie in ihren eigenen Ohren zänkisch-vorgestrig.

»Gibt's was Süßes?«

»Ich habe einen Kuchen gebacken. Wollt ihr den jetzt gerne essen?«

»Nein, wir wollen Haribos.«

»Ich habe Kerzen, wir könnten singen ...«

Jonathan warf Amelia eine Tüte zu. »Da hast du was«, sagte er. »Ich bring euch noch ein paar Dosen aus dem Kühlschrank rüber.«

»Danke«, sagte Amelia noch und war wieder verschwunden.

Grace griff zu Jonathans Bier, trank einen Schluck und hustete. Sie hatte Bier nie etwas abgewinnen können, aber Jonathan hatte es immer geliebt.

»Amelia ist gerade mal in die Teens gekommen«, hatte Jonathan gesagt und sich den Arm mit Limodosen vollgeladen. »Wir können uns noch auf einiges gefasst machen.«

Es klingelte an der Tür und Grace sah ihre Hände an, die voller Würstchenteig waren. Sie kratzte schnell möglichst viel davon in die Schüssel und schrubbte sich den Rest unter dem Wasserhahn ab, dann ging sie öffnen.

»Ava!«

»Du hast dir aber Zeit gelassen.«

»Ich habe dich heute nicht erwartet.« Grace wischte sich die Hände an der Schürze ab, denn an ihren Fingern klebten immer noch ein paar hartnäckige Reste. »Ich bin gerade dabei, das Essen für morgen zu machen.«

»Perfekt«, sagte Ava. »Ich hab Luigi nämlich erzählt, dass ich kochen kann, und hatte vor, die Picknickverpflegung als Gemeinschaftswerk auszugeben, aber dann hab ich mir überlegt, es wäre authentischer, wenn ich wirklich helfen würde, damit wir über unsere gemeinsame Kochaktion reden können. Hier bin ich also. Um dir zu helfen.«

»Oh«, sagte Grace. Sie war schon jetzt erschöpft von den Flunkereien, die ihr ziemlich kompliziert vorkamen. »Du weißt aber, dass ich bloß ein paar Sandwiches und Würstchen im Teig mache.«

»Perfekt. Wenn du schon so lange auf Partnersuche wärst wie ich, wüsstest du, dass Lügen schlicht gestrickt sein müssen«, sagte Ava mit einem Lächeln. »Dann sind sie glaubwürdiger.«

»Ich setz mal Tee auf«, sagte Grace. Ava folgte ihr in die Küche und ließ sich am Tisch nieder.

»Hast du Kekse?«, fragte sie.

»Ich wollte gerade die Würstchenfüllung in den Blätterteig einrollen. Du wolltest mir doch helfen?«, regte Grace an.

»Ich will dir nicht in die Quere kommen.«

»Könntest du vielleicht anfangen, den Käse in Scheiben zu schneiden? Ich mache die Sandwiches erst morgen früh, will aber alles dafür vorbereiten.«

»Kein Bedarf«, meldete Ava. »Ich weiß bereits, wie man Käse schneidet.«

Grace seufzte und schob Ava die Keksdose hin. Dann drückte sie die Würstchenfüllung sorgfältig auf den Fertigteig, rollte ihn auf und bestrich die Ränder mit Ei, damit sie zusammenhielten.

»Und? Freust du dich auf den Ausflug morgen?«, fragte Ava.

»Ich glaub schon«, sagte Grace.

»Ist dir klar, dass das dein erstes Date ist?«

»Wie bitte?«

»Wir wissen alle, dass Toby den Ausflug allein für dich organisiert. Er hat uns nur eingeladen, weil er vor der trauten Zweisamkeit Schiss bekommen hat.«

»Blödsinn«, sagte Grace. »Außerdem sieht er mich jede Woche.«

»Er ist süß«, sagte Ava und tauchte ihren Keks in den Tee, den Grace ihr hinstellte. »Falls man auf den Ellbogenflicken-Look steht. Obwohl Feigheit nicht zu den attraktivsten männlichen Eigenschaften gehört.«

»Er ist nicht feig!« Grace merkte zu ihrer Überraschung, dass sie rot wurde.

»Wusste ich's doch«, sagte Ava. »Du magst ihn.«

»Er ist ein sehr netter Mann«, sagte Grace. »Aber ich war vierzig Jahre verheiratet. Ich werde jetzt nicht nochmal damit anfangen.«

Ava ignorierte sie. »Das ist der Knaller«, frohlockte sie. »Dann können wir uns mit unseren Lovern zu viert treffen.«

»Ich hab dir gerade gesagt, dass ich nicht ...«

»Ob er wohl Golf spielt? Luigi ist im städtischen Golfclub. Da gibt es einen tollen Spa. Du und ich, wir entspannen uns, während die Jungs spielen, und dann können wir uns am neunzehnten Loch zu einem Drink treffen.«

»Die Jungs? Entschuldige, die sind beide in den Siebzigern.«

»Du weißt schon, was ich meine.« Ava lächelte sie an. »Ich fasse es nicht, dass ich nicht schon früher darauf gekommen bin. Wahrscheinlich weil Toby so ein bisschen unelegant ist, aber du bist ja auch nicht gerade super-elegant, oder?«

»Bist du nur hergekommen, um mich zu beleidigen?« Grace legte das letzte Würstchen auf das Backblech und sah hoch.

Ava grinste immer noch. »Natürlich nicht. Ich bin nur hier, um dich zu ermuntern.«

»Ermuntern?« Grace fühlte sich langsam wie Avas Papagei.

»Genau. Das wird Spaß machen. Setz die Sache bloß nicht in den Sand.«

»Du fängst jetzt gefälligst damit an, die Tomaten in Scheiben zu schneiden«, sagte Grace und lachte. »Ab sofort liegen die Sandwiches in deiner Verantwortung.«

»Aber ...«

»Sonst frage ich dich vor Luigi, wie du die Würstchen im Teig machst.«

»Na schön«, knickte Ava ein und erhob sich schmollend. »Aber ich werde mich für die Muffins loben lassen!«

Charlotte begeisterte sich für die Felstümpel. Auf den ersten Blick sahen sie leer aus, nur Algen tanzten darin, wenn der Wind darüber strich. Aber bei näherer Untersuchung fand sie Krebschen, die mit hochgereckten Zangen seitwärts über den Boden wuselten, winzige Fischchen, gefärbt wie Sand, und Seeanemonen, die mit ihren klebrigen roten Tentakeln gierig herumtasteten.

»Alles ist so glitschig«, rief Nia, die auf einem tangüberwachsenen Felsen herumeierte. »Und was riecht hier so komisch?«

»Das ist das Meer«, antwortete Charlotte, nun ihrerseits augenrollend. Beide Mädchen lachten, und Charlotte entspannte sich.

»Haben wir alles gefunden, was auf der Liste steht?«, fragte Erica mit einem Blick in den Eimer.

»Ich habe einen gewöhnlichen Krebs gefangen, aber noch keinen Einsiedlerkrebs«, berichtete Charlotte. »Und auch keine Krabbe. Und einen Fisch habe ich zwar gesehen, aber er war zu schnell für mein Netz.«

»Mir ist langweilig. Ich will zurück«, maulte Anne-Marie. »Wir können doch einfach sagen, dass uns der Eimer umgefallen ist.«

»Mrs. Varga hat gesagt, wir haben noch eine Stunde Zeit, bis zum Mittagessen«, sagte Charlotte. »Wenn wir jetzt schon zurückgehen, schickt sie uns wieder los.«

»Ich will kein zweites Mal über diese Felsen klettern und mein Leben riskieren.« Nia suchte sich den am wenigsten überwachsenen Felsen und ließ sich darauf nieder. »Warten wir einfach.« Anne-Marie setzte sich zu ihr. Erica und Charlotte durchforschten weiter die Tümpel, Charlotte hielt ihr Netz dicht über den Wasserspiegel, jederzeit jagdbereit.

»Die Jungs sind ja ekelhaft« sagte Anne-Marie mit einem Blick auf Marlon, Kaval und Sammy. Charlotte sah hoch. Die drei hatten sich Seetang wie zottelige grüne Perücken auf den Kopf gesetzt und jagten einander mit ausgestreckten Armen. Sie verbiss sich ein Lachen. Sammy merkte, dass sie zu ihnen herübersah, und winkte, wobei ihm der Seetang über die Augen rutschte.

»Sammy steht auf dich«, erklärte Anne-Marie.

»Er ist ein bisschen klein.« Nia rümpfte die Nase. »Und käsig.«

»Wir sind nur Freunde«, sagte Charlotte. »Er ist wie ein Bruder.« Sie unterbrach sich. Das Wort lenkte ihre Gedanken zu ihrem Dad und Julia zurück. *Julia.* Allein schon der Name machte sie wütend.

»Das sagen sie alle«, neckte Anne-Marie.

»Ich finde ihn nett«, sagte Erica. »Als ich letzte Woche mein Buch im Klassenzimmer vergessen habe, hat er es mir rausgebracht.«

Anne-Marie lachte. »Oh, du hast eine Konkurrentin, Charley! Wer hätte Sam das zugetraut.«

»Halt die Klappe«, sagte Erica. »So war das nicht gemeint.«

»Er kommt zu uns rüber.«

Charlotte verfluchte innerlich die Mädchen und fühlte sich

seltsam befangen. Sie bückte sich tief, spähte in einen Felstümpel und tat, als würde sie Sammy nicht bemerken.

»Hallo, Sammy«, sagte Anne-Marie kokett. »Was geht?«

»Alles okay so weit«, sagte Sammy zögerlich, als erwarte er, irgendwie reingelegt zu werden. »Charley, ich muss dir was zeigen.«

Die Mädchen gickelten unisono. Charlotte stand auf. »Was denn?« Sie bemühte sich, nicht allzu interessiert zu wirken.

»Das ist nicht für die Öffentlichkeit bestimmt«, sagte Sammy.

»Darauf wette ich was«, sagte Anne-Marie. Erneutes Gackern.

»Du kannst es uns doch allen zeigen«, sagte Charlotte und wünschte sich, sie könnte im Felstümpel versinken.

»Erica will's auch sehen«, sagte Nia.

»Stimmt gar nicht.« Erica stieg die Röte ins Gesicht.

»Komm doch, Charlotte«, sagte Sammy, ohne die anderen zu beachten. »Ich muss dir wirklich was erzählen.«

Charlotte sah erst ihn an, dann die Mädchen. »Okay«, sagte sie. »Gehen wir da rüber. Da können wir gleichzeitig nach Einsiedlerkrebsen suchen.«

»Ach, so nennt man das jetzt?«, rief ihnen Anne-Marie hinterher; ihre Anzüglichkeiten wurden immer sinnfreier.

Charlotte und Sammy kletterten über die Felsen und kamen nur langsam voran, Charlotte musste ein paarmal die Hände zu Hilfe nehmen, um nicht auszurutschen. »Das ist weit genug«, befand sie, als sie einen kleinen Fleck Sand erreichten, der einigermaßen stabil schien. »Was gibt's?«

»Ich hab Mr. Brown gesehen«, sagte Sammy mit eindringlicher Stimme. »Er ist mit einer fremden Frau zu einem Spaziergang am Strand aufgebrochen.«

»Na und?«

»Die hab ich noch nie gesehen«, fuhr er fort. »Sie hat vielleicht etwas mit seinem Verschwinden zu tun.«

»Wahrscheinlich nicht.«

»Vielleicht reden sie darüber, wo er gewesen ist.«

»Vielleicht«, sagte Charlotte. »Aber wahrscheinlich nicht.«

»Ach komm! Wir haben uns doch vorgenommen, Detektive zu sein.«

»Aber jetzt sollen wir uns das Leben in den Felstümpeln vornehmen.«

»Wie du willst«, sagte Sammy. »Wenn das so ist, dann folge ich ihnen eben allein.«

Charlotte geriet kurz ins Wanken, was Sammy zu spüren schien. »Die sind gerade hinter diesen großen Felsen verschwunden, zur anderen Seite des Strands«, platzte er los. »Komm schon. Das wird lustig.«

»Mrs. Varga beobachtet uns«, warnte Charlotte und deutete zu der Lehrerin hinüber, die auf einem Liegestuhl im Sand saß und aussah, als würde sie frieren. »Und sie hat uns eingeschärft, dass wir uns von diesen Felsen fernhalten sollen.«

»Ich hab einen Plan«, sagte Sammy mit glänzenden Augen. »Ich werde ihr sagen, dass ich meinen Inhalator im Zelt vergessen habe und ihn holen muss. Sie kann euch nicht alle der Aufsicht von Miss Conti überlassen, und das Zelt ist nur eine Minute weit weg, da lässt sie mich sicher gehen.«

»Aber Mr. Brown ist doch in die andere Richtung gegangen.«

»Man kann von dort oben auch runter zu diesem Strandstück.« Sammy deutete auf die Stelle. »Mit ein bisschen Klettern. Mrs. Varga wird nicht sehen, wo ich hingegangen bin.«

»Das ist ein guter Plan«, gab Charlotte zu.

»Komm doch mit«, drängte Sammy.

Charlotte sah erst ihn an, dann wieder die Mädchen. Anne-Marie feixte, Nia runzelte die Stirn und Erica stocherte mit ihrem Netz zwischen den Algen herum, immer noch rot im Gesicht. Charlotte warf einen Blick zu dem Krebschen hinunter. Es schwenkte seine Zangen in ihre Richtung. Sie hatte plötzlich null Interesse mehr daran, wo Mr. Brown gewesen war.

Er war wieder da. Der Krimi war vorbei.

»Komm, Charlotte«, sagte Sammy. »Das wird lustig.«

»Nein danke«, sagte sie.

»Wirklich?« Als Charlotte sein enttäuschtes Gesicht sah, hätte sie es sich fast noch einmal überlegt.

Aber nur fast.

»Ich habe noch keine Einsiedlerkrebse gefunden«, sagte sie. »Oder Krabben.«

»Na gut«, sagte Sammy. »Dann geh ich eben allein.« Er lief entschlossen auf Mrs. Varga zu und stolperte gleich über ein getrocknetes Tangbüschel.

21

»Der Maßstab der Gartenbahn ist 1:3«, erklärte Toby, »und die Lok ist eine Elektrolok und keine Dampflok. Es hängen drei Waggons dran und es gibt gerade genug Platz, dass wir alle gemeinsam einsteigen können.«

Er sah Bilal an, Samirs Enkel. »Bitte tritt von der Bahnsteigkante zurück, junger Mann. Der Zug kann ganz schön schnell daherkommen.«

»Ist dir klar, dass wir in der Zeit, die wir hierher gebraucht haben, es auch leicht zum Outlet-Center geschafft hätten?«, flüsterte Ava. »Wir könnten jetzt bei Prada sein.«

»Still«, sagte Grace. »Toby hat in die Organisation viel Arbeit reingehängt. Du würdest ihn wahnsinnig kränken.«

Ava hob eine Augenbraue. »Du scheinst ja sehr an seinen Gefühlen interessiert.«

»Würstchen im Teig«, warnte Grace nur. »Luigi wird gleich mit dem Kaffee da sein.«

»Wir machen erst einmal eine Rundfahrt auf dieser Strecke«, kündigte Toby an. »Dann essen wir unser Picknick, und anschließend schauen wir uns das Miniaturdorf an.« Er lächelte. »Das ist wirklich beeindruckend, landesweit das Größte seiner Art.«

Der Zug fuhr am Bahnsteig ein, Lokführer war ein Teenager mit einer ähnlichen Mütze, wie sie Ava für Sammy gemacht hatte. Grace betrachtete das Gefährt entsetzt. »Waggons« war eine Übertreibung gewesen. Sie hatten kein Dach, und die Sitze bestanden aus Polstern, die hintereinander auf einer Holzplanke befestigt waren. Sie würden rittlings aufsteigen müssen wie auf ein Pferd.

Toby schwang sich erstaunlich leichtfüßig auf den ersten Sitz.

»Jetzt du, Grace«, forderte Ava sie auf. »Setz dich hinter Toby. Ich möchte auf Luigi warten.«

»Ich bin nicht sicher, ob ich da raufkomme«, sagte Grace. »Meine Hüfte ...«

»Das schaffst du«, bestimmte Ava. »Los jetzt.«

Grace trat vor. Sie sah, wie sich Toby umdrehte, um ihr zuzusehen, und hob das Bein so würdevoll wie möglich über die Planke. Sie rutschte nach hinten, um einen sittsamen Abstand zwischen sich und Toby zu wahren, trotzdem merkte sie, wie ihr Atem Tobys Nacken streifte. Er war voll kleiner weißer Härchen, ein wenig wie Schneeglöckchen, die aus der Erde sprießen.

»Rutsch auf«, sagte Ava. »Luigi ist da.« Grace schob sich einen Zentimeter nach vorn.

»Ein schöner Zug«, sagte Luigi anerkennend.

Ava sprang auf den Waggon, um sich hinter Grace zu setzen. »Yoga zahlt sich eben aus«, sagte sie lächelnd und grätschte elegant auf das Brett.

»Das sieht man«, sagte Luigi. »Aber ihr müsst alle enger zusammenrücken. Sonst passe ich nicht mehr drauf.«

Die beiden Frauen rückten auf, und Luigi ließ sich schwer auf seinen Sitz plumpsen. Der ganze Waggon neigte sich ein wenig nach hinten, sodass Toby mit seinem in Cord gehüllten Hinterteil näher an Grace' Schritt heranrutschte, als sie es für schicklich hielt. Sie konnte sein Shampoo riechen: Apfel und Kokos.

»Tut mir leid«, sagte Toby und verrenkte sich, um sich möglichst weit zu ihr umzudrehen, was Grace einen guten Einblick in sein großes Ohr verschaffte. »Ich dachte, es würde Spaß machen.«

»Es macht ja Spaß«, sagte Grace zu dem Ohr und lächelte es an. Das Ohr bewegte sich ein wenig und Grace merkte, dass auch er lächelte. Sie erinnerte sich, irgendwo gelesen zu haben, dass Ohren zu den wenigen Körperteilen gehören, die nie aufhören zu wachsen.

Der Zug ruckelte los. Grace umfasste Tobys Hüfte, um das Gleichgewicht halten zu können, und ließ ihn dann rasch und verlegen wieder los. Ava hatte keine solchen Skrupel; Grace spürte, wie sich die Fingernägel ihrer Freundin in ihre voluminöse Körpermitte bohrten. Der Zug nahm Fahrt auf und rollte nun mühelos dahin. Grace genoss es, vom Fahrtwind gestreichelt zu werden. Ava lockerte ihren Griff.

Es war schön. Der Garten, durch den sie fuhren, war sorgsam zurechtgestutzt, damit er dem Maßstab der Eisenbahn entsprach. Hier wuchsen Pflanzen mit kleinen Blättern und Blüten: Thymian, Oregano und Heidekraut. Kleine Buchshecken waren durch Formschnitt in Tierfiguren verwandelt. Sie fuhren an einem kleinen Labyrinth vorbei und umkreisten dann einen großen Teich mit einem Springbrunnen in der Mitte, geziert von der Statue eines kleinen Jungen, der in einem graziösen Wasserbogen ins Becken pinkelte. Auf einem Stein erspähte Grace einen Frosch, der das Treiben mit sichtlicher Missbilligung verfolgte.

Sie tuckerten eine Steigung hoch und hatten oben freie Aussicht auf das Miniaturdorf. Ein aufsehenerregender Anblick, Grace freute sich sehr, dass sie hergekommen war.

»Ist das nicht herrlich?«, rief Toby. »Ich spüre den Wind in meinen Haaren.«

»Was davon noch übrig ist«, brummte Ava.

»Schschsch!«, zischte Grace. Aber Toby hörte nichts davon. Grace lächelte seinen Hinterkopf an und sah zu, wie die silbernen Strähnen im Wind flatterten.

Charlotte kauerte über dem Tümpel, das Netz in der Hand. Sie konnte den Fisch kaum erkennen, so gut war er getarnt, gefleckt wie die Muster im Sand. Aber sie sah zwei schwarze, runde Augen, die seinen Standort verrieten. Sie erinnerten sie an die Nachtszenen in Comics, wo sich die Figuren nur durch ihre Augen ausmachen ließen.

Die Mädchen hatten Sammy inzwischen vergessen und unterhielten sich wieder über *Love Shack*. Die Klassenfahrt war leider mit einer Schlüsselepisode zusammengefallen und die Mädchen wollten auch deshalb so dringend ins Zelt zurück, um sich den Film in der Mediathek anzusehen. Drago hatte ein Date mit Olivia, obwohl er Sandy ein Freundschaftsarmband geschenkt hatte!

Charlotte hatte Sammy nicht vergessen. Sein verletzter Blick ließ sie selbst dann nicht los, als sie dem Fisch auflauerte. Was spielte es für eine Rolle, dass Mr. Brown sie nicht mehr interessierte? Ihren Freund interessierte er, und sie hätte ihn begleiten sollen. Die Mädchen hätten sie deswegen aufgezogen, aber auch daran bald die Lust verloren.

Sie senkte das Netz ganz, ganz langsam, es war noch relativ weit vom Fisch entfernt. Er hielt sich in einer kleinen Ausbuchtung auf, wo es kaum Seetang zur Deckung gab und er sich nicht in Löchern verstecken konnte. Charlotte schob das Netz über den Boden in seine Richtung und wühlte dabei den Sand auf.

»Hast du schon einen?«, fragte Nia.

»Fast«, murmelte Charlotte. Es gelang ihr, das Netz unter

den Fisch zu schieben, und mit einer einzigen geschmeidigen Bewegung hob sie es wieder heraus und kippte den Inhalt behutsam in ihren Eimer. Sie spähte hinein, doch durch den herumwirbelnden Sand konnte sie nicht erkennen, ob sie den Fisch nun gefangen hatte oder nicht.

Warum machte sie sich überhaupt die Mühe? Die anderen Mädchen taten das nicht. Die Tiere würden ein, zwei Stunden in ihren Gefäßen bleiben, um von widerwilligen Schülern und Schülerinnen, die eigentlich nur Eis essen wollten, abgezeichnet zu werden, und dann wieder ins Meer, in die Freiheit entlassen.

Und die ganze Zeit war Sammy allein, hinter den Felsen außer Sichtweite, mit detektivischen Nachforschungen beschäftigt. Nachforschungen, die Charlotte in Gang gebracht hatte, weil sie unbedingt die Wahrheit hatte wissen wollen. Vor langer Zeit.

Der Sand setzte sich auf dem Boden des Eimers ab. Charlotte sah prüfend hinein. Der Fisch war drinnen, flitzte hierhin und dorthin und prallte an den Wänden ab. Das Krebschen schien die Krabbe, die Charlotte auch noch gefangen hatte, zu verfolgen, und der Einsiedlerkrebs hatte sich in seine Muschel zurückgezogen.

»Da«, sagte sie und reichte Erica den Eimer. »Jetzt haben wir alles. Ich habe sogar einen Einsiedlerkrebs gefunden.«

»Wo gehst du hin?«

»Mir ist nicht gut«, log sie. »Ich frage Mrs. Varga, ob sie mich ins Camp zurückgehen lässt.«

»Wir schauen später nach dir«, sagte Erica.

»Danke«, erwiderte Charlotte. Sie brach auf. Das Kichern der Mädchen vermischte sich mit dem Geräusch der Wellen, die gegen die Felsen schwappten.

Charlotte blickte über den weiten Strand, der sich vor ihr ausdehnte, und fragte sich, wo sie anfangen sollte. Mrs. Varga war leicht zu überreden gewesen, sie hatte ihren Ausflüchten kaum zugehört und sie in Richtung Camp gewinkt. Charlotte war auch erst in diese Richtung gelaufen, dann abgeschwenkt und die Dünen auf der anderen Seite der Felsen hinuntergestiegen, wie Sammy es vorgeschlagen hatte.

Hier war der Strand anders. Es gab keine Felstümpel, nur winzige, vom Meer glattgeschliffene Kieselsteine. In der Ferne sah sie Klippen, die, je höher, immer steiler wurden.

Was sie nicht sah, war Sammy oder Mr. Brown und seine geheimnisvolle Freundin.

Sie lief weiter, freute sich an dem Knirschen ihrer Schritte auf dem Kies. Das brachte sie auf eine Idee, sie begann, den Strand nach Fußspuren abzusuchen.

Sie waren schwerer zu erkennen als auf Sand, aber schließlich fand sie doch eine lange Reihe von Abdrücken. Zwei Paar Füße, die dicht am Wassersaum am Strand entlanggelaufen waren. Das mussten Mr. Brown und die Frau gewesen sein. Sie folgte ihnen, sah vor sich aber nichts als zwei Möwen, die in den Wellen paddelten. Sie entdeckte keine Spuren, die auf Sammy hindeuteten.

Wolken überzogen den Himmel, und Charlotte spürte die ersten Regentropfen. Sie war dankbar für ihre wasserdichten Klamotten und hatte einen Moment lang Sehnsucht nach dem Haus ihrer Großmutter, wo sie sich jetzt am liebsten mit einer heißen Schokolade aufs Sofa gekuschelt hätte. Die letzten beiden Nächte im Zelt waren kalt und ungemütlich gewesen, obwohl es tagsüber warm gewesen war. Heute Nacht würde sie ewig nicht einschlafen können, wenn der Regen über ihrem Kopf aufs Zeltdach trommelte.

Nach ungefähr fünfzehn Minuten waren die Spaziergänger erst stehen geblieben und dann in Schlangenlinien den Abhang hinaufgestiegen. Ihre Spuren führten Charlotte zu den Höhlen, dann zurück zum Ufer und wieder dorthin, wo sie hergekommen waren. Enttäuscht erkannte Charlotte, dass die beiden umgekehrt sein mussten, bevor sie überhaupt aufgebrochen war. Sie verwünschte sich, weil sie gezögert und diesen unwichtigen kleinen Fisch gefangen hatte, statt Sammy zu begleiten.

Aber wo war er? Zerknirscht überlegte Charlotte, ob er den ganzen Plan hatte fallen lassen, weil sie sich geweigert hatte mitzukommen. Wahrscheinlich war er im Zelt und döste oder schmollte vor sich hin.

Dann entdeckte sie eine zweite Fußspur. Flacher und kleiner als die anderen, und direkt am Fuß der Klippen. Klar, das leuchtete ein. Er war ihnen von hier aus gefolgt, wo er nicht so leicht zu entdecken war. Charlotte bekam eine Gänsehaut, als sie die spitzen Felsen ansah, die wie die Zähne eines Riesen aus dem Boden ragten, und zog ihren Anorak fester um sich.

Sie hastete Sammys Fußspuren nach. Wahrscheinlich hatte sie schon alles Interessante verpasst und die Spuren würden einfach zurück zum Camp führen, dennoch folgte sie ihnen. Es verschaffte ihr eine gewisse Befriedigung, ihre Füße dorthin zu setzen, wo seine gewesen waren. Ihr fiel auf, dass die Kieselsteine hier, im Schatten der Klippen, immer noch feucht waren.

Die Sonne begann hinter den Wolken hervorzuspitzen, genau am höchsten Punkt ihrer Himmelslaufbahn, und der Kies glänzte in ihrem Licht. Charlotte blieb einen Moment stehen und schaute aufs Meer hinaus, das sich in der Sonne wieder von grau zu blau färbte und die Lichtstrahlen in den Wellen tanzen ließ. Was für ein schöner Anblick.

Sie war so mit Schauen beschäftigt, dass sie eine Weile weiterlief, ohne zu merken, dass Sammys Spur aufgehört hatte. Dann blieb auch sie stehen und sah sich um. Sie kehrte um und lief auf ihrer eigenen Spur zurück, hielt inne, lauschte.

Dieses Geräusch. Das war keine Möwe. Das war nicht das Meer.

Ein Keuchen.

Ein Pfeifen.

Sammy.

»Diese Würstchenrollen waren köstlich«, erklärte Luigi. »Du bist eine Frau mit vielen Talenten.«

»Danke.« Ava warf Grace einen kurzen, scharfen Blick zu. »Mein eigenes Rezept.«

»Ich sollte dich in meinem Restaurant als Köchin anstellen«, sagte Luigi.

Als Grace das Entsetzen in Avas Gesicht sah, konnte sie sich ein Schmunzeln nicht verkneifen. Sie saßen auf den Picknickbänken am Rand des Parks und verspeisten die letzten Krümel ihres Picknicks. Neben ihr saß Samirs Enkel Bilal, der den Blick nicht vom letzten Muffin losreißen konnte. »Darf er den noch haben?«, fragte Grace Samir um Erlaubnis.

»Wenn er mit seinem Opa zusammen ist, darf er alles haben«, verkündete Samir vollmundig, und Bilal griff sich schnell den Muffin aus Grace' Tupperdose. Samir schärfte seinem Enkel mit erhobenem Zeigefinger ein: »Aber erzähl's nicht deiner Mutter.«

»Versprochen.« Bilal mampfte bereits, das Gesicht mit Zuckerguss verschmiert.

Das versetzte Grace einen kleinen Stich. Sie vermisste Charlotte. Sie hoffte, ihre Enkelin hatte auf der Klassenfahrt viel Spaß.

Toby lächelte sie an. »Hättest du Lust, mit mir das Miniaturdorf zu besichtigen?«, fragte er.

»Ich muss erst noch die Picknicksachen zusammenräumen«, sagte Grace.

»Das übernehme ich!« Das war das erste Mal in über siebzig Jahren, dass Ava sich freiwillig für eine lästige Arbeit meldete. »Viel Spaß euch beiden.« Grace sah ihre Freundin finster an. Fehlte nur noch, dass sie anzüglich zwinkerte.

»Na gut«, sagte Grace. »Wenn du wirklich willst.«

Toby bot ihr seinen Arm an, und als Grace ihn nahm, kam sie sich leicht lächerlich vor. Sie waren in den Sechzigern aufgewachsen, nicht zu Zeiten Königin Viktorias. Aber eigentlich fühlte es sich ganz schön an, wenn sie die Hand behaglich in Tobys Ellenbeuge legen konnte. Die beiden schlenderten los.

Das Modelldorf war umwerfend. Es war im Stil der Dreißigerjahre erbaut und wunderhübsch, mit echten Pflanzen, einem kleinen See und den bezauberndsten kleinen Details, die Grace sich vorstellen konnte. Es gab ein winziges Pub, mit Tischen davor. Ein winziges Paar saß Hand in Hand, die Blicke ineinander versenkt. Am nächsten Tisch schimpfte eine erschöpfte Frau mit einem kleinen Kind. Ihr Mann stand auf, gefährlich zu einer Seite gelehnt, das Bierglas in der Hand.

Sie gingen weiter. »Charlotte würde dieser Zoo gefallen«, bemerkte Grace. Sie betrachtete die Pinguine, die beim Herumschlittern auf dem Eis erstarrt waren. Ein Eisbär auf Hinterbeinen beobachtete sie aufmerksam.

»Im echten Leben würden Eisbären und Pinguine einander nie begegnen, da sie an entgegengesetzten Polen leben«, sagte Toby. »Das irritiert mich auch in unseren Zoos.«

»Eisbären sollten überhaupt nicht in Gefangenschaft gehalten werden«, sagte Grace. »Sie gehören zu den Arten, die das nicht gut vertragen. Eine Haltung sogar in den besten Zoos ist umstritten.« Sie lächelte. »Das habe ich von Charlotte.«

»Dann sollte sie sich eben einen Miniaturbären anschauen«, sagte Toby. »Wir sollten mit ihr herkommen. Und mit Sammy auch. Ich wette, dieser Ort kommt seiner Vorstellung von Paradies ziemlich nahe.«

Grace dachte kurz an einen anderen kleinen Jungen, dem es hier sehr gefallen hätte, und biss sich auf die Lippe.

»Schau mal!«, rief Toby, als aus einem Tunnel ein roter Zug auftauchte. »Das ist Arthur, eine der Original-Loks.«

»Eine echte Schönheit!«

»Gehen wir auf den Marktplatz?«, schlug er vor. »Das ist mein Lieblingsort hier. Die Mechanik, die dort installiert ist, ist wirklich etwas Besonderes.«

»Gern«, sagte Grace.

Toby erzählte ihr von den Pflanzen: Geißblatt, Löwenmäulchen, japanische Zedern. »Das ist viel schöner als die Kunstbäume in meinem Laden«, sagte er. »Obwohl sie viel Pflege brauchen. Und ich finde es auch großartig, wie hier mit echtem Wasser gearbeitet wird«, fuhr er fort, und Grace spürte in seinem Geplauder eine leichte Nervosität. »Und es gibt Fische. Diese Koi sind so groß geworden, dass sie ganz aus dem Maßstab fallen, sie wirken wie Walfische im Teich. Die nehmen es mit dem Maßstab hier sowieso nicht so genau. Die Züge sind 1:32 und die Gebäude und Leute eher 1:12. Damit sich mehr Details unterbringen lassen, vermute ich, trotzdem kann ich das nicht wirklich gutheißen. Was meinst du dazu?«

Grace lächelte ihn an. Es war lange her, dass ein Mann in ihrer Gesellschaft Anzeichen von Nervosität gezeigt hatte; sie fühlte sich ziemlich geschmeichelt. »Ich finde, ein bisschen Spielraum ist ganz in Ordnung«, sagte sie.

»Ich habe in meinem Laden auch einmal echtes Wasser verwendet«, erzählte er. »Für die Boote. Aber komischerweise wirkte das Ganze nicht echt. Ist das nicht seltsam?« Diesmal wartete er nicht auf eine Antwort. »Ich habe es dann erst mit Plexiglas versucht, eine Katastrophe, dann mit Glas, das war ein bisschen besser, und schließlich habe ich mich für Kunstharz entschieden.« Er unterbrach sich und sah sie an. »Entschuldigung. Ich gerate ins Quasseln, nicht?« Wieder bekam sie keine Chance zu antworten. »Da sind wir schon, auf dem Marktplatz. Großartig, nicht wahr?«

Grace sah sich um. Ein kleiner Mann stand auf einer Leiter und bemalte ein Schild. Die Leiter wackelte und begann zu kippen. Sein Begleiter, der die Leiter hätte festhalten sollen, küsste stattdessen eine Frau im flaschengrünen Mantel. Grace fragte sich unwillkürlich, ob der Mann auf der Leiter wohl das Gefühl hatte, er sei ein Pechvogel – immer kurz vor dem Absturz –, oder ob er es im Gegenteil befriedigend fand, nie auf dem Boden aufzuschlagen.

»Es ist sehr nett hier«, sagte sie zu Toby. »Das nächste Mal nehmen wir Charlotte und Sammy mit.« Sie machte eine Pause. »Vielleicht sogar Amelia.« Unmöglich, dass jemand von diesem Ort nicht begeistert sein könnte.

»Sammy!« Charlotte rannte in die Höhle. Sie war tiefer als erwartet und verlief in einem Bogen nach innen, sodass kaum Licht bis nach hinten drang.

Ihre Augen brauchten eine Weile, um sich an das Dunkel zu gewöhnen. Fast wäre sie über Sammy gestolpert, der zusammengekrümmt auf dem Sand lag; sein Atem ging mühsam.

»Setz dich auf«, ordnete sie an und bückte sich, um ihm zu helfen. »Dann haben deine Lungen mehr Raum.« Sie dachte kurz nach. Was sonst könnte sie ihm raten? »Und bleib ruhig«, blaffte sie ihn an, Panik raste durch ihre Adern. »Wo ist dein Inhalator?«

»Er ... ist mir runtergefallen.«

»Wo?«, fragte sie. Angst stieg in ihr hoch wie die Flut. Das Ding konnte überall sein, am Strand, im Meer, in einem Felstümpel, wo es nutzlos treiben würde wie ein toter Krebs.

»Hatte ihn grad noch ...«, war alles, was Sammy noch hervorbringen konnte.

Daraus schloss Charlotte, dass Sammy ihn noch gehabt hatte, als er schon in der Höhle war. »Keine Angst«, befahl sie ihm. »Ich find ihn schon. Du konzentrierst dich aufs Atmen, okay? Alles wird gut. Bleib ruhig.« Sie begann auf dem Boden herumzutasten, doch ihre Finger griffen nur in Sand. Sammy keuchte weiter.

Was tun? Charlotte holte tief Luft. Es war ziemlich dunkel in der Höhle, aber sie würde den Inhalator sehen, wenn er mitten auf dem Boden läge, deshalb musste er in den schattigen Randbereichen sein. Sie betrachtete den Boden wieder und bemerkte eine leichte Neigung. Wenn der Inhalator Sammy heruntergefallen war, könnte er dorthin gerollt sein, wo der Boden tiefer wurde.

»Setz dich gerade hin«, schärfte sie ihm noch einmal ein und fuhr dann fort, so gelassen sie konnte: »Ach, ich seh ihn schon«, eine Lüge, die ihn hoffentlich beruhigen würde.

Die Lüge hatte tatsächlich ein wenig Erfolg. Sammys Keuchen wurde leichter, vielleicht einen halben Grad auf der Skala.

Mit Händen und Blicken tastete sich Charlotte an den felsigen Rändern entlang.

Und da war das Ding, glattes Plastik unter ihrer Hand. Sie schloss die Finger darum, spurtete zu Sammy und stieß ihm den Inhalator in den Mund.

Er inhalierte tief, dann ein zweites Mal. »Immer schön langsam«, sagte Charlotte. Sie hatte am Abend nach ihrem ersten Ausflug zu der Wildnis an den Gleisen nachgelesen, wie man Asthmatikern hilft. »Ein Sprühstoß alle dreißig bis vierzig Sekunden«, verordnete sie ihm.

Sammy nickte. Seine Gesichtsfarbe wurde schon frischer und das Keuchen legte sich. Er versuchte etwas zu sagen.

»Konzentrier dich aufs Atmen«, unterbrach sie ihn und legte ihm die Hand auf den Rücken. Er fühlte sich warm an, das beruhigte sie. »Jetzt kann dir nichts mehr passieren«, sagte sie. »Alles wird gut.«

Sie saßen schweigend da, Charlotte rieb Sammy den Rücken. Seine Atmung hatte sich fast normalisiert, ab und zu inhalierte er noch kurz. »Nicht zu viel«, warnte Charlotte. »Du hast deine Zehn schon überschritten.« Er hatte beunruhigend lange gebraucht, um sich zu erholen; Charlotte hatte das Gefühl, dass sie schon ewig in der Höhle waren. In der Dunkelheit, in die kein Sonnenstrahl drang, war schwer zu sagen, wie viel Zeit vergangen war.

»Okay«, sagte Sammy und ließ den Inhalator sinken. »Danke.« Er lächelte sie an.

»Gott sei Dank bist du wieder auf dem Damm«, sagte sie.

»Ich bin zäh.« Sammy lachte, was ihn wieder zum Husten brachte.

»Nicht lachen!«, befahl Charlotte erschrocken.

Sie saßen noch eine Weile da, und Sammys Atem wurde immer regelmäßiger.

»Tut mir leid, dass ich nicht mitgekommen bin«, sagte Charlotte.

»Jetzt bist du ja da.«

»Ich hätte mitkommen sollen, als du mich gefragt hast.«

»Schon okay«, sagte Sammy. »Ich konnte sowieso nicht hören, was die beiden geredet haben.«

»Das ist jetzt auch unwichtig«, sagte Charlotte. »Du musst vor allem ruhig bleiben, damit du nicht noch einen Anfall bekommst.«

»Ich bin ihnen gefolgt«, sagte Sammy. »Hab mich hinter den Felsen versteckt und bin ihnen nachgeschlichen wie ein richtiger Spion.«

»Ganz ehrlich glaube ich nicht, dass sich richtige Spione so verhalten«, sagte Charlotte. Dennoch begann die Atmosphäre ein wenig zu knistern wie in den Fünf Freunden.

»Aber bei dem Krach der Wellen konnte ich nichts hören und bin ein bisschen näher rangeschlichen. Da hörte ich sie sagen, dass es Zeit ist umzukehren, und ich bin abgehauen und in die Höhle rein. Die haben mich nicht gesehen.«

»Du musst besser auf dich aufpassen«, sagte Charlotte voller Zuneigung. »Ich brauche dich noch.« Sie hielt inne und sah ihn an. »Hör mal«, sagte sie, »es tut mir wirklich leid. Ich war nicht sehr nett zu dir.«

»Ich weiß«, sagte Sammy. »Aber das ist schon okay.«

»Ist es nicht.« Charlotte atmete tief ein und spürte, wie sich ihre Lungen auf eine Weise aufblähten, wie es Sammys Lungen immer noch nicht schafften. »Ich hab Schlimmes über meinen Dad erfahren und hab's an dir ausgelassen.«

»Über deinen Dad? Was hat er denn?«

»Ach, dem geht's gut«, antwortete Charlotte rasch, denn sie wollte nicht, dass sich Sammy Sorgen machte. »Aber er und meine Mum kommen nicht mehr zusammen.« Wieder machte sie eine Pause. »Er kriegt ein neues Baby«, schob sie nach. »Mit einer anderen Frau. Einen kleinen Jungen.«

»Brüder sind das Schlimmste«, sagte Sammy mitleidig. »Wenigstens wird deiner nicht bei dir wohnen, oder?«

»Sieht nicht so aus«, sagte Charlotte. »Egal. Es tut mir leid. Sind wir wieder Freunde?«

»Klar«, erwiderte Sammy.

Er grinste sie an, und Charlotte fühlte sich um vieles leichter. »Und jetzt schauen wir, dass du zurück ins Camp kommst«, sagte sie und stand auf. »Teil dir deine Energie für den Fußmarsch gut ein. Kannst du laufen?«

»Ich glaube schon«, sagte Sammy. »Nachdem ich gerannt bin, ging's mir erst ganz gut. Aber hier drinnen ist es viel kälter, und das löst bei mir manchmal einen Anfall aus. Das Atmen wurde mühsam, und ich hab sogar versucht, den beiden hinterherzurufen, aber die waren schon meilenweit weg und haben mich nicht mehr gehört.«

»Mach dir darüber jetzt keine Gedanken.« Charlotte würde sich erst wohler fühlen, wenn Sammy im Camp wäre, am besten von einem Arzt versorgt. »Jetzt bringen wir dich erstmal in die Senkrechte.«

Sie half ihm auf die Füße. »Nicht zu schnell«, mahnte sie und hielt ihn beim Gehen an der Hand gefasst.

Sie traten gemeinsam ans Licht. »Was zum ...?«, entfuhr es Charlotte.

Der Strand war weg.

Da war nur Meer. Ringsherum.

22

Amelia stand vor dem Aufsichtsrat und war mitten in der Präsentation ihrer neuen Kampagne. Erst hatte sie die Strategie skizziert und sah die Räte zustimmend nicken. Jetzt kam der Moment, wenn sie die Details der Arbeit erläutern würde. Aufregung schlich sich in ihre Stimme, was offenbar ansteckend war, denn die Räte setzten sich alle ein wenig aufrechter hin. Manche beugten sich sogar vor, wie um vorab ein paar Einblicke ins Konzept zu bekommen.

Amelias Handy klingelte. »Entschuldigen Sie bitte«, sagte sie ein wenig verlegen und schaltete es auf stumm. Sie erkannte die Nummer nicht. »Ich sollte meine Mailbox neu besprechen«, sagte sie. *»Ich habe keine Steuerschulden und wünsche kein kostenloses Upgrade.«* Höfliches Gelächter. Damit war sie wieder auf Kurs.

Als sie gerade die Lieblingsseite ihrer Präsentation erreichte, öffnete sich die Tür einen Spalt und ihre Assistentin spähte verlegen herein. »Entschuldigung«, sagte sie nervös.

»Was gibt's denn, Sarah?«, fragte Amelia mit unterdrückter Ungeduld.

»Ein Anruf für dich. Kommt mir dringend vor.«

»Notier alles Nötige und ich rufe zurück«, sagte Amelia. Sarah hatte wenig Gespür dafür, was dringend war und was nicht; sie hatte sie einmal für einen Telefonverkäufer auf Kaltakquise aus einem wichtigen Meeting mit einem Großsponsor geholt.

»Es geht um deine Tochter«, sagte Sarah. Da durchfuhr Amelia ein Ruck, aber bevor sie »bin schon unterwegs« sagen konnte, platzte ihre Assistentin mit dem Rest der Botschaft heraus: »Sie wird vermisst.«

Charlotte betrachtete das Wasser. Wie hatte es so schnell so hoch steigen können? Eine Welle türmte sich auf und schlug gegen die Felsen. Das beantwortete ihre Frage. Sie spürte salzige Tröpfchen im Gesicht, und als sie zu ihren Füßen hinunterblickte, sah sie, dass das Wasser schon in den Sand sickerte, auf dem sie stand. Dankbar für ihre neuen Gummistiefel trat sie noch einen Schritt weiter hinaus, um zu sehen, ob es am Klippenrand noch einen Kiespfad gab.

Nichts.

Sie zog sich wieder zurück.

»Das Wasser wird nicht in die Höhle kommen, oder?«, fragte Sammy.

»Doch«, sagte Charlotte. »Es ist schon dabei.«

»Aber doch nicht bis ganz nach hinten? Wenn wir ganz hinten bleiben, sind wir doch in Sicherheit?«

»Ich weiß nicht«, sagte Charlotte. Sie sah wieder zum Boden. Das Wasser stand ihr schon fast knöchelhoch. Ihr dröhnte Mrs. Vargas Warnung vor den Gezeiten in den Ohren.

Zu spät.

Sie bemühte sich, die Panik wegzuschieben, um klar denken zu können. »Wir haben drei Möglichkeiten«, sagte sie. »Wir können hier warten und hoffen, dass das Wasser nicht zu weit nach hinten kommt und nicht zu hoch steigt.«

»Eine andere Wahl haben wir doch gar nicht, oder?«

»Wir könnten versuchen, die Klippen hinaufzuklettern.«

Er sah sie panisch an. »Hast du die gesehen? Die gehen total steil nach oben.«

Charlotte nickte. »Aber wir sind beide gute Kletterer.«

»Bei Bäumen, nicht bei Klippen«, sagte Sammy. »Und mein Asthma ...«

»Dann glaube ich, dass wir zurückschwimmen müssen«, sagte Charlotte.

»Schwimmen?«

Sie sah hinaus. »Das Wasser ist wahrscheinlich nicht überall so tief«, sagte sie. »Wir könnten einen Teil der Strecke auch waten, wenn wir uns beeilen.«

»Aber es gibt Wellen«, sagte Sammy. »Und schau dir die Felsen an.« Er wich wieder in die Höhle zurück. Fing wieder an zu keuchen. »Und ich bin kein sehr guter Schwimmer«, fuhr er fort. »Normalerweise schwimme ich mit Schwimmflügeln.«

»Mit Schwimmflügeln?« Charlotte war fassungslos. »Du bist zwölf!« Er sah sie an, Panik im Gesicht. Auch Charlotte bekam Panik.

»Entschuldige«, sagte sie. »So leicht ist schwimmen auch wieder nicht.«

»Vielleicht steigt das Wasser gar nicht so hoch«, sagte Sammy hoffnungsvoll. »Wenn wir hier drinnen bleiben.«

»Das Risiko ist zu groß«, sagte Charlotte. »Wenn wir warten und es steigt doch ...« Sie wurde das Bild nicht los, wie sie und Sammy in der Höhle gefangen saßen und das Wasser über ihre Köpfe stieg, bis sie nicht mehr atmen konnten.

»Vielleicht rettet uns jemand?«, sagte Sammy. »Ich wette, die Lehrer haben schon gemerkt, dass wir nicht da sind.«

»Aber sie haben keine Ahnung, wo wir sind«, wandte Charlotte ein. »Ich habe dieselbe Ausrede benutzt wie du.«

Er holte tief Luft. »Tut mir leid, Charlotte«, sagte er. »Das ist alles meine Schuld. Meine hirnrissige Idee.«

»Es ist *meine* Schuld. Wenn ich gleich mitkommen wäre ...« Sie unterbrach sich. »Ich weiß auch nicht, warum ich das nicht getan habe. Die Mädchen haben sich lustig über mich gemacht, und ...«

»Es ist nicht deine Schuld«, widersprach Sammy. »Du bist genial.« Er sah sie an. »Du bist die beste Freundin, die ich in meinem Leben hatte, weiß du das?«

Charlotte lächelte ihn an, auch wenn das Wasser immer höher stieg. »Du bist auch mein bester Freund«, sagte sie. »Um Längen.« Sie streckte die Arme aus und schlang sie um ihn, dabei streifte ihre Hand den Felsen, der trocken und hart war.

»Ich wünschte, wir wüssten, wie hoch das Wasser steigt«, sagte sie.

»Ich wünschte, wir hätten ein Handy.« Keiner von ihnen hatte ein Handy, aber sogar die Kinder, die eines besaßen, hatten es im Campsafe einschließen müssen.

Charlotte überlegte wieder. Die Felstümpel. Die waren voller Leben: Tang, Muscheln, Krebse, Anemonen. Weiter oben waren die Felsen kahl.

»Schön wär's«, sagte sie. »Komm mit, wir tasten mal die Rückseite der Höhle ab.«

»Abtasten?«

»Es ist ziemlich dunkel dort, deshalb wird dort kein Tang wachsen. Ich glaube es zwar nicht, aber wenn das Wasser in der Höhle steigt, dann wird es dort Algen geben. Wenn wir keine finden oder nur Moos und so, dann werden die Wände wahrscheinlich trocken bleiben und wir sollten dort in Sicherheit sein.«

Sie eilten beide nach hinten in die Höhle. Charlotte fragte sich, ob sie wertvolle Zeit verschwendete, aber Sammy unter diesen Umständen schwimmen oder klettern zu lassen kam ihr zu gefährlich vor, wenn es eine Alternative gab.

»Schnell«, forderte sie ihn auf. Es war so dunkel, dass sie nichts sehen konnte, und so benutzte sie ihre Hände, ließ sie über die Felsen gleiten und betete, dass sie nackt wären.

»Ich hab was gefunden«, sagte Sammy. »Ich weiß nicht, was das ist.«

»Wo?«, Charlotte ging zu ihm und er legte seine Hand über die ihre und führte sie etwa in Kopfhöhe.

Charlotte versuchte zu ertasten, was es war. Zweifellos eine Pflanze, aber Moos oder Algen? Sie packte sie, riss sie vom Felsen los und stürzte damit zum hellen Höhleneingang. Das Wasser stand jetzt schon fast am Schaftende ihrer Gummistiefel und eine Welle spülte etwas Wasser hinein. Ihr wurde eiskalt an den Füßen und ums Herz.

»Ich glaube, es sind Algen«, sagte sie mit einem forschenden Blick auf die strähnige grüne Masse in ihren Händen. Sie sah Sammy an. »Wir können nicht hier bleiben.«

Eine weitere Welle rollte heran und füllte Charlottes Gummistiefel mit noch mehr Wasser. Sie wollte einen Schritt in die Höhle machen, aber die wassergefüllten Gummistiefel wurden ihr zu schwer. Sie zog sie aus – ihre Socken waren ohnehin schon durchweicht –, und kippte das Wasser aus. Beide Kinder wichen weiter in die Höhle zurück.

»Ich kann da draußen nicht schwimmen«, sagte Sammy. »Die Strömung und die Wellen und die Felsen und ...« Ihm versagte die Stimme.

»Du musst«, sagte Charlotte. »Wenn wir hier bleiben ...« Sie brach ab. »Das ist zu gefährlich.«

Sammy begann wieder zu keuchen. »Wir werden ertrinken«, sagte er. »Wir werden sterben.«

»Nein, werden wir nicht«, sagte Charlotte. »Wo ist dein Inhalator?«

Er setzte ihn an den Mund. Charlotte beobachtete ihn. Er könnte nicht so weit schwimmen, dass er sich in Sicherheit bringen könnte. Sie wusste nicht einmal, ob sie selbst es könnte. Aber sie konnte es versuchen.

»Ich hole Hilfe«, sagte sie.

»Wie?«

»Ich schwimm raus und schlage Alarm.«

»Du kannst mich hier nicht allein zurücklassen.«

»Halt deinen Inhalator fest«, bläute sie ihm ein. »Was immer du tust, lass ihn bloß nicht fallen.« Sie blickte zur Rückseite der Höhle zurück. Da war ein kleiner Vorsprung, der ihm einen Extrameter an Höhe verschaffen würde. »Steig da rauf«, sagte sie. »Ich komme mit Helfern zurück.«

»Du wirst sterben.« Die Panik in seiner Stimme war ansteckend.

»Nein, das hab ich nicht vor«, sagte Charlotte. Als sie hinauswatete, umspülte das Wasser ihre Knie. Sie blieb stehen und zog sich dann bis auf T-Shirt und Unterhose aus. Ihr war eiskalt, aber das Gewicht der vollgesogenen Kleidung war das Letzte, was sie brauchte. »Ich bin eine gute Schwimmerin«, versicherte sie Sammy. »Ich schaff das schon.« Sie kehrte noch einmal zu ihm zurück und umarmte ihn. Er drückte sich an sie, und so standen sie umschlungen, bis Charlotte sich löste.

Sie drehte sich um und ging zum Höhleneingang, watete, bis das Wasser zu tief wurde, dann warf sie sich hinein und begann um ihr Leben zu schwimmen.

Um ihrer beider Leben.

»Was soll das heißen, sie wird vermisst?« Amelia brüllte ins Handy und es war ihr völlig egal, dass alle im Büro sie anstarrten. »Sie ist elf. Sie ist auf Klassenfahrt. In Ihrer Obhut. Warum haben Sie nicht auf sie aufgepasst?«

Mrs. Varga hatte keine gute Erklärung. Wie könnte sie auch? Das war gröbste Verletzung der Aufsichtspflicht.

Und ihre Tochter war weg.

»Ich komme sofort«, sagte Amelia. Sie wandte sich vom Handy ab und rief ihre Assistentin. »Sarah. Buch mich auf die nächste Überfahrt zur Isle of Wight.« Mrs. Varga redete immer noch. »Ja, ich halte es absolut für notwendig, dass ich komme ... Und Sie beten lieber, dass Charlotte wieder auftaucht.« Sie hörte kurz zu. »Okay«, sagte sie. »Die Küstenwache ...« Eine Vision ihrer Tochter, mit weißem Gesicht und nassen Haaren an den Strand gespült, drängte sich ungebeten vor ihr inneres Auge. Alle anderen schrecklichen Dinge, die einem Mädchen passieren könnten, das allein unterwegs war, fielen ihr gleichzeitig ein und rangelten um einen Platz neben diesem Bild. »Und die Polizei auch!«, wies sie Mrs. Varga an. »Sofort.« Sie hörte zu, den Blick auf Sarah geheftet, die telefonierte, wahrscheinlich wegen des Tickets. »Der Katamaran ist am schnellsten«, rief sie zu Sarah hinüber. »Und Sammy auch?« Sie hielt inne, das war immerhin ein schwacher Hoffnungsschimmer, an den sie sich klammerte. Wenn ihre Tochter mit ihrem Freund zusammen war, dann wuchs die Wahrscheinlichkeit, dass sie gemeinsam irgendwohin gelaufen waren.

Aber es sah Charlotte gar nicht ähnlich, einfach wegzulaufen.

Sie war verschleppt worden, ganz bestimmt. Der Hoffnungsschimmer erlosch.

Sie musste zur Isle of Wight. Sie musste dorthin, nach ihrer Tochter suchen. Sie legte das Handy ab und sah zu Sarah hinüber, die bereits zu reden anfing. »Du bist auf den Katamaran von Porthsmouth Harbour nach Ryde gebucht. Am schnellsten kommst du mit dem Zug dorthin. Wenn du gleich aufbrichst, kriegst du noch den um 14 Uhr 57.«

Amelia warf einen Blick auf ihre Uhr, schnappte die Handtasche und rannte aus dem Büro.

Grace saß im Bus und starrte aus dem Fenster. Die Scheibe war trüb von den Spuren unzähliger schmutziger Regentropfen, die Grace an getrocknete Tränen erinnerten. Was sie draußen sah, war wenig besser, ein grauer Tag auf der Autobahn, an deren Rand immer wieder tote Tiere lagen, die sich zu weit an den Verkehr herangewagt hatten: Füchse, Kaninchen, sogar ein kleines Reh.

Verstohlen ließ sie den Blick zu ihren Mitreisenden schweifen. Sie saß allein. Ava und Luigi saßen hinten, quasselnd und kichernd wie freche Schüler. Samir und Bilal schliefen tief und fest, beiden stand der Mund offen, die Familienähnlichkeit war unverkennbar.

Toby saß auf der anderen Seite des Gangs und starrte aus dem Fenster.

Auch Grace wandte sich wieder ihrem Fenster zu. Es fing an zu regnen, dieser sanfte britische Regen, der fast ein Nebel war. Winzige Tröpfchen ließen sich auf der Scheibe nieder und fingen das Licht ein wie Edelsteine. Richtige Schönheiten im Vergleich zu den Schmuddelspuren ihrer vertrockneten Vorgänger.

»Du wirst's nicht glauben!«, rief Ava plötzlich und ließ sich mit glänzenden Augen auf den Sitz neben Grace fallen.

»Du solltest nicht in einem fahrenden Bus herumlaufen«, tadelte Grace. »Was ist, wenn du stürzt?«

»Ich bin schon gefallen«, sagte Ava.

Grace sah sie besorgt an, ihr Blick wanderte nach unten, zu Avas Beinen. Sie schien keine Schmerzen zu haben, trug aber völlig alltagsuntaugliche Schuhe. Kein Wunder, dass sie gestürzt war.

»Du solltest dir wirklich Schuhe mit einer griffigeren Sohle zulegen.«

»Diese Art von Sturz hab ich nicht gemeint.« Ava lachte und machte eine dramatische Pause. »Ich bin einem Mann verfallen.«

»Was?«, fragte Grace schockiert.

»Ich meine Luigi«, erläuterte Ava. Sie beugte sich dicht zu Grace, die im Atem ihrer Freundin das schwache Aroma von Vanille-Buttercreme wahrnahm, mit der sie die Muffins gefüllt hatte. »Und ich hab's ihm gerade gesagt.«

»Warum denn das?« Grace wurde von einem Schwindelgefühl erfasst.

»Weil es stimmt.«

»Aber ihr trefft euch doch erst seit – wie lange? Drei Wochen?« Grace kehrte in Gedanken zu der Zeit zurück, in der sie und Jonathan die Fühler nacheinander ausgestreckt hatten, die einzige Turtelphase ihres Lebens. Monatelang hatten sie einen Eiertanz um ihre Gefühle aufgeführt, hatten verstohlene Andeutungen fallen lassen und schmachtend gelächelt. Dabei hatte sich Grace damals als kess und von Zwängen befreit empfunden. Schließlich war sie es gewesen, die ihn zum ersten Date eingeladen hatte!

Aber eine Liebeserklärung schon nach ein paar Wochen?

»Rentnerjahre sind wie Katzenjahre«, erklärte Ava. »Man muss die Dinge etwas beschleunigen, jetzt, wo wir ...«– sie unterbrach sich und suchte nach dem richtigen Wort – »im reifen Alter sind.«

»Und du hast einfach den Mund aufgemacht und es ihm gesagt?«

Ava kicherte, jede Reife verflüchtigte sich zusehends. »Klar«, sagte sie. Und lächelte. »Es hat funktioniert, weil er mir sofort dasselbe gesagt hat. Ich hab ihm sogar gestanden, dass die Würstchen im Teig gar nicht von mir sind, und es war ihm wurscht.«

Avas Lächeln sprang auf Grace über. »Ich freue mich sehr für dich«, sagte sie und fragte sich, wie es wohl wäre, wenn sie ihre Gedanken einfach ausspräche, ohne sich Sorgen zu machen, wie sie ankämen und welches Urteil über ihre Person sie damit provozieren könnte.

»Das bedeutet natürlich, dass ich die Oliven jetzt gratis kriege.«

»Ich hoffe, die Bedeutung beschränkt sich nicht nur darauf«, sagte Grace.

»Das hoffe ich auch.« Ava zwinkerte. Darauf begannen beide zu prusten; Grace hielt ihre Blase erfolgreich davon ab, sich an den Aufregungen zu beteiligen, und dankte Padma für die Beckenbodenübungen.

»Aber im Ernst«, sagte Ava, als sich das Gelächter gelegt hatte. »Er ist nett und süß und wunderbar. Ich habe ein solches Glück, dass ich ihn gefunden habe.«

»Und er hat Glück, dass er dich gefunden hat«, ergänzte Grace.

»Die Oliven sind nur das Sahnehäubchen«, fügte Ava hinzu.

»Wenn auch ein salziges.« Grace lachte. Sie sah zu Toby hinüber. Er erwiderte ihren Blick ganz kurz, lächelte sie an und wandte sich dann wieder dem Regen zu, der jetzt gegen die Scheibe prasselte.

»Toby ist übrigens auch ziemlich toll«, bemerkte Ava, ausnahmsweise in sehr gedämpfter Lautstärke. »Von ihm könnte man dasselbe sagen. Dass er nett, süß und wunderbar ist.«

Nur hatte es niemand gesagt. Oder vielmehr: Grace hatte es ihm nicht gesagt.

»Einer von euch sollte endlich mal einen Vorstoß machen und über seine Gefühle reden.« Ava konnte anscheinend Gedanken lesen. »Der Mann steht doch schon ewig auf dich.«

»Seit Jahren steht niemand mehr auf mich.«

»Quatsch. Du bist fabelhaft. Aber bei euch ist Hopfen und Malz verloren. Ihr *haltet die Oberlippe steif* und *lasst euch nicht unterkriegen*. Typisch englisch unterkühlt eben. Da ist es kein Wunder, dass ihr kaum miteinander reden könnt. Ihr sitzt nicht mal nebeneinander, obwohl euch ganz klar nichts lieber wäre.«

»Ich weiß nicht ...«

»Ich sage nur«, fuhr Ava fort, »wenn du willst, dass jemand deine Gefühle kennt, musst du sie ihm verraten. Gruppenausflüge organisieren, an der Modelleisenbahn rumpfriemeln und Muffins backen ist alles gut und schön, aber das allein reicht nicht, damit du kriegst, was du willst, und man kann das alles falsch verstehen. Oder auch gar nicht.«

Grace nickte. Das klang so vernünftig, so leicht. Einfach zu sagen, was man empfindet. Aber es war nicht leicht. Nicht für sie. Nicht mehr.

»Ich setz mich jetzt wieder zu Luigi.« Ava drückte Grace die Hand. »Denk mal drüber nach.«

Grace erwiderte den Druck. »Mach ich.«

Als Ava gegangen war, sah sie zu Toby hinüber. »Gut, dass wir im richtigen Moment aufgebrochen sind«, wagte er zu sagen. »Schau dir mal den Regen an.«

»Ja«, stimmte sie ihm zu. Sie überlegte kurz. »Es war ein

schöner Ausflug«, sagte sie. »Ich habe unsere gemeinsamen Stunden sehr genossen.«

Toby strahlte. »Ich auch«, sagte er. »Die Zeit mit dir.«

Die Kälte war wie ein Schock. Charlotte war schon bis zu den Knien im Wasser gewatet, aber als sie eintauchte, schlug das Meer gegen ihren Körper wie ein Eisblock. Sie versuchte, das Gefühl zu ignorieren, und sagte sich, es würde bald besser, sie würde sich daran gewöhnen. Es war doch nur der Solent und nicht die Arktische See. Sie begann zu schwimmen und warf einen nervösen Blick zu Sammy zurück, der sie aus der Höhle beobachtete. Eine Welle spülte sie wieder in Richtung Ufer, sie kämpfte sich weiter voran. Eine zweite Welle rollte heran, aber auf die war sie vorbereitet, schloss die Augen und stieß sich hoch, um über den Wellenkamm zu gleiten. Sie versuchte, nicht ins offene Meer hinauszublicken, sondern konzentrierte sich auf die Klippenwand. Ihr wurde klar, dass sie nicht weit würde schwimmen können, nicht unter diesen Bedingungen. Sie musste auf seichteres Wasser hoffen oder eine Stelle, wo sie sich festklammern und aus dem Wasser klettern könnte.

Wieder wurde sie hart von einer Welle getroffen und unters Wasser gespült. Eine Kraft schien sie immer tiefer hinabzuziehen, weg von den Klippen. Sie strampelte sich wieder nach oben und holte tief Luft. Da wurde sie von einer weiteren Welle, noch gewaltiger als die erste, in die Höhe gehoben und gegen die Felsen geworfen.

Sie schrie auf vor Schmerz, doch das Meer verschluckte ihren Schrei und die Strömung zog sie wieder hinab.

Noch eine Welle, noch eine.

Charlotte spürte, wie ihr Kopf gegen den Felsen schlug.
Dann spürte sie nichts mehr.
Gar nichts.

23

Grace war froh, dass sie wieder zu Hause war, irgendwie fühlte sie sich nicht ganz auf der Höhe. Sie setzte Teewasser auf, aber sogar in ihrer wärmsten Strickjacke war ihr unbehaglich kalt. Sie ging zum Thermostat und drehte die Heizung auf. Jonathan hasste überheizte Räume, vor allem im Frühling, aber er hatte jetzt kein Mitspracherecht mehr.

Nach dem Ausflug hätte sie gern weiter Gesellschaft um sich gehabt. Sie sah auf die Uhr. Es würde noch Stunden dauern, bis Amelia käme. Das war aber auch das Gute an einer von Rentnern für Rentner geplanten Unternehmung: Alle kannten ihre Grenzen und konnten es so einrichten, dass sie schon um vier Uhr wieder wohlbehalten zu Hause waren.

Grace machte sich eine Tasse Tee und beschloss, nach den Stabheuschrecken zu sehen, die sie diese Woche versorgte. Gewissenhaft hatte sie täglich die alten Ligusterblätter durch frische ausgetauscht und dafür immer die schönsten Triebe ihrer neuen Pflanze ausgesucht. Sie trat in Charlottes Zimmer und presste die Lippen zusammen, damit sie die Insekten ja nicht mit Namen begrüßte. Auch wenn niemand sonst im Haus war, der sie mit einem Insekt reden hörte, würde sie selbst es doch wissen und sich Sorgen um ihre geistige Gesundheit machen.

Stattdessen beobachtete sie lächelnd, wie die Tiere munter an ihren Blättern herumknabberten, offenbar merkten sie nichts von der Abwesenheit ihrer Besitzerin. »Nur noch fünf

Tage«, sagte sie und fand es diesmal in Ordnung, laut zu reden, da sie mehr zu sich selbst als zu den Insekten sprach. »Dann ist sie wieder zu Hause. Ich kann's kaum erwarten.«

Grace spürte ihre Erschöpfung. Für sie war es ein langer Tag gewesen, selbst wenn er im Rentner-Schongang verlaufen war. Sie betrachtete Charlottes Bett, das zwei Nächte unberührt geblieben war, und beschloss, sich kurz hineinzulegen. Charlotte hatte sicher nichts dagegen, und Grace vermisste sie so. Sie sank auf Charlottes Kissen, atmete den Duft ihres Shampoos ein und schloss kurz die Augen.

Sie konnte sich nicht entspannen.

Sie konnte das ungute Gefühl nicht abschütteln.

Das Gefühl, dass etwas nicht stimmte.

Wahrscheinlich war es nur die Aufregung, dachte sie dann. Das Miniaturdorf, der Gartenzug. Das brachte alles wieder hoch.

Deshalb fühlte sie sich so. Der Druck im Magen. Der gallige Geschmack im Mund. Das Zucken im Augenwinkel.

Genau so hatte sie sich an jenem Tag vor einunddreißig Jahren gefühlt.

Sie würde diesen Moment im Sprechzimmer des Arztes nie vergessen. *Er hat sich ausgebreitet.* Diese vier Worte hatte sie mehr gefürchtet als alles andere. Sie hatte dem Arzt schon angesehen, dass er keine guten Nachrichten für sie hatte. Aber das? Das überstieg die Grenzen des Fassbaren. Sie hatte Jonathans Stimme gehört, als er über Behandlungspläne und Palliativmaßnahmen diskutierte, aber alles schien weit weg. Unmöglich.

Das konnte doch ihrem Sohn nicht passieren. Nein.

Nicht dem fünf Jahre alten Peter. Der vom Moment seiner Geburt an so vollkommen gewesen war. Peter, neben dem sie sich nachts zusammengerollt hatte, der alles über Züge wusste, was es zu wissen gab. Peter, der in seinem Leben alles hätte erreichen können. Der lustige, kluge, freundliche Peter. Eine Welt ohne ihn konnte es nicht geben. In einer Welt ohne ihn könnte sie nicht leben.

Aber da war sie und lebte doch.

Sie erinnerte sich an die Anrufe von Freunden und Angehörigen. *Geht es Peter gut? Er ist eine Kämpfernatur. Er wird es schaffen.* Gut gemeinte, aber schreckliche Gespräche. Die Leute erwarteten, dass sie gute Neuigkeiten lieferte, und als sie es nicht konnte, wusste niemand etwas zu sagen.

Amelia stand auf dem Deck des Katamarans. Es regnete jetzt richtig, aber sie bemerkte die Tropfen kaum, die ihr ins Gesicht klatschten, als sie aufs Meer hinausstarrte, auf die fernen Klippen.

Charlotte. Ihr kleines Mädchen. Vermisst.

Amelia war nie eine überängstliche Mutter gewesen, bewusst nicht. Sie erinnerte sich noch daran, wie sorgfältig ihr Dad auf dem Spielplatz jedes Gerät auf seine Sicherheit hin untersucht hatte, bevor er ihr erlaubte hinaufzuklettern. Wie peinlich es gewesen war, wenn ihre Mutter sie im Park aus dem Blick verlor und wie eine Wahnsinnige nach ihr schrie, die Stimme voller Panik, wenn Amelia bloß auf der anderen Seite eines Baums stand. Oder wie demütigend, dass Grace an ihren seltenen freien Tagen darauf bestanden hatte, ihre Tochter zur Schule zu begleiten, wenn alle ihre Freundinnen alleine gingen. Sie musste von allen am frühesten zu Hause sein, oder ihr Dad stieg schlaftrunken aus dem Bett und zog einen Mantel über den Pyjama, um sie von einer Party abzuholen, die noch kaum in die Gänge gekommen war.

Nein. Sie war mit Charlotte entspannt umgegangen und hatte gelacht, wenn andere Eltern sich sorgten, ob ihr Baby genug Milch bekam, oder wenn sie die Exkremente ihres Sprösslings untersuchten, ob er auch bestimmt gesund war. Charlotte durfte, kaum konnte sie laufen, zwischen dem Mobiliar von Restaurants herumwanken, da musste man die gelegentliche Beule am Kopf eben in Kauf nehmen, der Preis fürs Selbständigwerden. Als Charlotte älter wurde, hatte sie es Amelia leicht gemacht, so vernünftig, warmherzig und lernbegierig, wie sie war. Amelia hatte sich bestätigt gefühlt, sogar ein wenig selbstzufrieden. Ihr Verhalten als Mutter hatte sie mit einem Kind belohnt, mit dem einfach umzugehen war, auch wenn Charlotte ein wenig zur Ängstlichkeit neigte. Sogar das hatte Amelia recht entspannt betrachtet: Es war eine Phase, aus der ihre Tochter herauswachsen würde.

Und jetzt das. Die Strafe für ihren Hochmut.

Ihre Augen scannten das Meer ab, als könne sie Charlotte im Wasser entdecken und ihr einen Rettungsring zuwerfen.

Sie versuchte, ihr übliches Selbst aufzurufen. Die vernünftige Person, die ihr sagen würde, dass Charlotte und Sammy einem streunenden Hund hinterhergelaufen waren, um den sie sich kümmern wollten, und bald zurückkehren würden, verblüfft über die Panik, die sie ausgelöst hatten.

Aber es funktionierte nicht.

In ihr hatte nichts mehr Raum außer Angst. All die schrecklichen Dinge, die vermissten Kindern zustoßen. All die Kinder, die nie gefunden werden.

Sie versuchte, nicht daran zu denken. Zog ihr Handy heraus und hypnotisierte es mit ihrer ganzen Willenskraft, es solle klingeln und gute Nachrichten bringen.

Es klingelte nicht.

Zögernd sah sie es an. Sie hatte Tom ein wirres Gefasel auf der Mailbox hinterlassen, sollte aber auch ihre Mutter informieren. Davor hatte sie sich im Zug gedrückt, hatte Tunnel und schlechten Empfang vorgeschoben. In Wahrheit aber fürchtete sie sich davor, dass Charlotte mit dem Aussprechen der schlechten Nachricht gefühlt noch weiter wegrücken würde, ihr Verschwinden noch realer würde.

Das war natürlich Quatsch, sagte sie sich. Widerwillig scrollte sie ihre Nummern bis zu ihrer Mutter durch. Sie musste ihr sagen, was los war.

»Hallo, Mum?«

»Ach, gut, dass du anrufst«, sagte Grace. Sie freute sich, die Stimme ihrer Tochter zu hören, auch wenn sie ein wenig seltsam klang. Ein kleines Geplauder war jetzt genau das Richtige, um ihre unliebsamen Gedanken zu verdrängen. Ein Geplauder übers Abendessen und Pies, und ob Amelia heute vielleicht früher heimkommen würde. Ja, ein Essen mit ihrer Tochter. »Ich weiß, Steak Pie schmeckt am besten, wenn man die Füllung über Nacht ziehen lässt«, begann sie, um zu überbrücken, was sich allmählich zu einem unangenehmen Schweigen auswuchs. »Aber ich hab einen Eintopf im Gefrierschrank und dachte, wenn ich ein bisschen Brühe dazugieße, wäre er ganz passabel als Füllung für einen Pie.« Sie machte eine Pause. »Zum Abendessen«, fügte sie hinzu. »Falls du heute Abend da bist.«

Die Verbindung war schlecht, oder Grace' Ohren spielten ihr einen Streich. »Ist es bei dir windig?«, fragte sie, denn sie verstand nicht, was Amelia sagte. »Ich hoffe, du stehst nicht draußen im Regen. Bei uns schüttet es richtig.«

Das Pfeifen des Winds verstummte plötzlich. »Jetzt höre ich dich besser«, sagte Grace. »Bist du reingegangen? Wo bist du denn?«

»Ich bin auf einem Katamaran«, antwortete ihre Tochter. »Und bin in die Kabine gegangen. Mum, ich muss dir was sagen.«

Nach ein paar kurzen Sätzen brach Grace' Welt zusammen.

»Ich komme«, sagte sie und griff schon nach ihrer Handtasche. »Ich nehme die nächste Fähre.«

»Nein«, sagte Amelia. »Das ist nicht nötig.«

»Ich möchte da sein«, erwiderte Grace. »Du solltest nicht allein sein. Ich werde helfen.«

»Du kannst nicht helfen.«

»Doch, das kann ich«, sagte Grace entschlossen. »Ich kann nach ihr suchen, ich kann rumfragen. Ich kann ...«

»Komm nicht. Das Beste ist, wenn du zu Hause bleibst und wartest, ob sie anruft.«

Grace widersprach nicht. Nicht mehr. Nicht in dieser Situation. Hier ging es nicht um sie.

Es ging um Charlotte. Und eine Mutter in Todesangst.

»In Ordnung«, sagte sie, so ruhig sie nur irgend konnte. »Du weißt, was das Beste ist.«

»Ich mache jetzt Schluss. Ich muss erreichbar sein«, sagte Amelia.

»Ruf mich an, wenn du was brauchst«, sagte Grace.

Da hatte Amelia schon aufgelegt.

Charlotte schlug die Lider auf, sah aber nur Dunkelheit. Ihr Kopf dröhnte und sie fror. Sie wollte die Hand an den Kopf legen, stieß dabei aber mit dem Ellbogen an etwas Spitzes und Hartes. Sie schrie auf vor Schmerz.

»Charlotte?« Jemand berührte sie am Knöchel.

»Sammy?«, fragte sie mit krächzender Stimme.

»Gott sei Dank«, sagte Sammy. »Ich dachte schon, du bist vielleicht …«

»Was ist denn passiert?«, fragte Charlotte. Sie versuchte sich aufzusetzen, merkte aber schnell, dass nicht nur ihr Kopf schmerzte. Alles tat ihr weh.

»Bleib, wo du bist«, befahl Sammy. »Ich glaube nicht, dass ich dich nochmal da raufhieven könnte, wenn du runterfällst.«

Charlotte hob den Kopf ein winziges Stück, gerade so weit, dass sie Sammy erkennen konnte, der schlotternd da saß, die Arme um die Beine geschlungen. »Wo sind wir?«

»Immer noch in der Höhle. Auf dem Vorsprung.«

»Wie bin ich hier hergekommen?«

»Eine Welle hat dich wieder zur Höhle zurückgespült«, sagte er. »Ich bin vorgewatet, hab dich bis nach hinten gezogen und irgendwie da raufgekriegt.« Er machte eine Pause. »Du hast ziemlich geblutet«, sagte er. »Und vielleicht hab ich's auch noch schlimmer gemacht. Tut mir leid.«

»Du hast mich gerettet«, sagte Charlotte.

»Du hast mich zuerst gerettet«, sagte Sammy.

Sie versuchte sich wieder aufzusetzen, aber ihre Ohren machten ein seltsames Geräusch, als würde Wasser durch sie hindurchrauschen. Sie spürte ein paar Tropfen im Gesicht. Da streckte sie die Hand aus und tastete ringsherum.

Kaltes Wasser.

Das Wasser stieg immer noch weiter, und das schnell.

»Wir sind doch hier in Sicherheit«, fragte Sammy. »Oder?«

Charlotte tastete mit der anderen Hand die Höhlenwand in Kopfnähe ab. Sie war mit etwas Weichem, Feuchtem überzogen.

Algen.

»Ich hoffe«, sagte sie. Aber das Wasser stieg immer weiter und sie wusste, dass es überhaupt keine Hoffnung für sie gab.

24

»Wir tun wirklich alles, was wir können, Mrs. Sayers«, sagte der Polizist. »Jeder Polizeibeamte auf der Insel hat die Fotos von Charlotte und Samuel in die Hand bekommen. Die Küstenwache sucht die nächstgelegenen Strände und Höhlen ab – alles, was in Frage kommt. Wir werden sie finden.«

»Das werden sie, wenn es Gott Wille ist.« Sammys Mutter umklammerte wieder Amelias Hand. »Wir können nur noch beten.«

Amelia schüttelte die Hand ab. Die Frau war unerträglich. Wenn sie noch einmal von Gott anfing, würde Amelia anfangen zu schreien. Sie wünschte sich, Tom wäre hier, auch wenn er sich die letzte Zeit mies verhalten hatte. Er wäre eine Hilfe. Ihm würde etwas einfallen, er würde weitere Anstrengungen aus der Polizei herauskitzeln, er würde praktisch denken.

»Es muss doch noch etwas geben«, sagte sie. »Haben Sie die Polizei auf dem Festland informiert?«

Gereizt erwiderte der Polizist: »Wir sind hier auf der Insel mit allem ausgerüstet, was für diesen Fall nötig ist. Ich bin sicher, Ihre Kinder werden bald gefunden.«

»Amen«, fügte Sammys Mutter hinzu.

Amelia wandte sich von den beiden ab. Sie bezweifelte, dass es weiterhelfen würde, wenn sie die Polizei oder Sammys Mum gegen sich aufbrächte, aber sie war jederzeit kampfbereit. Fürs

Erste holte sie tief Luft, kniff die Augen zusammen und ließ den Blick noch einmal über das Camp schweifen.

Mrs. Varga saß zusammengekauert vor einem Zelt. Mr. Brown hatte die Arme um sie gelegt. Der Anblick der beiden hatte etwas, das in ihr wieder die Sehnsucht nach Tom wachrief. Sie hatte ihm mehrere Nachrichten auf die Mailbox gesprochen, aber nichts von ihm gehört. Wahrscheinlich war er mit seiner neuen Freundin beschäftigt und hechelte sich mit ihr durch den Geburtsvorbereitungskurs.

Der Gedanke schürte neue Wut in ihr und ihr war danach, Mrs. Varga noch einmal zusammenzustauchen. Sie ging hinüber, doch ein Blick von Mr. Brown brachte sie von ihrem Vorhaben ab. In seinen Augen lag eine solche Sanftmut. Und Trauer.

Verlust.

Amelia merkte, dass sie nicht kurz davor war, herumzubrüllen, sondern in Tränen auszubrechen. Sie machte den Mund auf und versuchte, ihre Empfindungen wieder in Richtung Wut zu lenken, mit der sie ihr Ohnmachtsgefühl ein wenig hätte dämpfen können, doch stattdessen kam nur ein Schluchzen heraus.

Und dann drückte Sammys Mutter sie plötzlich in einer Umarmung an sich, der Amelia seit ihrer Ankunft ausgewichen war, und jetzt heulte sie auch noch in den weichen Polyesterschal der Frau hinein.

Die Umarmung wärmte sie in der Kälte und erinnerte sie an ein Erlebnis, als sie als Kind vom Roller gefallen war. Der Schmerz im Knie war überwältigend gewesen und sie hatte gebrüllt wie am Spieß. Ihre Mutter hatte Peter wieder in den Kinderwagen gesetzt und war zu ihr gerannt, hatte sie in die Arme geschlossen, an sich gedrückt und ihr versichert, dass alles wieder gut wird.

Da wurde Amelia klar, dass sie sich letztlich nicht nach Tom sehnte.

Sondern nach ihrer Mum.

»Mrs. Sayers, Mrs. Doyle?« Amelia blickte hoch. Der Polizist hatte sie angesprochen. Sie befreite sich aus der Umarmung und trat einen Schritt zurück, versuchte zu begreifen, was ihr da mitgeteilt wurde.

»Sie sind gefunden worden«, sagte er. Doch er lächelte nicht. »Die Küstenwache hat sie in ihrer Obhut.«

»Dank sei Gott«, sagte Sammys Mum.

»Geht es ihnen gut?«, fragte Amelia.

»Der Rettungswagen wird schon bereitstehen, wenn sie an Land kommen«, sagte der Polizist. »Bitte kommen Sie beide mit mir mit.«

Grace tigerte eine Weile im Haus herum und googelte dann auf ihrem Handy nach den *Gefahren auf der Isle of Wight*. Eine Brutstätte des Verbrechens schien die Insel nicht zu sein, aber die Warnungen vor Stränden mit roten Flaggen machten ihr Sorgen. Fast hätte sie Amelia noch einmal angerufen und gefragt, ob sie die Küstenwache alarmiert habe, aber dann erinnerte sie sich daran, dass Amelia erreichbar bleiben wollte, und wollte ihr Handy nicht blockieren. Sicher hatten sie an die Küstenwache gedacht. Sie würde nur stören.

Im Weg stehen.

Komm nicht.

Sie war eine Last. Das wusste sie. Alle alten Menschen wurden irgendwann zur Last. Entweder überlebten sie ihr Verfallsdatum und jemand musste sie versorgen, oder sie starben und jemand musste die Beerdigung organisieren.

Schon wieder! Sie dachte nur an sich selbst. Sie richtete ihre Gedanken wieder auf Charlotte.

Nein, sie konnte nicht an sie denken. Nicht daran, dass sie in Gefahr war, dass sie vermisst wurde.

Amelia wollte ihre Mutter nicht um sich haben. Grace konnte das begreifen. Sie erinnerte sich, wie sie von Peters Beerdigung zurückkam und sich im Bad eingeschlossen hatte. Sie hatte allein sein müssen.

»Mum«, hatte Amelia gerufen. »Wo bist du?«

Grace hatte nicht geantwortet. Sie war auf den Boden gesunken, auf die kalten Fliesen, die vom Duschen vor ein paar Stunden noch ein wenig feucht waren. Sie konnte kaum glauben, dass sie es geschafft hatte, sich zu waschen, sich anzuziehen und zuzusehen, wie der Sarg ihres Jungen für immer in einem Loch in der Erde verschwand.

»Deine Mutter braucht ein paar Minuten Zeit für sich«, hörte sie Jonathan sagen. »Komm mit mir mit, wir setzen Wasser auf.«

»Ich will aber Mum!«, hatte Amelia mit einer Stimme gesagt, die wie Glasscherben klirrte, und weiter an die Tür gehämmert. »Bitte komm raus!«

Das war der letzte Tropfen. Grace krümmte sich und brach endlich in Schluchzen aus. Sie konnte die Tür nicht aufmachen, unmöglich, dass ihr kleines Mädchen sie in diesem Zustand sah.

Sie hatte das Bad erst nach Stunden wieder verlassen, steif vor Kälte und erschöpft. Amelia schlief auf dem Sofa, Jonathan streichelte ihr übers Haar. »Sie hätte dich gebraucht«, sagte er.

»Ich konnte nicht«, antwortete sie. »Ich konnte einfach nicht …«

Sie war für ihre Tochter nicht da gewesen.

Und jetzt, dreißig Jahre später, wollte ihre Tochter sie nicht mehr haben.

Grace schloss die Hintertür auf, ignorierte Rex' Gebell und ging in ihren Schuppen. Sie schaltete das Licht an und versuchte, dem Zug zuzusehen, der durch ihre kleine Welt fuhr.

Jahrelang hatte sie den Schuppen zugesperrt. Sie war zur Arbeit zurückgekehrt, und sie hatten weitergelebt. Irgendwann verließ Amelia das Haus und ging studieren, und dann waren sie und Jonathan nur noch zu zweit.

Zwanzig Jahre später starb Jonathan und sie war plötzlich allein.

Als sie nach seiner Beerdigung in ihr leeres Haus zurückkehrte, hatte sie beschlossen, es sei an der Zeit, den Schuppen wieder aufzuschließen. Ihn auszuräumen. An diesem Tag wurde sie ihrer eigenen Sterblichkeit mehr denn je bewusst. Nach ihrem Tod würde Amelia sich um den Schuppen kümmern müssen. Und nach der Beerdigung ihres Mannes konnte der Tag auch nicht mehr schlimmer werden.

Aber als sie die Tür aufsperrte, geschah etwas Überraschendes. Es ging ihr ein wenig besser.

Der Strand. Das Dorf. Der Zug, der immer noch funktionierte und durch den Tunnel tuckerte, wenn sie am Schalter drehte.

Darin lag so viel Freude, und diese Freude war ansteckend. Grace hatte mit einem Mal das Gefühl, das Leben halte für sie vielleicht doch noch mehr bereit als das Warten auf den Tod. Da gäbe es noch ein Gebirge aufzubauen, Skilifts zu montieren, einen Bauernhof zu bevölkern.

Plötzlich vibrierte ihr Handy. Grace stürzte sich darauf. Eine Nachricht von Amelia.

Charlotte war gefunden worden. Der Trost dieser Worte hielt nur eine Sekunde an, bis sie den Rest der Nachricht las.

Kritischer Zustand.

Sie packte ihre Handtasche und zog den Mantel an. Sie musste helfen. Und sie *konnte* auch helfen, egal, was Amelia sagte. Sie wusste, dass sie es konnte.

Sie musste einfach da sein. Diesmal musste sie für ihre Tochter da sein.

Und für Charlotte.

Grace stieg auf der Treppe, die aufs Deck der Fähre führte, eine Stufe hinauf, blieb stehen und klammerte sich an das Geländer. Der Wind zerrte aggressiv an ihr. Den anderen Leuten machte das nichts aus, sie spurteten die Treppe geradezu hinauf, obwohl das Boot schlingerte. Im Zug hatte sich Grace etwas besser gefühlt, weil sie etwas Nützliches unternahm, anstatt sich in ihrem Schuppen zu verkriechen. Züge waren ihr vertraut, Boote nicht.

Sie stieg wieder hinunter und beschloss, doch nicht aufs Deck zu gehen. Es war Abend, die Sonne stand tief. Das Meer hatte vor dem fliederfarbenen Himmel einen satten Purpurton angenommen, aber Grace bemerkte die Farben kaum. Auch nicht die Kälte in der Luft oder die Müdigkeit in ihrem Körper.

Sie wollte einfach ankommen.

Sie hatte vorgehabt zuzusehen, wie die Insel im Blickfeld auftauchte. Sie hatte sich vorgestellt, dass sie Charlotte sofort sehen würde. Dass sich das ganze Durcheinander gelegt hätte, dass ihre Enkelin kerngesund wäre und sich nichts Schöneres vorstellen könnte als einen Besuch von ihrer Großmutter.

Ihre Tochter genauso. »Viel Lärm um nichts«, würde Amelia sagen. »Aber ich freue mich, dass du gekommen bist.«

»Ich bin auch froh«, würde Grace sagen. »Ich wusste doch,

dass ich nützlich sein könnte. Und ich möchte dir etwas sagen, euch beiden.« Und dann würde sie es sagen. Wie sehr sie beide liebte. Wie glücklich sie war, dass sie bei ihr wohnten, und dass es Zeiten gegeben hatte, als nur der Gedanke an Amelia sie weiterleben ließ.

Aber sie konnte nicht einmal die Treppe hinaufsteigen. Sie hielt sich immer noch am Geländer fest, obwohl ihr klar war, dass sie es loslassen müsste, um sich umzudrehen und zu ihrem Sitzplatz zurückzukehren.

Vielleicht sollte sie einfach hier stehen bleiben und sich festklammern, bis das Boot anlegte.

Ihre Blase war anderer Meinung.

Vielleicht hatte Amelia doch recht gehabt. Sie hätte nicht kommen sollen. Vielleicht würde sie nur eine Last sein, eine inkontinente alte Frau, die bei einer gemächlichen Überfahrt über den Solent nicht einmal eine Treppe hinaufsteigen konnte.

»Alles in Ordnung, Love?«

Grace sah den Mann an, der neben ihr stand; sie las Besorgnis in seinen Augen. Er war groß, wahrscheinlich in Amelias Alter, und hatte ein angenehmes Gesicht mit einem frischen Teint, als verbrächte er viel Zeit draußen. Er trug schmutzige Gummistiefel. Wahrscheinlich fuhr er mit einem kleinen Ruderboot bei Sturm aufs Meer hinaus zum Fischen und dachte sich, was für eine seltsame Alte sie war, dass sie sich bei der Bootstreppe so anstellte.

»Danke, alles gut«, sagte sie. Ihre Blase verfluchte ihren Stolz.

»Die See ist heute ein bisschen rau«, sagte er. »Möchten Sie meine Hand nehmen?«

Grace biss sich auf die Lippe und betrachtete seine ruhige

Hand, die voller Kraft schien. Ein verlockender Vorschlag. Nun ja, mit gebrochener Hüfte wäre sie auch niemandem nütze.

»Gern«, sagte sie. »Danke.« Robuste Finger schlossen sich um die ihren.

»Ich bin Henry«, sagte er.

»Grace«, stellte sie sich vor.

»Möchten Sie nach oben, Grace?«

»Nein danke. Zu den Damentoiletten bitte.«

Dort versuchte Grace, sich zusammenzureißen. Sie würde stark sein. Das war sie doch.

Als sie herauskam, sah sie überrascht, dass Henry auf sie gewartet hatte. »Ich dachte, ich begleite Sie zu ihrem Platz zurück«, bot er ihr an. »Bis Ihnen Seemannsbeine gewachsen sind.«

Wieder nahm sie seine Hand, und er brachte sie zu einem bequemen Sessel, in den sie sich dankbar sinken ließ. Er setzte sich ihr gegenüber. »Was führt Sie auf die Insel?«, fragte er. »Ich merke, dass Sie nicht aus der Gegend sind.«

Grace wusste nicht, was sie antworten sollte. Der Mann wollte nur höflich sein, er hatte nicht darum gebeten, dass sie die Geschichte von ihrer verunglückten Enkelin auf ihm ablud. Die wollte Grace ihm auch nicht erzählen. Aber sie hatte auch keine Lust zu lügen und so zu tun, als mache sie Urlaub. Könnte sie sagen, sie wolle nicht darüber reden? Das wäre eine ruppige Abfuhr auf eine freundliche Anfrage. Sie sah ihn an und merkte, dass sie schon zu lange geschwiegen hatte. Wahrscheinlich dachte er, sie habe seine Frage schon vergessen. Sei ein wenig dement.

Sie begann sich immer unwohler zu fühlen. Sie machte sich Sorgen, was ein Fremder von ihr denken könnte, während ihre Enkelin im Krankenhaus lag. Ichbesessen nannte man das.

»Ich war gerade in Southampton und habe meinen Sohn besucht«, begann Henry stattdessen, als er merkte, dass Grace wenig mitteilsam war. Er lächelte sie an. »Ihm wurde es auf der Insel zu langweilig, können Sie sich das vorstellen? Er wollte die hellen Lichter der Großstadt. Jetzt ist er an der Uni. Hat sogar eine vom Festland als Freundin.«

»Wirklich?«, fragte Grace. Sie fühlte sich ein wenig leichter, als sie von der Familie eines Fremden hörte.

»Oh ja«, sagte er. Das war offenbar eines seiner Lieblingsthemen. »Ein ziemlich beeindruckendes Mädchen. Aber eine Städterin. Dachte, dass Tomaten unter der Erde wachsen wie Kartoffeln.« Er lehnte sich zurück und lachte. Grace versuchte, in sein Lächeln einzustimmen, aber ihre Lippen fühlten sich völlig verkrampft an.

»Alles in Ordnung?«, fragte er noch einmal.

»Nein«, rutschte es Grace heraus. »Überhaupt nicht.«

»Vielleicht hilft es, wenn Sie darüber reden?

Grace schwieg kurz. Vielleicht würde es ja wirklich helfen.

Grace stand zögernd vor dem Eingang des Krankenhauses.

»Das ist definitiv der Ort, wo Sie hinwollen«, sagte Henry.

»Ja«, sagte Grace. »Da bin ich auch sicher.« Henry hatte sich überaus fürsorglich gezeigt. Nachdem sie an Land gegangen waren, hatte er darauf bestanden, sie zur Klinik zu fahren, weil er sie im Dunkeln doch nicht allein lassen könne. Und jetzt war sie hier. Stand draußen. Sie konnte vor lauter Angst nicht hineingehen, aber nachdem er sie den ganzen Weg herkutschiert hatte, wäre es ihr furchtbar peinlich, jetzt aus dem Grund zu kneifen, dass sie hier vielleicht gar nicht erwünscht war.

»Möchten Sie, dass ich Sie hineinbegleite?«

»Nein«, lehnte Grace ab, obwohl sie sich genau das wünschte. »Ab hier komme ich zurecht.«

»Ach was, ich komme mit«, sagte er, trat vor und gab der Drehtür einen Schubs. »Diese Krankenhäuser sind wie Labyrinthe. Ich möchte gern sichergehen, dass Sie Charlotte finden.«

Grace verbot es sich, ihm zu erzählen, wie vertraut sie mit Krankenhäusern war, erst durch Peter, dann durch Jonathan. Dass gerade ihre Vertrautheit mit Krankenhäusern und den Dingen, die darin geschehen, ihr Probleme machte und mit ein Grund war, warum sie nicht hineingehen wollte.

Sie wusste, was alles passieren konnte.

»Kommen Sie einfach mit.«

»Danke«, sagte Grace. Nicht hineinzugehen war auch keine Lösung. Sie holte tief Luft und trat durch die Tür.

Henry redete mit der Rezeptionistin. Er wusste inzwischen ja Bescheid. Grace konnte sich umsehen.

Es war ein anderes Krankenhaus, aber derselbe Geruch. Desinfektionsmittel, der Gummibelag auf den Böden. Ein Anflug von nervösem Schweiß.

»Da lang.«

Sie folgte ihm durch einen Wirrwarr von Korridoren, die immer wieder durch eine Feuertür unterbrochen wurden. Beflissen hielt er sie für sie auf. »Hier müsste es sein«, sagte er und blieb vor einer Zimmertür stehen.

Grace trat ein und sah Amelia an einem Bett sitzen. Mit verschwollenem Gesicht sah sie zu ihr hoch. Charlotte lag mit geschlossenen Augen da, das Gesicht blass, an eine beunruhigende Vielzahl von Schläuchen angeschlossen, die unter der Bettdecke hervorkamen. Grace sah, wie Amelias Blick einen Moment auf Henry verharrte und dann wieder zu ihr zurückkehrte. »Ich weiß, dass du gesagt hast, ich soll nicht kommen, aber ...«

»Still«, unterbrach Amelia. Sie stand auf, und eine Sekunde lang glaubte Grace, ihre Tochter würde sie hinauswerfen. Stattdessen fand sie sich in einer Umarmung wieder. »Ich bin so froh, dass du da bist, Mum«, sagte Amelia. »Ich habe solche Angst.«

25

»Also dann.« Amelia sah den Mann an, der zu sprechen begann. Er war groß, hatte ein offenes Gesicht und trat verlegen von einem Bein aufs andere. Ihre Mutter hatte ihn wohl unterwegs aufgelesen. »Dann lasse ich Sie jetzt allein«, sagte er. »Ich hoffe, Ihr kleines Mädchen wird bald gesund.«

»Das wird sie doch, oder?«, fragte Grace, als Henry ging.

»Sie hat eine Kopfverletzung«, sagte Amelia leise. »Aber die Unterkühlung haben sie im Griff.« Sie wiederholte, was die Ärztin gesagt hatte, sichtlich bemüht, nicht in Tränen auszubrechen. »Wir müssen einfach abwarten und hoffen, dass sie aufwacht.«

Warten. Hoffen. Das alles war so ungewiss, so passiv. Amelia wünschte sich mehr Aktivität von den Ärzten. Sie sah sich um auf der Suche nach etwas, was sie kontrollieren könnte.

»Möchtest du Tee?«, fragte Grace, ohne die mit Schläuchen gespickte Charlotte aus dem Blick zu lassen. Amelia hatte das Gefühl, die Schläuche schnürten ihr das Herz zusammen.

»Nein«, sagte sie.

Grace blickte hoch. »Als Peter krank war«, begann sie, »haben die Leute dauernd versucht, mich mit Tee abzufüllen.«

Amelia nickte. Das war das erste Mal, dass ihre Mutter von sich aus auf Peter zu sprechen kam.

»Setz dich doch«, bot sie ihr an. »Du musst müde sein.«

»Die wollten auch alle immer, dass ich mich hinsetze«, sagte

Grace und ließ sich nieder. »Setzen Sie sich doch und trinken Sie ein Tässchen Tee.« Sie machte eine Pause. »Eine seltsame Therapieanweisung, damit es den Leuten besser geht. Aber wahrscheinlich fällt niemandem etwas Gescheiteres ein.«

Amelia setzte sich ebenfalls. Sie legte eine Hand auf Charlotte, und Grace fasste ihre andere. Amelia erinnerte sich wieder, wie sie auf dem Heimweg von der Schule Mums Hand gehalten hatte; sie hatte von ihrem Schultag und von ihren Freundinnen erzählt und was sie gern zum Abendessen hätte, und dabei die ganze Zeit die Finger ihrer Mutter gedrückt.

Grace holte tief Luft. »Ich dachte, ich würde schon wissen, was ich sagen könnte«, sagte sie. »Ich habe das ja selber erlebt, und Schlimmeres. Aber es gibt nichts Tröstliches. Nicht, wenn es um dein eigenes Kind geht. Es gibt keine Worte, die helfen können. Ich wünschte, es gäbe welche, und ich wünschte, ich könnte sie zu dir sagen.«

Amelia sah sie an. Der Verlust ihres Bruders war ihr immer als Tragödie in ihrem eigenen Leben erschienen; sie hatte damals kaum daran gedacht, welchen Verlust ihre Mutter erlitten hatte. Damals war sie zu jung, um wirklich nachfühlen zu können, was andere Menschen durchmachen.

Aber jetzt traf sie die Erkenntnis wie ein Keulenschlag.

Das Gefühl der Ohnmacht, wenn das eigene Kind in Gefahr ist. Das Gefühl, verantwortlich dafür zu sein, denn es war die Aufgabe der Mutter, ihr Kind am Leben zu erhalten.

Und zusehen zu müssen, wie ihr Kind immer schwächer und schwächer wird.

Amelia drückte sanft Charlottes Finger. Sie fühlten sich nun warm an und hatten die bläuliche Färbung verloren, über die sie anfangs so erschrocken war. Jetzt sah sie aus, als würde sie nur schlafen.

»Sie sieht aus, als würde sie schlafen, findest du nicht?«, fragte Grace, als hätte sie Amelias Gedanken gelesen.

»Ich habe nie verstanden, warum du aufgehört hast, von Peter zu reden«, sagte Amelia leise. »Als ich ein Kind war. Aber jetzt ... jetzt kann ich kaum fassen, dass du das überhaupt überlebt hast. Den Verlust deines Lieblingskinds.«

Grace gab es einen Ruck, sie sah ihre Tochter an. »Was sagst du da?«

»Sorry«, sagte Amelia. »Ich bin nicht eifersüchtig. Sollte es nicht sein. Ich verstehe jetzt, was du durchgemacht hast.«

»Du weißt doch, dass ich euch beide geliebt habe«, sagte Grace. »Dich genauso sehr wie Peter!«

»Das hast du nicht«, sagte Amelia. »Aber lassen wir's gut sein.«

»Das lassen wir nicht!«, widersprach Grace. Sie schloss die Finger ganz fest um die Hand ihrer Tochter. »Du bedeutest mir so viel.«

»Du bist wieder arbeiten gegangen«, sagte Amelia. »Nach seinem Tod. Und du hast aufgehört, mit mir zu spielen.«

Grace schüttelte den Kopf. »Ich habe nie aufgehört, mit dir zu spielen.«

»Du hast den Schuppen zugesperrt. Die Welt verschlossen, die wir alle geteilt hatten. Da wurde mir klar, dass diese Welt nie für uns alle da gewesen war. Sie war nur für ihn.«

Grace biss sich auf die Lippe. »Diese Erinnerungen«, begann sie, »sind für mich das Kostbarste. Und diese Welt, das waren wir *alle*. Wir alle haben sie gebaut. Peter ist nicht mehr, und ja, ich vermisse ihn jeden Tag. Aber wenn ich dich nicht gehabt hätte, hätte ich wahrscheinlich nicht überlebt.« Sie atmete tief ein. »Ich liebe dich so sehr, und ich bin so stolz auf dich. Du hast mir einen Grund gegeben, weiterzumachen. Das tust du immer noch. Vielleicht hätte ich nicht so früh zur Arbeit zurückkehren sollen, aber das schien mir der einzige Weg, damit fertig zu werden.«

Amelia nickte und merkte, dass sie das wirklich verstand. Arbeit konnte zur Atempause werden, wenn es zu Hause zu schwierig war. Das galt für ihre Mum und auch für sie selbst. Das hatten sie beide gemeinsam, sie hatte es nur nie so gesehen.

»Ich hätte mehr über ihn reden sollen«, fuhr Grace fort. »Aber allein seinen Namen auszusprechen fühlte sich für mich an, als hätte ich Glasscherben im Hals.« Sie machte eine Pause. »Du hast deinen Bruder verloren. Wir waren alle so ... verloren. Ich hätte die Starke sein sollen. Ich hätte wissen sollen, was zu tun ist ...« Sie unterbrach sich. »Es tut mir leid«, sagte sie. »Es tut mir leid, wenn ich dich ausgeschlossen habe, wenn ich dir das Gefühl gegeben habe, dass du nur die zweite Geige spielst. Das war nie so. Ich konnte einfach nicht richtig damit umgehen.« Sie hörte auf zu reden und dachte das erste Mal an die Verletzungen, die sie ihrer Tochter zugefügt haben könnte. »Es tut mir furchtbar leid«, wiederholte sie.

»Es gibt keinen richtigen Umgang mit etwas so Schrecklichem wie dem Verlust des eigenen Kindes«, sagte Amelia. »Ich kann es mir nicht einmal vorstellen ...«

»Tu's nicht«, sagte Grace. »Versuch erst gar nicht, es dir vorzustellen.«

Amelia schluchzte auf und fand sich in einer innigen Umarmung wieder, an den Mantel ihrer Mutter gepresst. Die roch nach Meer, nach Kaffee, nach Kuchen, gebacken an einem Regennachmittag.

Nach Kindheit. Nach Zuhause.

Charlotte wollte der Schädel zerspringen, als sie mit großer Mühe die Lider hob. Das Licht war zu grell, und sie klappte sie wieder zu. Sie war nicht mehr in der Höhle. Etwas piepte regelmäßig und rhythmisch, und es roch nach Desinfektionsmitteln. Sie bewegte die Finger und strich sanft über etwas Weiches unter ihr, wo vorher nur Felsen gewesen waren. Ihr war warm, sie war trocken und schien in einem Bett zu liegen. Vorsichtig und langsam öffnete sie noch einmal die Augen und blinzelte.

Sie konnte die vagen Umrisse einer Gestalt wahrnehmen. Einer Person, die dasaß und die gröbste Helligkeit abschirmte. Charlotte blinzelte wieder.

»Mum?«, sagte sie.

»Charlotte!«

Sie spürte das Gesicht ihrer Mutter auf dem ihren, ihre Wangen wurden abgeküsst.

»Ich rufe die Ärztin«, sagte eine zweite Stimme.

»Grandma?«, sagte Charlotte.

»Ja«, antwortete Grace. »Ich bin auch da.«

»Gott sei Dank«, sagte ihre Mutter, richtete sich ein wenig auf und betrachtete sie eingehend. »Danke!«

Charlotte blinzelte noch einmal verwirrt. Warum bedankte sich ihre Mutter bei ihr? »Wofür?«, fragte sie.

»Dass du lebst«, sagte Amelia. »Dass du aufgewacht bist.«

»Aber gerne.« Charlotte ruhte sich aus und versuchte sich zu erinnern, wie sie hierher gekommen war. Ihr Gedächtnis war leer wie eine Höhle.

Die Höhle!

Sammy!

Sie versuchte sich aufzurichten, wollte sich umsehen.

»Wo ist er?«

»Wer?«, fragte ihre Mutter.

»Sammy«, sagte sie. »Wo ist Sammy?«

»Er ist mit dir ins Krankenhaus gekommen«, sagte Amelia.

»Geht es ihm gut?«

»Vermutlich«, sagte Amelia. Charlotte bekam mit, wie sie Grandma einen besorgten Blick zuwarf.

»Ich gehe ihn suchen«, sagte Grace. Sie lächelte ihre Enkelin an. »Ich freue mich so, dass mit dir alles in Ordnung ist.« Sie beugte sich über Charlotte und gab ihr einen Kuss.

Charlotte stand am Fußende des Betts und ließ Sammy nicht aus den Augen. Er hatte eine Sauerstoffmaske über dem Mund und war an etliche Schläuche angeschlossen, die aus verschiedenen Körperteilen hervorkamen. Sie nahm behutsam seine Hand und drückte sie. »Das wird wieder«, sagte sie leise. »Wir haben uns gegenseitig das Leben gerettet.«

Das war drei Tage, nachdem sie im Krankenhaus aufgewacht war. Sie trug einen neuen Schlafanzug, den ihre Großmutter ihr hier gekauft hatte, und darüber einen flauschigen Frotteebademantel. Morgen würde sie nach Hause fahren, fast völlig wiederhergestellt bis auf eine Naht an der Stirn, die noch ausheilen musste. Sammy musste hier bleiben, bis es ihm gut genug ging, damit er in eine andere Klinik verlegt werden konnte, hatte seine Mutter gesagt. Er hatte eine Lungenentzündung bekommen, die seine vorgeschädigten Lungen weiter schwächte, und brauchte zusätzlichen Sauerstoff.

Seine Lider flatterten und öffneten sich; seit einem Tag wurde er zwischen tiefen Schlafphasen immer wieder wach. Er fuhr mit den Händen zu seiner Maske, aber Charlotte schüttelte den Kopf. Er nickte kaum merklich, dass er begriffen hatte, und sie schwiegen gemeinsam.

»Bitte werd wieder gesund«, sagte Charlotte leise. »Bitte.«

Es klopfte an der Tür. »Da sind ein paar Mädchen, die dich besuchen möchten«, sagte Sammys Mutter Moira, als sie hereinkam. »Sie sind im Wartezimmer. Ich bleibe bei Sammy.«

»Ich würde lieber auch bei ihm bleiben«, erwiderte Charlotte.

Moira stellte sich neben sie. »Er ist gerade keine besonders spannende Gesellschaft.«

»Doch.«

Beide sahen Sammy an, der wieder in einen Zustand zwischen Schlaf und Bewusstlosigkeit versank. Seine Lider zuckten.

»Geh dich mal mit deinen Freundinnen unterhalten. Das wird dir gut tun. Ich glaube, die haben sich Sorgen um dich gemacht.«

Charlotte biss sich auf die Lippe. »Ich bin gleich wieder da«, sagte sie zu Sammy. »Keine Angst.«

»Er läuft dir nicht weg«, scherzte Moira.

Charlotte nickte. Das war ja das Problem. »Holen Sie mich bitte, wenn es eine Veränderung gibt«, sagte sie so erwachsen, wie sie konnte.

Moira lächelte. »Mach ich, klar.« Dann scheuchte sie Charlotte hinaus.

Charlotte öffnete die Tür zu ihrem Zimmer und traf Erica, Nia und Anne-Marie an, die auf ihrem Bett saßen, kicherten und Trauben aus dem riesigen Obstkorb aßen, den ihr Dad geschickt hatte. Er hatte sie angerufen, ob alles in Ordnung sei, und sich entschuldigt, dass er nicht zu Besuch kam. Anscheinend wollte er Julia im letzten Schwangerschaftsdrittel nicht allein lassen.

Die Mädchen verstummten bei Charlottes Anblick, und Erica stand auf, um ihr auf dem Bett Platz zu machen.

»Ich bin noch nie jemandem begegnet, der fast gestorben wäre«, sagte Anne-Marie mit ehrfürchtigem Respekt. »Wie war das denn?«

Charlotte hob eine Traube auf, die aufs Bett gefallen war, und setzte sich. »Kalt«, sagte sie. »Und nass.«

»Als meine Schwester Asha Blinddarmentzündung hatte, sah sie ihr ganzes Leben im Schnelldurchgang vor sich ablaufen«, sagte Nia. »Ist dir das auch so gegangen?«

»Nein«, sagte Charlotte. »Ich habe hauptsächlich Wasser gesehen.« Sie machte eine Pause. »Und Sammy.« Sie sah die Mädchen an. »Er hat mich gerettet und mich aus dem Meer gezogen, nachdem ich gegen die Felsen geschlagen war.«

»Eigentlich hat die Küstenwache euch beide gerettet«, sagte Anne-Marie. »Die haben uns erzählt, dass es ziemlich oft passiert, dass jemand in diesen Höhlen festsitzt, deshalb haben sie da als Erstes geschaut. Wenn die nicht gekommen wären, dann wärt ihr beide ertrunken.«

Charlotte zuckte mit den Achseln. »An die Rettung erinnere ich mich nicht«, sagte sie. »Ich bin einfach hier aufgewacht, mit einem Verband um den Kopf.«

Erica griff nach ihrer Hand. »Wir sind so froh, dass es dir wieder besser geht«, sagte sie. »Wir haben uns solche Sorgen gemacht.«

»Was hattet ihr beide denn vor?«, fragte Anne-Marie. »So ganz allein in der Höhle?« Sie hob eine Augenbraue.

Charlotte ging in Abwehrhaltung. »Sammy hat Mr. Brown mit einer fremden Frau gesehen«, sagte sie. »Wir wollten checken, was die machen.«

»Das war seine Schwester«, klärte Nia sie auf. »Die wohnt auf der Insel. Das hat Mrs. Varga mir erzählt.«

»Ah!«, sagte Charlotte.

»Wirst du eine Narbe kriegen?« Anne-Marie deutete auf Charlottes Stirn.

»Keine Ahnung. Vielleicht.«

»Dann musst du dir einen Pony schneiden lassen«, empfahl Nia. »Das hat Asha gemacht, als sie Akne hatte.«

Ein Vorschlag, den Anne-Marie billigte: »Ein Pony würde dir stehen, du hast eine hohe Stirn.«

Darauf wusste Charlotte nichts zu erwidern. »Ich bin ziemlich müde«, sagte sie.

Die Mädchen sahen sie kurz an und standen dann vom Bett auf, damit Charlotte die Beine hinaufschwingen konnte. Erica stopfte die Bettdecke rings um sie fest.

»Wir können dich nicht mehr besuchen«, sagte Nia. »Weil wir morgen nach Hause fahren.«

»Kein Problem.«

»Aber wir sehen uns in der Schule, wenn es dir wieder gut geht«, sagte Erica.

»Ich muss nächste Woche noch zu Hause bleiben«, erklärte Charlotte. »Aber die Woche drauf komme ich wieder.«

»Keine große Erholungspause für jemanden, der fast gestorben wäre!«, sagte Anne-Marie.

»Asha war bei ihrer Blinddarmentzündung sechs Wochen nicht in der Schule«, setzte Nia hinzu.

»Das ist was anderes«, sagte Charlotte. Sie sah zu, wie Anne-Marie sich einen glänzenden roten Apfel aus dem Obstkorb nahm und herzhaft hineinbiss.

Sie verabschiedeten sich und umarmten Charlotte eine nach der anderen. Charlotte sah ihnen nach, als sie die Tür hinter sich schlossen. Sie ließ den Kopf aufs Kissen zurücksinken.

Amelia stand im Klinikkorridor und nickte den Mädchen zu, als sie hinausgingen. Grace kehrte in Charlottes Zimmer zurück, aber Amelia zögerte noch. Während des Besuchs von Charlottes Schulfreundinnen war sie zu Sammy gegangen, und wie er aussah, gefiel ihr nicht. Ganz und gar nicht. Charlotte erholte sich zusehends, aber Sammy nicht. Seine Mutter pendelte zwischen seinem Zimmer und der Klinikkapelle hin und her. Sogar Amelia hatte in die Kapelle geschaut und eine Kerze für Sammy angezündet, wobei sie sich ziemlich verlogen vorkam. Aber Moira hatte ihre Hand genommen und gedrückt, und Amelia wusste, dass ihre Geste dieser Frau, die sie kaum kannte und mit der sie die schlimmsten Momente ihres Lebens geteilt hatte, viel bedeutete.

»Ach, da sind Sie ja.« Sie drehte sich zu der Stimme um und sah einen Mann, der ihr vage bekannt vorkam. Seine Gummistiefel hatten im ganzen Gang schmutzige Abdrücke hinterlassen.

»Hallo«, sagte sie und grübelte nach, ob er vielleicht einer von Charlottes Lehrern war. Er streckte ihr eine große Hand entgegen und sie schüttelte sie, überrascht von ihrer Wärme.

»Grace hat mir erzählt, dass es Charley schon viel besser geht«, sagte er. »Das freut mich.« Er sah sie wieder an und bemerkte ihren ratlosen Gesichtsausdruck. »Henry«, half er ihr auf die Sprünge. »Ich habe Ihre Mutter auf der Fähre kennengelernt.«

»Ach ja, natürlich.« Amelia machte eine Pause. »Danke, dass Sie ihr geholfen haben.«

»Das ist doch selbstverständlich«, erwiderte er lächelnd. »Sie ist großartig. Sie haben Glück, eine solche Mutter zu haben.«

»Das finde ich auch«, stimmte Amelia zu und wurde sich bewusst, dass sie es wirklich so meinte.

»Meine Mum ist letztes Jahr gestorben«, sagte er. »Ich vermisse sie.«

»Das tut mir leid«, sagte Amelia. Sie standen schweigend voreinander, und Amelia fragte sich, was er hier eigentlich machte.

»Arbeiten Sie in der Klinik?«, fragte sie zweifelnd mit einem Blick auf seine Stiefel.

»Du lieber Himmel, nein, ich habe nur kurz reingeschaut, um zu sehen, wie es Ihnen allen geht«, sagte er fröhlich.

»Das ist sehr nett von Ihnen.«

»Ich bin kein Arzt«, fuhr er fort, als wolle er ein Missverständnis aufklären. »Nur Tierarzt. Vor allem Nutztiere, aber auch ein paar heiß geliebte Haustiere.«

»Ah ja.«

»Egal – ich bin froh, dass es Charley gut geht«, sagte er. Amelia sah ihn wieder an und hätte gern gewusst, warum ein Fremder solches Interesse zeigte. Die aufrichtigen, rechtschaffenen Augen in seinem freundlichen Gesicht erwiderten ihren Blick. Er lächelte, dann sah sie eine Idee bei ihm aufleuchten.

»Ich gebe Ihnen meine Karte«, sagte er und wühlte in mehreren Taschen. »Falls Sie noch was brauchen, solange Sie hier sind.« Er grub eine Visitenkarte mit umgeknickten Ecken aus, wischte sie an seiner Hose ab und überreichte sie ihr. »Rufen Sie mich einfach an«, sagte er. »Jederzeit.«

»Danke«, sagte Amelia ein wenig verwirrt.

»Nicht in tierärztlichen Angelegenheiten oder so«, stellte er klar. »Ich kenne die Insel, deshalb. Und habe ein Auto. Falls Sie irgendwohin müssen. Ich könnte auch ein paar Vorschläge machen, wenn Sie möchten. Sehenswürdigkeiten. Ich könnte Sie sogar hinbringen.«

»Wir fahren bald nach Hause«, sagte Amelia.

»Wie schade.«

»Finden Sie?«

»Ja«, antwortete er. »Wirklich.« Er schwieg kurz. »Die Insel ist wirklich schön«, sprudelte er dann los. »Wahrscheinlich haben Sie nicht den besten Eindruck von ihr gewonnen, nach der Sache mit Ihrer Tochter und der Höhle.« Er unterbrach sich und sah sie entsetzt an. »Ich wollte das gar nicht zur Sprache bringen, tut mir leid. Meine Frau ... meine Exfrau, meine ich, hat mir immer gesagt, ich rede wie ein Wasserfall, wenn ich aufgeregt bin. Oh Gott, und jetzt bringe ich auch noch meine Ex aufs Tapet, während ich mit einer attraktiven Frau rede.«

Amelia runzelte die Stirn, um ihr überraschtes Vergnügen zu überspielen, dass jemand sie »attraktiv« nannte.

»Sorry«, sagte er. »Ich fahre einfach nach Hause und sterbe einsam und lasse mich von meiner Katze auffressen.«

»Wenigstens haben Sie eine«, sagte Amelia. »Ich muss mich von dem Nachbarhund meiner Mutter auffressen lassen. Das heißt, außer dass sie ihren Willen durchsetzt und wir uns ein Frettchen anschaffen.«

»Wunderbare Tiere«, sagte Henry. »Sehr intelligent.« Er lachte, was nervös, aber aufrichtig klang. »Egal, wenn Sie was brauchen ...«

Amelia zögerte kurz und studierte seine Karte. »Mir wäre mit einem guten Kaffee schon geholfen«, sagte sie und verstaute die Karte sorgfältig in ihrer Tasche. »Einen Flat White. Ich habe den Krankenhaustee satt.«

»Da weiß ich den richtigen Ort«, erwiderte er. »Ich hole Ihnen einen. In ungefähr zwanzig Minuten bin ich wieder da, bis zum Café ist es ein kleiner Fußmarsch.«

»Moment mal«, sagte Amelia in einer Anwandlung von Spontaneität. Sie öffnete die Tür zu Charlottes Zimmer einen

Spalt und spähte hinein. Charlotte und Grace saßen auf dem Bett, vertieft in ein großes Buch mit Fotos aus dem Regenwald, das aufgeschlagen vor ihnen lag. »Gehen wir doch zusammen.«

»Wirklich?«

»Ich könnte ein bisschen frische Luft gebrauchen«, sagte sie. »Und nette Gesellschaft.«

»Luft kriegen Sie die frischeste von ganz England«, versprach er stolz. »Und was die Gesellschaft angeht, werde ich mich ins Zeug legen, so gut ich kann.«

26

»Vielleicht würde es helfen, wenn wir Rex wieder Gassi führen«, sagte Grace.

»Ich glaube kaum, dass Hundespaziergänge die Lösung sind«, widersprach Amelia.

»Das hat ihr früher immer Spaß gemacht.«

»Vielleicht muss ich einen geeigneten Therapeuten für Charlotte finden.«

»Sie kann doch mit *uns* reden.«

»Aber das tut sie nicht.«

Grace nickte. Seitdem sie von der Isle of White zurück waren, hatte Charlotte kaum mit ihnen gesprochen. Die erste Woche hatte sie ihr Zimmer kaum verlassen. Sie hatten gehofft, dass die Rückkehr an die Schule helfen würde, aber diese Hoffnung wurde enttäuscht. Charlotte war aus dem Haus gegangen, war nach Hause gekommen, hatte in ihrem Essen herumgestochert, war in ihr Zimmer hinaufgegangen und hatte die Tür hinter sich geschlossen. »Sie macht sich große Sorgen um Sammy«, sagte Grace. »Das tun wir alle.«

»Und deshalb sollte sie mit jemandem reden.«

Grace schaltete den Wasserkocher an. »Tee?«

»Ja bitte.«

Grace lächelte. Ihre Tochter verbrachte jetzt viel mehr Zeit mit ihr. Zum Teil arbeitete sie natürlich deshalb im Homeoffice, um für Charlotte da zu sein, aber Grace wiegte sich gern in dem Gedanken, dass Amelia nun auch ihre Gesellschaft ein wenig mehr schätzte.

»Wie wäre es mit Mr. Brown?«, fragte sie. »Vielleicht könnte der mal mit ihr reden.«

»Ich zahle lieber eine professionelle Therapie«, sagte Amelia. Doch dann lenkte sie ein. »Stimmt eigentlich«, fügte sie hinzu. »Sie mochte ihn doch immer sehr gern.«

Grace lächelte und freute sich, dass sie auf diese Idee gekommen war.

»Und vielleicht hast du auch recht mit dem Nachbarhund«, fügte Amelia hinzu. »Hunde sollen doch gut gegen Stress sein, oder?«

»Und gegen zu hohen Blutdruck«, sagte Grace.

»Ja.« Amelia machte eine Pause. »Setzen wir erst einmal auf ein Gespräch. Würdest du dich mit Mr. Brown in Verbindung setzen, was er davon hält?«

»Geht klar.«

Charlotte sah im Klassenzimmer zu, wie eine Hummel innen an der Fensterscheibe hochkrabbelte. Sie war flauschig wie ein kleines Kätzchen. Charlotte fragte sich, wie es wäre, sie zu streicheln, aber sie behielt ihre Hände streng unter Kontrolle, denn sie wollte das kleine Wesen weder erschrecken noch von ihm gestochen werden. Ihrer erste Schulwoche ohne Sammy ging zu Ende, und sie hatte jede Minute davon gehasst. Wenigstens war jetzt die letzte Stunde.

Sie sah Erica an, die neben ihr saß und über Mr. Brown lachte, der in eine Schachtel kletterte. Er spielte einen Einsiedlerkrebs, der in eine neue Behausung zog. Alle lachten, stellte Charlotte fest. Lachten, als wäre nichts passiert.

Sammy hätte eine wunderschöne Zeichnung von dieser Hummel gemacht. Charlotte begann sie zu skizzieren, versuchte, die sechs Gliederfüße und den haarigen Thorax aufs Papier zu bringen, aber bei ihr sah das Insekt aus wie ein Außerirdischer. Sie gab sich mehr Mühe, versuchte das Geschöpf mit einem gelben Farbstift zum Leben zu erwecken. Wenn sie es gut genug hinkriegte, würde sie es Sammy beim nächsten Besuch mitbringen und neben seinem Bett aufstellen. Als sie ihn das letzte Mal gesehen hatte, hing er immer noch am Sauerstoff und bekam starke Antibiotika, und es war die Rede davon gewesen, dass die Lungenentzündung seine schwachen Lungen dauerhaft schädigen würde. Ihre Mutter hatte ihr erzählt, dass Sammys Mutter sie angerufen hatte: Sammy beginne, sich zu erholen, und dürfe jetzt nach Hause, aber das würde Charlotte erst glauben, wenn sie es mit eigenen Augen gesehen hätte.

Es hatte keinen Sinn. Die Hummel sah lächerlich aus. Sie knüllte das Papier zusammen und warf es gegen die Fensterscheibe. Die verschreckte Hummel ließ vom Fenster ab und brummte durch den Raum, verfolgt vom Kreischen der Kinder.

»Ich fand das Bild richtig gut«, sagte Erica, die den Tumult um die Hummel dazu nutzte, mit Charlotte zu schwatzen. »Früher hab ich Hummeln nie süß gefunden.«

»Die sollte auch nicht süß sein«, sagte Charlotte. »Sie sollte anatomisch korrekt wiedergegeben sein.«

Es klingelte und die Kinder sprangen auf. Charlotte fing an, ihre Sachen einzupacken. »Krieg ich das Bild?«, fragte Erica. »Mir hat's echt gefallen.«

»Nein«, sagte Charlotte. »Das ist für Sammy.« Sie hob es wieder auf und strich es glatt. Sie war nicht sicher, ob sie es ihm geben würde, aber jemand anderem schon gar nicht.

»Hey!« Nia war neben Charlotte getreten. »Ein paar von uns holen sich nach der Schule Pizza. Kommst du mit?«

»Du kannst uns mehr darüber erzählen, was in der Höhle passiert ist«, fügte Anne-Marie hinzu. Sie hatten schon vorher versucht, Charlotte nach schaurigen Einzelheiten auszuquetschen, aber Charlotte blieb beharrlich schweigsam.

»Nein danke«, sagte sie jetzt.

Die Hummel nahm Kurs direkt auf Nias Kopf zu. Nia kreischte und fuchtelte ziellos mit den Armen. »Schlagt sie tot!«, schrie sie. Anne-Marie packte ihr Heft.

»Nein!« Charlotte entriss ihr das Heft und schmiss es auf den Boden. »Lasst sie in Ruhe.«

Alle Mädchen wichen zurück und Charlotte wurde sich bewusst, dass sie laut geworden war.

»Was ist denn mit dir los?«, fragte Anne-Marie.

»Charlotte mag diese Hummel«, sagte Erica. Charlotte spürte eine Hand auf ihrer Schulter. »Sie hat eine hübsche Zeichnung von ihr gemacht.« Erica bückte sich, hob das Heft auf und gab es Anne-Marie zurück, die etwas vor sich hin murmelte.

»Zeit, dass ihr nach Hause geht, ihr Mädchen«, sagte Mr. Brown.

»Letzte Chance auf eine Pizza?«, bot Nia ihr noch einmal an.

»Nein danke«, wiederholte Charlotte.

»Dann bis nächste Woche«, verabschiedete sich Erica.

Charlotte sah zu, wie sie hinausgingen, blieb aber noch und suchte nach einer Möglichkeit, die Hummel aus dem Klassenzimmer zu befreien.

»Alles okay mit dir?«, fragte Mr. Brown. »Ich weiß, dass du ganz schön was durchgemacht hast.« Die Hummel summte an seinem Gesicht vorbei und Charlotte sah zu, wie er einen Stiftebecher auskippte und von seinem Schreibtisch ein Blatt

Papier nahm. Die Hummel landete wieder auf der Fensterscheibe und er stülpte vorsichtig den Becher über sie. Dann schob er das Papier darunter.

Wortlos öffnete Charlotte das zweite Fenster und Mr. Brown entließ das Insekt in den Pausenhof.

»Danke, Sir«, sagte sie.

»Gerne doch«, erwiderte er. Er sah sie an. »Wie geht es Sammy?«

»Der ist zu Hause, braucht aber immer noch Sauerstoff. Seine Mum hat gesagt, ich darf ihn am Wochenende besuchen.« Charlotte sah zum Fenster hinaus, zu den anderen Jungen und Mädchen, die lachten und herumtobten und zu zweit oder in Gruppen nach Hause gingen. Sie würde heute allein gehen.

»Und wie geht's deinem Vogel?«

»Wen meinen Sie?«

»Das Amselbaby, das du gerettet hast«, sagte Mr. Brown. »Kurz bevor ...« Er machte eine Pause. »Bevor ich weg musste. Ich habe öfter daran gedacht.«

»Ich weiß nicht.« Charlotte war überrascht, dass er sich daran erinnerte. »Ich dachte, ich hätte die junge Amsel vielleicht einmal gesehen ...«

Sie sah wieder aus dem Fenster. Ihre Großmutter stand am Tor und winkte. »Ich muss jetzt gehen«, sagte sie.

»Na, dann ziehen wir mal los«, sagte Mr. Brown.

»Wieso wir? Wieso losziehen? Ich muss nach Hause.«

»Deine Großmutter hat mich eingeladen, mit euch beiden einen Spaziergang zu machen«, sagte Mr. Brown. »Ich hoffe, du hast nichts dagegen?«

Charlotte sah ihn finster an und hängte sich die Tasche über die Schulter. »Wieso Spaziergang?«

»Nur so. Ein bisschen reden.« Er folgte ihr hinaus.

»Charlotte!«, rief Grace und winkte wieder. Charlotte sah, wie die anderen Kinder sich umdrehten und sie ansahen. Wie sie nicht nur mit einer Großmutter, sondern auch noch mit einem Lehrer nach Hause ging. Sammy musste rasch gesund werden, weil jetzt jede Chance auf eine neue Freundschaft dahin war.

»Ich dachte, wir gehen zu diesem Stück Wildnis neben der Bahnstrecke, das dir so gefällt«, sagte Grace. »Und schauen mal nach deiner Amsel. Was sagst du dazu?«

Charlotte wollte am liebsten nein sagen, wollte nach Hause und sich in ihrem abgedunkelten Zimmer einigeln, wie sie es diese Woche jeden Tag nach der Schule getan hatte. »Na schön«, sagte sie widerstrebend. »Aber alle Amseln sehen gleich aus. Wie sollen wir da wissen, ob wir sie finden?«

»Wir werden sie bestimmt erkennen«, meinte Mr. Brown. »Gehen wir.«

»Ach du liebe Zeit«, entfuhr es Grace, als sie den Zaun sah. »Gibt es noch einen anderen Eingang?«

»Tut mir leid«, sagte Charlotte, die schon halb hochgeklettert war. »Das war gedankenlos von mir.« Sie sprang auf der anderen Seite hinunter. »Kann ich den Zaun für dich hochhalten?«

»Für mich reicht das«, sagte Mr. Brown, ließ sich auf alle Viere nieder und kroch unten durch.

»Es gibt noch einen anderen Eingang da drüben«, sagte Charlotte und deutete für ihre Großmutter in die besagte Richtung. »Aber man muss auch da ein bisschen krabbeln.«

»Ich glaube, ich warte lieber hier.« Grace setzte sich auf eine günstig platzierte Bank. »Mach für mich ein Foto von der Amsel. Und lauf nicht zu weit weg.«

Charlotte war seit der Klassenfahrt nicht mehr hier gewesen, als sie auf dem Bahnsteig auf den Zug gewartet hatte. Das war erst wenige Wochen her, aber gefühlt eine Ewigkeit. Es sah hier jetzt ganz anders aus. Die Maisonne hatte die Blüten aus den Knospen hervorgelockt und der Boden war mit Gänseblümchen und Vergissmeinnicht übersät.

»Ich bin noch einmal hergekommen, um nach der Amsel zu sehen, bevor ich weggefahren bin«, sagte Mr. Brown, als sie den Pfad entlanggingen, den Sammy und Charlotte gebahnt hatten; er war schon wieder ziemlich überwachsen. »Da ist mir meine Brille runtergefallen und ich bin aus Versehen auch noch draufgetreten.«

»Ach ja?«, sagte Charlotte. Sie machte eine Pause. »Genau das hatte Sammy vermutet«, fuhr sie fort, »als wir die Brille gefunden haben.« Ein Eichhörnchen huschte vorbei und sie blieben beide stehen, um zu beobachten, wie es auf einen Baum kletterte, immer rund um den Stamm herum wie ein Maibaumtänzer.

»Ihr habt sie gefunden?«

»Ich habe sie in der Schule abgegeben«, sagte Charlotte. »Ich glaube, die liegt bei den Fundsachen.«

»Dann krieg ich sie nie wieder.« Mr. Brown lächelte. »Die Fundsachen sind ein schwarzes Loch, das alles frisst, was hineingerät.«

Charlotte erwiderte das Lächeln nicht. »Warum haben Sie sie nicht einfach aufgehoben?«, fragte sie. »Sie hätten sie reparieren lassen können.«

»Damals habe ich keinen Sinn darin gesehen«, sagte Mr. Brown. »Ich fand alles ziemlich sinnlos.« Sie sah ihn verständnislos an. »Ich war nicht gerade in einer super Verfassung«, erläuterte er.

»Aber Sie waren hier«, sagte sie und sah sich stirnrunzelnd um. »Es ist schön hier.« Sie dachte kurz nach. »Hat es an dem Tag geregnet oder was?«

»Nein. Ich glaube nicht, dass es geregnet hat.«

»Woran lag es dann?«

»Setzen wir uns doch mal kurz hin«, schlug Mr. Brown vor. »Wir wollen uns nicht zu weit von deiner Großmutter entfernen. Und wollen nach den Amseln Ausschau halten.« Er setzte sich auf einen Baumstamm und Charlotte ließ sich in seiner Nähe auf einem Stück weichem Gras nieder. Geistesabwesend begann sie Gänseblümchen zu pflücken, in die Stängel ein Loch zu zwicken und sie zu einer Kette aufzufädeln.

In der Ferne hörte sie ein Geräusch und sah aus alter Gewohnheit auf die Uhr. »Das ist der 15:56-Uhr-Zug nach Rochester«, sagte sie. »Das war der erste Zug, den Sammy und ich immer gesehen haben, wenn wir nach der Schule hierher kamen.«

»Du vermisst ihn, stimmt's?«, fragte Mr. Brown. »Er wird wieder ganz gesund werden, das weißt du doch?«

»Das weiß niemand«, sagte Charlotte. Sie legte die Gänseblümchenkette weg. Mr. Brown hatte recht gehabt. Es war alles ziemlich sinnlos.

»Ihm wird dein Hummelbild gefallen.«

»Mein Hummelbild ist blöd.« Sie sah zu, wie sich eine Ameise durchs Gras wurstelte. Sie krabbelte auf einen Grashalm und wedelte oben mit den beiden Vorderbeinen, als suche sie nach festem Halt. Als sie nur Luft vorfand, drehte sie sich um und krabbelte wieder hinunter. Sammy hätte seinen Spaß daran gehabt, aber er war nicht da und konnte nicht zusehen. Sie war da, aber er nicht. Er war ins Wasser gewatet und hatte sie herausgezogen. Deshalb war er so furchtbar ausgekühlt. Deshalb hatte er eine Lungenentzündung bekommen.

»Es ist nicht deine Schuld, weißt du?«, sagte Mr. Brown, als hätte er ihre Gedanken verfolgt.

»Dass ich nicht zeichnen kann?«

»Dass es Sammy nicht gut geht. Es klingt sogar, als hättest du ihn gerettet.«

»Das ist mir aber nicht besonders gut gelungen«, sagte Charlotte. »Er braucht Sauerstoff.«

»Er lebt.« Mr. Brown sah hoch, dann legte er den Finger auf die Lippen. Über ihren Köpfen hörten sie den unverkennbaren Gesang einer Amsel. »Siehst du, was du geschafft hast?«, fragte er flüsternd. »Diesen Vogel hast du auch gerettet.«

»Das könnte auch irgendeine andere Amsel sein.« Charlotte schwieg und erinnerte sich an das Gefühl, als sie fast den Zug verpasst hätte. Sie hatte das Gefühl gehabt, es wäre ihre Amsel gewesen. Aber das war Unsinn. Sie hörten den Vogel wieder singen und sahen zu, wie er zum nächsten Baum flog und an Beeren pickte.

»Du hast an diesem Tag nicht nur das Vogelbaby gerettet«, sagte Mr. Brown.

»Wie meinen Sie das?«

Er rutschte auf dem Baumstamm herum und streckte die Beine aus. »Charlotte, ich kann dir doch vertrauen«, sagte er. »Oder?«

Charlotte spürte, dass das Gespräch plötzlich eine sehr ernste Wendung nahm. »Ja«, sagte sie.

»Ich erzähle dir jetzt etwas, weil ich weiß, dass du es in letzter Zeit wirklich schwer gehabt hast«, sagte er. »Das war bei mir auch so gewesen. Manchmal werden schwere Zeiten leichter, wenn man sie teilt. Darüber redet. Dann fühlt man sich weniger allein.«

Charlotte nickte.

»Als du mich da drüben auf dem Bahnsteig gesehen hast, war ich ziemlich am Ende«, sagte er. Er schwieg eine Weile. »Ich habe meine Großmutter in der Covid-Pandemie verloren«, fuhr er dann fort. »Wir waren uns sehr nahe gewesen. Und dann habe ich ein paar ... dumme persönliche Entscheidungen getroffen ... und alles war nur noch ein einziges Chaos. Mein Leben war ein Chaos. So konnte ich nicht weitermachen, nicht ohne die Menschen, die ich liebte.«

»Ich weiß, wie sich das anfühlt«, sagte Charlotte.

»Sogar mein Goldfisch ist mir weggestorben«, fügte Mr. Brown hinzu. Das Bild des Goldfischs, der verkrümmt in seinem Aquarium trieb, erschien wieder vor Charlotte. »Und dann bist du gekommen«, fuhr er fort. »Und wir haben diesen Vogel gerettet.« Er deutete auf den Baum. »Danach bin ich nach Hause gegangen. Und als ich zurückgekommen bin, um nach dem Vogel zu sehen, habe ich erkannt, dass er eine echte Chance hatte. Und dass ich vielleicht auch eine Chance habe. Das Leben ist nicht immer super, aber wir haben nichts anderes.«

Charlotte sah ihn an, ohne ihn ganz zu verstehen. »Wie meinen Sie das?«

»Ich habe mir die Hilfe geholt, die ich brauchte. Du hast mich gerettet, Charlotte«, sagte er. »Du hast mich gerettet, du hast diesen Vogel gerettet und du hast Sammy gerettet.« Er lächelte. »Danke, Charlotte. Wir alle haben guten Grund, dir dankbar zu sein.«

Grace saß auf der Bank und genoss die Wärme der Sonnenstrahlen in ihrem Gesicht. Sie konnte durch die Bäume gerade noch Charlottes roten Mantel ausmachen. Ihre Enkelin saß auf dem Boden und schien sich intensiv mit Mr. Brown zu unterhalten.

Grace war immer noch nicht sicher, was mit Mr. Brown eigentlich los gewesen war, aber sie hatte das Gefühl, es war eine gute Idee, ein Gespräch zwischen den beiden anzuregen. Sie erinnerte sich, wie zugeknöpft Mrs. Varga gewesen war, als sie versucht hatte, mit ihr über Mr. Brown zu reden. Zwischen den beiden war etwas gelaufen, aus dem nie Gutes hätte entstehen können.

Aus welchen Gründen auch immer brachte sie das auf den Gedanken, dass Mr. Brown in Charlottes gegenwärtigem Zustand vielleicht zu ihr durchdringen könnte. Einen Versuch war es wert.

»Hattet ihr einen schönen Spaziergang?«, fragte sie, als die beiden wieder auf dem Bahnsteig auftauchten.

»Wir konnten die Amsel nicht fotografieren«, sagte Charlotte.

»Aber wir glauben, wir haben sie singen hören.« Mr. Brown lächelte. »Oder nicht?«

»Möglicherweise«, räumte Charlotte ein. Sie sah ihn an. »Danke«, sagte sie.

Grace lächelte beide an. »Dann gehen wir jetzt nach Hause«, schlug sie vor. »Ich muss das Abendessen in Gang setzen.« Sie sah Mr. Brown an, der ihr zunickte. »Danke«, sagte auch sie.

»Es war mir eine Freude.« Er holte tief Luft und reckte sein Gesicht der Sonne entgegen. »Und auch Ihnen vielen Dank.«

»Und? Wie war's?«

Grace und Charlotte waren in behaglichem Schweigen nebeneinander hergelaufen, das Grace erst im Haus brach.

»Ganz okay«, sagte Charlotte. Das wertete Grace als gutes Zeichen. Sie gingen beide in die Küche. Es war das erste Mal seit ihrer Rückkehr, dass ihre Enkelin nicht sofort auf ihr Zimmer zusteuerte. Charlotte setzte sich hin und Grace goss ihr ein Glas Milch ein, das sie ihr mit einem Keks zum Tisch trug. »Mr. Brown hat was Komisches gesagt«, erzählte Charlotte.

»Ach ja?« Grace setzte sich ihrer Enkelin gegenüber.

»Warum haben manche Menschen das Gefühl, dass es sinnlos ist, weiterzuleben?«

»Hat er das gesagt?« Grace zweifelte plötzlich, ob es der richtige Schachzug gewesen war, Mr. Brown um ein Gespräch mit Charlotte zu bitten.

»Nicht genau das«, erläuterte Charlotte. »Aber das hat er gedacht. Er hat gesagt, dass es ihm einmal vorkam, als wäre alles sinnlos. Ohne die Menschen, die er liebt. Und ich liebe Sammy.«

»Sammy wird wieder gesund«, sagte Grace.

»Das sagen alle die ganze Zeit. Aber niemand kann das wissen«, wandte sie ein. »Nicht einmal die Ärzte. Warum sagen sie es dann?«

Grace holte tief Luft. »Weil das alles ist, was sie sagen *können*«, erwiderte sie. »Weil wir alle *wollen*, dass alles gut wird.« Sie sah Charlotte an. »Aber es entwickelt sich tatsächlich nicht immer so.«

Charlotte sah sie lange an. »Und was ist dann?«

Grace machte eine Pause. »Dann leben wir weiter«, sagte sie dann. »Wir müssen.«

»Warum?«

»Weil es noch andere Menschen gibt, die wichtig sind.« Sie atmete wieder tief ein. »Als Peter gestorben ist, hat sich das angefühlt, als würde meine Welt wegbröckeln. Nein, wegbröckeln ist das falsche Wort. Sie ist eingestürzt und hat jede Zelle meines Körpers verletzt. Aber ich hatte deine Mutter. Und deinen Großvater. Für sie habe ich weitergelebt. Und bin jeden Tag froh, dass ich es getan habe. Deine Mutter schenkt mir so viel Freude. Und du auch.« Sie hielt inne. »Wir hatten solche Angst, deine Mum und ich, als du weg warst. Aber jetzt bist du wieder da. Perfekt.«

»Perfekt bin ich nicht.«

»Nein«, sagte Grace. »Das ist keiner von uns. Aber das ist auch gut so.«

Charlotte nickte. Sie saßen eine Weile schweigend da, dann stand Grace auf. »Ich möchte dir etwas zeigen«, sagte sie. »Draußen.«

»Ich will nicht nochmal raus«, sagte Charlotte.

»Nur in den Garten«, sagte Grace. Sie verstummte und lauschte. »Ist deine Mutter eigentlich zu Hause?«

»Keine Ahnung.«

Grace ging aus der Küche, Amelia suchen. »Ihr möchte ich das auch gern zeigen«, sagte sie. »Und ich glaube, es ist etwas, wovon du Sammy gern erzählen würdest, wenn du ihn siehst. Es hat vor vielen Jahren einem kranken kleinen Jungen geholfen. Es hat uns allen geholfen. Und ich hoffe, es wird wieder helfen.«

Im Schuppen stand Charlotte einfach da, neben ihrer Mutter. Sie klappte den Mund auf und wieder zu. Es war, als hätte sie ein Zauberreich betreten, das mit jedem Schalter, den ihre Großmutter betätigte, noch zauberhafter wurde. In winzigen Häusern ging das Licht an. Musik ertönte. Und die Züge begannen ihre Fahrt und drehten fröhlich ihre Runde durch eine perfekte Welt.

»Ich arbeite immer noch daran«, brummte ihre Großmutter. »Aber ich dachte …«

Charlotte hörte ihr nicht zu. Wie hypnotisiert beobachtete sie, wie der Zug, der ihr am nächsten war, die Gleise entlangtuckerte. Im Dorf gingen die Lampen an und in der Kirche begann der Chor zu singen, der Gesang tönte durch winzige Lautsprecher. Dann wurde sie von einem Volksfest abgelenkt: Das Riesenrad kam in Bewegung, das Karussell drehte sich, und als sich Charlotte mit dem Zug dem Volksfest näherte, wurde der Kirchengesang von schriller Jahrmarktsmusik abgelöst. Charlotte betrachtete zwei kleine Kinder, die Zuckerwatte in der Hand hielten, winzige, auf Zahnstocher geklebte Wattebäusche.

Ihr Blick weitete sich und sie nahm die ganze kleine Welt in sich auf, vom Dorf über die Wälder bis hin zum Gebirge und zum Meer.

»Grandma«, begann Charlotte, zu Grace gewandt, »hast du das alles selbst gebaut?«

»Manches ist aus Bausätzen zusammenmontiert«, sagte Grace, bemüht, nicht allzu selbstgefällig dreinzublicken. »Aber im Grunde ja. Amelia und Peter und ich haben das gemeinsam gebastelt.«

»Es ist viel größer, als ich es in Erinnerung habe.« Amelia stand da, ohne sich zu rühren, und sog den Anblick auf wie ein Schwamm. »Alles im Haus sieht für mich kleiner aus«, fügte sie hinzu. »Aber das nicht.«

»Nach dem Tod deines Vaters habe ich weitergebaut«, sagte Grace. »Was haltet ihr davon?«

»Es ist großartig«, sagte Amelia.

Charlotte richtete den Blick wieder auf die Miniaturwelt. Ganz in der Nähe fuhr der Zug an einer kleinen, neben dem Gleis angelegten Wildnis vorbei, in der einzelne Bäume wuchsen, deren Blätter in einem üppigen Umbrabraun gefärbt waren – für sie war es ständig Herbst. Auf dem Boden sah sie Moos, das für Wildgräser stand. Eine winzige Amsel hockte in einem Brombeerstrauch, den Schnabel zum Gesang geöffnet. Ein überraschter Fuchs saß im Gras und sah den Zug vorbeifahren.

»Dieser Vogel«, sagte Charlotte und deutete auf ihn. »Er ist so winzig, aber man weiß genau, dass er gerade zwitschert.«

»Genau«, sagte Grace. »Bei einer solchen Anlage geht es nicht nur um die Technik. Man muss sich auch mit dem Ausdruck der Dinge befassen, mit den Charakteren, mit den kleinen Dramen, die sich abspielen.« Sie sah ihre Tochter an. »In diesem Punkt war Amelia die Beste«, sagte sie.

»Wirklich?«, fragte Charlotte.

»Absolut.« Grace zögerte einen Moment. »Es tut mir leid, Amelia. Ich hätte den Schuppen nie zusperren sollen. Wir hätten weiterbauen sollen. Gemeinsam.«

»Wir tun alle, was wir tun müssen, um zu überleben«, erwiderte Amelia. »Wenn das Schlimmste eintritt.« Sie machte eine Pause. »Ich kann dir das jetzt wirklich verzeihen«, fügte sie hinzu und sah Grace an. »Damals konnte ich es nicht, aber jetzt verstehe ich dich.«

Grace nahm die Hand ihrer Tochter. »Ich danke dir«, sagte sie.

Charlotte hörte nicht zu. Sie verfolgte den Zug, der durch ein malerisches Dörfchen tuckerte. Sogar die winzigen Äpfel, die perfekt in den Obstkisten vor dem Gemüseladen einsortiert lagen, glänzten wie poliert. Tauben pickten in den Ritzen des Kopfsteinpflasters herum, und in den Gassen reihten sich weitere entzückende kleine Läden: eine Bäckerei, eine Schneiderei, ein Spielzeugladen.

»Jetzt kommt der Zug zu einem meiner Lieblingsplätze«, sagte Grace. Sie sahen zu, wie er sich der Dorfschule näherte. Die Tore waren geschlossen, aber ein Junge und ein Mädchen standen am Zaun und sahen zu, wie sich der Zug an ihnen vorbei um die Kurven schlängelte und im ersten der vielen Tunnel in Grace' Welt verschwand.

»Grandma, das ist der Wahnsinn«, sagte Charlotte. »Sammy wäre hin und weg.« Sie schwieg einen Moment. »Aber warum hast du uns das nie gezeigt?«, fragte sie dann.

Grace zögerte. »Ich weiß auch nicht«, sagte sie. »Deine Mutter ist so beschäftigt und wichtig und ich bin bloß eine alberne alte Frau, die mit der Eisenbahn spielt.«

»Mum, schau dir mein Leben doch mal genauer an«, forderte Amelia sie mit einem Lachen auf. »Bei mir geht doch alles drunter und drüber.«

»Ich könnte nicht stolzer auf dich sein.«

Charlotte nickte. »Du bist schon ziemlich cool, Mum«, bestätigte sie.

Amelia blickte von ihrer Tochter zu ihrer Mutter. »Ich glaube«, sagte sie, »das könnte in der Familie liegen.«

27

Grace öffnete die Ladentür und trat ein. Sie brauchte einen Moment, bis sich ihre Augen an das Dunkel gewöhnten, aber dann lächelte sie. Die ausgestellten Modelleisenbahnlandschaften waren wirklich grandios. Jedes Mal, wenn sie herkam, war sie aufs Neue beeindruckt. Sie betrachtete Tobys Meer aus Harz und bewunderte sein Geschick, seine geradezu künstlerischen Fähigkeiten beim Bootsbau. Zum ersten Mal bemerkte sie auch das Diorama über dem Meer: Möwen umkreisten ein Fischerboot, während der kräftige Fischer gerade die schweren Netze einholte; ein Kollege half ihm, ein anderer rauchte verstohlen eine Zigarette im Heck.

»Grace«, rief Toby und kam hinter der Theke hervor. »Wie schön, dich zu sehen. Wie geht's Charlotte?«

»Sie ist wieder in der Schule«, erzählte Grace. »Steht aber noch ein bisschen neben sich.«

»Das tut mir leid.« Toby legte seine Hand auf die ihre. Sie war überrascht, ein Kribbeln zu spüren, wie einen kleinen Stromschlag. Er musste es auch gespürt haben, denn er zog rasch seine Hand zurück und sagte mit einem Lachen: »Ich muss die andere Hand auf dem Gleis gehabt haben.«

»Funkenflug«, spottete Grace, hätte sich aber sofort auf die Zunge beißen können und wurde fürchterlich verlegen.

»Die Erklärung ist mir sympathisch«, sagte Toby. »Hör mal … ich habe mir überlegt …«

Das Glockenspiel an der Tür bimmelte und es kamen zwei kleine Jungen herein, die mitten im Wort verstummten und nur noch große Augen machten. »Wow«, sagte der eine. Gebannt sahen sie zu, wie der Zug den steilen Hang zum Türrahmen hinauf dampfte, Tempo zulegte und auf der anderen Seite hinuntersauste.

Toby grinste sie an und flüsterte Grace zu: »Es gibt nichts Hinreißenderes als ein Kind, das zum ersten Mal eine Modelleisenbahn sieht.«

Grace sah zu und erinnerte sich. »Oder zum zweiten Mal«, sagte sie. »Und zum dritten Mal.«

»Und jedes Mal danach.« Toby lächelte. »Macht es dir was aus, wenn ich nach vorn gehe und frage, ob ich den beiden helfen kann?«

»Geh nur«, sagte Grace. Sie war hergekommen, um ein Geschenk für Sammy auszusuchen. Sie dachte, wenn Charlotte ihm bei ihrem Besuch etwas Besonderes mitbrächte, könnte das die Situation entspannen. Aber was sollte sie nehmen?

Er hatte schon eine Lok und einen einfachen Schienenkreis. Sie schloss kurz die Augen und kramte in ihrem Gedächtnis, was Peter besonderen Spaß gemacht hatte. Tunnel, das war's! Sie erinnerte sich an Peters Gesicht, das wie ein Signal auf einem Stellwerkturm aufleuchtete, wenn der Zug in einem Tunnel verschwand und am anderen Ende wieder auftauchte. Da fiel ihr noch etwas anderes auf und sie lächelte. Sonst machten die Erinnerungen an Peter sie immer traurig, aber diese Erinnerung war nicht von Kummer getrübt. Sondern voller Freude.

Sie suchte einen kleinen Tunnel aus, dessen Öffnungen mit einem hübschen Ziegelmuster verziert waren. Sammy könnte ihn selbst zusammenbauen, wenn er in der Lage dazu wäre, oder sie könnte Charlotte zeigen, wie man das macht, falls er noch nicht die Energie dazu hatte.

»Sie wollten nur schauen«, sagte Toby, der wieder zu ihr kam, als die Kinder den Laden verlassen hatten. »Ich habe ihnen gesagt, dass sie jederzeit willkommen sind.« Er warf einen Blick auf die Schachtel in ihrer Hand.

»Das ist ein Geschenk für Sammy«, sagte sie, »zur Genesung sozusagen.«

»Sehr nett von dir«, sagte Toby, und nach einer kleinen Pause: »*Du* bist sehr nett.«

Grace errötete, ein wenig verdattert.

»Du bist nett«, wiederholte er, »und liebenswert. Und die beste Modellbauerin, der ich je begegnet bin.« Er lächelte sie an und nahm ihr den Tunnel ab. »Und sehr schön.«

»Das würde ich nicht gerade sagen«, wehrte sie ab. »Nicht mehr.«

»Aber ich würde es sagen.«

Grace sah ihn an und zögerte, aber nur einen kleinen Moment.

»Wie wär's, wenn wir essen gehen?«, fragte sie.

»Wie bitte?«

»Nicht jetzt«, fügte sie überstürzt hinzu. Es war noch kaum zwölf, sogar noch zu früh für ein Happy-Hour-Angebot. »Später.« Sie machte eine Pause. »Nur wir zwei.«

Er sah sie ungläubig an. »Im Klartext – ein Date?«, fragte er. »Grace Sayers, du schlägst mir ein Date vor?«

Grace grinste ihn an. »Genau. Was sagst du dazu?«

Charlotte stand nervös vor Sammys Tür und drückte die Hand ihrer Mutter. Sie fühlte sich, als kreisten die Modellbahnen ihrer Großmutter in ihrem Bauch. Das letzte Mal, als sie ihren Freund gesehen hatte, lag er flach in einem Klinikbett und brauchte zum Atmen eine Sauerstoffmaske. Er war ihr weniger wie Sammy vorgekommen als wie eine schlechte Zeichnung von ihm.

Und da sie schon mal an schlechte Zeichnungen dachte, warf sie einen Blick in die Umhängetasche, die ihre Großmutter ihr mitgegeben hatte. Sie enthielt die Hummelzeichnung, eine Tupperdose mit Schokochip-Keksen, die sie zusammen gebacken hatten, und einen Modelleisenbahntunnel, den ihre Großmutter gekauft und für Sammy als Geschenk eingepackt hatte.

»Moira!« Charlotte sah überrascht zu, wie ihre Mutter sich vorbeugte und Sammys Mum umarmte, als sie ihnen aufmachte.

»Ach tut das gut, dich zu sehen«, sagte Moira. »Charlotte, du siehst wieder so fit aus.«

Charlotte bekam gleich wieder ein schlechtes Gewissen. Ihr ging es gut, aber Sammy nicht.

»Wir freuen uns, dass Sammy aus dem Krankenhaus nach Hause durfte«, sagte Amelia. »Deine Gebete wurden erhört.«

Charlotte sah ihre Mutter an. Tickte die nicht ganz richtig?

»Ja, die letzten paar Tage ging es steil aufwärts. Das ist mehr, als wir hoffen durften«, sagte Moira. »Kommt rein. Sammy wird sich wahnsinnig freuen, Charlotte zu sehen.«

Charlotte fragte sich, ob das nicht eine Übertreibung war. Sammy würde wahrscheinlich im Bett liegen und gar nicht reden können, und seine Freude würde er durch eine winzige Bewegung seines kleinen Fingers ausdrücken.

Da hörte sie seine Stimme. »Ist das Charlotte?«, rief er.

Charlotte schubste sich an seinen Brüdern vorbei, die in der Diele herumlungerten, und rannte zu seinem Zimmer. Er saß aufrecht im Bett und sah genau aus wie ihr alter Freund. Sie warf sich auf ihn und umarmte ihn, ihre Tränen flossen auf sein Kissen.

Er lachte. »Schön, dich zu sehen!«

»Dir geht's ja richtig gut«, sagte sie. »Die haben mir erzählt, dass du Fortschritte gemacht hast, aber dass es dir richtig gut geht, haben sie nicht gesagt.«

»So gut geht's mir nun auch wieder nicht«, sagte Sammy. »Ich muss noch zwei Wochen in diesem blöden Bett bleiben und langweile mich jetzt schon. Und anscheinend darf ich sechs Monate keinen Sport machen.« Er grinste sie an. »Vor allem nicht Fußball spielen.«

»Ein hartes Los«, bedauerte ihn Charlotte.

»Was ist denn so alles passiert?«, fragte Sammy.

Charlotte fing an zu reden oder vielmehr loszusprudeln, ihre Worte überschlugen sich. Hummeln, Mädchen, Amseln. Der Schuppen.

Mr. Brown.

Sie erzählte ihm alles. Sammy hörte zu, die Anspannung der Konzentration stand ihm ins Gesicht geschrieben. »Er wäre fast vor den Zug gesprungen?«

»Was?«, fragte Charlotte, die an das konkrete »Wie« keinen Gedanken verschwendet hatte. »Nein, ich glaube nicht, dass er …« Ihr versagte die Stimme. Klar. Sammy hatte recht. »Ich glaube nicht, dass er das wirklich durchgezogen hätte«, sagte sie ein wenig lahm.

»Gut, dass wir ihn davon abhalten konnten.« Sammy seufzte. »Du weißt doch, welche Störungen das im Fahrplan verursacht?«

»Das ist nicht lustig«, ermahnte ihn Charlotte.

»Nein«, gab Sammy zu. »Entschuldige.« Er sah sie an. »Wirst du es deinen Freundinnen erzählen?«

»Welchen Freundinnen?«

»Na, den Mädchen. Anne-Marie und Nia wären total scharf auf solche Geschichten.«

»Nein«, sagte Charlotte. »Ich glaube nicht, dass wir es rumerzählen sollten. Es reicht, wenn wir beide wissen, was los war.«

»Und dass es ihm wieder gut geht«, setzte Sammy hinzu.

»Dass es uns allen wieder gut geht.« Charlotte lächelte.

»Und jetzt zur Sache«, sagte Sammy. »Was ist in der Tasche?«

Charlotte leerte den Inhalt aufs Bett, und sie lachten gemeinsam über ihre Zeichnung. Dann packte Sammy das Geschenk aus und ihm blieb vor Begeisterung die Spucke weg.

»Das ist noch gar nichts«, sagte Charlotte. »Warte, bis du siehst, was bei meiner Großmutter im Schuppen steht.«

Amelia nahm ihren Business-Anzug aus dem Schrank, legte ihn sorgfältig zusammen und dann in den Koffer. Der Hausverkauf war über die Bühne, die Hypothek bei der Bank abgelöst, und sie hatte in den letzten beiden Monaten genug gespart, um die meisten der Schulden, für die sie mit haftete, zurückzuzahlen. Als sie von dieser Last befreit war, fand sie es an der Zeit, für sich und Charlotte wieder eine eigene Wohnung zu mieten, und sie hatte eine Dreizimmerwohnung gefunden. Nichts Schickes, nichts Großes.

Aber wieder ein eigenes Reich für sie. Für sie und ihre Tochter.

Während sie ihre Sachen packte, konnte sie Charlotte nebenan mit den Stabheuschrecken reden hören. Es war ein glückliches Schwatzen, nicht wie beim letzten Mal, als sie umgezogen waren. Amelia war es wichtig gewesen, die Entscheidung gemeinsam mit ihrer Tochter zu treffen, und obwohl Charlotte beim Gedanken, das Haus ihrer Großmutter zu verlassen, erst gezögert hatte, hatte sie schließlich eingewilligt.

Denn sie zogen nicht weit weg, Amelia hatte eine Wohnung zehn Fußminuten von ihrer Mutter entfernt gefunden. Sie konnte Charlotte nicht schon wieder entwurzeln, sie würde an ihrer Schule bleiben und Sammy täglich sehen.

»Tee?«, rief Grace nach oben.

»Ja bitte«, rief Amelia. »Ich komme runter.« Wenn sie ganz ehrlich war, wollte auch sie ihre Mutter wirklich in der Nähe haben.

Um Charlottes willen.

Nein. Nicht nur um Charlottes willen.

Auch um ihrer selbst willen.

Mit der Unterstützung ihrer Mutter in der Hinterhand kam sie sich weniger alleinerziehend vor. Das gab ihr die Freiheit, ihrer Arbeit so viel Zeit zu widmen, dass sie sie wieder genießen konnte. Sie würde der endlosen Schuldspirale entkommen, in der berufstätige Mütter so oft gefangen sind, wenn sie die Arbeit vernachlässigen, um bei ihrem Kind zu sein, oder ihr Kind vernachlässigen, um ihre Arbeit zu schaffen. Der kürzeste Weg in den Burnout.

Dieser Teufelskreis ließe sich mit der Hilfe ihrer Mutter durchbrechen. Aber um diese Hilfe wirklich annehmen zu können, hatte sie vorher ihrer Mutter verzeihen müssen.

Außerdem hatte sie zu ihrer Überraschung entdeckt, dass sie gern mit ihrer Mutter zusammen war. Aber auch, dass sie sich in ihrer Gesellschaft noch wohler fühlen könnte, wenn sie ihren eigenen Bereich hätte. Sie brauchte ihre Unabhängigkeit wieder.

»Und für dich einen Saft, Charlotte?«, rief Grace.

»Ja bitte.« Charlotte und ihre Mutter trafen sich auf der Treppe und gingen zusammen hinunter.

»Ich muss jetzt wieder anfangen, die kleinen Brotlaibe zu kaufen«, sagte Grace, als sie in die Küche kamen. Sie stellte Amelia ihren Tee und Charlotte ihren Saft hin. Dann setzten sie sich auf ihre üblichen Plätze rund um den Tisch.

»Ist das deine Art, uns zu sagen, dass du uns vermissen wirst?«, fragte Amelia amüsiert.

»Nein«, sagte Grace. »Meine Art zu sagen, dass ich euch vermissen werde, ist: *Ich werde euch vermissen.*«

Amelia legte die Hand auf die ihrer Mutter. Sie fühlte sich warm an. »Wir sind ja nicht weit weg«, tröstete sie sie.

»Gott sei Dank«, sagte Grace. Die beiden Frauen saßen einen Moment lang stumm da und bliesen in ihren Tee.

Charlotte machte sie nach und blubberte vorsichtig Luft durch ihren Strohhalm in den Saft. »Ich werde dich sofort vermissen«, erklärte sie.

»Wir werden Grandma oft besuchen«, versprach Amelia. »Und außerdem gehst du drei Tage die Woche, wenn ich im Büro arbeite, nach der Schule zu ihr. Das weißt du ja.«

Charlotte nickte. »Wir werden zusammen die ersten perfekten vegetarischen Würstchen im Teig entwickeln«, sagte sie. »Stimmt's, Grandma?«

»Erst, wenn du deine Hausaufgaben fertig hast«, sagte Grace entschieden und schlürfte zur Bekräftigung laut einen Schluck Tee.

»Und du sagst uns Bescheid, wenn du dich einsam fühlst. Ganz bestimmt?«, bohrte Charlotte.

»Keine Angst«, warf Amelia verschmitzt ein. »Deine Grandma hat ja jetzt Toby, der wird ihr Gesellschaft leisten.«

»Ich *habe* ihn nicht«, widersprach Grace. Sie schwieg kurz. »Ich hoffe, ihr nehmt die Stabheuschrecken mit«, setzte sie dann hinzu.

»Ich dachte, du magst sie«, sagte Amelia. »Wenn ich an Charlottes Zimmer vorbeigehe, höre ich dich manchmal drinnen mit ihnen reden.«

»Das liegt nur daran, dass ich langsam plemplem werde.«

Sie lachten alle. Amelia fragte sich, warum es für sie so lange so schwierig gewesen war, mit ihrer Mutter zu reden. Jetzt fühlten sich ihre Gespräche ganz natürlich an.

»Ich gehe fertig packen«, sagte Charlotte und stand auf. »Ich muss noch ganz viele Sachen zusammenlegen.«

»Ich komm gleich rauf und helf dir«, sagte Amelia, die noch einen Rest Tee im Becher hatte. Sie sah zu, wie ihre Tochter aus der Küche die Treppe hoch hüpfte.

»Was ich dich fragen wollte«, begann Grace, als Charlotte außer Hörweite war, »Charlotte hat mir erzählt, dass ihr an eine zweite Reise zur Isle of Wight denkt?«

»Wir bleiben an Land«, sagte Amelia. »Keine Höhlenerkundungen.«

»Klar.« Grace machte eine Pause. »Darf ich fragen, warum du wieder hinfährst?« Die Andeutung eines Lächelns umspielte ihre Lippen.

»Charlotte hat ziemlich viel von der Klassenfahrt verpasst«, sagte Amelia. »Und sie möchte so gern die Lämmchen auf diesem Bauernhof füttern.«

»Und wie ich höre, hat euch jemand angeboten, euch die Insel zu zeigen?«

»Für eine Zweiundsiebzigjährige hast du aber gute Ohren«, sagte Amelia. »Du hast vollkommen richtig gehört. Wir haben einen sachkundigen Inselführer.«

»Guter Fang von mir, was?«, frohlockte Grace. »Auf der Fähre.«

»Schauen wir mal.« Amelia lächelte; schon lange nicht mehr

hatte sie so hoffnungsvoll in die Zukunft geblickt. Und sie hatte erkannt, dass dieser Optimismus sie auch dazu befähigte, großherzig zu sein. »Es gibt da eine Sache«, fuhr sie fort, »in der ich dich um Rat fragen wollte.« Toms Baby war zur Welt gekommen. Das Foto eines rotgesichtigen, schrumpeligen Neugeborenen war in ihren Nachrichten aufgeploppt. Sie hatte es Charlotte gezeigt, aber ihre Tochter hatte nur mit den Achseln gezuckt und kein Interesse erkennen lassen.

Grace sah sie überrascht an. »Du willst *meinen Rat?*«

»Ja«, sagte Amelia. »Es geht um Tom.« Sie hielt inne und beobachtete, wie sich Grace' Überraschung in ein Stirnrunzeln verwandelte. »Also eigentlich um Ayran.«

»Ich kann es nicht fassen, dass wir dich nach einer Luftfahrtpionierin genannt haben und sie ihn nach einem Joghurtgetränk«, sagte Grace kopfschüttelnd.

Amelia konnte sich ein Kichern nicht verkneifen. »Mum, es geht um ein ernstes Thema.«

»Entschuldige«, sagte Grace. »Bitte red weiter.«

Amelia holte tief Luft. »Diese Art und Weise, wie Charlotte zu einem Bruder gekommen ist, hätte ich mir für sie nicht ausgesucht«, fuhr sie fort. »Zu einem Halbbruder. Das ist irgendwie ein Durcheinander, nicht so ganz ideal. Aber er gehört doch zur Familie. Und Geschwister sind so etwas Kostbares ...« Erinnerungen überkamen sie. »Ich glaube, wenn Charlotte mitmacht, sollte ich sie vielleicht dazu ermutigen, ab und zu ein bisschen Zeit mit ihm zu verbringen.« Sie verstummte und sah ihre Mutter an.

»Das halte ich für eine wunderbare Idee«, sagte Grace. Auch sie zögerte, dann streckte sie die Hand aus und legte sie auf die Hand ihrer Tochter. »Und eine liebevolle«, fügte sie hinzu. »Ayran kann von Glück sagen, Charlotte als Schwester zu haben.«

»Ich bin aber nicht sicher, ob ich mich einem Besuch bei Tom und Julia gewachsen fühle«, sagte Amelia. »Noch nicht.«

»Ich kann sie gern hinbringen«, bot Grace an. »Und eigentlich würde ich Tom gern wiedersehen«, setzte sie mit einem leicht boshaften Lächeln hinzu. »Und ihm von deinem Neuen erzählen.«

Amelia lachte. »Lass einfließen, dass er einsneunzig ist und attraktiv und liquide.«

»Und Tierarzt!« Grace stimmte in Amelias Lachen ein. »Und dass Charlotte ihn anhimmelt.« Sie machte eine Pause. »Du wirst dich bestimmt richtig entscheiden.« Ihre Stimme war wieder ernst geworden.

»Ich glaube nicht, dass Charlotte es bedauern wird, einen Bruder zu haben«, sagte Amelia. »Egal, was passiert. Ich habe es nie bedauert.«

Grace nickte und drückte die Hand ihrer Tochter ein bisschen fester. Der Schmerz der Vergangenheit trieb keinen Keil mehr zwischen sie, seit sie endlich darüber reden konnten.

Er verband sie nun noch mehr.

Grace saß in der Küche. Sie hörte Charlotte und Amelia oben packen, ihr fröhliches Schwatzen klang durchs ganze Haus. Es würde ruhig werden ohne die beiden. Sie versuchte sich vorzustellen, dass sie wieder so leben würde wie zuvor. Ein einsames Schinkensandwich vor dem Fernseher, damit sie die leeren Stühle am Tisch nicht sehen müsste.

Nein. So würde es nicht werden. Ihr Kühlschrank würde immer voll sein. Und ihr Leben auch.

Ihre Enkelin würde oft bei ihr sein, und auch Amelia würde sie besuchen. Das hatte sie versprochen, und Grace war davon überzeugt, dass das kein leeres Gerede war. Denn jetzt hatte sie das Gefühl, dass ihre Tochter gerne kommen würde. Amelia wollte sie wirklich sehen und Zeit mit ihr verbringen, das wären keine Pflichtbesuche.

Grace lächelte vor sich hin, als sie die leeren Tassen wegräumte.

Auch Toby würde kommen. Beim Gedanken an ihr nächstes Date war sie aufgeregt wie ein Teenager. Ava wollte ein Date zu viert, aber im Moment wollte Grace Toby für sich allein haben. Sie hatte geglaubt, sie würde sich komisch dabei fühlen, wenn sie sich in ihrem Alter mit einem Mann traf, aber in Wirklichkeit machte es Spaß.

Sie ging wieder in die Diele und betrachtete das Gepäck ihrer Tochter, das bereits aufgereiht bei der Haustür stand. Toby war kein Ersatz für Amelia und Charlotte, die jeden Tag da waren, wenn sie aufwachte, und noch unten herumklapperten, wenn sie zu Bett ging.

So sehr sie die beiden auch vermissen würde, war es für ihre Tochter doch das einzig Richtige, wieder auszuziehen. Grace spürte, dass Amelia Raum für sich brauchte, ihre Unabhängigkeit. So war sie immer schon gewesen und hatte manchmal etwas Abstand zu ihr gehalten, wenn Grace sie von der Schule abholte. Sie hatte auch ein paar Minuten allein in ihrem Zimmer gebraucht, um den Tag zu verarbeiten, bevor sie sich zur Familie gesellte. Es war gut für Amelia, dass sie diese Möglichkeit nun wieder hatte, und Grace respektierte die Entscheidung.

»So«, sagte Amelia und holperte mit einem Koffer die Treppe hinunter. »Das ist der letzte.«

»Der letzte«, wiederholte Grace und musterte das ganze Gepäck. Es kam ihr vor, als würden sie weniger mitnehmen, als sie hergebracht hatten. Charlotte sprang nach ihrer Mutter die

Treppe hinunter. »Ich lass ein paar Sachen da«, sagte sie. »Damit ich mich nach der Schule umziehen kann und so.«

»Ich auch«, fügte Amelia hinzu. »Für Besuche und so, du weißt schon. Ich hoffe, du hast nichts dagegen.«

Grace lächelte. Sie ließen viel mehr zurück, als ihnen bewusst war. »Nein«, antwortete sie. »Nicht das Geringste.«

28

»Ich weiß nicht, was dich geritten hat, dir diese alte Krücke zuzulegen, Mum«, sagte Amelia, die in Grace' Garten in der Sonne saß.

Toby kam gerade aus der Küche in den Garten. »Mein Hörgerät ist übrigens eingeschaltet«, bemerkte er.

Amelia lachte. »Du weißt genau, dass ich den Hund meine«, sagte sie. »Er muss weit über hundert sein, in Hundejahren.«

»Altsein ist kein Makel«, erwiderte Grace. Sie trug ein Tablett mit einem Krug selbst gemachter Zitronenlimonade und einem Teller Keksen in den Garten. »Und für eine Bulldogge ist Edison meiner Berechnung nach erst in den Sechzigern. Ein Frühlingsküken sozusagen. Schaut doch mal, wie schön er Ball spielt.«

Sie sahen alle zu. Sammy hatte den Ball geworfen und Charlotte lag auf den Knien, um ihn im Ligusterstrauch zu suchen, während Edison schwanzwedelnd an ihren Füßen schnupperte. »Da ist er«, erklärte sie, und warf ihn ein kleines Stück weiter. Edison drehte sich um und sah ihn an, dann sah er wieder Charlotte an. Mit heraushängender Zunge watschelte er fröhlich in Richtung Ball, blieb aber nach ein paar Metern stehen und blickte verwirrt um sich. Rex gab im Nachbargarten ein ermutigendes Gebell von sich; der Neuankömmling und die Gerüche und Geräusche, der er machte, sorgten bei Rex für große Aufregung.

»Da hast du ihn, Eddy!« Sammy hob den Ball auf und legte ihn neben Edisons Pfoten. Edison nahm ihn ins Maul, ließ ihn wieder fallen und sich selbst daneben plumpsen; sofort schlief er ein. Sein zufriedener Körper gab ein sanftes Schnarchen von sich.

»Können wir jetzt im Schuppen spielen, Mrs. Sayers?«, fragte Sammy.

»Selbstverständlich. Charlotte, soll ich dir helfen, die neuen Zootiere aufzustellen?«

»Das kriegen wir schon hin«, sagte Charlotte.

»Hände weg von den Zahnrädchen auf der Werkbank«, mahnte Grace. »Die sind in einer exakten Reihenfolge angeordnet.«

»Wir fassen sie nicht an.«

»Arbeitest du immer noch an dieser technischen Neuheit?«, fragte Amelia und goss sich ein Glas Limonade ein.

»Diese technische Neuheit könnte in deine Erbmasse einfließen, junge Frau«, sagte Toby. »Wenn sie ausgereift ist, werde ich Grace helfen, sie zu vermarkten.«

»Vielleicht wird's gar nicht funktionieren«, dämpfte Grace seinen Optimismus, obwohl sie ziemlich sicher war, dass sie die Sache hinbekommen würde. Sie hatte in den letzten Wochen nicht mehr so viel Zeit mit ihrer Modelleisenbahn verbracht, sondern Sammy und Charlotte erlaubt, Neues hinzuzufügen, und wenn die Sachen wackelten oder schief waren, sah sie darüber hinweg.

Stattdessen entwickelte sie eine neue Art von Spielzeugmotor. Einen Aufziehmechanismus, allerdings mit einer veränderten Feder, die viel effektiver arbeiten würde als bei jedem Spielzeug, das momentan auf dem Markt war. Sie dachte sogar daran, eine Solarzelle einzubauen, die den Strom für Geräuscheffekte liefern könnte, und für ein paar Lichter vielleicht. Nicht gerade die Concorde, aber Grace war ziemlich stolz darauf. Es war so schön, an etwas zu arbeiten, das auch außerhalb des Schuppens gefragt wäre.

»Aber *wenn* es funktioniert«, fuhr sie fort, »dann könnte man es in jede Art von fahrendem Spielzeug einbauen. Sogar in eine Eisenbahn. Und das Fahrzeug könnte bis zu fünfzig Mal die Länge der Aufziehstrecke zurücklegen.«

»Und das neue Fahrgestell, das Grace entworfen hat«, ergänzte Toby voller Stolz, »kann eine neue Richtung einschlagen, wenn es auf ein Hindernis stößt, und sich wieder aufrichten, wenn es umkippt. Mit den richtigen Reifen kann es über jede Oberfläche fahren und würde sogar eine Pfütze oder einen kleinen Teich überwinden.«

»Ich setze mein ganzes Vertrauen in das Ding«, sagte Amelia und lächelte. »Aber auf ein Erbe setze ich trotzdem nicht, angesichts der Lebenshaltungskosten, die du für diesen ältlichen Gentleman aufbringen musst. Damit meine ich übrigens Edison«, schob sie nach, »nicht dich, Toby.« Alle sahen zu, wie Edison im Schlaf die Beinchen kreisen ließ, als träumte er vom Fahrradfahren.

»Es käme allerdings nicht ungelegen, wenn wir einen Tierarzt in der Familie hätten«, bemerkte Grace mit einem Lächeln. »Wohin geht's nochmal in eurem nächsten Urlaub? Nach Malaysia?«

»Wieder zur Isle of Wight«, gestand Amelia. Seit Mai waren sie jeden Monat dort gewesen. »Ich muss noch sparen«, erklärte sie.

»Hast du deshalb nicht im Hotel übernachtet?«, neckte Grace sie. »Das hat Charlotte mir erzählt.« Sie machte eine Pause. »Sie ist ziemlich von ihm angetan.«

Amelia lachte. »Sie ist ein Klatschmaul. Und wie könnte sie ihn auch nicht mögen, als Tierarzt. Sie hofft immer noch, dass er mich überreden kann, uns einen Welpen anzuschaffen.« Grace lächelte. Sie wusste genau, dass mehr dahintersteckte. Henry und Charlotte hatten viel gemeinsam, das war für jeden offensichtlich. »Aber wir nehmen deinen Hund nicht zu einem kostenlosen Checkup mit, falls du dir so was einbildest.«

»Das würde mir nie im Traum einfallen«, protestierte Grace. »Wir sind Selbstzahler, nicht wahr, Edison?«

Edison gab eine Art leises Wiehern von sich, als er seinen Namen hörte, rollte sich auf den Rücken und streckte den Bauch in die Luft.

»Ein braver Hund«, sagte Toby und legt seine Hand auf die ihre. Sie war warm, und Grace flocht ihre Finger durch die seinen. So ermutigt, beugte Toby sich vor und küsste sie zärtlich auf den Mund. Sie erwiderte seinen Kuss.

»Igitt«, sagte Sammy, der im falschen Moment aus dem Schuppen gekommen war. Er drehte sich um und ging auf dem kürzesten Weg wieder hinein.

»Er wird bald ein anderes Liedchen singen«, sagte Toby und lachte.

»Sag das bloß nicht«, stöhnte Amelia. »Mir graut schon vor der Pubertät.«

»Uns allen graut davor«, sagte Grace. Aber eigentlich stimmte das gar nicht. Sie freute sich auf die Zukunft.

Grace setzte sich auf den Stuhl an der Werkbank und testete die Räder ihres Prototypen. Sie reagierten mit einem fröhlichen Surren und drehten und drehten sich, viel länger als jedes andere Modell, das sie bisher gesehen hatte. Der Prototyp war fast fertig.

Edison sah ihr von dem alten Sessel aus zu, den sie in den Schuppen geschleppt hatte, damit er dort liegen konnte. Sie hatte den Hund vor allem deshalb adoptiert, um Charlotte eine Freude zu machen, auch wenn er nicht der ersehnte Welpe war. Für Grace kam nur ein älteres Tier in Frage; sie wollte kein heimatloses Wesen hinterlassen, wenn ihre Zeit gekommen war, oder Amelia mit einem Hund belasten. Im Tierheim hatte man ihr berichtet, dass Edison bereits einen Besitzer überlebt hatte. Grace erkannte die Trauer über den Verlust in seinen kaffeebraunen Augen wieder.

Aber es war für ihn noch nicht vorbei.

Er hatte eine zweite Chance bekommen, hatte einen neuen Menschen gefunden, dem er sich zugehörig fühlen konnte.

Das hatten sie beide.

Grace stand von der Werkbank auf, zufrieden mit ihrem Prototyp. Morgen früh könnte sie mit der nächsten Phase beginnen, dem Design. Etwas, worauf sie sich freuen konnte.

Sie besichtigte den Miniaturzoo, an dem Charlotte und Sammy gearbeitet hatten. Die Tiere waren handbemalt, das Zebra eher grau als gestreift, und der Maßstab stimmte nicht im geringsten, aber Grace gefielen sie mit allen ihren kleinen Fehlern.

»Komm, Eddy«, sagte sie. Er sah sie mit heraushängender Zunge an. »Zeigen wir den Passagieren unseres Zugs Charlottes Zoo.«

Sie schaltete ein. Ein vertrautes Geräusch erfüllte den Raum, es klang wie winzige galoppierende Pferde, als sich der Zug in Bewegung setzte. Er nahm Tempo auf, fuhr in das Dorf und sauste an der Schule vorbei.

Der Junge und das Mädchen im Schulhof verfolgten seine Fahrt.

Der Zug fuhr in einen Tunnel hinein.

Und kam auf der anderen Seite wieder heraus.

DANK

Zu meinem Glück stand mir beim Schreiben dieses Buches eine ganze Reihe wunderbarer Menschen zur Seite. Sie haben mir geholfen, das Licht am Ende des Tunnels zu sehen.

Das wunderbare Team bei Little, Brown Book Group hat immer wieder die Weichen nachgestellt, damit dieser Roman auf Spur bleibt – besonderer Dank geht an Anna Boatman, Emma Beswetherick, Amanda Keats, Kate Byrne, Lucie Sharpe und Henry Lord. Dank auch an meinen Agenten Euan Thorneycroft und das Team bei A. M. Heath.

Großen Dank schulde ich meiner Mentorin Philippa Pride, die gemeinsam mit Otter und anderen Mitgliedern der Schreibgruppe Next Chapter dafür gesorgt hat, dass mir der Dampf nicht ausgeht.

Meine Mutter Susan trägt immer viel zur Qualität meiner Bücher bei; ihr danke ich für Verständnis, Ideen und Beistand auf jedem Streckenabschnitt der Reise. Sie und mein Vater Roger sind die besten Eltern (und Großeltern), die ich mir vorstellen kann.

Besonders danke ich meinem Mann und meinen Kindern für ihre Unterstützung beim Spiel mit Modelleisenbahnen – streng im Dienst der Recherche!

Eleanor Ray

Morgen ist alles schön

Roman

»Wunderbar geschrieben und so anregend.« Katie Fforde

Als Amy Ashtons Welt vor zehn Jahren auseinanderbrach, fing sie an zu sammeln. Nur ein paar Erinnerungsstücke: Geißblattblüten, mit denen ihr Freund sie früher beschenkte, ein angestoßener Porzellanvogel, rissige Tontöpfe… Sachen, die andere Leute wegwerfen würden, die für Amy aber ein Leben verkörpern, das so schön hätte sein können. Da trifft Amy den frechen kleinen Nachbarsjungen Charlie. Sie merkt: der bringt ihr ruhiges Leben völlig durcheinander. Könnte doch noch alles schön werden - vielleicht schon morgen?

Aus dem Englischen von Maria Andreas
400 Seiten, Klappenbroschur

Weitere Informationen finden Sie auf
www.fischerverlage.de

AZ 8105-3076/1